El camino de la resurrección

Michael Connelly

EL CAMINO DE LA RESURRECCIÓN

Traducido del inglés por
Javier Guerrero Gimeno

Título original: *Resurrection Walk*

Esta edición ha sido publicada por acuerdo
con Little, Brown & Company, New York,
New York, USA. Todos los derechos reservados.

Primera edición en TuBolsillo: enero de 2026

Diseño de colección y cubierta: Estudio Pep Carrió
Adaptación para esta edición: REGA

Copyright © 2023 by Hieronymus, Inc.
© de la traducción: Javier Guerrero Gimeno, 2023
© de esta edición: TuBolsillo (Grupo Anaya, S. A.),
Madrid, 2026
Calle Valentín Beato, 21
28037 Madrid

PAPEL DE FIBRA
CERTIFICADA

ISBN: 979-13-87739-17-1
Depósito legal: M-18986-2025
Printed in Spain

En memoria de Sam Wells

La familia se reunió en el aparcamiento de visitantes. La madre y el hermano de Jorge Ochoa y yo. Ella llevaba un rosario entre los dedos y se había engalanado como para ir a la iglesia, con un vestido amarillo pálido con puños y cuello blancos. Óscar Ochoa lucía toda su indumentaria: vaqueros anchos de tiro bajo doblados sobre unas Doc Martens negras, una cartera sujeta con una cadena, camiseta blanca y unas Ray-Ban oscuras. Tenía el cuello cubierto de tinta azul; su alias en los Vineland Boyz (Double O) quedaba bien visible.

Y yo, con mi traje italiano de tres piezas, dando bien ante las cámaras, envuelto en la majestuosidad de la ley.

El sol se estaba poniendo e incidía en un ángulo casi llano a través de la valla exterior de seis metros de la prisión, sumiéndonos a todos en un *chiaroscuro* propio de un lienzo de Caravaggio. Miré hacia la torre de vigilancia y me pareció distinguir siluetas de hombres con armas largas a través del cristal ahumado.

Era una ocasión excepcional. La de Corcoran no era una prisión de la que los hombres acostumbraran a salir por su propio pie. Era un centro estatal para condenados a cadena perpetua sin posibilidad de libertad condicional, un lugar en el que se entraba, pero del que no se salía. Fue ahí donde Charlie Manson murió de viejo. Pero muchos reclusos no llegaban a la vejez. Los homicidios en las celdas eran frecuentes. Jorge Ochoa estaba a solo dos puertas de acero de la celda donde un preso había sido decapitado y descuartizado hacía unos años. Luego, el compañero de celda, satanista confeso, había ensartado las orejas y los dedos de la víctima para hacerse un collar. Eso era Corcoran.

No obstante, de alguna manera, Jorge Ochoa había sobrevivido allí catorce años por un asesinato que no había cometido. Y su gran día había llegado. La sentencia de cadena perpetua había quedado invalidada después de que un tribunal lo declarara inocente. Jorge Ochoa se estaba levantando y estaba volviendo a la tierra de los vivos. Habíamos llegado desde Los Ángeles en mi Lincoln, con dos furgonetas de la prensa detrás, para esperarle junto a la puerta y darle la bienvenida.

A las cinco de la tarde, una serie de bocinazos resonaron en la prisión y captaron nuestra atención. Los camarógrafos de las dos cadenas de noticias de Los Ángeles se subieron las cámaras al hombro mientras los periodistas preparaban los micrófonos y se repasaban el pelo.

Se abrió una puerta del recinto, al pie de la torre, y salió un guardia uniformado. Tras él iba Jorge Ochoa.

—Dios mío —exclamó en español la señora Ochoa al ver a su hijo—. Dios mío.

Fue un momento que no había visto venir. Nadie lo vio venir. Hasta que asumí el caso.

El guardia desbloqueó una puerta de la valla para que Jorge pudiera salir. Observé que la ropa que le había comprado para su puesta en libertad le quedaba perfecta: un polo negro, unos pantalones de pinzas color tostado y unas Nike blancas. No quería que se pareciera en nada a su hermano menor ante las cámaras. Tenía en mente una demanda por condena injusta y nunca era demasiado pronto para enviar un mensaje a los potenciales miembros del jurado del condado de Los Ángeles.

Jorge caminó hacia nosotros y en el último momento echó a correr. Se agachó y agarró a su endeble madre. La levantó del suelo para volver a dejarla con suavidad poco después. Se abrazaron durante tres largos minutos mientras las cámaras captaban desde todos los ángulos las lágrimas que derramaban. Luego llegó el momento de los abrazos y los golpes varoniles en la espalda de Double O.

Y por fin llegó mi turno. Le tendí la mano, pero Jorge me dio un abrazo.

—Señor Haller, no sé qué decir —confesó—. Pero gracias.

—Llámame Mickey —le dije.

—Me ha salvado, Mickey.

—Bienvenido de nuevo al mundo.

Por encima de su hombro vi que las cámaras grababan nuestro abrazo. Sin embargo, de repente, nada de eso me importó. Noté que el agujero que había percibido en mi interior durante mucho tiempo empezaba a cerrarse. Había resucitado a ese hombre de entre los muertos. Sentía una plenitud que jamás había conocido en el ejercicio de la abogacía ni en la propia vida.

Parte 1

Marzo. El pajar

1

Bosch tenía la carta apoyada en el volante. Se fijó en que la letra era legible y no se salía de los márgenes. Estaba en inglés, pero no era un inglés perfecto. Había faltas de ortografía y habían empleado mal algunas palabras. «Yo no he hecho esto y quiero contractarle para que me esculpe.»

Fue la última línea de ese párrafo la que captó su atención: «El abogao dijo que tenía que declararme culpable o me caería perpetua por matar a un agente la ley».

Bosch dio la vuelta a la hoja para ver si había algo escrito en el reverso. Había un número estampado en la parte superior, lo que significaba que como mínimo alguien de la Unidad de Inteligencia de Chino había examinado la carta antes de que fuera aprobada y enviada.

Bosch se aclaró la garganta con precaución. La tenía irritada por el último tratamiento y no quería empeorar las cosas. Volvió a leer la carta. «No me caía bien, pero era el padre de mi hijo. No lo maté. Eso es mentira.»

Dudó, no estaba seguro de si debía poner la carta en la pila de los posibles o en la de los rechazados. Antes de que pudiera decidirse, se abrió la puerta del pasajero y Haller subió después de coger la pila de cartas sin leer del asiento y dejarlas sobre el salpicadero.

—¿No has recibido mi mensaje? —preguntó.

—Lo siento, no lo he oído —dijo Bosch.

Puso la carta en el salpicadero y encendió el motor del Lincoln.

—¿Adónde? —preguntó.

—Al juzgado del aeropuerto —dijo Haller—. Y llego tarde. Esperaba que me recogieras en la puerta.

—Lo siento.

—Sí, bueno, díselo al juez si llego tarde a esta vista.

Bosch puso la transmisión en D y arrancó. Condujo hasta Broadway y giró en la entrada de la 101 en dirección norte. La rotonda estaba llena de tiendas de campaña y chabolas de cartones. Las últimas elecciones a la alcaldía se habían centrado en cuál de los candidatos se ocuparía mejor del problema de los sin techo. Hasta el momento, él no había notado ningún cambio.

Bosch pasó enseguida a la 110 en dirección sur, que lo llevaría a la autovía Century y directamente al aeropuerto.

—¿Alguna buena? —preguntó Haller.

Bosch le entregó la carta de Lucinda Sanz. Haller empezó a leerla y enseguida se fijó en el nombre de la reclusa.

—Una mujer —dijo—. Interesante. ¿Cuál es su historia?

—Mató a su ex —dijo Bosch—. Parece que era policía. No refutó los cargos de homicidio sin premeditación porque la amenazaron con cadena perpetua.

—Homicidio…

Haller siguió leyendo y luego dejó la carta encima del montón de misivas que había arrojado sobre el salpicadero.

—¿Esto es lo mejor que tienes? —preguntó.

—Hasta ahora —dijo Bosch—. Todavía quedan más.

—Dice que no lo hizo, pero no dice quién lo hizo. ¿Qué podemos hacer con eso?

—No lo sabe. Por eso quiere tu ayuda.

Bosch condujo en silencio mientras Haller revisaba su teléfono; llamó a su gestora de casos, Lorna, para repasar su agenda. Cuando terminó, Bosch le preguntó cuánto tiempo se quedarían en la siguiente parada.

—Depende de mi cliente y de su testigo de descargo —dijo Haller—. Quiere pasar de mi consejo y decirle al juez por qué no es tan culpable en realidad. Preferiría que su hijo pidiera clemencia, pero no estoy seguro de que se presente, de si hablará o de cómo irá eso.

—¿Cuál es el caso? —preguntó Bosch.

—Fraude. Pueden caerle de ocho a doce. ¿Quieres entrar y mirar?

—No, estoy pensando que ya que estamos ahí podría pasarme a ver si está Ballard. Está cerca del juzgado. Mándame un mensaje cuando termines en la sala y volveré.

—Si oyes el mensaje.

—Pues llámame. Así lo oiré.

Diez minutos más tarde, Bosch se detuvo frente al juzgado de La Cienega.

—Hasta luego, cocodrilo —soltó Haller al bajarse—. Sube el volumen del teléfono.

Después de cerrar la puerta, Bosch ajustó el móvil tal como le habían pedido. No había sido del todo sincero con Haller sobre su pérdida de audición. Los tratamientos contra el cáncer en el centro médico de la UCLA habían afectado su capacidad auditiva. Hasta el momento, no tenía problemas con las voces o las conversaciones, pero algunos ruidos electrónicos estaban en el límite de su espectro. Había estado experimentando con varios tonos de llamada y alertas de mensajes, pero seguía buscando el ajuste adecuado. Mientras tanto, en lugar de escuchar los mensajes o las llamadas entrantes, se fiaba más de la vibración que los acompañaba. Había puesto el teléfono en el portavasos del coche y, por lo tanto, se había perdido tanto el sonido como la vibración que se produjeron cuando Haller le pidió que lo recogiera a la puerta del juzgado del centro de la ciudad.

Mientras se alejaba, Bosch llamó al móvil de Renée Ballard. Ella contestó enseguida.

—¿Harry?

—Hola.

—¿Estás bien?

—Claro. ¿Estás en Ahmanson?

—Sí. ¿Qué pasa?

—Estoy por el barrio. ¿Te va bien si me paso dentro de unos minutos?

—Aquí estaré.

—Voy para allá.

2

El Centro Ahmanson estaba en Manchester Avenue, a diez minutos. Era el principal centro de reclutamiento y formación del Departamento de Policía de Los Ángeles, pero también albergaba el archivo de casos abiertos: seis mil asesinatos sin resolver que se remontaban a 1960. La Unidad de Casos Abiertos consistía en un módulo para ocho personas al final de todas las filas de estanterías que contenían los expedientes de los crímenes. Bosch ya había estado allí antes y lo consideraba suelo sagrado. En cada fila, en cada archivador, rondaba el fantasma de la justicia pendiente.

En la recepción le dieron a Bosch una tarjeta de visitante para que se la enganchara en el bolsillo y lo enviaron a ver a Ballard. Dijo que no hacía falta que lo acompañaran porque conocía el camino. Después de entrar en la sala de archivos, recorrió las estanterías, fijándose en los años de los casos anotados en tarjetas pegadas en los extremos de cada fila.

Ballard estaba ante su escritorio, al fondo de la zona abierta que quedaba más allá de las estanterías. De los otros cubículos solo uno estaba ocupado. Allí estaba sentada Colleen Hatteras, la experta en genealogía genética de la unidad y vidente reprimida. Colleen pareció alegrarse de ver a Bosch cuando notó que se acercaba. El sentimiento no era mutuo. El año anterior, Bosch había trabajado durante un breve periodo en el equipo de Casos Abiertos, formado exclusivamente por voluntarios, y se había enfrentado a Hatteras por sus supuestas habilidades hiperempáticas.

—¡Harry Bosch! —exclamó ella—. Qué agradable sorpresa.

—Colleen —respondió Bosch—. Creía que era imposible sorprenderte.

Hatteras mantuvo su sonrisa mientras encajaba la pulla de Bosch.

—Sigues siendo el mismo Harry de siempre —dijo.

Ballard se volvió en su silla giratoria y terció en la conversación antes de que esta pudiera pasar de cordial a beligerante.

—Harry —dijo—, ¿qué te trae por aquí?

Bosch se acercó a Ballard y se volvió ligeramente para apoyarse en la mampara de separación del cubículo. De este modo quedó de espaldas a Hatteras. Bajó la voz para hablar con Ballard en la mayor intimidad posible.

—Acabo de dejar a Haller en el tribunal del aeropuerto —respondió—. He pensado en pasarme para ver qué tal iban las cosas por aquí.

—Van bien —dijo Ballard—. Hemos cerrado diecinueve casos en lo que va de año. Muchos de ellos gracias a la GGI y al buen trabajo de Colleen.

—Estupendo. ¿Habéis encarcelado a gente o se resolvieron por otros medios?

En investigaciones de casos abiertos, a menudo una coincidencia de ADN conducía a un sospechoso que llevaba mucho tiempo muerto o ya estaba encarcelado. Eso, por supuesto, resolvía el caso, pero se registraba como «resuelto por otros medios», porque no se llevaba a cabo ningún procesamiento.

—No, hemos encerrado a algunos —dijo Ballard—. Más o menos la mitad, diría yo. Pero lo más importante son las familias, hacerles saber que está resuelto, tanto si el sospechoso está vivo como si no.

—Claro —dijo Bosch—. Sí.

De todos modos, contarle a la familia de una víctima que el caso se había resuelto, pero que el sospechoso identificado estaba muerto, era algo que siempre había molestado a Bosch cuando trabajaba en casos abiertos. Para él, equivalía admitir que el asesino se había salido con la suya. Y no había justicia en eso.

—¿Ya está? —preguntó Ballard—. ¿Vienes a saludar y a incordiar un rato a Colleen?

—No, no era eso lo que... —murmuró Bosch—. Quería pedirte algo.

—Pues pide.

—Tengo un par de nombres. Gente que está en prisión. Quería conseguir números de casos o pedir los expedientes.

—Bueno, si están encerrados, entonces no estás hablando de casos abiertos.

—Claro. Lo sé.

—Entonces, que quieres que... Harry, ¿estás de broma?

—Eh, no, ¿qué quieres decir?

Ballard se volvió y se sentó más erguida para poder echar un vistazo por encima de su mampara en dirección al cubículo de Hatteras. Colleen tenía los ojos fijos en la pantalla del ordenador, lo cual significaba que probablemente estaba intentando oír su conversación.

Ballard se levantó y empezó a caminar hacia el pasillo principal, junto a los archivos.

—Vamos a tomar un café —dijo.

No esperó la respuesta de Bosch. Continuó caminando y él la siguió. Cuando miró a Hatteras, ella los estaba observando.

En cuanto llegaron a la sala de descanso, Ballard se volvió y se encaró con él.

—Harry, ¿me estás tomando el pelo?

—¿De qué estás hablando?

—Trabajas para un abogado defensor. ¿Quieres que busque nombres para un abogado defensor?

Bosch hizo una pausa. No lo había visto de ese modo hasta ese momento.

—No, no pensé que...

—Claro, no lo pensaste. No puedo buscar nombres para ti si trabajas para el Abogado del Lincoln. Podrían despedirme sin ni siquiera convocar una junta de derechos. Y no creas que no hay gente en el EAP que me tiene ganas. La hay.

—Lo sé, lo sé. Lo siento, no lo pensé. Olvida que he estado aquí. Te dejaré en paz.

Se volvió hacia la puerta, pero Ballard lo detuvo.

—No, estás aquí, estamos aquí. Vamos a tomarnos un café.

—Bueno, vale. ¿Estás segura?

—Siéntate. Yo lo traeré.

Había una mesa en la sala de descanso. Estaba pegada a la pared, con sillas en los tres lados abiertos. Bosch se sentó y vio que Ballard llenaba tazas de café para llevar y las acercaba. Como Ballard, Bosch tomaba el café solo, y ella lo sabía.

—Bueno —dijo la detective después de sentarse—. ¿Cómo estás, Harry?

—Eh, bien. No me quejo.

—Estuve en la División de Hollywood hace una semana y me encontré con tu hija.

—Sí, Maddie me lo contó, dijo que tenías a un tipo en una celda.

—Un caso del 89. Un asesinato con violación. Conseguimos el ADN, pero no pudimos encontrarlo. Pusimos una orden y lo detuvieron por una infracción de tráfico. Ni siquiera sabía que lo estábamos buscando. Maddie me dijo que entraste en un programa de pruebas en la UCLA.

—Sí, un ensayo clínico. Supuestamente con una tasa de extensión del setenta por ciento para lo que tengo.

—¿Extensión?

—Extensión de la esperanza de vida. Remisión si tienes suerte.

—Oh. Bueno, eso es fantástico. ¿Está dando resultados contigo?

—Es demasiado pronto para saberlo. Y no te dicen si estás recibiendo la inyección real o el placebo. Así que quién sabe.

—Vaya mierda.

—Sí. Pero… he tenido algunos efectos secundarios, así que creo que estoy recibiendo la verdadera.

—¿Como qué?

—Tengo la garganta muy irritada y empiezo a sufrir acúfenos y pérdida de audición, y me está volviendo loco.

—¿Y no están haciendo nada al respecto?

—Lo intentan. Pero en eso consiste estar en el grupo del ensayo. Monitorean estas cosas, tratan de mitigar los efectos secundarios.

—Sí. Cuando Maddie me lo dijo, me sorprendí un poco. La última vez que hablamos, dijiste que ibas a dejar que la naturaleza siguiera su curso.

—Cambié de opinión.

—¿Por Maddie?

—Sí, más o menos. En fin…

Bosch se inclinó y cogió su taza. El café aún estaba demasiado caliente para tomarlo, sobre todo tal y como tenía la garganta, pero quería dejar de hablar de su estado de salud. Ballard era una de las pocas personas a las que se lo había contado, así que creía que se merecía una puesta al día, pero había decidido no pensar demasiado en la situación ni en las diversas posibilidades para su futuro.

—Háblame de Haller —dijo Ballard—. ¿Cómo va eso?

—Pues va —respondió Bosch—. Estoy bastante ocupado con las cosas que van llegando.

—¿Y ahora lo llevas tú?

—No siempre, pero eso nos da tiempo para discutir las peticiones. No paran de llegar, ¿sabes?

El año anterior, cuando Bosch trabajaba de voluntario con Ballard en la Unidad de Casos Abiertos, resolvieron un caso en el que se identificó a un asesino en serie que llevaba varios años actuando en la ciudad sin levantar sospechas. Durante la investigación, también determinaron que el asesino era responsable de un crimen por el que habían encarcelado a un hombre inocente llamado Jorge Ochoa. Cuando la actuación de la Oficina del Fiscal del Distrito no se tradujo en la inmediata puesta en libertad de Ochoa, Ballard alertó a Haller del caso. El abogado se puso manos a la obra y, en una audiencia de *habeas corpus* a la que se le dio mucha publicidad, obtuvo una orden judicial que declaró a Ochoa inocente y dictaminó su puesta en libertad. La atención mediática que suscitó el caso se tradujo en una avalancha de cartas y llamadas telefónicas a cobro revertido dirigidas a Haller y procedentes de diversos reclusos de prisiones de California, Arizona y Nevada. Todos ellos reivindicaban su inocencia y suplicaban su ayuda. Haller puso en marcha su propio proyecto inocencia y encargó a Bosch que hiciera la primera revisión de todas aquellas reclamaciones. Haller quería contar con el filtro de la mirada de un detective experimentado.

—Estos dos nombres que querías que investigara, ¿crees que son inocentes? —preguntó Ballard.

—No lo sé, es demasiado pronto para eso —respondió Bosch—. Solo tengo sus cartas de la cárcel. Pero, desde que empecé con esto, he rechazado todo excepto a estos dos. Algo en ellos me dice que al menos debería estudiar sus casos más a fondo.

—Así que basándote en una corazonada vas a apostar por ellos.

—Creo que es algo más que una corazonada. Sus cartas parecen… desesperadas en cierto modo. Es difícil de explicar. No me refiero a una desesperación por salir de la cárcel, sino a una desesperación por que alguien los crea. No sé si tiene sentido. Solo necesito echar un vistazo a los casos. Tal vez entonces vea que mienten.

Ballard sacó su teléfono del bolsillo trasero.

—¿Qué nombres son? —preguntó.

—No, no quiero que hagas nada —dijo Bosch—. No debería haber preguntado.

—Solo dame los nombres. No voy a hacer nada ahora mismo con Colleen en su sitio. Voy a enviarme un mensaje con los nombres. Me recordará que te llame si consigo algo.

—¿Colleen sigue metiendo las narices en todo?

—No tanto, pero no quiero que sepa nada de esto.

—¿Estás segura? Tal vez ella pueda tener un presentimiento o una vibración y decirme si son culpables o no. Nos ahorraría mucho tiempo a los dos.

—Harry, para un poco, ¿quieres?

—Lo siento. No he podido evitarlo.

—Ella hace un buen trabajo en todo lo de la genealogía. Es lo único que me importa. A la larga, hace que merezca la pena aguantar sus «vibraciones».

—Estoy seguro.

—Tengo que volver a mi mesa. ¿Me vas a dar los nombres?

—Lucinda Sanz. Está en Chino. Y Edward Dale Coldwell. Está en Corcoran.

—¿Caldwell?

—No, con «o»: Coldwell.

Ballard escribía con los pulgares en su teléfono.

—¿Fechas de nacimiento?

—No se les ocurrió añadirlos en sus cartas. Tengo números de recluso, si eso ayuda.

—La verdad es que no. —Ballard volvió a guardarse el teléfono en el bolsillo—. Vale, si consigo algo, te llamo.

—Gracias.

—Pero no lo convirtamos en un hábito, ¿de acuerdo?

—Claro que no.

Ballard cogió su café y se dirigió hacia la puerta. Bosch la detuvo con una pregunta.

—Entonces, ¿quién te tiene ganas?

—¿Qué quieres decir?

—Abajo has dicho que hay gente que te tiene ganas.

—Es lo de siempre. Gente esperando que fracase. Lo típico de una mujer al mando.

—Bueno, que se jodan.

—Sí, que se jodan. Nos vemos, Harry.

—Nos vemos.

3

Bosch ya estaba de vuelta en La Cienega, cerca del juzgado, cuando Haller le mandó un mensaje para decirle que había terminado con la vista para dictar condena. Bosch le respondió que lo esperaría en la entrada. Acercó el Lincoln Navigator a las puertas de cristal justo cuando Haller salía. Pulsó el botón de desbloqueo y Haller abrió la puerta trasera y subió. Cerró, pero Bosch no movió el coche y se quedó mirándolo por el retrovisor.

Haller se acomodó y entonces vio que no se movían.

—Vale, Harry, podemos...

Se dio cuenta de su error, abrió la puerta y bajó. La puerta delantera se abrió y Haller subió al asiento del copiloto.

—Lo siento —dijo—. La costumbre.

Tenían un trato. Cuando conducía el Lincoln, Bosch insistía en que Mickey viajara en el asiento delantero para que pudieran conversar con naturalidad. Se había mostrado inflexible: no haría de chófer de un abogado defensor, aunque ese abogado resultara ser su hermanastro, que lo había contratado para que pudiera obtener un seguro médico privado y participar en el ensayo clínico de la UCLA.

Satisfecho de haber dejado clara su posición, Bosch se puso en marcha.

—¿Adónde?

—A West Hollywood —respondió Haller—. Al apartamento de Lorna.

Bosch cambió al carril de la izquierda para poder dar la vuelta y dirigirse hacia el norte. Ya había llevado a Haller a muchas reuniones con Lorna, ya fuera en la casa de ella o en Hugo's, en la misma calle, si iban a comer algo. Como el llamado Abogado del Lincoln no trabajaba en un local, sino en su coche, Lorna se encargaba de todo desde su apartamento de Kings Road. Era el centro del bufete.

—¿Cómo te ha ido? —preguntó Bosch.

—Digamos que a mi cliente le ha caído todo el peso de la ley —respondió Haller.

—Siento oírlo.

—El juez era un imbécil. Creo que ni siquiera se leyó el IPS.

Como expolicía sabía que los informes previos a la sentencia no solían ser favorables al delincuente, así que no estaba seguro de por qué Haller pensaba que una lectura atenta del IPS por parte del juez podría dar lugar a una sentencia menor en ese caso. Antes de que pudiera preguntar al respecto, Haller se acercó a la pantalla central del salpicadero, abrió la lista de favoritos de sus contactos y llamó a Jennifer Aronson, la socia del bufete Michael Haller and Associates. El sistema *bluetooth* transmitió la llamada por los altavoces del vehículo y Bosch escuchó ambas partes de la conversación.

—¿Mickey?

—¿Dónde estás, Jen?

—En mi casa. Acabo de llegar de la Oficina del Fiscal Municipal.

—¿Cómo te ha ido?

—Bueno, solo ha sido un primer asalto. Un poco de juego de la gallina. Nadie quiere ser el primero en dar una cifra.

Bosch sabía que Haller le había confiado a Aronson la negociación de Jorge Ochoa. Haller and Associates había presentado una demanda contra el Ayuntamiento y la policía de Los Ángeles por su condena y encarcelamiento injustos. Aunque el Consistorio y el Departamento de Policía estaban protegidos por los límites impuestos por el estado, había aspectos de la mala y posiblemente corrupta gestión del caso que permitían a Ochoa solicitar otras sanciones económicas. El Ayuntamiento esperaba evitarlo con un acuerdo negociado.

—No cedas —dijo Haller—. Pagarán.

—Eso espero —respondió Aronson—. ¿Cómo te ha ido en el aeropuerto?

—Le ha caído el gordo. Probablemente, el juez ni siquiera miró lo del trauma infantil. He intentado sacarlo a relucir, pero no me ha dejado. Y no ha ayudado que nuestro cliente pidiera clemencia diciéndole al juez que en realidad no había querido estafar a toda esa gente. Así que probablemente cumplirá siete años si no se le va la pinza.

—¿Había alguien a su lado aparte de ti?

—Solo yo.

—¿Y su hijo? Pensé que lo tenías preparado.

—No ha aparecido. En fin, pasando a otra cosa, voy a sentarme con Lorna dentro de más o menos media hora para mirar el calendario. ¿Quieres venir?

—No puedo. Acabo de llegar a casa para comer algo. Le prometí a mi hermana que hoy iría a Sylmar a ver a Anthony.

—Vale. Buena suerte con eso. Avísame si puedo ayudarte.

—Gracias. ¿Estás con Harry Bosch?

—Sentado a su lado.

Haller miró a Bosch e hizo un gesto de asentimiento con la cabeza, como si estuviera enmendando el hecho de haberse sentado en el asiento de atrás.

—¿Estamos en altavoz? —preguntó Aronson—. ¿Puedo hablar con él?

—Claro —respondió Haller—. Adelante. —Señaló a su hermanastro.

—Te escucho —dijo Bosch.

—Harry, sé que has trazado una línea acerca de no hacer trabajo de defensa *per se* —dijo Aronson.

Bosch asintió con la cabeza, pero se dio cuenta de que ella no lo veía.

—Cierto —dijo.

—Bueno, pues solo necesitaría que le echases un ojo a un caso —contestó Aronson—. Nada de trabajo de investigación. Solo un vistazo a lo que he recibido hasta ahora de la Fiscalía.

Bosch sabía que el principal centro de detención juvenil del norte del condado estaba en Sylmar, en el valle de San Fernando.

—¿Es un caso de menores? —preguntó.

—Sí, el hijo de mi hermana —dijo Aronson—. Anthony Marcus. Tiene dieciséis años, pero lo van a juzgar como adulto. Hay una vista la semana que viene y estoy desesperada, Harry. Necesito ayudarle.

—¿De qué lo acusan?

—Dicen que disparó a un policía, pero no hay nada en el carácter de ese chico que apunte a que haría algo así.

—¿Dónde? ¿Qué policía?

—Policía de Los Ángeles. Es un caso de West Valley. Ocurrió en Woodland Hills.

—¿Está vivo o muerto? El policía.

—Está vivo. Solo le dispararon en la pierna. Pero Anthony es incapaz de hacer eso, y me dijo que no lo hizo. Me explicó que alguien tuvo que disparar, porque él no fue.

Bosch se acercó a la pantalla del salpicadero y pulsó el botón de silencio. Miró a Haller.

—¿Estás de broma? ¿Quieres que trabaje para un chico que disparó a un policía de Los Ángeles? Ya estoy investigando el caso de Chino en el que una mujer disparó a un agente. ¿Sabes las consecuencias que podría tener esto para mí?

—¿Hola? —dijo Aronson—. ¿Te he perdido?

—No te estoy pidiendo que trabajes en el caso —dijo Haller—. Es cosa de ella, y lo único que quiere es que mires el expediente. Nada más. Lee los informes y dale tu opinión. Luego ya no tendrás nada que ver. No estarás atado a ella y nadie lo sabrá nunca.

—Pero yo sí lo sabré —dijo Bosch.

—¿Hola? —repitió Aronson.

Bosch negó con la cabeza y desactivó el botón de silenciar.

—Lo siento —dijo—. Te he perdido unos segundos. ¿Qué tipo de documentos tienes?

—Bueno, hay una cronología del investigador —dijo Aronson—. Y también un atestado y el informe médico del agente. Tengo un informe de pruebas, pero en realidad no hay ninguna. Iba a llamar hoy al fiscal asignado para ver cuándo será la próxima entrega de pruebas. Pero la conclusión es que hay algo que no me cuadra. Conozco a este chico de toda la vida y no es violento. Es amable. Es...

—¿Hay informes de testigos? —preguntó Bosch.

—Eh, no, no hay testigos —dijo Aronson—. Básicamente, es su palabra contra lo que dice la policía.

Bosch se quedó callado. Parecía un caso al que no le gustaría ni acercarse. Haller rompió el silencio.

—Mira, Jennifer —dijo—, envíale a Lorna lo que tienes por correo electrónico y dile que lo imprima. Harry lo verá dentro de treinta minutos. Vamos hacia su casa.

Haller miró a Bosch.

—A menos que digas que no —añadió.

Bosch negó lentamente con la cabeza. No estaba con Haller para eso. No quería que el último acto de su vida profesional fuera ayudar a criminales. El trabajo de pajar, como lo llamaba Haller, era una cosa; encontrar inocentes entre los muchos condenados le parecía un ejercicio de control de un sistema que sabía de primera mano que era imperfecto. Pero, en su opinión, ayudar en la defensa de un acusado era otra cosa.

—Le echaré un vistazo —dijo a regañadientes—. Pero, si hay que hacer algún trabajo de seguimiento, tendrás que acudir a Cisco.

Dennis *Cisco* Wojciechowski era el investigador de Haller and Associates desde hacía muchos años, y el marido de Lorna Taylor.

—Gracias, Harry —dijo Aronson—. Por favor, llámame en cuanto hayas tenido la oportunidad de revisarlo.

—Claro —dijo Bosch—. ¿Por qué quiere tu hermana que vayas a ver al chico?

—Porque dice que no le va bien —explicó Aronson—. Los otros chicos lo acosan. Me imagino que, si puedo sentarme con él durante una hora, es una hora que no tendrá que pasar asustado.

—De acuerdo, bueno, miraré el material del archivo en cuanto lo tenga —respondió Bosch.

—Gracias, Harry —dijo otra vez Aronson—. Te lo agradezco mucho, de verdad.

—¿Algo más por tu parte, Jennifer? —inquirió Haller.

—No, solo lo que he dicho.

—¿Cuándo es la próxima reunión con la Oficina del Fiscal Municipal? —preguntó Haller.

—Mañana por la tarde —contestó Aronson.

—Bien —dijo Haller—. Mantén la presión. Hablaremos después.

Haller colgó y circularon en silencio durante un rato. Bosch no estaba contento y no trataba de ocultarlo.

—Oye, Harry, solo échale un ojo al expediente y dile que no tienes nada —le propuso Haller—. Está demasiado involucrada emocionalmente en el caso. Tiene que aprender a…

—Sé que está involucrada —la interrumpió Bosch—. No la culpo. Pero lo que está pasando ahora es exactamente lo que te dije que no quería que pasara. Una vez más y lo dejo. ¿Lo entiendes?

—Sí —dijo Haller.

No tardaron demasiado en llegar a West Hollywood, lo que fue todo un alivio para Bosch, ya que después de la llamada con Aronson reinaba un silencio sepulcral en el coche. Bosch se desvió de Santa Monica Boulevard hacia Kings Road y recorrió dos manzanas hacia el sur. Haller había avisado a Lorna de que estaba a punto de llegar, por eso se encontraba de pie en un bordillo rojo, esperando con el expediente en la mano. Las ventanillas del Navigator estaban tintadas. Cuando Bosch se detuvo, Lorna bajó de la acera, rodeó el Lincoln por la parte trasera y se sentó detrás del asiento del conductor.

—Oh —le dijo ella a Haller—. Pensé que estarías en tu sitio habitual.

—No cuando conduce Harry —explicó Haller—. ¿Has impreso las cosas de Jennifer?

—Lo tengo aquí.

—Pásaselo a Harry para que le eche un vistazo mientras yo voy atrás contigo.

Bosch tomó la carpeta. La abrió y trató de no prestar atención a la conversación del asiento trasero; Haller empezó a repasar con Lorna el calendario judicial y otros asuntos relacionados con distintos casos.

El punto de partida de Harry fue el atestado policial. El chico se llamaba Anthony Marcus. Estaba a punto de pasar su decimoséptimo cumpleaños en el reformatorio de Sylmar, acusado de disparar a un agente de patrulla llamado Kyle Dexter con la pistola del propio policía. Según la denuncia, Dexter y su compañera Yvonne Garrity habían acudido en respuesta a un aviso de robo que se estaba produciendo en una casa de Califa Street, en Woodland Hills. Al llegar, examinaron el exterior de la casa y encontraron abierta una puerta corredera que daba a la piscina. Pidieron refuerzos, pero, antes de que llegaran otros agentes, Dexter vio una figura con ropa oscura que salía corriendo de la casa, trepaba por un muro situado detrás de la piscina para saltar a Valley Circle Boulevard, que discurría en paralelo a Califa. Dexter pidió a Garrity que cogiera el coche patrulla mientras él perseguía a pie a la figura que huía. Trepó por el muro e inició una persecución que se prolongó durante varias manzanas y terminó cuando Dexter alcanzó al sospechoso al doblar una esquina en Valerie Avenue. El sospechoso se había detenido, aparentemente creyendo que había despistado a su perseguidor, y Dexter dobló la esquina y se le echó encima. El policía sacó su arma y ordenó al sospechoso que se arrodillara y entrelazara las manos detrás de la nuca. El sospechoso obedeció y Dexter comunicó por radio su ubicación a su compañera y a los agentes de refuerzo. Cuando se acercó para esposar al sospechoso, se produjo un forcejeo y Dexter recibió un disparo. El sospechoso se dio a la fuga, pero otros agentes que estaban respondiendo a la llamada de Dexter de agente caído no tardaron en detenerlo.

El sospechoso fue detenido e identificado como Anthony Marcus. Negó haber robado en la casa o haber huido de la policía. Afirmó que se había escabullido de su propio domicilio y que se dirigía a casa de su novia para una cita secreta cuando, de repente, se encontró con Dexter. También negó haber disparado al policía, aunque admitió que huyó del lugar después del disparo y de que Dexter cayera, pues no sabía qué estaba pasando ni quién les estaba disparando.

Bosch leyó el informe dos veces y abrió Google Maps en su teléfono. Miró un mapa y luego fotos de las calles de la ruta de la persecución y los comparó con los detalles del informe. Eso le permitió comprender mejor la dirección, el terreno y la distancia de la persecución. A continuación, pasó al informe médico presentado por la División de Investigación de la Fuerza. La DIF se ocupaba de todos los tiroteos en los que estaban implicados agentes de policía, incluso de aquellos en los que la víctima era un agente. El informe médico indicaba que Dexter resultó herido dos veces por la misma bala, que le rozó la parte exterior de la pantorrilla derecha en ángulo descendente y luego le atravesó el zapato y el pie. Lo atendieron en urgencias del Centro Médico Warner y lo dieron de alta.

Bosch oyó a Haller en el asiento trasero diciéndole a Lorna que rechazara a un posible cliente acusado de distribuir fentanilo chino, a pesar de que estaba dispuesto a pagar un anticipo de cien mil dólares por los servicios del Abogado de Lincoln.

—El fentanilo está en mi lista negra —dijo Haller—. Dile que no.

—Lo sé —respondió Lorna—. Solo he pensado que querrías saber lo que ofrecía como anticipo.

—Es peor que dinero manchado de sangre. Siguiente.

Lorna le habló de otro caso en el que al posible cliente lo habían acusado de fraude por vender una guitarra que, según aseguraba, estaba firmada por John Lennon. El comprador descubrió, tras cerrar el trato, que la guitarra se había fabricado después de que Lennon hubiera muerto. El acusado vendía por internet recuerdos del mundo del rock and roll, y el fiscal estaba revisando otras ventas anteriores de guitarras supuestamente firmadas por estrellas del rock ya fallecidas, como Jimi Hendrix o Kurt Cobain. El caso podía complicarse.

Haller le dijo a Lorna que aceptaría la defensa, pero que necesitaría un anticipo de veinticinco mil dólares.

—¿Crees que será un problema? —preguntó Haller.

—Lo averiguo y te digo —respondió Lorna.

Bosch volvió a leer los informes del caso Marcus. Había una cronología de la investigación con breves anotaciones sobre los pasos que habían dado los investigadores de la DIF en el caso. Una de las últimas anotaciones indicaba que los investigadores se habían reunido con un técnico en huellas dactilares en la casa de Califa Street. Bosch sabía por experiencia que eso significaba que estaban intentando relacionar a Marcus con el robo que había dado origen a todo el suceso. Si conseguían situarlo en la casa, bloquearían una posible alegación de la defensa de que Marcus no era el ladrón al que Dexter y Garrity vieron huir. La cronología no decía qué había encontrado el técnico de huellas dactilares, si es que había encontrado algo.

Entre los informes había un inventario de las pertenencias requisadas a Marcus tras su detención y una descripción de su ropa. Llevaba vaqueros azules, zapatillas Nike negras y lo que se describió como una sudadera con capucha de la USC. En los bolsillos había una llave de casa, un condón y unas pastillas de menta. También había un informe de laboratorio de una prueba de residuos de disparo realizada al sospechoso, que dio positivo en las manos y en la manga derecha de su sudadera con capucha.

El último documento del paquete era una transcripción de las llamadas de radio que Dexter y Garrity habían realizado durante el incidente. En la primera, Garrity pedía refuerzos y, a continuación, decía que había un sospechoso huyendo y daba la descripción de alguien con pantalones oscuros y sudadera oscura con capucha. Bosch prestó mucha atención a las llamadas de auxilio que hizo Dexter momentos después y observó que la transcripción mostraba que solo transcurrieron ocho segundos entre que Dexter llamó diciendo dónde se encontraba y afirmando que tenía al sospechoso bajo custodia, y el aviso de agente caído:

01:43:23. Agente Dexter: Sospechoso de código cuatro, Valerie al oeste de Valley Circle.

01:43:31. Agente Dexter: Agente caído, agente caído...

01:43:36. Agente Dexter: Me ha disparado. Me ha disparado...

01:43:42. Agente Dexter: Sospechoso DAL, va al oeste por Valerie. Sudadera con capucha granate de la USC.

Después de revisar el expediente, Bosch tenía algunas ideas claras sobre lo que había ocurrido. Miró por el retrovisor. Haller y Lorna hablaban en ese momento de clientes que aún no habían pagado por los servicios jurídicos prestados. Era un espacio demasiado pequeño para mantener dos conversaciones separadas.

—Voy a salir para llamar a Jennifer —dijo Bosch.

—Gracias, Harry —respondió Haller.

4

Bosch puso la carpeta con los informes del caso Marcus sobre el capó del Navigator y llamó a Aronson. Contestó enseguida.

—Harry, estoy esperando para ver a Anthony en el centro de detención. Me harán pasar en cualquier momento.

—De acuerdo, puedes llamarme luego. Les he echado un ojo a los documentos que me has mandado de su caso.

—Muchas gracias. ¿Has visto algo?

—Escucha, no quiero que mi nombre se mezcle en esto. ¿Está claro? Hagas lo que hagas con lo que te diga, no me incluye a mí. ¿De acuerdo?

—Por supuesto. Ya he aceptado eso. No va más allá de esta llamada.

Bosch se quedó en silencio unos segundos mientras decidía si podía confiar en ella.

—¿Sigues ahí? —preguntó Aronson.

—Sí, aquí estoy —dijo Bosch—. Bueno, me has dicho que ibas a llamar al fiscal para ver si había alguna actualización de pruebas. ¿Lo has hecho?

—Eh, no, todavía no.

—Mira, la cronología dice que llevaron un técnico de huellas a la casa en la que, supuestamente, tu cliente irrumpió.

—Él asegura que no lo hizo.

—Cierto. Pero la cronología no dice qué encontró el técnico. Está claro que buscaban una huella de tu cliente en la casa, porque eso lo relacionaría con el robo y dejaría en entredicho su declaración inicial. Así que tienes que conseguir un informe de lo que encontró el técnico de huellas, si es que dio con algo.

—Vale, me pondré con eso. ¿Qué más?

—He mirado en Google Maps la zona donde ocurrió esto, y la casa de la esquina de Valley Circle y Valerie Avenue tiene un seto que recorre el perímetro del solar.

—De acuerdo. ¿Qué significa eso?

—Bueno, Dexter persiguió al sospechoso de robo por Valley Circle y luego lo siguió cuando el tipo giró a la izquierda en Valerie. Debido al seto, habría perdido de vista al sospechoso.

—Lo que apoya la afirmación de Anthony de que él no es el ladrón que Dexter estaba persiguiendo.

—Posiblemente, sí.

—Eso es bueno, pero el robo es el menor de nuestros problemas. Quieren acabar con él por el disparo. ¿Qué más viste?

—El informe de lo que llevaba encima. Anthony tenía un preservativo en el bolsillo junto con pastillas de menta y una llave de la casa.

—Lo que por supuesto apoya su historia, no la de ellos.

—Pero lo importante es lo que no tenía. Ni herramientas para el robo ni guantes. No hay guantes en el informe de pruebas. Por eso enviaron al técnico de huellas a la casa. Si no llevaba guantes, deberían haber encontrado sus huellas allí. Y si no, es que…

—Bien, Harry. Eso es lo primero que preguntaré cuando pueda hablar con la Fiscalía.

—La transcripción de radio que tienes aquí también es importante. Cuando empieza la persecución, la compañera de Dexter, Garrity, da una descripción. Dice que el sospechoso es un hombre blanco con ropa oscura. Luego, después de recibir el disparo, Dexter coge la radio y dice que el sospechoso está DAL y lleva una sudadera con capucha de la USC.

—¿DAL?

—Es el código policial para «desaparecido a la llegada». Significa que huyó. Pero lo importante es la sudadera. Las sudaderas de la USC suelen ser granates con letras doradas. ¿Cómo es que Garrity no vio las letras cuando vieron al tipo por primera vez?

—Tal vez estaba de espaldas a ellos.

—Posiblemente, pero es una discrepancia. Vieron que era blanco. Eso y que no hay huellas que lo sitúen en la casa.

—Correcto. Es un buen comienzo, Harry. Creo que puedo trabajar con eso. ¿Algo más?

Bosch dudó. Creía que había más inconsistencias significativas en los informes policiales y posiblemente incluso algo más turbio en lo que había ocurrido aquella noche en Valerie Avenue. Pero de alguna manera se sentía culpable de dar esa información a una abogada defensora. Y en ese momento Aronson planteó la pregunta que más le incomodaba.

—Entonces, ¿quién disparó a Dexter? —preguntó—. ¿Crees que el verdadero ladrón vino por detrás o algo así? Anthony dijo que no vio a nadie más.

—No, no creo que fuera eso lo que pasó —respondió Bosch—. Creo que el verdadero ladrón probablemente se coló entre un par de casas y se escondió en un patio trasero hasta que el camino estuvo despejado.

—Entonces, ¿qué ocurrió? Los informes dicen que hay residuos de disparo en las manos de Anthony.

—Los residuos se pueden explicar. Creo que existe la posibilidad de que Dexter se disparara a sí mismo y culpara a Anthony para no perder su trabajo.

—Harry, eres un puto genio.

—No te estoy diciendo esto como algún tipo de estrategia de defensa. Basándome en estos informes, creo que podría haber ocurrido.

—De acuerdo —dijo Aronson en un tono mortalmente serio—. Cuéntamelo.

—Mira, te repito que no estoy diciendo que es esto lo que pasó, ¿entendido? —dijo Bosch—. No sé. Pero no sería la primera vez que un poli imbécil se dispara a sí mismo y trata de culpar a otra persona. Si admites que te disparaste por accidente, estás casi acabado en el departamento. Hora de encontrar un trabajo nuevo.

—Lo entiendo. Solo cuéntame paso a paso lo que podría haber sucedido y partiré de ahí.

—Bueno, sabemos por Anthony que Dexter tenía su arma en la mano y le estaba apuntando con ella. Fue una persecución cargada de adrenalina y luego vino la detención. Antes de acercarse a él, ordenó a Anthony que se pusiera de rodillas y entrelazara los dedos detrás de la nuca. Entonces, el procedimiento sería acercarse, agarrar y sujetar las muñecas del sospechoso con una mano mientras enfundas tu arma con la otra. Luego, esposas al sospechoso. Según la transcripción de las llamadas de radio, Dexter dijo que el sospechoso estaba en código cuatro, lo que significa «bajo custodia». Y luego, ocho segundos después, hace la llamada de oficial caído.

—¡Dios mío, Dexter se disparó a sí mismo!

Aronson respondió casi eufórica al ver un camino abierto para defender con éxito al hijo de su hermana.

—No sé lo que pasó —dijo Bosch—. Y tú tampoco. Pero hay un par de cosas. Lo primero es que Anthony no llevaba las esposas de Dexter en las muñecas cuando después lo detuvieron. Así que, pasara lo que pasara, ocurrió antes de que Dexter pudiera esposarlo. Luego, tienes la trayectoria de la bala que se disparó.

—Le atravesó el pie —dijo Aronson.

—Después de herirle en la parte exterior de la pantorrilla derecha. Trayectoria descendente clara. Lo que tienes que averiguar es si Dexter es diestro y enfundó su arma en su lado derecho. Podría significar que disparó el arma involuntariamente mientras intentaba enfundarla. Recuerda, fue un momento cargado de tensión y adrenalina. Ha pasado antes.

—Y está dispuesto a enviar a un chico de dieciséis años a prisión para cubrir su propia cagada.

—Tal vez. No había nada en lo que conseguiste que dijera cuánto tiempo lleva en el departamento. Supongo que no mucho. Un disparo accidental suele ser un error de novato. Esto también podría explicar que Anthony diera positivo en residuos de disparo. Estaba arrodillado, con las manos en la nuca. Dexter justo detrás de él. Dependiendo de lo alto que sea Dexter, esta posición coloca las manos y el brazo derecho de Anthony cerca de un disparo por parte de un diestro.

—Oh, Dios mío..., voy a conseguir toda esa información antes de que termine el día.

—Bueno, ten en cuenta que, si lo estás viendo de esta manera, la DIF probablemente también lo haga. Ese informe de huellas dactilares es importante.

—Harry, no puedo agradecértelo lo suficiente.

—Puedes agradecérmelo manteniéndome al margen.

—No tienes que preocuparte. Estás completamente fuera. Pero me tengo que ir. Acaban de hacerme señas de que han puesto a Anthony en la sala de abogado-cliente.

—Vale, buena suerte.

Aronson colgó. Bosch cogió la carpeta del capó y volvió al asiento del conductor del Navigator. Al parecer, Haller y Lorna habían terminado con los casos y se habían enfrascado en una conversación sobre Hayley, la hija de Haller, que estaba estudiando para el examen del colegio de abogados después de haber terminado Derecho en la USC.

—Tendrás que cambiar el nombre del bufete a Haller and Haller —dijo Lorna.

—No creo que pretenda dedicarse al derecho penal —repuso Haller—. Quiere centrarse en el derecho medioambiental y ayudar a salvar el planeta.

—Buenas intenciones, pero aburridísimo.

—Encontrará su camino.

—Muy bien, chicos, me voy. Mickey, te informaré sobre el fraude de la guitarra. Con suerte, podrá pagar el anticipo.

—Ojalá.

Bosch oyó que Lorna empezaba a abrir la puerta para salir.

—Espera —dijo.

Miró por el retrovisor lateral para asegurarse de que no venía ningún coche por detrás.

—Está bien, no viene nadie —dijo.

—Gracias, Harry —respondió Lorna, que salió y cerró la puerta.

—¿No habrías podido salir y abrirle? —preguntó Haller.

—Probablemente —contestó Bosch—. Culpa mía. ¿Adónde vamos ahora?

—Ya está —dijo Haller—. He terminado por hoy y puedes llevarme a casa.

Bosch miró el reloj del salpicadero. Todavía no eran las dos, así que iba a terminar de trabajar temprano. No puso el coche en marcha. Esperó y Haller se dio cuenta del motivo.

—Ah, claro —dijo. Salió del coche y volvió a entrar, esta vez en el asiento delantero, después de colocar el expediente de Anthony Marcus en el salpicadero—. ¿Has averiguado algo sobre este caso? —preguntó—. Me ha dado la impresión de que eras tú el que más hablaba.

—Creo que sí —dijo Bosch—. Se podría decir que la he encaminado.

—Bien. Espero que no te haya oscurecido el alma tener que hacer eso.

—Un poco. Pero lo superaré. Solo recuerda que ha sido una vez y nunca más, Mick, y ha sido fácil. Pero ahora vuelvo al pajar.

—Que es exactamente donde te necesito. Encuéntrame la aguja.

Después de mirar por el retrovisor lateral, Bosch arrancó y empezó a dirigirse hacia la casa de Haller. Al cabo de unos minutos de silencio, Bosch habló.

—Sobre esa negociación de Ochoa con el fiscal municipal, ¿qué ganas con eso?

—Bueno, tenemos una tarifa variable para todos esos casos. Obtenemos un veinticinco por ciento estándar hasta el primer millón, sube hasta un treinta y tres en una escala prorrateada. La mayoría de los abogados tienen una tarifa plana de un tercio o más hasta el final. Mi parte solo aumenta si aumenta el cheque.

—No está mal cuando es tan fácil como parece este.

—Nunca es tan fácil como parece.

—Pero con el pajar, no lo haces por ese pago de la segunda fase, ¿verdad?

—Es estrictamente *pro bono* en todo el trabajo que hacemos de entrada. Luego, si sacamos a alguien, estaré encantado de representarle en una demanda por daños y obtener una compensación en función de mi tarifa habitual. Pero eso es hacer castillos en el aire: en la mayoría de los casos, el estado limita la compensación. Así que podría haber dinero al final, sí. Pero esto no es una operación para ganar dinero. ¿Por qué crees que estaba revisando casos con Lorna? Tengo que mantener la máquina engrasada. Necesito echar gasolina en el depósito, casos con los que ganar dinero y que tú puedas trabajar en el pajar.

—Solo quería estar seguro, nada más.

—Bueno, puedes estarlo. El trato que hice con Ochoa lo hice antes de que empezaran a llegar todas las cartas, y fue Hayley quien me sugirió que creara mi propio pequeño proyecto de inocencia. La única diferencia es que el verdadero Proyecto Inocencia acepta donaciones para la causa. Yo no.

—Entendido.

Volvieron a quedarse en silencio hasta que Bosch empezó a subir la colina por Fareholm. Pasó por delante de la casa de Haller y dio la vuelta en lo alto; luego volvió a bajar a la casa y aparcó delante de las escaleras que conducían a la puerta del domicilio de Haller.

Ambos bajaron del coche.

—Gracias, Harry —dijo Haller.

—¿Qué vas a hacer? —preguntó Bosch.

—Bueno, hace meses que no tengo medio día libre. No quiero desaprovecharlo. Puede que vaya a Wilshire a hacer unos hoyos.

—¿Juegas al golf?

—Tomo clases.

—¿Y eres socio de Wilshire?

—Desde hace unos meses.

—Bien por ti.

—¿Qué significa ese tono?

—Nada. Solo significa que me alegro de que estés en un club. Te lo mereces.

—Tengo un amigo en la oficina del Defensor Público que es miembro. Me apadrinó.

—Qué bien.

—¿Y tú qué vas a hacer esta tarde?

—No lo sé. Probablemente, echarme una siesta.

—Deberías.

Bosch le entregó las llaves del Lincoln y empezó a caminar calle abajo hacia donde había aparcado su Cherokee. Haller lo llamó.

—¿Qué tal el coche nuevo? —preguntó.

—Me gusta —dijo Bosch—. Todavía echo de menos el viejo.

—Es muy propio de ti, Bosch.

Bosch no estaba seguro de qué quería decir. Había encontrado y comprado un todoterreno Cherokee de 1994 para sustituir el que había perdido en un accidente durante la investigación en la que había trabajado con Ballard el año anterior. El «nuevo» coche viejo tenía menos kilómetros y una suspensión mejor. Venía con neumáticos nuevos y lo habían pintado hacía poco. No tenía toda la parafernalia del Navigator, pero era lo bastante bueno para llevarlo a casa.

5

Después de despertarse de una larga siesta, Bosch miró su teléfono y vio que había seguido durmiendo pese a haber recibido varios mensajes de texto; leyó los de su hija, Ballard y Aronson, y uno de un camarero del Catalina Bar and Grill. Se levantó, se lavó la cara y fue al comedor, donde la mesa hacía tiempo que se había convertido en escritorio. Se detuvo en las estanterías que tenía junto al tocadiscos y examinó su colección de vinilos. Sacó uno antiguo, un disco que había sido de los favoritos de su madre. Se había publicado en 1960, un año antes de que ella muriera, y Bosch lo había conservado en perfecto estado. Lo había cuidado durante años no solo por respeto a su madre, sino también al artista.

Dejó caer con cuidado la aguja en la segunda pista de *Introducing Wayne Shorter*. Shorter, que dejó los Jazz Messengers de Art Blakey para grabar su primer álbum como líder, no tardó en tocar el saxo tenor al lado de Miles Davis y Herbie Hancock. Theo, del Catalina, le había dejado a Bosch el mensaje de que Shorter acababa de fallecer.

Bosch se puso delante de los altavoces y escuchó la habilidad de Shorter en el segundo tema. Su respiración, el trabajo de los dedos, todo estaba ahí. Habían pasado más de seis décadas desde que Bosch escuchara por primera vez esas notas, pero la noticia de la muerte de Shorter había disparado el recuerdo de esa canción que todavía significaba mucho para él. El tema terminó y Bosch levantó con cuidado el brazo del tocadiscos, lo echó hacia atrás y puso de nuevo *Harry's Last Stand*. Luego se acercó a la mesa para volver al trabajo.

El mensaje de Maddie era breve; seguía su rutina diaria de preguntar cómo estaba. Le respondería con una llamada más tarde. Ballard le había escrito para decirle que le había enviado un mensaje de correo electrónico. Vio que le había enviado dos enlaces de artículos del *Los Ángeles Times* de cinco años atrás. Empezó a leerlos en orden cronológico.

Exmujer acusada del asesinato de un heroico ayudante del sheriff

Por Scott Anderson, de la redacción del *Times*

La exesposa de un ayudante del sheriff del condado de Los Ángeles, alabado en su día por su valor frente a los disparos, ha sido acusada de su muerte tras un enfrentamiento doméstico en Quartz Hill.

Lucinda Sanz, de treinta y tres años, fue acusada el pasado lunes de asesinato en primer grado por disparar por la espalda a su exmarido, Roberto Sanz, cuando este cruzaba el jardín delantero de la casa que ambos habían compartido con su hijo de corta edad. Según los investigadores del sheriff, la expareja había mantenido una acalorada discusión momentos antes. Lucinda Sanz se encuentra detenida en la cárcel del condado. La fianza se ha establecido en cinco millones de dólares.

Los investigadores de Homicidios establecieron que el asesinato ocurrió alrededor de las 20.00 del domingo en Quartz Hill Road a la altura del 4500, poco después de que Roberto Sanz dejara a su hijo en la casa de su exesposa tras una visita de fin de semana que formaba parte del acuerdo de custodia de la pareja. El sargento Dallas Quinto declaró que los dos adultos habían discutido poco antes de que Roberto Sanz saliera de la casa.

Momentos después recibió dos disparos en la espalda mientras cruzaba el césped hacia su camioneta aparcada en la calle. El hijo pequeño de la pareja no presenció los hechos, declaró Quinto.

Roberto Sanz no llevaba chaleco antibalas en el momento de recibir los disparos porque no estaba de servicio.

«Es muy triste que haya terminado así —dijo Quinto—. Roberto estaba constantemente amenazado cuando trabajaba en las calles, protegiendo a la comunidad. Que la amenaza definitiva proviniera de su familia es desgarrador. Era muy querido por sus compañeros.»

Roberto Sanz, de treinta y cinco años, formaba parte de un equipo antibandas asignado a la comisaría de Antelope Valley. Anteriormente había estado destinado en la división de prisiones. Hace un año, fue elogiado por el sheriff Tim Ashland y condecorado con la medalla del departamento al valor tras un tiroteo con miembros de una banda de Lancaster que habían tendido una emboscada a Sanz cuando este se detuvo en el puesto de hamburguesas Flip's. Sanz salió ileso del tiroteo, pero un miembro de la banda murió de un disparo y otro resultó herido. Otros dos hombres armados se dieron a la fuga y nunca han sido identificados.

Bosch volvió a leer el artículo. Quartz Hill era un barrio periférico de otro barrio periférico llamado Palmdale, situado en la vasta expansión del condado hacia el noreste. Lo que había sido una pequeña población desierta había experimentado, igual que la vecina Lancaster, un enorme crecimiento demográfico desde principios de siglo, cuando los precios de la vivienda en Los Ángeles se dispararon y obligaron a miles de personas a desplazarse a las zonas más remotas del condado en busca de casas asequibles. Palmdale y Lancaster se convirtieron en una única pequeña metrópolis en el desierto con todos los problemas de la vida urbana, como las bandas y las drogas. Era una zona donde el Departamento del Sheriff tenía mucho trabajo.

Quartz Hill estaba encajonado entre Palmdale y Lancaster. Bosch había estado allí investigando casos en el pasado y se acordaba de las plantas rodadoras y las calles cubiertas de arena. Esperaba que todo eso hubiera cambiado.

Bosch admiraba lo que había hecho Ballard. En lugar de enviarle los informes de un caso sacados de un ordenador de la policía y arriesgarse a perder su trabajo, había buscado el caso y luego había encontrado enlaces a artículos de periódicos que estaban a disposición de cualquiera. De hecho, Harry estaba enfadado consigo mismo por no haber pensado en buscar el nombre de Lucinda Sanz en el *L. A. Times* antes de acudir a Ballard.

Hizo clic en el segundo enlace y se descargó otro artículo sobre el caso Sanz, publicado nueve meses después del primero.

Condenada la exmujer del héroe asesinado
Por Scott Anderson, de la redacción del *Times*

La exesposa de un ayudante del sheriff del condado de Los Ángeles, alabado en su día por su valor, fue condenada a prisión el jueves por matarlo tras una disputa sobre la custodia de su hijo pequeño.

Lucinda Sanz, de treinta y cuatro años, se declaró *nolo contendere* de un único cargo de homicidio ante el Tribunal Superior de Los Ángeles. En virtud de un convenio declaratorio, el juez Adam Castle la condenó a once años de prisión.

Sanz había mantenido su inocencia en la muerte del ayudante Roberto Sanz. Este salía de la casa de Quartz Hill donde vivían su exmujer y su hijo cuando recibió dos disparos por la espalda. Murió en el jardín delantero del domicilio. El hijo no presenció el asesinato de su padre.

El abogado de la acusada, Frank Silver, explicó que su clienta no tuvo más remedio que aceptar el pacto ofrecido por los fiscales.

«Sé que se ha mantenido firme en su afirmación de que es inocente —manifestó Silver—. Pero las pruebas estaban en su contra. En algún momento, la realidad era que podía arriesgarse e ir a juicio y probablemente acabar pasando el resto de su vida entre rejas, o podía asegurarse volver a ver la luz del día. Es una mujer joven. Si tiene buena conducta, saldrá y seguirá teniendo una vida, y a su hijo esperándola.»

La pareja tenía un largo historial de problemas domésticos, incluidas órdenes de alejamiento, monitorización de visitas al hijo a cargo del tribunal y una acusación anterior de agresión contra Lucinda Sanz que posteriormente se desestimó. El día del homicidio, ella envió a su exmarido varios mensajes de texto amenazadores. No se recuperó ningún arma en el lugar del crimen, pero los investigadores del sheriff declararon que la acusada tuvo tiempo suficiente para esconder el arma y que sus manos y su ropa dieron positivo en el test de residuos de disparo.

«¿Dónde estaba el arma? —preguntó Silver—. Eso siempre me va a preocupar. Creo que podría haber hecho algo con eso en el juicio, pero tuve que seguir los deseos de mi clienta. Ella quería aceptar el trato.»

Fue Lucinda Sanz quien llamó inicialmente al 911, y los investigadores dijeron que el tiempo de respuesta fue de nueve minutos, lo cual le dio oportunidad de sobra para esconder el arma. En múltiples registros de la casa y sus alrededores no se encontró, y los investigadores no han descartado la posibilidad de que hubiera un cómplice del crimen que la ocultara.

Roberto Sanz, de treinta y cinco años, llevaba once años en el Departamento del Sheriff. Estaba destinado en la comisaría de Antelope Valley, donde formaba parte de una unidad antibandas.

Un año antes de su muerte recibió la medalla del sheriff al valor tras enzarzarse en un tiroteo con cuatro pandilleros que le tendieron una emboscada en una hamburguesería a la que había ido en su descanso de mediodía. Sanz mató a tiros a uno de los asaltantes e hirió a un segundo; los otros dos nunca fueron identificados ni detenidos.

Al no refutar los cargos —técnicamente, *nolo contendere*—, Lucinda Sanz no tuvo que reconocer ante el tribunal haber matado a su exmarido. Su madre y su hermano vieron como la conducían a prisión. Una parte del acuerdo de reducción de pena establecía su ingreso en la Institución para Mujeres de California, en Chino, para que Lucinda Sanz pudiera estar cerca de su familia, incluido su hijo, que ahora será criado por su abuela.

«Esto no debería ser así —manifestó fuera del tribunal Muriel López, madre de Lucinda—. Ella debería criar a su hijo. Roberto siempre amenazó con quitárselo. Con su muerte, finalmente lo hizo.»

Bosch también releyó este artículo. Contenía muchos más detalles del crimen. Los nuevos le molestaron. Nunca se encontró el arma homicida, a pesar de que tuvo que haber búsquedas intensivas y repetidas. Eso sugería que, de alguna manera, se la habían llevado lejos del lugar del crimen. Como Sanz era ayudante del sheriff, Bosch sospechaba que la investigación se habría llevado a cabo sin escatimar esfuerzos y que a la primera búsqueda le habrían seguido al menos dos más con equipos y miradas diferentes. Le satisfacía que el arma no estuviera allí; sugería planificación y premeditación.

Sin embargo, disparar a Sanz por la espalda mientras caminaba por el patio delantero hacia su vehículo apuntaba a un acto de ira impulsivo. Contradecía cualquier idea de que el asesinato hubiera sido planeado. Eso y la ausencia del arma homicida fueron probablemente las razones por las que la Fiscalía propuso a Silver una reducción de cargos.

Bosch conocía a Frank Silver; en cierta ocasión, se habían enfrentado en un caso. No era uno de los mejores abogados de la ciudad. No era un Abogado del Lincoln, sino un abogado defensor de segundo nivel que seguramente era consciente de que no podría ganar el caso si iba a juicio. A pesar de lo que había declarado al periódico, probablemente acogió con agrado la oferta de un acuerdo prejudicial, y eso habría afectado a su forma de vendérselo a su cliente.

Bosch cogió su teléfono y envió un mensaje de texto a Ballard, dándole las gracias, pero sin mencionar lo que le estaba agradeciendo. Luego tentó su suerte preguntándole crípticamente si había encontrado algo en la otra cosa —es decir, el otro nombre— que le había dado.

Mientras esperaba una respuesta, buscó el nombre de Coldwell en el *Times,* pero no obtuvo resultados. Lo intentó sin el segundo nombre y volvió a quedarse en blanco.

Revisó su teléfono. Nada de Ballard.

A Bosch no le gustaba esperar información. Le inquietaba, le agitaba. Todos sus años como investigador le habían enseñado que el impulso era clave y que perderlo podía estancar un caso para siempre. Eso se aplicaba incluso a los casos abiertos, en los que la mayoría de las veces el impulso solo estaba en la cabeza del investigador. Bosch sentía que no tenía demasiado impulso, pero la contradicción que había percibido en las noticias del periódico sobre el caso Sanz, unida a la carta de Lucinda, había encendido un fuego en su interior. Quería seguir avanzando si aún no había progresos con Coldwell.

Cogió el teléfono, pero dudó antes de llamar a Ballard. No quería perderla como amiga y fuente, y sabía que lo haría si seguía incordiándola con llamadas en las que le pedía que rompiera las reglas.

Dejó el teléfono, aunque miró la hora en la pantalla. Se maldijo en silencio por haberse echado una siesta que le había absorbido toda la tarde. Aunque consiguiera llegar al juzgado, tendría poco tiempo para revisar lo que aún pudiera haber en el expediente de Lucinda Sanz en los archivos del sótano. Ese viaje tendría que esperar hasta la mañana siguiente.

Volvió a descolgar el teléfono y llamó a su hija, con la certeza de que oír su voz y saber lo que ocurría en su mundo lo alejaría de Lucinda Sanz y de su frustración por el bloqueo en su impulso. Pero saltó el buzón de voz. Decepcionado, Bosch le dejó una puesta al día superficial, diciéndole que le iba bien y que estaba ocupado con un par de investigaciones para Mickey Haller.

Después de colgar, se acordó del mensaje de texto de Jennifer Aronson. Le había pedido que la llamara. Bosch lo hizo y se dio cuenta de que ella estaba conduciendo mientras atendía la llamada.

—Harry, he hablado con la fiscal y ha admitido que no se encontraron las huellas de Anthony en la casa de Califa.

—¿Dijo si había otras huellas que no pertenecieran a los ocupantes?

—Se lo pregunté, pero me dijo que tenía que esperar a la próxima entrega de pruebas. Ya ha sido bastante difícil conseguir que admitiera que las huellas de Anthony no estaban ahí.

—Entonces, ¿cuándo es la próxima entrega de pruebas?

—Me ha dicho que está esperando hasta que el juez decida si Anthony será juzgado como adulto.

—Bien, ¿qué más? ¿Le has contado tu teoría de que Dexter se disparó a sí mismo?

—Sí. Pensé que tal vez eso la asustaría y se pensaría otra vez lo de juzgarlo como adulto. Si lo trasladan al Tribunal Superior, será un juicio abierto y todo saldrá a la luz. El Tribunal de Menores está cerrado al público y a la prensa.

—¿Y qué ha dicho?

—Se ha reído y me ha dicho «buen intento». Ha pensado que iba de farol.

—¿Quién es la fiscal?

—Shay Larkin. Es más joven que yo.

—Bueno, se dará cuenta de que no es un farol. ¿Cómo está Anthony?

—Cagado de miedo. Necesito sacarlo, pero no hay nada que pueda hacer…, legalmente al menos.

—¿Qué significa eso?

—Quiero convocar una conferencia de prensa. Dar a conocer estas ideas sobre Dexter y presionarlos para que lo investiguen a él y sepan que no es un farol.

—¿Eso no les dará una ventaja en tu caso?

—Sí, pero si con eso consigo sacar a Anthony… También creo que sería mejor que lo hiciera Mickey. Los medios lo siguen como perros. Él atraería atención sobre esto.

—No es mala idea.

—Y alguien como tú, con tu experiencia, estando a su lado sin duda le daría credibilidad.

Bosch cerró los ojos y lamentó no haberlo visto venir.

—Jennifer, eso no va a pasar —dijo—. Teníamos un trato. Miro el expediente, pero luego me voy.

—Lo sé, lo sé —respondió Aronson—. Pero es el hijo de mi hermana, Harry. No soporto verlo ahí dentro cuando sé que es inocente.

—Si es inocente, lo sacarás.

—Al final, Harry. Pero ¿qué pasará entre tanto? Podría resultar herido ahí dentro. O algo peor.

—Entonces da tu rueda de prensa y a ver qué pasa. Haz que Mickey suba, pero no me lo pidas a mí. Tengo relaciones y una reputación en esta ciudad que no voy a destruir por lo que fue menos de una hora de trabajo en este caso. Has de encontrar otra manera.

Se hizo el silencio; cuando finalmente Aronson respondió, su tono era tan frío como la lluvia de invierno.

—Lo comprendo —dijo—. Adiós.

Aronson colgó, pero Bosch se quedó con el teléfono pegado a la oreja, preguntándose por qué se sentía un cobarde.

Pensó en Anthony Marcus, solo en el reformatorio de Sylmar. De niño, Bosch había estado varias veces en el reformatorio por haberse escapado de casas de acogida. De adolescente era tan flaco que unos años más tarde lo metieron en una brigada de túneles en Vietnam. Su tamaño era una ventaja para moverse por los oscuros y estrechos túneles del Vietcong. Pero eso lo había convertido en un blanco fácil en los reformatorios. Le habían hecho cosas, le habían quitado cosas, no le gustaba detenerse en los recuerdos. Pero pensar en Anthony Marcus en Sylmar se los trajo. A pesar de la posición que había adoptado con Haller y Aronson, Bosch estaba afectado por lo que Aronson había dicho sobre el acoso que sufría Anthony. Sabía de primera mano que en el reformatorio reinaba la ley de la selva. Secretamente esperaba que Aronson pudiera rescatar a su sobrino con la ayuda que acababa de proporcionarle.

6

Al día siguiente, a las nueve de la mañana, Bosch estaba otra vez con el caso de Lucinda Sanz, ante la ventanilla de atención al público de la división de archivos del Tribunal Superior de Los Ángeles, en el centro de la ciudad. Los archivos se encontraban en el sótano del Centro Cívico, tres plantas por debajo de las grandes extensiones de césped verde y las sillas rosas de Grand Park. Poca gente sabía que debajo del parque había un búnker de hormigón sin ventanas donde estaban a disposición del público los expedientes y pruebas judiciales de décadas de procesos penales.

Bosch sí lo sabía y estaba el primero de la cola del mostrador de peticiones cuando el funcionario deslizó la ventana de plexiglás y abrió al público. Ya había rellenado el formulario de solicitud de todo el material existente en los archivos relacionado con el caso «California contra Lucinda Sanz», después de haber obtenido el número del caso de la base de datos pública del sistema judicial del condado la noche anterior.

El funcionario estudió el formulario y le dijo a Bosch que tomara asiento; luego, desapareció en la inmensidad de los archivos.

Bosch no esperaba gran cosa, porque el caso nunca había llegado a juicio. Eso significaba que no habría pruebas —fotos y documentos— que se hubieran mostrado a un jurado. Lo que sí esperaba era el informe previo a la sentencia presentado por el Departamento de Libertad Condicional. El juez lo habría exigido antes de aceptar la conformidad de Lucinda Sanz y dictar sentencia. Los IPS que Bosch había visto en el pasado solían llevar adjuntos informes del caso y otros documentos presentados en apoyo de la recomendación de sentencia. Esos informes eran lo que quería, y albergaba la esperanza de que contuvieran lo suficiente para formarse una idea básica del caso.

Mientras esperaba, Bosch sacó su teléfono para llamar al centro oncológico de la UCLA y aplazar su cita hasta la tarde. Pero, como estaba tres pisos bajo tierra y rodeado de muros de hormigón armado, no tenía cobertura. Pensó en subir alguna planta para hacer la llamada, pero no quería estar ausente cuando volviera el funcionario.

Diez minutos más tarde, el funcionario salió de los archivos con una única carpeta de papel manila, no más gruesa que una rebanada de pan. Interpretó la reacción de Bosch.

—Es todo lo que he podido encontrar —dijo—. Pero fue un caso de *nolo*. No hubo juicio, ni pruebas, ni transcripciones. Y gracias que hay una carpeta.

Bosch cogió la carpeta y la llevó a una sala adjunta, donde había mesas rodeadas por mamparas para consultar documentos y pruebas. Abrió la carpeta y encontró una lista manuscrita en una ficha pegada al lado interior de la cubierta. Solo se enumeraban seis documentos, ordenados por fecha de presentación ante el tribunal. La hoja superior era la más reciente, la orden del juez Castle por la que se condenaba a Lucinda Sanz a prisión. Detrás había tres cartas enviadas al juez pidiendo clemencia para la acusada. Procedían de su madre, de su hermano y de un hombre que en el párrafo inicial decía haber sido el jefe de Lucinda en una plantación de cebollas de Lancaster, donde ella había trabajado durante muchos años en el almacén de empaquetado y expedición.

Bosch los hojeó rápidamente antes de pasar al siguiente documento, que era el acuerdo firmado por Lucinda Sanz en el que se declaraba *nolo contendere* de un cargo de homicidio. El documento, firmado también por Andrea Fontaine, la ayudante del fiscal que había llevado el caso, establecía además una escala de penas que iba de media a alta, con un agravante por el uso de un arma de fuego. Todo indicaba que Sanz se presentaría ante el juez y recibiría una condena que podría oscilar entre siete y trece años. A Bosch le pareció un buen trato para alguien que supuestamente había matado a un agente de la ley.

El último documento era el informe previo a la sentencia. Bosch vio que era extenso y que al menos la mitad de las páginas eran documentos de la policía y de la autopsia. Era lo que buscaba: resúmenes de la investigación que le permitirían entender cómo se había trabajado en el caso.

El autor del informe era un agente de libertad condicional del estado de California llamado Robert Kohut. El documento estaba escrito en forma narrativa y era básicamente una inmersión profunda en la vida de Lucinda Sanz, con secciones o temas específicos relativos a la infancia, la estructura familiar, los problemas legales en la adolescencia, la educación, el historial laboral, el historial de residencia, las interacciones con las fuerzas del orden en su edad adulta y cualquier tratamiento psicológico documentado.

El informe de Kohut era en gran medida favorable. Describía a Sanz como una madre que vivía sola y trabajaba sesenta horas semanales en Desert Pearl Farms, en Lancaster, para mantenerse a sí misma y a su hijo. No tenía antecedentes penales antes de la acusación de homicidio, aunque había dos incidentes en los que llamaron a los ayudantes del sheriff a la casa de Quartz Hill para apaciguar disputas domésticas. En una de las ocasiones, detuvieron a Lucinda, pero la Fiscalía no presentó cargos contra ella y el caso se archivó. En el segundo incidente, ni Lucinda ni su marido fueron detenidos. Ambos tuvieron lugar antes del divorcio, y Bosch supuso que, como Roberto Sanz era agente de la ley, fueron clementes con él y con su mujer.

El informe también decía que no había antecedentes de problemas de salud mental ni relacionados con drogas, y Kohut consideraba que Lucinda era una buena candidata para la rehabilitación y la eventual libertad condicional. No obstante, la recomendación de Kohut fue condenar a Sanz en el rango superior de las penas por homicidio debido a las circunstancias del crimen. Estas se centraban en que Roberto Sanz recibió dos disparos por la espalda, uno de ellos cuando aparentemente ya estaba en el suelo.

Bosch tenía previsto solicitar una copia del IPS, de modo que pasó a los registros oficiales que se habían incluido en el material de apoyo. Sabía que era ahí donde se lucía como investigador. Tenía facilidad para digerir los informes y para ver el caso desde todos los ángulos. Era capaz de captar los saltos lógicos, así como las discrepancias y conflictos entre distintos informes. Comprendió que era ahí donde llegaría a tomar una decisión sobre la reivindicación de inocencia de Lucinda Sanz.

Primero revisó el atestado inicial del crimen. Se afirmaba que Lucinda Sanz había dicho a los agentes que había discutido con su exmarido porque este le había llevado a su hijo a casa dos horas más tarde de lo estipulado, después de una visita de fin de semana, lo que suponía una violación del acuerdo de custodia. La discusión continuó hasta que Roberto Sanz salió de la vivienda para zanjar la pelea. Lucinda Sanz dijo que cerró de un portazo después de que él se marchara, pero entonces oyó lo que parecían disparos. Ante la duda de si su exmarido había disparado contra la casa, se escondió con su hijo en la habitación del pequeño y no volvió a abrir la puerta. Desde allí llamó al 911 con su teléfono móvil e informó de los disparos. Los agentes que llegaron encontraron a Roberto Sanz caído boca abajo en el jardín delantero. Llamaron a una ambulancia, pero certificaron su muerte en el propio lugar de los hechos.

El informe del forense sobre la autopsia de Roberto Sanz formaba parte del paquete de apoyo. Bosch lo hojeó para ver en el diagrama dónde estaban localizadas las heridas exactamente.

El diagrama, de una sola página, contenía dos dibujos de silueta, uno al lado del otro, de un cuerpo humano masculino, por delante y por detrás. Había marcas, medidas y anotaciones hechas a mano por el forense que había realizado la autopsia. Bosch se fijó de inmediato en las dos X de la parte superior de la espalda. Una nota indicaba que la distancia entre las heridas era de 14,5 centímetros.

También había anotaciones en el diagrama sobre el ángulo de entrada de las balas, y a partir de ellas se determinó que los dos disparos tenían trayectorias claramente diferentes. Uno de ellos, en teoría el primero, se produjo desde un ángulo relativamente llano, lo cual indicaba que la víctima estaba probablemente de pie cuando una bala la alcanzó desde atrás. El segundo disparo entró en el cuerpo en ángulo agudo, cosa que indicaba que la víctima ya estaba en el suelo cuando le dispararon por segunda vez. La bala entró por la espalda y terminó alojándose en el músculo pectoral mayor.

Para Bosch, el segundo disparo era clave, porque servía para desvirtuar los argumentos de disparo accidental, legítima defensa o arrebato de pasión. Quien lo hizo apuntó por segunda vez a una víctima que había caído con el primer disparo. Fue un tiro de gracia.

Bosch sacó su teléfono y tomó una foto del diagrama. Pensaba conseguir fotocopias de todo el expediente, pero no estaba seguro de cuánto tardaría en recibirlas y quería tener el diagrama a mano cuando hablara del caso con Haller.

Después de dejar el teléfono en la mesa, hojeó el resto de las páginas del informe de la autopsia. Observó que se habían recuperado del cadáver dos balas de nueve milímetros. El informe también incluía copias en blanco y negro de las fotos del cadáver tomadas antes de la autopsia. El cuerpo estaba desnudo y yacía sobre una mesa de autopsias de acero inoxidable. Las fotos mostraban la parte anterior y posterior del cuerpo, así como primeros planos de las heridas de entrada.

Bosch estaba hojeándolas cuando algo le llamó la atención e hizo que se detuviera en esa página. Había un tatuaje debajo de la cadera izquierda. Estaba escrito en letra de caligrafía y Bosch pudo leerlo fácilmente:

que viene el coco

Volvió a coger su teléfono y tomó otra foto, esta vez haciendo zoom para que el tatuaje se viera claramente sin revelar el resto del cuerpo. Sabía lo que significaba ese tatuaje escrito en castellano. No solo qué querían decir las palabras literalmente, sino en un sentido más amplio y revelador.

7

En Grand Park, Bosch se sentó en una de las sillas rosas esparcidas aleatoriamente por el césped delante del edificio del tribunal penal y a la sombra de la Vieja Fiel, la célebre torre del ayuntamiento. Envió un mensaje a Haller. Conocía su agenda y recordaba que tenía una comparecencia.

¿Estás en el penal? ¿Puedes hablar?

Tras enviar el mensaje, abrió el navegador de internet del teléfono y buscó «bandas del sheriff del condado de Los Ángeles». Antes de que apareciera ningún resultado, recibió una llamada de Haller.

—Sí, estoy en el edificio —dijo—. Y tú deberías estar en la UCLA, ¿no?

—Debería estar, pero no estoy —repuso Bosch—. Tengo que llamarlos y dejarlo para más tarde.

—No te la juegues con ese programa. Me costó mucho trabajo meterte ahí.

—Y te lo agradezco. Pero ha surgido algo. ¿Ha acabado la instrucción de cargos por el fraude de la guitarra?

—Estoy saliendo ahora mismo. Pero esto de conducir yo mismo es una lata. Tengo que ir hasta el garaje donde aparcan los del jurado para coger el Lincoln.

—Estoy en el parque, en las sillas rosas. Pasarás por ahí. Necesito hablar contigo sobre el caso Sanz.

—Está bien. Voy para allá. Aunque no sé cuánto tardará el ascensor.

—Aquí estaré.

Bosch colgó y volvió al navegador del teléfono mientras esperaba a Haller. Finalmente, encontró un artículo del *L. A. Times* de siete años atrás que informaba de una amplia investigación del FBI sobre corrupción en el Departamento del Sheriff. En él había una arraigada cultura de agentes que se unían a camarillas que se formaban en las unidades de la cárcel, así como en ciertas comisarías y áreas por donde se patrullaba.

Bosch se desplazó hacia abajo y encontró una lista de camarillas conocidas. Había nombres como Verdugos, Reguladores, Pasmas, Bandidos y Cocos. El artículo señalaba que la investigación de amplio alcance del FBI había empezado con una indagación menor sobre supuestas irregularidades en el sobrecargado sistema penitenciario del condado, responsabilidad del Departamento del Sheriff. El FBI descubrió que agentes asignados a la división de prisiones habían creado camarillas en cada centro penitenciario. Sus miembros participaban en actividades ilegales que iban desde apostar en peleas entre reclusos o pasar mensajes a los presos de cabecillas de bandas en libertad hasta facilitar y hacer la vista gorda cuando se producían palizas e incluso asesinatos.

Además, el FBI descubrió que, cuando rotaban de sus destinos en las cárceles a comisarías que atendían a la ciudadanía, los agentes formaban nuevas camarillas, lo cual acababa conllevando una serie de comportamientos corruptos.

Bosch reparó en que, cuando el FBI o el Departamento del Sheriff se referían a esos grupos públicamente, siempre los llamaban «camarillas». Para él no se diferenciaban de las bandas callejeras. Eran pandilleros con placa. Y creía que Roberto Sanz había sido uno de ellos.

—¿Has mirado si hay caca de pájaro en esa silla?

Bosch levantó la vista de su móvil. Haller se acercaba con una de las sillas rosas.

—Sí —dijo Bosch.

Haller colocó su silla junto a la de Bosch, de modo que podían estar sentados uno al lado del otro con vistas al ayuntamiento, en la otra parte del parque. Dejó su fino maletín sobre la hierba.

—Anoche tuve una conversación interesante con Jen Aronson —dijo.

Bosch asintió. Había pensado que podría salir el tema.

—¿Te dijo que quería dar una rueda de prensa sobre el caso de su sobrino?

—Sí —respondió Haller—. Y también que tú no querías participar.

—No quiero.

—Harry, plantaste la semilla, pero no quieres saber nada del árbol que crece de ella.

—No sé qué significa eso. ¿Podemos hablar de Lucinda Sanz? Estoy trabajando en eso.

—Podemos, pero quiero asegurarme de que vas a la UCLA.

—Voy esta tarde.

—Bien. ¿Qué tienes?

Bosch tardó un momento en cambiar de tema y volver a pensar en Lucinda Sanz. Cuando Haller contrató a Bosch para que revisara y seleccionara las solicitudes que llegaban de las prisiones, una de las reglas que estableció fue que su hermanastro no se pusiera en contacto con ningún remitente de una solicitud sin su aprobación. Las posibilidades eran remotas, y Haller no iba a ofrecerles falsas esperanzas a los presos. No quería que Bosch diera ese paso hasta que él estuviera informado de lo que pensaba y hubieran acordado los pasos a seguir.

—Es el expediente judicial —dijo Bosch—. Es bastante escaso, pero hay suficiente aquí para que me den ganas de ir a Chino y hablar con Lucinda Sanz.

—¿La que mató a su marido el ayudante del sheriff? —preguntó Haller.

—Su exmarido.

—Bueno, cuéntame lo que tienes. Pero ella se declaró *nolo*. Eso lo convierte en una montaña muy difícil de escalar. ¿Conoces El Capitán?

—¿En Yosemite? Sí.

—Revertir un *nolo* es como escalar El Capitán.

—Sí, pero entonces ella no tuvo al Abogado del Lincoln de su lado. Tuvo uno de segunda fila de esa comuna de abogados de Chinatown.

Cuando todavía estaba en el Departamento de Policía, Bosch había visitado el despacho de Frank Silver, el abogado que había representado a Lucinda Sanz. Estaba en un edificio de ladrillo de Ord Street al que llamaban «la Comuna», pues varios abogados que trabajaban solos lo hacían en pequeños cubículos que les permitían compartir los gastos generales de recepción, internet, fotocopias, café, servicios de asistentes jurídicos y otros servicios de apoyo. Y se podía ir a pie al tribunal penal.

—Prefiero trabajar desde mi coche —dijo Haller—. ¿Quién era el abogado? A lo mejor lo conozco.

—Frank Silver —respondió Bosch—. Una vez tuve un caso con él. Cuando estaba en Homicidios de Hollywood. Era un tipo mediocre, nada impresionante, en mi opinión.

—Silver...,[1] no lo conozco. Te dan la medalla de plata por el segundo puesto. Y en un juicio, el segundo puesto es un veredicto de culpabilidad.

—Nunca lo había pensado así.

—Al menos allí están cerca de Little Jewel y Howlin Ray's.

Después del covid-19, eran dos de los mejores sitios que quedaban no solo en Chinatown, sino en todo el centro.

—Sí, pero echo de menos Chinese Friends —dijo Bosch.

---

[1] *Silver* significa «plata» en inglés. *(N. del T.)*

—¿Está cerrado? —preguntó Haller—. ¿Quieres decir permanentemente?

El tono de Haller denotaba sorpresa y decepción. Cerca del tribunal no había muchos restaurantes para comer bien y deprisa, sobre todo desde la pandemia.

—Cerró el año pasado —dijo Bosch—. Después de cincuenta años.

Se dio cuenta de que probablemente no había pasado ni un solo año de esos cincuenta sin ir a Chinese Friends. Hasta que un día de agosto se encontró con la puerta de cristal cerrada y un cartel que decía «TODO LO BUENO SE ACABA», como el mensaje de una galleta de la suerte. No había llegado a conocer al hombre que dirigía el restaurante y que siempre estaba apostado tras la caja registradora. Cuando se acercaba allí, Bosch se limitaba a saludarle con la cabeza al pagar, dando por sentado que existía una barrera idiomática.

—En fin —dijo Haller—. ¿Qué has encontrado en el sótano?

Bosch volvió a centrarse.

—Vale, en este caso, hay varias cosas que me molestan —dijo—. Hasta el punto de que quiero llevarlo más lejos. En primer lugar, Silver. Creo que convenció a Sanz para que aceptara un pacto. Seguramente sabía que si lo llevaba a juicio se encontraría con una presión a toda la cancha. Al fin y al cabo, la víctima era un ayudante del sheriff. Así que presionó para llegar a un acuerdo y luego la presionó a ella para que lo aceptara.

—Lo entiendo —dijo Haller—. ¿Qué más?

—El IPS estaba en el archivo del sótano. Contenía el informe de la autopsia y algunos policiales, y hay algunas cosas que no me cuadran.

—¿Cómo qué?

—Bueno, para empezar, el arma. Nunca se encontró. Se pintó como un crimen pasional, como una discusión que fue demasiado lejos, pero nunca encontraron el arma. Y luego la dejaron declararse *nolo* sin que la entregara.

—Tal vez no la tenía. Se deshizo de ella, acabó destruida o no se pudo recuperar.

—Tal vez. Pero leí el acuerdo de conformidad que firmaron, y no se mencionaba como perdida, no se hacía referencia al arma, para nada. No le exigieron que revelara qué hizo con ella.

—De acuerdo, anotado. ¿Qué más?

—Toda la coreografía.

—¿Qué significa eso?

—Lucinda Sanz no era propietaria registrada de un arma de fuego. Así que tenía que ser robada. Eso indicaría que la compró ilegalmente, y la única razón para hacerlo sería...

—Premeditación: la compró para matarlo.

—Sí. Como si tuviera un plan. Pero los hechos no concuerdan con eso. Él sale furioso de la casa, ella coge el arma y en un arrebato de ira le dispara cuando su ex está fuera de la casa y caminando hacia su coche. Allí mismo, en el jardín delantero. Luego le vuelve a disparar, cuando está en el suelo.

Haller se reclinó en su silla de plástico rosa y miró hacia lo alto del ayuntamiento.

—Buitres —comentó—. Siempre hay buitres ahí arriba.

Bosch levantó la mirada y vio las aves que volaban alrededor del chapitel.

—¿Cómo sabes que son buitres? —preguntó—. Están muy arriba.

—Porque vuelan en círculos —dijo Haller—. Los buitres siempre vuelan en círculos.

—Tengo otra cosa más, si te interesa. Sobre el caso.

—Adelante.

—La autopsia. Roberto Sanz recibió dos tiros en la espalda. Ahora mira esto.

Bosch sacó su teléfono y abrió la foto del diagrama del cuerpo de la autopsia. Le pasó el teléfono a Haller.

—¿Qué estoy mirando? —preguntó este.

—Es el diagrama que muestra los impactos —respondió Bosch—. Dos disparos en la parte superior de la espalda, perfectamente situados. Pequeña agrupación, a solo catorce centímetros y medio de distancia.

—Muy bien. ¿Y?

—Y eso requiere puntería. Blanco en movimiento, a oscuras, pero le da en la espalda; cuando cae, le dispara de nuevo. Dos heridas de entrada, a menos de quince centímetros de distancia.

—Y ella ni siquiera tenía un arma.

—Exacto, ningún arma.

—¿Le enseñó a disparar él? Cuando estaban juntos.

—Sí, el IPS dice que entre las pruebas había fotos de ellos en un campo de tiro, cuando aún estaban casados. Las fotos no estaban en el expediente. Puede que las tenga Silver.

Bosch se dio cuenta de que Haller estaba intrigado. Seguía mirando la imagen en el teléfono. Tenía la cara que ponía en los juicios, y seguramente estaba pensando en lo que podría hacer ante un tribunal con lo que Bosch le estaba contando.

—Parece más obra de un sicario que un crimen pasional —dijo Haller, más bien para sí mismo.

—Sí, y una última cosa —añadió Bosch—: cuando ocurrió todo esto, las noticias hablaban de que Roberto Sanz era un héroe, que le habían dado la medalla al valor tras un tiroteo entre bandas y todo eso. Ahora pasa a la siguiente foto.

Haller deslizó el dedo por la pantalla. Bosch se inclinó y vio una foto de su hija Maddie con un ojo morado.

—Para el otro lado —dijo Bosch.

—¿Qué demonios es esto? —exclamó Haller.

—Está trabajando de incógnito. La otra noche detuvo a un ladrón de bolsos en Melrose; como es una mujer, el tipo pensó que podía darle un puñetazo y escapar. Se equivocó.

—Eso es fantástico. Salvo por el ojo morado.

—Sí. Le dije que me enviara un *selfie* antes de que lo cubriera con maquillaje. Quería ver si estaba muy mal. Desliza hacia el otro lado.

Haller lo hizo y la imagen del tatuaje de Roberto Sanz apareció en la pantalla. Vacilante, leyó las palabras en voz alta.

—Que viene… el Coco. ¿Qué es esto?

—¿Sabes lo que significa?

—La verdad es que no.

—Eres medio mexicano.

—Crecí en Beverly Hills.

—En tus vallas publicitarias y en los anuncios que has puesto en las paradas de autobús que hay por toda la ciudad dices: «Se habla español».

—Hablo español, pero eso no significa que domine los tatuajes ni todas las frases coloquiales que hay por ahí. ¿Me vas a decir qué o quién es el Coco?

—Es folclore mexicano. El Coco es el Hombre del Saco, el monstruo que vive debajo de la cama o se esconde en el armario. Sale para agarrar a los niños que se portan mal. Hay una canción que lo cuenta: «Que viene el Coco y te comerá». Recuerdo a los mayores cantándola cuando estaba en el reformatorio, de pequeño. Es probable que no sonara mucho en Beverly Hills.

—Por suerte. ¿Los adultos les cantan eso a sus hijos?

—Supongo que los mantiene a raya.

—No me cabe duda. ¿Así que tenía este tatuaje? ¿Sanz?

—En la cadera, debajo de la línea del cinturón, donde la mayoría de la gente no lo veía, a menos que estuvieran en el vestuario de la comisaría. Sanz estaba en una camarilla. Una banda del sheriff.

Haller volvió a quedarse callado mientras reflexionaba sobre esto último, con su cara de abogado de nuevo bien visible. Bosch pensó que en su imaginación se había trasladado a un tribunal y se veía a sí mismo sosteniendo la foto delante de un jurado. La evidente afiliación de Roberto Sanz con los Cocos lo cambiaba todo.

Finalmente, Bosch salió de su ensoñación.

—¿Qué te parece?

—Plantea muchas posibilidades, eso es lo que pienso. Tenemos que ir a Chino.

—¿Tenemos?

—Sí. Mañana. Quiero hablar con ella. Me despejaré la agenda. Hoy, mueve tu culo huesudo hasta la UCLA.

—De acuerdo. ¿Qué pasa con Silver?

—Yo me ocuparé de él. Necesitaremos sus archivos.

Bosch asintió. Habían terminado por el momento. Ambos se levantaron. Haller se acercó a Bosch.

—¿Sabes?, esto podría ponerse... —empezó Haller.

Se le cortó la voz.

—Lo sé —respondió Bosch.

—Hemos de tener cuidado —dijo Haller—. Nada de dejar pistas hasta que estemos listos.

Haller se agachó para coger su maletín. Bosch miró hacia lo alto del ayuntamiento.

Los buitres seguían volando en círculos.

Parte 2

La aguja

8

La comuna estaba formada por una larga hilera de despachos de abogados a la derecha y un espacio abierto con módulos de trabajo a la izquierda para el personal auxiliar. Aunque yo no vi personal auxiliar.

Cada uno de los despachos tenía un pequeño marco a la derecha de la puerta donde el abogado correspondiente podía colocar o retirar su tarjeta de visita. Era una comuna de nómadas de la justicia, abogados que iban y venían según los caprichos de los casos y los clientes.

Fui leyendo las tarjetas a medida que avanzaba por el pasillo. En todas aparecía el símbolo estándar de la balanza de la justicia, con escasas variaciones. Algunas tenían fotos diminutas de un abogado sonriente o con la mirada seria. Sin ningún estampado en relieve. La calidad de las tarjetas hacía intuir que los abogados intentaban mantener los costes bajos al tiempo que trataban de proyectar cierta apariencia de éxito y dignidad en el espacio de oficinas compartidas.

En el sexto despacho vi la primera tarjeta estampada en plata. Pertenecía a Frank Silver, por supuesto; aquella tarjeta con letras en relieve podía ser de lo poco que quedaba de tiempos mejores, o bien respondía a un esfuerzo por destacar en la fila de despachos de abogados. La puerta estaba abierta, pero me acerqué y llamé de todos modos. Un hombre sentado tras un escritorio de madera chapada levantó la mirada de la pantalla de su portátil.

—¿Frank Silver?

—Yo mismo.

Vi un destello de reconocimiento en sus ojos. Era quince años más joven que yo, delgado y con el pelo oscuro y rizado. Supuse que el paseo desde ahí al juzgado lo mantenía en forma.

—Ah, eres el Abogado del Lincoln.

Entré en el despacho y le tendí la mano. Nos saludamos.

—Mickey Haller. ¿Hemos coincidido en algún caso?

—Frank Silver. No, te reconozco de los carteles: «Duda razonable por una tarifa razonable». Me sorprende que el colegio de abogados te lo permitiera. Siéntate.

Miré hacia la única silla disponible para un visitante en aquel estrecho despacho y vi una pila de carpetas de al menos un palmo de altura.

—Lo siento, espera un momento —dijo Silver—. Deja que quite eso de en medio.

Silver rodeó el escritorio y yo retrocedí para que pudiera llegar a la silla. Levantó la pila y se la llevó para ir a colocarla junto al ordenador.

—Bien, siéntate. ¿En qué puedo ayudarte? ¿Necesitas una puesta a punto? —Se rio.

—¿Qué? —pregunté mientras me sentaba.

—Bueno, el Lincoln —dijo Silver—. ¿Necesita una puesta a punto?

Volvió a reírse de su chiste. Yo no me reí. Me distrajo la pared que tenía detrás. Estaba repleta de estanterías con libros de derecho y códigos penales, todos encuadernados en cuero con títulos en relieve en el lomo. Pero todo era falso, una falsa biblioteca jurídica de papel pintado. Se percató de mi mirada y se volvió.

—Ah, sí —dijo—. Por Zoom da el pego.

Asentí.

—Entendido —dije—. Está muy bien.

Señalé la pila desordenada de carpetas que acababa de mover al escritorio.

—Estoy aquí para ayudarte a hacer limpieza —dije.

Ladeó la cabeza, imperturbable y preocupado por si hablaba en serio.

—¿Cómo es eso?

—Tengo que recoger un expediente tuyo —le dije—. Un caso cerrado. Tu antigua clienta me ha pedido que le eche un vistazo.

—¿En serio? ¿De qué caso se trata?

—Lucinda Sanz. ¿Te acuerdas de ella?

Silver se sorprendió. No se esperaba ese nombre.

—Lucinda, claro que la recuerdo. Pero...

—Sí, se declaró *nolo*. Pero ahora quiere que le eche un vistazo. Si pudiera conseguir los archivos del caso, te dejaría tranquilo enseguida...

—Eh, espera un segundo. ¿De qué estás hablando? No puedes venir aquí y llevarte mi caso así como así.

—No, ¿de qué estás hablando tú? Es un caso cerrado. Ella pactó y lleva casi cinco años en Chino.

—Pero sigue siendo mi clienta.

—Era tu clienta. Pero contactó conmigo. Quiere que le eche un vistazo a su caso. Si lo recuerdas, te acordarás de que ella nunca admitió que lo hizo. Y sigue sin hacerlo.

—Sí, pero le conseguí ese chollo. Estaría cumpliendo cadena perpetua si no fuera por el acuerdo que le conseguí. Homicidio con una sentencia de rango medio.

Sabía de qué se trataba. O eso creía.

—Mira, Frank —dije—, si te preocupa un 504, no temas. No se trata de eso. Busco la inocencia real y, si puedo, probarla. Nada más. Para mí, esto es un caso de *habeas corpus* o no es nada. Si no sigo adelante, te devolveré los archivos.

Una de las partes más decepcionantes y frustrantes de ser abogado penalista es ser nombrado en una moción 504 para invalidar una condena argumentando la asistencia ineficaz del abogado, es decir, una mala praxis. No importa lo bien que creas que representaste a tu cliente o lo bueno que pienses que fue el resultado, si tu cliente está en la cárcel el tiempo suficiente, puedes caer, en un intento desesperado de anular la condena. Y ningún abogado desea tal cosa. No solo puede dañarte la reputación profesional, sino que lleva tiempo revisar y defender los pasos que uno dio en un caso.

—Entonces, ¿por qué acudió a ti? —preguntó Silver—. Si no vas a alegar asistencia ineficaz, debería haber acudido a mí.

—Tuve un caso el año pasado —dije—. Salió bastante en las noticias. Saqué a un tipo de la cárcel con un *habeas*. Demostré su inocencia. De alguna manera, a ella le llegó la noticia en Chino y me escribió una carta. Muchos presos me escribieron. Mi investigador hizo algunas comprobaciones preliminares sobre el caso Sanz y me recomendó que lo llevara al siguiente paso. Para hacerlo, necesito los archivos. Lo que tengas. Necesito saber todo lo que haya que saber sobre el caso.

Silver guardó silencio durante un buen rato.

—¿Y bien? —le insistí—. ¿Puedes darme los archivos? Puedo copiarlos y devolverte los originales al final del día. No veo cuál es el problema.

—No será necesario —dijo Silver—. Ya que somos socios.

—¿Perdón?

—Socios. Tú y yo. Pase lo que pase, lo lleves adonde lo lleves, somos socios.

—No, no lo somos. Lucinda Sanz ha acudido a mí con esto. No a ti. No a nosotros. Y no hay dinero. No le voy a cobrar ni un centavo. Es un caso *pro bono*.

—Es *pro bono* ahora. Pero si la sacas, no hay límites en una demanda por encarcelación indebida.

—Mira, si quieres, le diré a mi investigador que envíe una copia de la carta de Lucinda Sanz en la que me pedía que llevara su caso. Tiene derecho a su expediente; negarte a entregarlo es una violación de la ética. Tendrás que hacer frente a una demanda ante el colegio de abogados que permanecerá en tu expediente durante cinco años.

Silver sonrió y negó con la cabeza.

—No me preocupa una denuncia al colegio de abogados —dijo—. Lo último que supe es que en el Colegio de Abogados de California todavía llevan retraso por el covid-19. Así que presenta tu queja…, estoy seguro de que se pondrán manos a la obra dentro de unos tres años.

Me tenía. Me quedé en silencio, tratando de pensar en un contraataque. No estaba preparado para que un abogado sin mucha ética intentara extorsionarme y extorsionar a su antigua clienta.

—Mira, no estoy tratando de ser un incordio, ¿de acuerdo? —preguntó Silver—. Pero sé de qué va esto. Sé lo que estás haciendo.

—¿En serio? —le dije—. ¿Qué estoy haciendo?

—Estás pagando todas esas vallas publicitarias de ahí fuera, ¿verdad? Los autobuses, los bancos, todo. ¿Ese caso que tuviste el año pasado en el que liberaste al tipo de la acusación de asesinato? ¿Cuánto recibiste por la demanda de condena injusta que siguió? El Ayuntamiento tiene que haberte dado un jugoso cheque por eso. Supongo que millones.

—Error. No ha habido ningún acuerdo en ese caso.

—No importa. El caso es una máquina de hacer dinero, ambos lo sabemos. Y no hay nada malo en eso. Pero ahora vienes aquí y quieres hacer dinero con mi caso y mi trabajo, y lo justo es justo.

—¿Tu trabajo? La llevaste a la cárcel. ¿Cuánto trabajo fue eso?

—Le conseguí homicidio por matar a un ayudante del sheriff. Eso fue un puto milagro.

—Claro.

—Quiero mi parte.

—Me estás hablando de acertarle a un blanco lejano en una noche oscura. Ella se declaró *nolo,* ¿te acuerdas? No puedes hacer mucho en una demanda por condena injusta cuando la clienta se declaró *nolo.* La defensa del estado será que ella aceptó ir a prisión y que fue por tu consejo.

—Pero aquí estamos hablando del Abogado del Lincoln. Te ven venir y sacan el talonario antes de huir despavoridos.

Su sinceridad era tan real como los libros de derecho de la pared que tenía a su espalda.

—No te quiero cerca de este caso —dije—. Dime, ¿qué va a hacer falta para que te apartes?

Silver asintió con la cabeza, contento de haber ganado. Inmediatamente me arrepentí de haber vacilado y haberle dado la oportunidad.

—Socios, ¿verdad? —preguntó—. Quiero la mitad.

—Ni hablar —respondí—. Prefiero dejarlo. Te daré un diez, eso es todo.

Me levanté, listo para irme.

—Veinticinco —dijo.

Me acerqué a la puerta.

—Vamos —dijo Silver—. Un reparto veinticinco a setenta y cinco es un chollo para ti. Invertí mucho en ese caso y no saqué nada. Me lo merezco.

Me detuve junto a la puerta y me volví para mirarlo.

—No te mereces nada —le dije—. Se te escaparon cosas y metiste a tu clienta en la cárcel. Solo era un buen trato si ella era culpable. Pero no lo es. Podría presentar un auto de reposición, que podría interesar al Colegio de Abogados de California.

Silver miró fijamente y me di cuenta de que no tenía claro qué era un auto de reposición.

—Podría pedirle a un juez que te ordenara entregar los archivos —le dije—. Pero, ¿sabes qué?, no ayuda a la causa de Lucinda Sanz convertirte en adversario.

Si llegaba el momento de llevar el caso Sanz a una vista de *habeas corpus*, podría necesitar que Silver explicara sus movimientos a un juez.

—Vamos a ver —le dije—. Te daré el veinticinco por ciento de mis honorarios después de costes. Lo tomas o lo dejas.

—Lo tomo —dijo Silver—. Siempre que pueda auditar los costes.

Silver no tenía ni idea de lo creativa que podía ser Lorna Taylor a la hora de elaborar un resumen de costes del caso.

—No hay problema —le dije—. Entonces, ¿dónde están los archivos?

No esperaba que el expediente de un caso cerrado cinco años atrás estuviera en la oficina.

—Tardaré unos minutos —dijo Silver—. Tengo un almacén en el garaje.

—Bien —respondí—. Esperaré.

Silver se levantó y rodeó el escritorio.

—Quiero otra cosa —dijo.

—No, tenemos un trato —le dije.

Estaba buscando algo en su bolsillo.

—Tranquilo, no te costará ni un centavo. Solo quiero un *selfie* con el Abogado del Lincoln.

Sacó un teléfono móvil. Rápidamente y con pericia abrió la aplicación de la cámara y sostuvo el teléfono en ángulo mientras se acercaba y rodeaba mi espalda con su brazo libre. Hizo la foto antes de que pudiera apartarlo.

—Te enviaré una copia —me dijo.

—No, gracias. Vete a por los archivos.

Se dirigió hacia la salida. Yo me acerqué al marco exterior de la puerta y saqué la tarjeta de visita plateada de la ranura. Me la guardé en el bolsillo. Pensé que podría serme útil en algún momento.

9

Bosch y el Lincoln estaban delante. Abrí la puerta trasera de la derecha, no por error, y vi una bolsa blanca en el asiento. La moví y al subirme vi que Bosch me miraba mal por el retrovisor.

—Tengo los archivos y necesito esparcirlos aquí detrás —le dije—. No es una falta de respeto. Necesito saber lo que hay que saber para cuando lleguemos a Chino.

—Entonces, ¿vamos? —preguntó Bosch.

—Si tienes ganas. Normalmente…, bueno, te cuesta un poco el día siguiente de ir a la UCLA.

—A lo mejor me han dado el placebo. Me encuentro bien.

Lo dudaba. Pensé que podría estar ocultando el agotamiento que normalmente exhibía. O tal vez era la adrenalina del caso lo que lo mantenía a tope.

—Si estás seguro, vamos. Si termino con esto antes de que lleguemos, puedes parar y cambiamos los sitios. Así puedes echar un vistazo. ¿Te parece bien?

—Claro.

Bosch arrancó y se dirigió al sur hacia Alameda.

—Conoces el camino, ¿verdad? —le pregunté.

—He estado allí muchas veces —respondió Bosch—. Si tienes hambre, hay *po'boys* de Little Jewel en esa bolsa de ahí atrás.

—Casi me siento encima. ¿Ostras o gambas?

—Gambas. ¿Quieres que vuelva a por ostras?

—No, no me gustan las ostras. Solo quería asegurarme.

—A mí tampoco me gustan.

La cárcel de mujeres de Chino estaba a aproximadamente una hora del centro. Mientras Bosch se dirigía hacia la autovía 10 para ir hacia el este, retiré la banda elástica del archivador de acordeón para ver lo que me había entregado Silver. Inmediatamente me di cuenta de que me habían engañado. Los tres primeros bolsillos contenían documentos, pero en los cuatro bolsillos de detrás había blocs de notas sin usar. Silver los había metido en el archivador para darle algo de peso cuando me la entregó. La abundancia de documentos era una señal evidente del tiempo y el esfuerzo invertidos en un caso. Parecía evidente que, al entregarme los documentos, Silver intentaba disimular lo poco que había hecho por Lucinda Sanz. Antes de que saliera de su despacho, me había hecho firmar un recibo en el que reconocía que me había entregado el expediente completo de Lucinda Sanz. Primer punto para Silver. Debería haberlo venir y haber revisado el expediente antes de firmar.

—Maldita comadreja.

Bosch me miró otra vez por el retrovisor.

—¿Quién?

—Silver *el Segundón*.

—¿Qué quieres decir?

—Ha metido cuadernos en blanco en el expediente del caso para que pensara que me estaba dando mucho material de su trabajo.

—¿Por qué? ¿Has hecho algún tipo de trato con él?

—He tenido que darle un veinticinco por ciento después de costes a cambio del expediente. Pero te diré una cosa, voy a restarle hasta el último centavo que se me ocurra. Incluido lo que te pago a ti.

Desde el ángulo que tenía sobre Bosch, me pareció verlo sonreír.

—¿Te parece gracioso?

—Me parece irónico. Un abogado defensor llamando comadreja a otro. Bienvenido al que ha sido mi mundo durante cuarenta años.

—Sí, bueno, no olvides quién firma tus nóminas y quién te pone en el plan de salud.

—No te preocupes, no lo haré.

—Hablando de eso, ¿cómo te fue ayer en la UCLA?

—Me pusieron el gota a gota, me sacaron algo de sangre y me fui.

—Me alegro de que llegaras. ¿Lo que hay en el gotero es lo que están probando?

—Sí, es el isótopo. Cuelgan una bolsa, me ponen una vía en el brazo y para adentro. Veinte o treinta minutos y ya está, dependiendo de la dosis que me den. Cambia semana a semana.

—¿Y sacan sangre para saber si está funcionando?

—No, solo se aseguran de que no me bajan mucho las plaquetas. Y miran que no afecte mucho a los riñones. Dentro de unos treinta días harán una biopsia en el hueso. Esa será la verdadera prueba.

—Mantenme informado, por favor.

—Lo haré. Ahora volvamos a Sanz. Le diste a Silver un veinticinco. ¿Eso significa que crees que se puede ganar dinero con el caso?

—En realidad, no. Si se invalida su condena, debería poder recuperar una indemnización estipulada por condena errónea, pero un abogado no saca mucho con eso. Y no veo muchas posibilidades de éxito en una acción civil por encarcelamiento injusto porque llegó a un acuerdo en el que aceptaba la prisión. Silver *el Segundón* no tiene mucha experiencia en evitar que la gente vaya a la cárcel y ninguna experiencia en sacar a alguien de ahí. Solo espera una ganancia inmerecida que nunca llegará.

Volví a centrar mi atención en lo que había de útil en el archivador de acordeón. La primera de las tres carpetas interiores contenía un formulario de información sobre el cliente, un documento estándar que se rellenaba con los datos de cada nuevo cliente y en el que aparecían direcciones, nombres de familiares e información sobre tarjetas de crédito. Se utilizaba principalmente para que un abogado pudiera saber dónde se encontraba su cliente en todo momento, y para asegurarse el pago por el trabajo realizado. En el caso de Lucinda Sanz, nunca pagó la fianza, por lo que jamás se cuestionó su paradero. Y como Silver me había dicho que había ganado muy poco con el caso, supuse que las dos tarjetas de crédito que figuraban en el formulario tenían límites bajos y se agotaron pronto.

Me pregunté por qué Sanz no había pedido un abogado de oficio en lugar de pagar a un abogado de nivel medio, pero eso era agua pasada. Pasé al siguiente compartimento de la carpeta y ahí encontré una transcripción del interrogatorio de Lucinda que habían llevado a cabo los investigadores del sheriff asignados al caso de Roberto Sanz.

La leí desde el principio, desde el momento en que Lucinda renunció ingenuamente a sus derechos y accedió a hablar con los investigadores identificados como Gabriella Samuels y Gary Barnett. Los investigadores plantearon preguntas generales y abiertas y dejaron que Lucinda se extendiera en sus respuestas. Era una estratagema conocida. Las prisiones estaban llenas de gente que, literalmente, entraba en la cárcel por hablar. Es decir, en lugar de mantener la boca cerrada, decidían explicar sus acciones o razones. Pero una vez que renunciaban a sus derechos, estaban acabados.

Durante el interrogatorio, Lucinda contó la misma historia que Bosch había sacado del informe previo a la sentencia. Al menos eso era bueno. Su relato de lo que había ocurrido aquella noche en Quartz Hill había sido coherente a lo largo del tiempo.

Samuels: ¿Salió por la puerta principal?
Sanz: Sí, por delante.
Samuels: ¿Y qué hizo usted entonces?
Sanz: Cerré de un portazo y eché el pestillo. No quería que volviera a entrar y sabía que se había quedado con una llave, aunque no debía.
Samuels: ¿Y luego qué?
Sanz: Estaba allí de pie y oí un disparo. Y luego hubo otro disparo. Me asusté. Pensé que estaba disparando a la casa. Volví corrien-

do a la habitación de mi hijo y nos escondimos allí. Llamé al 911 y esperé.

Samuels: ¿Cómo supo que eran disparos?

Sanz: No lo sé. Supongo que no estaba segura, pero he oído disparos antes. De joven. Y después de casarnos, Robbie y yo fuimos al campo de tiro unas cuantas veces.

Samuels: ¿Escuchó algo además de los dos disparos? ¿Alguna voz? ¿Algo parecido?

Sanz: No, no oí nada. Solo los disparos.

Samuels: Vi que la puerta principal tiene una mirilla. ¿Miró después de los disparos?

Sanz: No, pensé que tal vez estaba disparando a la puerta. Retrocedí.

Samuels: ¿Está segura?

Sanz: Sí, sé lo que hice.

Barnett: ¿Es propietaria de un arma, señora Sanz?

Sanz: No, no me gustan las armas. Cuando nos divorciamos, le pedí a Robbie que se llevara todas las armas. No las quiero.

Barnett: ¿Está diciendo que no había armas en la casa?

Sanz: Eso es. No había armas.

Samuels: ¿Qué hizo después de llamar al 911?

Sanz: Esperé en la habitación con mi hijo. Cuando oí las sirenas, le dije que se quedara en la habitación y fui a mirar por la ventana. Fue entonces cuando vi a los ayudantes del sheriff y vi que Robbie estaba en el suelo.

Barnett: ¿Le disparó?

Sanz: No. No. No lo haría. Es el padre de mi hijo.

Barnett: Pero ve lo que estamos observando aquí, ¿verdad? Ustedes dos discuten, él sale de la casa y le disparan por la espalda a tres metros de la puerta. ¿Qué se supone que debemos pensar?

Sanz: Yo no lo hice.

Barnett: Bueno, ¿quién lo hizo, si no fue usted?

Sanz: No lo sé. Llevamos divorciados tres años. No sé con quién estaba ni qué hacía.

Barnett: ¿Dónde está el arma?

Sanz: Se lo he dicho, no tengo ningún arma.

Barnett: Vamos a encontrarla, pero sería mejor para usted que nos lo dijera y lo aclarara ahora mismo.

Sanz: Yo no lo hice.

Samuels: ¿Tenía miedo de que él fuera al coche a buscar su arma?

Sanz: No. Pensé que ya tenía su arma y que disparó a la casa.

Samuels: Pero antes ha dicho que tenía miedo. ¿De qué tenía miedo en ese momento?

Sanz: Se lo he dicho varias veces. Tenía miedo de que disparara a la casa. Acabábamos de tener una discusión fuerte. No pude llevar a Eric a casa de mi madre porque nos habíamos perdido la cena porque él llegó muy tarde.

Samuels: ¿Le dijo por qué llegó tarde?

Sanz: Dijo que había tenido una reunión de trabajo, pero sé que mintió. El equipo de bandas nunca trabaja los domingos.

Samuels: ¿Así que le gritó?

Sanz: Un poco. Estaba enfadada con él, sí.

Samuels: ¿Él le gritó?

Sanz: Sí. Me dijo que era una zorra.

Samuels: ¿Por eso se enfadó?

Sanz: No, no, no ponga palabras… Me enfadé con él porque llegó muy tarde. Ya está.

Samuels: Lucinda, si se trata de que se siente amenazada, podemos trabajar con usted en eso. Está asustada. Él tiene armas. ¿Le dijo que iba a su coche a por un arma?

Sanz: Ya le he dicho que no. Se iba. Le dije que se fuera y se estaba yendo. Cerré la puerta y ya está.

Barnett: Eso no tiene sentido, Lucinda. Tiene que ayudarnos. Está en su casa. Sale y le disparan por la espalda. ¿Había alguien más en su casa?

Sanz: No, nadie. Solo Eric y yo.

Barnett: ¿Sabe qué son los residuos de disparo?

Sanz: No.

Barnett: Bueno, cuando disparas un arma, salen partículas microscópicas del arma. No se ven, pero quedan en las manos, los brazos y la ropa. ¿Recuerda que un ayudante le tomó muestras en la casa? ¿Le frotó las manos con esas pequeñas almohadillas redondas?

Sanz: Fue una mujer la que lo hizo.

Barnett: Bueno, la prueba dio positivo. Tenía residuos de disparo en las manos y eso significa que disparó un arma, Lucinda. Así que déjese de mentiras y hable con nosotros. Colabore con nosotros. ¿Qué ocurrió?

Sanz: Se lo he dicho, no fui yo. Yo no le dispararía.

Barnett: ¿Cómo explica los residuos?

Sanz: No lo sé. No puedo. Creo que quiero un abogado ahora.

Barnett: ¿Está segura de eso? Podríamos aclarar todo esto ahora mismo para que pueda volver a casa con su hijo.

Sanz: Yo no lo hice.

Samuels: Última oportunidad, Lucinda. Si llama a un abogado, no podremos ayudarla más.

Sanz: Quiero llamar a un abogado.

Barnett: Bien, se acabó. Queda detenida por el asesinato de Roberto Sanz. Por favor...

Sanz: No, yo no lo maté.

Barnett: Póngase de pie. Vamos a ficharla. Y su abogado vendrá a verla.

Dejé a un lado la transcripción y miré por la ventanilla. La autovía estaba elevada en ese punto y se distinguía la parte superior de los negocios y carteles en postes lo bastante altos como para que los viera la gente que iba en los coches que pasaban a toda velocidad. Estaba enfadado. Aún no conocía a Lucinda Sanz, pero me di cuenta de que, a pesar de haber estado casada con un ayudante del sheriff, no estaba muy familiarizada con la forma de actuar de la policía. Intentó mantenerse firme durante el interrogatorio. Negó haber matado a su ex. Pero también les dio muchas de las cosas que necesitaban para montar un caso contra ella. Había ido a la cárcel por hablar.

—Estos tipos... —dije— no son muy originales.

—¿Quiénes? —preguntó Bosch.

—Los interrogadores: Samuels y Barnett.

—¿Por qué?

—La embaucaron con mentiras y falsa empatía. La vieja rutina de «podemos arreglar esto». Me saca de quicio.

—Te sorprendería saber con cuánta frecuencia funciona. La mayoría de los asesinos... quieren que los comprendan.

—Y van a la cárcel por hablar.

—¿Sobre qué le mintieron?

—Más bien sobre qué no mintieron. Pero para empezar le hicieron el juego de los residuos de disparo. Ella no picó.

—No estoy seguro de que fuera un juego si le dijeron que dio positivo.

—Más vale que lo sea, o tendremos un problema con todo esto de la inocencia. ¿Por qué no crees que estaban jugando con ella?

—Estaba en uno de los artículos del periódico que leí. Cuando yo era..., bueno, normalmente no poníamos nuestras mentiras en los comunicados de prensa. Así que me imagino que esa parte es cierta. Dio positivo en residuos de disparo.

—Toma la próxima salida.

—¿Por qué?

—Vamos a dar la vuelta. Ya he perdido bastante tiempo con esto.

—¿Por los residuos de disparo?

—Estoy buscando casos de *habeas corpus*. Te lo dije, Harry. Si tenía residuos en las manos, entonces estamos jodidos.

—Los residuos de disparo no son una ciencia exacta. Tuve casos... Los abogados trajeron expertos con listas enteras de productos para el hogar que decían que darían el mismo resultado en la almohadilla del test.

—Sí, esa fue la defensa de la ciencia inexacta. Un movimiento desesperado para sembrar la duda con un jurado no nos hará pasar por la puerta del tribunal en una petición de *habeas*.

—Mira, estamos a solo diez minutos de Chino. Vamos a hablar con ella.

Volví a mirar la transcripción y negué con la cabeza. Estaba cambiando mi opinión sobre Silver *el Segundón*. Quizá le había conseguido a Lucinda Sanz lo mejor a lo que podía aspirar.

—Mira —dije—, solo para que quede claro. Su plazo de apelación se habría cerrado hace al menos dos años. La única manera de revertir este caso es a través de una petición de *habeas corpus* que ofrezca nuevas pruebas que apoyen la inocencia real. Entonces, por cierto, tenemos que presentar esas pruebas o callarnos. Tenemos que probar su inocencia, como hicimos con Ochoa. Así que podemos comer nuestros *po'boys* y luego entrar y hablar con ella. Pero si no lo tenemos, acabamos con esto y pasamos al siguiente.

Bosch no dijo nada. Esperé a que aparecieran sus ojos en el retrovisor.

—¿Estamos de acuerdo? —dije.

—Totalmente —respondió Bosch—. Estamos de acuerdo.

10

Nos sentamos a una mesa en una sala abogado-cliente de la prisión de Chino y esperamos a que los guardias trajeran a Lucinda Sanz. Podía oír los sonidos amortiguados de las puertas de acero golpeándose y las órdenes por megafonía de los guardias. Los sonidos de una prisión, incluso de una para mujeres, nunca eran agradables, aunque estuvieran amortiguados por muros de hormigón y acero.

—¿Cómo vas a empezar con ella? —preguntó Bosch.

—Como siempre —le dije—. Empezaremos con preguntas abiertas y luego, si oímos algo bueno, nos centraremos. Pero primero tiene que firmar los papeles o nos largamos.

Antes de que Bosch pudiera hacer ninguna otra pregunta, se abrió la puerta y una guardia hizo entrar a Lucinda Sanz en la sala. Me levanté, le dediqué mi mejor sonrisa y la saludé con la cabeza; Bosch permaneció sentado. La acomodaron en una silla frente a nosotros y le ataron una muñeca a una barra atornillada a un lateral de la mesa.

—Gracias, agente —dije.

La guardia salió sin decir nada. Bajé la mirada hacia Lucinda y me senté. Era una mujer pequeña vestida con un mono azul de manga corta. Tenía tez ligeramente morena y ojos de color castaño oscuro, y se había recogido el cabello en una coleta. Llevaba una camiseta de manga larga debajo del mono, probablemente para abrigarse. No me sonrió; tal vez pensó que éramos detectives. Bosch desprendía ese aire, incluso a su edad. Yo iba sin corbata, porque no era día de juzgado.

—Lucinda, me envió una carta. Soy Michael Haller, el abogado.

En ese momento, sonrió y asintió.

—Sí, sí, sí —dijo—. El Abogado del Lincoln. ¿Aceptará mi caso?

—Bueno, de eso hemos venido a hablar —dije—. Antes de empezar, quiero que entienda un poco esta situación. En primer lugar, él es Harry Bosch, mi investigador, y el que piensa que podría haber fundamento en su alegación de inocencia.

—Oh, gracias —dijo Sanz—. Soy inocente.

Bosch se limitó a asentir. Me di cuenta de que Lucinda hablaba con un leve acento.

—También tengo que decirle algo por adelantado: no le prometo nada. Si acepta que sea su abogado, investigaremos su caso con diligencia; si encontramos una causa de acción que podamos llevar a los tribunales, lo haremos. Pero, de nuevo, sin promesas. Como probablemente sabe, ser inocente, si de verdad lo es, no es suficiente en el tribunal. En su situación, debe probar su inocencia. De hecho, en este momento, es culpable hasta que se demuestre lo contrario.

Lucinda ya estaba asintiendo con la cabeza antes de que yo terminara.

—Lo entiendo —dijo—. Pero yo no maté a mi marido.

—A su exmarido, querrá decir —la corregí—. Pero déjeme terminar. Si quiere que la represente en este asunto, necesitaré que firme un formulario de compromiso que me otorgue un poder que me permita representarla en todos los asuntos penales y civiles que puedan derivarse de este caso. Eso significa que, si este caso penal conduce a un caso civil, yo soy su abogado hasta el final. ¿Entendido?

—Sí. Firmaré.

Abrí la carpeta que había dejado sobre la mesa a nuestra llegada y saqué la carta de compromiso y el contrato.

—Hay una lista de honorarios adjunta que tal vez quiera mirar antes de firmar —le dije.

—No tengo dinero —dijo Sanz.

—Lo comprendo. No necesita dinero. Solo cobro si usted cobra. Recibo una parte por mi buen trabajo en conseguirle dinero. Pero no tenemos que pensar en eso. Ahora mismo eso queda muy lejos, en el País de Nunca Jamás. Lo importante en este momento es ver si tenemos alguna posibilidad de sacarla de aquí.

Le pasé el documento por la mesa.

—Antes de firmar, una cosa más —le dije—. El documento está en inglés. ¿Se siente cómoda con eso y con hablar en inglés con nosotros?

—Sí —dijo Lucinda—. Nací aquí. He hablado inglés toda mi vida.

—Vale, de acuerdo. Solo necesitaba comprobarlo porque he notado un ligero acento.

—Mis padres vinieron de Guadalajara. De niña, hablábamos español en casa.

Saqué un bolígrafo y lo puse sobre el documento. Como una de sus manos estaba esposada al tubo que había a un lado de la mesa, sujeté el documento con la mano para que no se deslizase cuando ella lo firmara.

—¿Quiere leerlo primero? —le pregunté.

—No —dijo Sanz—. Confío en usted. Sé lo que hizo por Jorge Ochoa.

Firmó el documento y yo volví a deslizarlo por la mesa y lo guardé otra vez en la carpeta. Me devolvió el bolígrafo y también lo guardé.

—Gracias —dije—. Ahora tenemos una relación abogado-cliente. Esto incluye al señor Bosch como mi investigador. Puede contarme cualquier cosa ahora mismo y nunca saldrá de estas cuatro paredes.

—Entiendo —dijo Sanz.

—Y también necesito que sea consciente de lo que está en juego aquí, para que pueda decidir cuáles son los riesgos y si quiere que sigamos adelante.

—Ya estoy en la cárcel.

—Sí, pero ya está cumpliendo su condena, y en algún momento quedará en libertad. Seguir adelante con una moción para reexaminar su caso en lo que se llama una petición de *habeas corpus* implica un riesgo. Pueden darse tres resultados. Uno es que la petición sea denegada y usted cumpla su condena. Otra es que se invalide la sentencia y quede en libertad. Pero también hay una tercera posibilidad: que un juez invalide la sentencia, pero usted tenga que enfrentarse a un juicio. Y si eso ocurre, corre el riesgo de que un jurado la condene y le imponga una pena mucho más severa, hasta cadena perpetua sin libertad condicional.

—No me importa. Soy inocente.

Pensé un momento en lo rápido que había respondido. No había dudado sobre los riesgos. Lo había dicho sin pestañear ni apartar su mirada de la mía. Eso me dio la seguridad de que, si el caso acababa en un juicio, Lucinda sería capaz de enfrentarse al jurado con la misma mirada indomable, ya fuera desde la mesa de la defensa o desde el estrado de los testigos.

—De acuerdo —le dije—. Solo quiero que sea consciente de los riesgos de seguir adelante.

—Gracias —respondió ella.

—Bien, entonces, como digo, ahora tenemos el privilegio abogado-cliente. Todo lo que nos diga será confidencial. Así que tengo que empezar preguntando: ¿hay algo que necesite decirme y que yo necesite saber sobre este caso?

—Yo no lo maté. Eso es lo que tiene que saber.

Le sostuve la mirada durante unos segundos antes de continuar. De nuevo, no la desvió, como suelen hacer los mentirosos. Era otra buena señal.

—Entonces espero que podamos hacer algo por usted —dije—. Tengo algunas preguntas, y luego el señor Bosch tendrá más. Nos quedan unos cuarenta minutos y quiero aprovecharlos al máximo. ¿Le parece bien, Lucinda?

—Sí, de acuerdo. Pero la gente me llama Cindi.

—Cindi. Está bien. Cindi, ¿por qué no empieza por contarme cómo llegó a contratar al señor Silver como abogado cuando la detuvieron?

Sanz tuvo que pensar un momento antes de responder.

—No tenía dinero para un abogado —dijo finalmente.

—¿Así que lo designaron a él? —pregunté.

—No, tenía el abogado de oficio. Pero entonces el señor Silver acudió a ellos y se ofreció voluntario. Dijo que aceptaría mi caso.

—Pero dice que no tenía dinero. He visto que firmó un documento con información de una tarjeta de crédito.

—Me dijo que podía conseguirme las tarjetas de crédito y que podría pagar así.

Asentí y supe que mi primera valoración de Silver como comadreja había dado en el clavo. Lucinda Sanz tuvo problemas desde el principio.

—De acuerdo —dije—. Repasando su sentencia, se la condenó a una pena de rango medio, más el agravante por uso de arma de fuego: un total de once años. Con buena conducta cumpliría unos nueve años como máximo. Así que ya ha cumplido más de la mitad de la condena, pero su carta me revela una desesperación por salir. ¿Pasa algo aquí? ¿Está en peligro? ¿Tenemos que trasladarla?

—No, este sitio está bien. Estoy muy cerca de mi familia. Pero mi hijo me necesita.

—Su hijo. Es Eric, ¿verdad? ¿Qué pasa con él?

—Está con mi madre en el viejo barrio.

—¿Qué edad tiene Eric?

—Va a cumplir catorce.

—¿Cuál es el viejo barrio?

—Boyle Heights.

En el este de Los Ángeles. Sabía que la banda White Fence estaba muy arraigada en Boyle Heights y que el reclutamiento de miembros empezaba a partir de los doce años. Me volví e hice una leve inclina-

ción de cabeza a Bosch. Ambos comprendimos que Lucinda Sanz
quería salir de la cárcel para evitar que su hijo siguiera ese camino.

—¿Se crio en Boyle Heights? —le pregunté—. ¿Cómo acabó en
Palmdale?

—En Quartz Hill —concretó Sanz—. Cuando mi marido salió de
la división de la cárcel, lo destinaron allí, en Antelope Valley. Así que
nos mudamos.

—¿Él también era de Boyle Heights? —preguntó Bosch.

—Sí —respondió Sanz—. Crecimos juntos.

—¿Era de White Fence? —inquirió Bosch.

—No —dijo Sanz—. Pero su hermano… y su padre… sí.

—¿Y cuando ingresó en el Departamento del Sheriff? —continuó
Bosch—. ¿Se unió a alguna de las bandas de agentes?

Sanz guardó silencio durante unos segundos. Lamenté que Bosch
no hubiera planteado la pregunta con algo más de delicadeza.

—Tenía amigos —dijo—. Me dijo que tenían camarillas, ya sabe.

—¿Roberto se unió a una camarilla? —preguntó Bosch.

—No cuando estábamos casados —respondió—. No sé qué pasó
después. Pero cambió.

—¿Cuánto tiempo antes de su muerte se divorciaron? —pregunté.

—Tres años antes.

—¿Qué ocurrió? —pregunté—. Al matrimonio, quiero decir.

Leí la expresión de Sanz. Se preguntaba qué tenía que ver aquello con si era inocente o no. Yo también deseé haber tenido un poco
más de tacto.

—Cindi, necesitamos saber todo lo que podamos sobre su relación con la víctima —expliqué—. Sé que es doloroso contar todo
esto, pero es necesario que lo sepamos.

Ella asintió.

—Es que… tenía novias —dijo Sanz—. Muñequitas. Cuando empezó a hacer eso, cambió. Nosotros cambiamos, y yo dije basta. No
me gusta hablar de eso.

—Lo siento —dije—. Podemos dejarlo por ahora. Pero puede que tengamos que volver a ello. ¿Conoce el nombre de alguna de esas mujeres?

—No, no quería saberlos —dijo Sanz.

—¿Cómo se enteró? —pregunté.

—Simplemente lo supe —respondió—. Él era diferente.

—¿Fue motivo de discusión después del divorcio?

—¿Después? No. No me importaba lo que hiciera después de divorciarnos.

—Así que la discusión de esa noche fue porque llegó tarde con Eric.

—Siempre llegaba tarde. A propósito.

Asentí y miré a Bosch.

—Harry, ¿tienes más preguntas?

—Tengo unas cuantas —dijo Bosch—. ¿Quiénes eran amigos de su marido en el departamento y en la comisaría?

—Estaba en el equipo de bandas —respondió Sanz—. Ellos eran sus amigos. No conozco sus nombres.

—Tenía un tatuaje en la cadera —dijo Bosch—. Debajo de la línea del cinturón. ¿Sabe cuándo se lo hizo?

Sanz negó con la cabeza.

—No lo sabía —dijo—. No tenía tatuajes cuando estábamos juntos.

Como no habíamos preparado la entrevista antes de llegar a ese punto, no estaba seguro de por qué Bosch intentaba delimitar cuándo se había hecho el tatuaje Roberto Sanz. Decidí que esperaría y le preguntaría al respecto en el viaje de vuelta a la ciudad.

Bosch hizo entonces otra pregunta que no vi venir.

—¿Sería posible que hablara con Eric? —preguntó.

—¿Por qué? —respondió Sanz.

—Para ver qué recuerda de su padre —dijo Bosch—. Y sobre aquella noche.

—No —negó Sanz con rotundidad—. No quiero eso. No quiero que forme parte de esto.

93

—Pero ya forma parte, Cindi —dije—. Estuvo allí aquella noche. Y, lo que es más importante, estuvo con su padre todo el día antes de volver a casa con usted. Por lo que sabemos, nadie habló nunca con él de lo que ocurrió aquel día. Quiero saber por qué su padre lo llevó a casa dos horas tarde.

—Ya tiene trece años —dijo Bosch—. Quizá recuerde algo de aquel día que nos ayude. Que la ayude a usted.

Sanz frunció los labios como si se dispusiera a insistir en su negativa a dar permiso. Pero luego cambió de rumbo.

—Se lo preguntaré —dijo—. Si dice que sí, entonces sí, pueden hablar con él.

—Bien. Haremos todo lo posible para no molestarle.

—Eso será imposible si le pregunta por la muerte de su padre —apuntó Sanz—. Eric quería a su padre. Mi dolor más grande es que tenga a su madre en la cárcel por matar a su padre cuando sé que no lo hice.

—Lo entiendo —dije, y asentí. Intenté seguir—: ¿Con qué frecuencia habla con Eric?

—Una o dos veces por semana —respondió Sanz—. Más si tengo acceso telefónico.

—¿Viene a visitarla?

—Una vez al mes. Con mi madre.

Hubo una pausa momentánea mientras pensaba cuánto había perdido esa mujer, tanto si era inocente como si no. Bosch irrumpió en el espacio silencioso, una vez más sin ninguna delicadeza.

—La pistola no va a aparecer, ¿verdad? —preguntó.

Lucinda parecía desconcertada por aquel repentino cambio de rumbo. Yo sabía que se trataba de una táctica policial: hacer preguntas fuera de secuencia o contexto para generar reacciones y evitar que los entrevistados se sintieran demasiado cómodos.

Como Lucinda no contestaba, Bosch insistió.

—La pistola que se usó para matar a su ex nunca ha aparecido —dijo Bosch—. No aparecerá ahora, ¿verdad?

—¡No tengo ni idea! —gritó Sanz—. ¿Cómo voy a saberlo?

—No lo sé —dijo Bosch—. Por eso he preguntado. Me preocupa que la pistola pueda aparecer mientras estamos en medio de esto. Podría causarnos muchos problemas a nosotros y a usted.

—Yo no maté a mi marido y no sé quién lo hizo —declaró Sanz en tono cortante—. Y no tengo la pistola.

Miró fijamente a Bosch hasta que él apartó la mirada. Una vez más vi esa mirada imperturbable. Empezaba a creerla. Y eso, lo sabía por experiencia, era peligroso.

11

En el camino de vuelta conduje yo. Bosch ocupó el asiento del copiloto y empezó a revisar la carpeta de acordeón de Frank Silver, al parecer para demostrarme que se podía hacer una revisión del caso sin tener que recurrir a extenderlo todo en el asiento trasero. Hice como que no me daba cuenta y mantuve la vista en la carretera, pensando en Lucinda Sanz y en cómo podría salvarla.

Ir a la prisión había sido la decisión correcta. Verla en persona, oír su voz y observar sus ojos, marcó la diferencia por completo. Lucinda se convirtió en algo más que un caso. Se convirtió en una persona real; además, percibí sinceridad en sus palabras. Sentí que podía ser la más rara de entre todas las criaturas: un cliente inocente.

Pero eso solo me dejó una sensación de vacío mientras conducía de vuelta a la ciudad. Lo que mi instinto me decía no significaba nada en un tribunal. Tenía que encontrar un camino. Y, aunque estaba comenzando con el caso, ya sabía que tenía ante mí una tarea de proporciones colosales que me dejaría cicatrices profundas si fracasaba.

Bosch y yo nos habíamos quedado con Lucinda y habíamos estado haciéndole preguntas hasta el último momento, cuando aquella guardia sin sentido del humor que la había acompañado a la sala abogado-cliente volvió para sacarla. Lucinda se marchó con un papel con nuestros números de teléfono y la promesa de que haríamos todo lo posible por evaluar el caso y tomar rápidamente una decisión sobre cómo proceder. Eso también sería en vano si la decisión final era no hacer nada porque no había nada que pudiera hacer.

Miré a Bosch. No habíamos hablado de Lucinda desde que salimos de la cárcel. Me había ofrecido a conducir y Bosch aceptó. En cuanto iniciamos la marcha, se puso con la carpeta de acordeón. Apenas levantó la vista en todo el trayecto, ni siquiera cuando pisé el freno e hice sonar el claxon varias veces.

—¿Qué estás pensando, Harry? —le pregunté por fin.

—Bueno —dijo Bosch—. Me he sentado frente a muchos asesinos a lo largo de los años. La mayoría de ellos no pueden mirarte a los ojos y negarlo. Con su actitud, ella ganó puntos conmigo.

Asentí.

—Conmigo también. Tuve la idea más loca en esa sala cuando nos decía que no lo había hecho.

—¿Qué idea?

—Pensé en subirla al estrado y dejar que se gane al juez.

—Creía que siempre predicabas lo contrario, que hay que mantener al acusado lejos del estrado de los testigos. ¿No fuiste tú quien dijo que la gente termina en la cárcel por hablar?

—Sí lo dije, y normalmente lo predico. Me gusta decir que la única forma de que mi cliente testifique es que yo falle el placaje, pero algo en ella me hace pensar que podría ganar. Los jueces son diferentes de los jurados. Ven muchos mentirosos. Están esperando que algún día alguien les cuente la verdad. Creo que Silver debería haberla disuadido del trato y haberla llevado a juicio. Lucinda también podría ganarse a un jurado. En mi opinión, solo ese fallo ya era material de un 504.

—¿Un 504?

—Asistencia ineficaz de un abogado. Le dije a Silver que no tomaría ese camino, pero ahora no estoy tan seguro. Al menos nos haría ganar algo de tiempo.

—¿Cómo?

—Presento una moción de *habeas* basada en asistencia ineficaz, y eso se convierte en nuestro punto de partida en el tribunal. Nos da tiempo para tener algo mejor antes de presentarnos ante el juez.

—Si hay algo mejor.

—Bueno, a eso me refería cuando he pedido tu opinión. En realidad, no estaba preguntando por Lucinda. Me refería a los archivos. ¿Hay algo útil para nuestra causa?

—Bueno, aquí no hay mucho, pero la cronología es reveladora.

—¿Por qué?

—Creo que podrías defender una visión de túnel. Una vez que Lucinda dio positivo en la prueba de residuos de disparo, se olvidaron de todo los demás.

—¿Se centraron únicamente en ella?

—Más o menos. La cronología dice que inicialmente llamaron al sargento que supervisaba la unidad antibandas a la que estaba asignado Roberto Sanz. Un tipo llamado Stockton. Querían hablar de la posibilidad de que Roberto hubiera sido asesinado en venganza por cargarse a ese pandillero en el tiroteo del año anterior. Pero parece que esa línea de investigación se detuvo en cuanto se recibió el resultado de la prueba de residuos que apuntó a Lucinda.

—Bien. Eso podría servirme en algún momento. ¿Algo más?

—Solo que abandonaron otras posibles vías de investigación una vez que tuvieron la prueba de residuos.

Asentí con aprobación. La visión de túnel era el mejor amigo de un abogado defensor. Demuestras que los policías no estaban considerando otras posibilidades, y eso puede hacer que un jurado sospeche. Cuando consigues que sospechen, logras que pierdan el respeto por la integridad de los investigadores y siembras la semilla de la duda. Duda razonable. Por supuesto, la aceptación de un *habeas* no la decidiría un jurado, sino un juez que conocería los trucos del oficio y sería mucho más difícil de convencer. Pero la observación de Bosch no dejaba de ser una buena arma para llevar en el bolsillo de atrás.

—Podría estudiar ese ángulo —dijo Bosch—. El ángulo de la venganza.

—No —respondí—. Nuestro trabajo no es ese, sino demostrar la inocencia de nuestra clienta. Señalar que los investigadores originales fueron perezosos o tuvieron visión de túnel ayuda a nuestra causa. Pero no vamos a perseguir teorías alternativas. No tenemos tiempo para eso.

—Lo entiendo.

—Esto es diferente, Harry. No eres un investigador de Homicidios. No estamos resolviendo el crimen. Estamos probando que Lucinda no lo hizo. Hay una diferencia.

—Te he dicho que lo entiendo.

Bosch volvió al expediente y empezó a leer de nuevo. Unos minutos más tarde, se interrumpió.

—Su versión no ha cambiado —dijo—. Estoy leyendo la transcripción del interrogatorio con la policía. Su versión de entonces es exactamente la misma que la de hoy. Eso tiene que contar.

—Sí, pero no lo suficiente. Es un indicador de veracidad, como el contacto visual, pero necesitamos más. Mucho más. Por cierto, ¿por qué le has preguntado cuándo se hizo Roberto el tatuaje?

—Creo que es importante saberlo. Cuando te haces un tatuaje, es una especie de declaración de vida.

—Lo dice el hombre que lleva una rata tatuada en el brazo.

—Eso es otra historia. Hacerse un tatuaje que la mayoría de la gente puede ver, eso dice algo. Pensé que sería bueno saberlo, pero ocurrió después de que se separaran.

—Entendido.

Bosch continuó leyendo el expediente. Estábamos a medio camino de Los Ángeles. Empecé a pensar en los siguientes pasos del caso y si llevarlo a nivel federal o estatal. Había argumentos a favor y en contra de ambos. Los jueces federales no estaban en deuda con el electorado y no dudarían en poner en libertad a un asesino convicto si existían pruebas de inocencia. Pero, con una carga de trabajo menor, los juristas federales solían ser más escrupulosos a la hora de examinar las mociones y las pruebas.

Mi teléfono sonó a través de la conexión bluetooth del coche. Era Lucinda Sanz llamando a cobro revertido desde la prisión. Acepté la llamada y le dije que Bosch y yo seguíamos conduciendo de vuelta a la ciudad y que ambos estábamos escuchando.

—He llamado a mi madre y me ha puesto con Eric para que pudiera hablar con él —me dijo—. Me ha dicho que hablaría con ustedes.

—¿Cuándo? —le pregunté.

—Cuando quieran —dijo—. Ahora está en casa.

Miré a Bosch y él asintió. Había sido idea suya hablar con el chico.

—¿Y a su madre le parece bien? —pregunté.

—Ha dicho que sí.

—Muy bien, deme su número y la llamaré para decirle que vamos para allá ahora mismo.

—¿Hoy? ¿Está seguro?

—¿Por qué no, Cindi? Hoy tenemos tiempo. Mañana no sé.

Me dio el número y vi que Bosch lo anotaba. Entonces pulsé un botón de la pantalla del salpicadero para silenciar la llamada.

—¿Tienes algo que quieras preguntar mientras la tenemos?

Bosch dudó, pero luego asintió. Desactivé el silencio.

—¿Cindi?

—Sí —dijo ella.

—Harry tiene algo que quiere preguntar —apunté—. Adelante, Harry.

Bosch se inclinó hacia el centro del salpicadero como si pensara que así se le oiría más claramente.

—Cindi —dijo—, ¿recuerda que los detectives le dijeron que dio positivo en residuos de disparo en manos y brazos?

—Dijeron eso, pero era mentira —respondió Lucinda—. Yo no disparé la pistola.

—Lo sé, y eso es lo que les dijo. Mi pregunta es sobre la prueba. En el interrogatorio, los detectives dijeron que un hombre le hizo la prueba, pero usted les dijo que fue una mujer. ¿Lo recuerda?

—La ayudante del sheriff se me acercó y me dijo que tenía que hacerme la prueba del arma. Me frotó las manos, los brazos y la parte delantera de la chaqueta.

—¿Así que definitivamente era una mujer?

—Sí.

—¿La conocía o sabía su nombre?

Antes de que pudiera contestar, una voz electrónica interrumpió la llamada y anunció que la conexión finalizaría al cabo de un minuto. Bosch preguntó a Lucinda una vez terminada la interrupción.

—Cindi, ¿quién era la ayudante que le hizo la prueba?

—No lo sé. Creo que no me dijo su nombre. Dijo que trabajaba con Robbie. Lo recuerdo.

—¿Era detective?

—No lo sé.

—Bueno, ¿llevaba uniforme de sheriff o iba de paisano?

—No, iba con ropa normal. Llevaba su placa en una cadena.

—¿Alrededor del cuello?

—Sí.

—¿La reconocería si la volviera a ver?

—Eh, no estoy tan segura… Creo que sí, no…

La llamada terminó.

—Mierda, se ha cortado —dijo Bosch.

—¿De qué iba eso? —le pregunté.

—Tengo aquí mismo la transcripción del interrogatorio. Los detectives la confrontan con los residuos de disparo y le explican que un agente del sheriff, al que no nombran pero al que se refieren en masculino, le hizo el test. Luego Cindi dice que fue una mujer.

—Vale, ¿y?

—Bueno, todo el asunto me parece raro. No sé cuáles son los protocolos de la escena del crimen del Departamento del Sheriff, pero no pueden ser muy diferentes de los de la policía de Los Ángeles. Y puedo decirte, que, en el departamento, las pruebas de residuos las hacen los detectives. O, al menos, un criminalista. No alguien que trabaje con la víctima, eso desde luego.

Entonces recordé haber leído la transcripción de esa conversación. No me había llamado tanto la atención como a Bosch. Pero así era Bosch. Ya lo había visto antes. Tenía facilidad para captar los detalles y las pruebas de un caso y cómo todo encajaba, o no. Él jugaba al ajedrez, mientras que la mayoría de la gente jugaba a las damas.

—Es interesante —dije finalmente—. ¿Así que era una mujer detective?

—No necesariamente —dijo Bosch—. Podría ser alguien a quien llamaron cuando estaba en casa y no tuvo tiempo para ponerse el uniforme. Pero parece alguien de la unidad de Roberto. Los detectives suelen llevar la placa en el cinturón. Una placa en una cadena indica una unidad de paisano, como bandas o narcóticos. Usan la cadena para poder esconder la placa y sacarla cuando pasa algo, como en una redada o en el lugar de un crimen.

—Entendido.

Bosch empezó a buscar en la carpeta que tenía sobre el regazo. Lo miré de reojo y vi que sacaba un documento.

—Este es el atestado del crimen. Tiene los nombres de los dos ayudantes que acudieron primero: Gutiérrez y Spain.

—Bueno, tenemos que hablar con ellos.

—Tal vez no de inmediato. ¿Recuerdas que dijiste que nada de huellas hasta que estuviéramos listos?

Asentí con la cabeza.

—Sí.

Bosch sacó otro documento.

—¿Qué es eso? —pregunté.

—El registro de pruebas —me aclaró Bosch—. Rastrea la cadena de custodia.

Lo examinó unos instantes antes de continuar.

—Dice que los discos del test de residuos los recogió un ayudante llamado Keith Mitchell.

—Tenemos que hacer un seguimiento de eso.

—Puede que no signifique nada. Pero lo haré.

—Entonces, ¿cómo quieres manejar la conversación con el chico?

—Aún no lo sé. Deja que termine el expediente primero, luego podemos hablar de eso. ¿Por qué no llamas a la madre de Cindi y le dices que estamos de camino?

—Buena idea.

12

La casa donde creció Lúcinda Sanz estaba en Mott Street, en Boyle Heights. Era un barrio arruinado por las pintadas de las bandas y el abandono. Muchas de las viviendas tenían vallas blancas que cruzaban el césped delantero, un signo de lealtad y protección frente a la banda callejera arraigada desde hacía generaciones y que gobernaba el barrio. La madre de Sanz se llamaba Muriel López. Su casa tenía valla y un par de pandilleros que la acompañaban. Cuando detuvimos el coche, pudimos ver a dos hombres vestidos con pantalones holgados y camiseta sin mangas, y que dejaban ver unos brazos tatuados, recostados en el porche.

—Vaya —dije—. Parece que tenemos un comité de bienvenida.

Bosch levantó la vista de uno de los documentos que estaba leyendo y observó a los dos hombres, que nos devolvían la mirada.

—¿Tenemos la dirección correcta? —preguntó.

—Sí —respondí—. Es aquí.

—Para que lo sepas, no voy armado.

—No creo que vaya a ser un problema.

Salimos. Cruce la portezuela de la cerca por delante de Bosch.

—Amigos, venimos a ver a la señora López —dije—. ¿Está por aquí?

Los dos tipos rondaban la treintena. Uno era alto, y el otro, bajo.

—¿Eres el abogado? —preguntó el alto.

—Así es —dije.

—¿Y él? —preguntó—. Parece un poli. Tiene toda la pinta.

—Es mi investigador —dije—. Por eso está conmigo.

Antes de que la situación se pusiera más tensa, se abrió la puerta de la casa y una mujer de cabello plateado se asomó y habló en español demasiado rápido como para que yo pudiera entenderla. Fue como si estuviera viendo a Lucinda con veinte años más. Muriel tenía los mismos ojos oscuros y la misma tez, idéntica mandíbula. Llevaba el pelo gris plateado recogido en una coleta que dejaba ver el mismo pico de viuda que tenía su hija.

Ninguno de los dos hombres le respondió, pero pude ver cómo bajaban unos peldaños en la escala de testosterona.

—Señor Haller —dijo la mujer—. Soy Muriel. Por favor, pase.

Subimos al porche y nos dirigimos hacia la puerta. Los dos hombres se separaron y se colocaron a ambos lados de la entrada de la casa. Fue el alto quien volvió a hablar.

—¿Vais a sacar a Lucinda? —preguntó.

—Vamos a intentarlo, desde luego —dije.

—¿Cuánto tiene que pagaros?

—Nada.

Le sostuve la mirada un momento y luego entré en la casa. A continuación, Bosch pasó junto a ellos.

—Sigues pareciendo policía —dijo el alto.

Bosch no contestó. Se limitó a entrar en la casa y Muriel cerró la puerta.

—Voy a buscar a Eric —dijo.

—Un momento, Muriel —le pedí—. ¿Quiénes son esos tipos y cómo sabían que veníamos?

—El que le habló es Carlos, mi hijo, el hermano pequeño de Lucinda. César es su primo.

—¿Les dijo que veníamos a hablar con Eric?

—Estaban aquí cuando llamó para decir que venía.

—¿Viven aquí?

—No, viven calle abajo. Pero suelen venir por aquí.

Asentí y entendí perfectamente la urgencia de Lucinda: tenía que obtener su libertad para poder rescatar a su hijo de un futuro en una banda.

Muriel nos condujo al salón y dijo que iría a buscar a Eric a su cuarto. Oímos palabras apagadas mientras esperábamos; finalmente, Muriel regresó llevando a Eric Sanz de la mano. El chico llevaba pantalones cortos verdes y un polo blanco con zapatillas de deporte rojas y negras. Enseguida vi la inconfundible continuidad de la herencia genética. Los ojos oscuros, la piel morena y la línea de nacimiento del pelo estaban ahí. En pocas horas había visto tres generaciones de esa familia. Pero el chico parecía más pequeño y delicado de lo que había imaginado que sería a los trece años. La camisa le quedaba al menos dos tallas grande y colgaba de sus hombros huesudos como un abrigo en una percha.

Empecé a arrepentirme de haberle pedido a Lucinda que me dejara hablar con ese muchacho sobre la muerte de su padre y la condena de su madre; parecía muy frágil. Bosch y yo habíamos preparado el terreno cuando nos acercábamos a Boyle Heights y habíamos decidido que él se encargaría de las preguntas después de que yo hiciera una introducción. Esperaba que Harry captara las mismas vibraciones que yo y que, por lo tanto, fuera delicado a la hora de hacer las preguntas.

El salón estaba abarrotado de muebles y fotos familiares en las paredes y las mesas. Había muchas de Lucinda y de Eric de pequeño. Pensé que no estarían expuestas si Eric hubiera crecido creyendo en la culpabilidad de su madre.

Bosch y yo nos sentamos en un sofá color chocolate con cojines desgastados y deformados, mientras Eric y su abuela se sentaban frente a nosotros en un sillón a juego lo bastante ancho para los dos. Muriel no nos había ofrecido café, ni agua, ni nada que no fuera una audiencia con el hijo de nuestra clienta.

—Eric, me llamo Mickey Haller —empecé—. Soy el abogado de tu madre. Y él es Harry Bosch, un investigador. Estamos intentando que tu madre vuelva a casa. Queremos llevar su caso a los tribunales y demostrar al juez que ella no hizo lo que dicen que hizo. ¿Entiendes, Eric?

—Sí —respondió.

La voz del chico era frágil y vacilante.

—Sabemos que esto es difícil para ti —le dije—. Así que, si en algún momento sientes que necesitas un descanso o si simplemente quieres parar, solo dilo y paramos. ¿Te parece bien?

—Vale.

—Bien, Eric. Porque de verdad queremos intentar ayudar a tu madre si podemos. Estoy seguro de que desearías que ella pudiera estar en casa contigo.

—Sí.

—Bien. Ahora dejaré la iniciativa a Harry. Gracias por hablar con nosotros, Eric. ¿Harry?

Miré y vi que Bosch tenía un bolígrafo y un bloc de notas listos.

—Harry, nada de notas —dije—. Hablemos.

Bosch asintió, probablemente pensando que deseaba ser menos formal con el chico. Ya le explicaría más tarde que, en realidad, temía que aquellas notas pudieran acabar en manos de la parte contraria a través de las solicitudes de presentación de pruebas. Era una de las reglas que seguía: sin notas no hay pruebas que divulgar. Bosch tendría que ajustar sus métodos si seguía con el trabajo de defensa.

—Bien, Eric —dijo Bosch—, quiero empezar con algunas preguntas básicas. ¿Tienes trece años?

—Sí.

—¿Y a qué escuela vas?

—Estudio en casa.

Miré a Muriel en busca de confirmación.

—Sí, yo enseño a Eric —dijo—. Los niños de la escuela eran crueles.

Entendí que se burlaban de Eric por su tamaño o, si los otros niños lo sabían, porque su madre estaba en la cárcel por haber matado a su padre. Bosch continuó.

—¿Te gusta algún deporte, Eric?

—Me gusta el fútbol americano —dijo Eric.

—¿Los Rams?

—Me gustan los Chargers.

Bosch asintió y sonrió.

—A mí también. ¿Has ido ya a algún partido?

—No, todavía no.

Bosch asintió.

—Como ha dicho el señor Haller, queremos intentar ayudar a tu madre —dijo—. Sé que fue un día horrible cuando perdiste a tu padre y se llevaron a tu madre, pero me preguntaba si podríamos hablar de eso. ¿Te acuerdas de aquel día, Eric?

El chico se miró las manos entrelazadas entre las rodillas.

—Sí —respondió.

—Bien —dijo Bosch—. ¿Recuerdas de si los ayudantes del sheriff te hablaron alguna vez de lo que pudiste ver u oír aquel día?

—Había una señora. Habló conmigo.

—¿Llevaba uniforme? ¿Con una placa?

—No llevaba uniforme. Llevaba una placa en una cadena. Me metió en el coche, en el asiento de atrás, donde meten a los malos.

—¿Quieres decir cuando detienen a la gente?

—Sí, pero nosotros no hicimos nada malo.

—Claro que no. Apuesto a que dijo que os ponía allí para que estuvierais a salvo.

Eric se encogió de hombros.

—No lo sé.

—¿Habló contigo en el coche?

—Me hizo preguntas sobre mi madre y mi padre.

—¿Recuerdas lo que le dijiste?

—Solo que se habían gritado y que mi madre me dijo que tenía que ir a mi habitación.

—¿Viste u oíste algo más?

—La verdad es que no. Dijeron que mi madre había disparado a mi padre, pero yo no lo vi.

Muriel rodeó al niño con el brazo y lo apretó contra su cuerpo.

—No, mijo, no —le dijo—. Tu madre es inocente.

El niño asintió y parecía a punto de echarse a llorar. Me pregunté si debía intervenir y poner fin a la conversación. No parecía que Eric fuera a darnos ninguna información que se desviara de lo que ya se sabía. Me quedé con la curiosidad de saber quién había hablado con él, porque no había ninguna transcripción en los registros incompletos que habíamos recopilado de Silver y el expediente judicial de los archivos. Mi suposición era que a Eric no se le había considerado un testigo clave debido a su edad —ocho años en aquel momento— y al hecho de que había estado en su habitación y no había presenciado el tiroteo.

Bosch continuó, alejándose del asesinato real y en una nueva dirección.

—Pasaste el fin de semana con tu padre, ¿verdad?

—Sí —respondió Eric.

—¿Recuerdas lo que hiciste con él?

—Nos quedamos en su apartamento. Matty nos preparó la cena una noche y luego...

—Deja que te interrumpa un segundo, Eric. ¿Quién es Matty?

—Era la novia de mi padre.

—Vale, lo entiendo. Así que ella hizo la cena. ¿Fue el sábado?

—Sí.

—¿Y el domingo?

—Fuimos a Chuck E. Cheese.

—¿Estaba cerca de donde vivía tu padre?

—Creo que sí. No lo sé.

—¿Y fuisteis tú y tu padre, o Matty también fue?

—Matty vino. Me cuidó cuando mi papá tuvo que irse.

—¿Cómo es que tuvo que irse?

—Lo llamaron por teléfono, y luego dijo que tenía una reunión de trabajo y que debía marcharse. Y tuve que quedarme jugando hasta que volvió.

—¿Por eso llegaste tarde a casa de tu madre?

—No me acuerdo.

—No pasa nada, Eric. Lo estás haciendo muy bien. ¿Recuerdas algo más de ese día, además de ir a Chuck E. Cheese con tu padre y Matty?

—No. Lo siento.

—No, no lo sientas. Nos has dado mucha información. Una última pregunta: ¿fue Matty contigo y con tu padre cuando te dejaron en casa?

—No, mi padre la llevó primero al apartamento, porque pensó que mi madre se enfadaría si venía.

—Ya veo. Así que ella se bajó en el apartamento.

—Entraron los dos y yo me quedé en el coche. Luego mi padre salió y nos fuimos. Estaba oscuro.

—Cuando volvíais a casa, ¿tu padre dijo algo más sobre por qué tenía que ir a trabajar?

—No, no me acuerdo.

—¿Le contaste a la señora que te habló en el coche lo de su reunión de ese día?

—No me acuerdo.

—Vale, Eric. Gracias. ¿Hay algo que quieras preguntarme a mí o al señor Haller?

El chico volvió a encogerse de hombros y miró de Bosch a mí y luego de vuelta.

—¿Sacarán a mi madre de la cárcel? —preguntó.

—No podemos prometer nada —dijo Bosch—. Pero, como ha dicho el señor Haller, seguro que lo vamos a intentar.

—¿Cree que ella lo hizo?

Ahí estaba. La pregunta con la que el chico vivía cada día de su vida.

—Te diré una cosa, Eric —respondió Bosch—, nunca te mentiré. Así que te diré esto: todavía no lo sé. Pero hay bastantes cosas en el caso que no me encajan, que no me cuadran, ¿me entiendes? Así que creo que existe la posibilidad de que se hayan equivocado con ella y que ella no lo hiciera. Voy a investigarlo más y luego volveré aquí y te diré lo que sé. Y no mentiré. ¿Te parece bien?

—Vale —dijo Eric.

La conversación había terminado. Todos nos levantamos y Muriel le dijo a Eric que podía volver a su habitación a jugar con el ordenador. Cuando se fue, miré a Muriel.

—¿Sabe quién es Matty? —le pregunté.

—Matilda Landas —dijo—. La puta de Roberto.

Casi escupió las palabras. Tenía un acento más profundo que el de su hija y las palabras le salieron cortantes y amargas. Recordé lo que había dicho Lucinda de que las muñequitas eran la causa de la destrucción de su matrimonio.

—¿Estuvo Roberto liado con ella antes de que se rompiera el matrimonio? —pregunté.

—Él lo negó —dijo Muriel—. Pero era un mentiroso.

—¿Ha sabido de ella o la ha visto desde entonces? —preguntó Bosch.

—No sé dónde está —respondió Muriel—. No quiero saber nada de esa puta.

—Bueno, creo que entonces lo dejaremos así —dije—. Gracias por su tiempo, Muriel, y por permitirnos hablar con Eric. Parece un chico brillante. Seguro que es usted una buena profesora.

—Mi trabajo es hacer de él un buen hombre —respondió ella—. Pero es difícil. Las bandas lo quieren.

—Lo entiendo —dije.

Consideré sugerirle que limitara su exposición al tío Carlos y al primo César, pero luego decidí no hacerlo.

—Tienen que sacarla para que se lo lleve de aquí —dijo Muriel.

—Vamos a intentarlo.

—Gracias.

Los ojos de Muriel revelaban cierta esperanza de que su hija regresara pronto a casa. Bosch y yo volvimos a darle las gracias y nos dirigimos a la puerta.

Después de que Muriel cerrara la puerta detrás de nosotros, vi que uno de los hombres del comité de bienvenida estaba sentado en el porche, en una silla cubierta con una manta. Se levantó. Era el que había hablado antes: Carlos, el hermano menor de Lucinda.

—El Abogado del Lincoln —dijo—. Lo he visto en el cartel. Pareces un payaso ahí, en ese coche pinche pendejo.

—Probablemente no es mi mejor foto —respondí—. Pero supongo que es cuestión de gustos.

Se acercó a mí, juntando las manos para flexionar mejor sus bíceps repletos de tinta. En mi visión periférica me di cuenta de que Bosch se había puesto tenso. Sonreí con la esperanza de calmar los ánimos.

—¿Supongo que eres Carlos, el tío de Eric? —le pregunté.

—No la cagues, Abogado del Lincoln —dijo.

—No es mi intención.

—Prométemelo.

—No hago promesas. Demasiadas vari...

—Habrá consecuencias si la cagas.

—Entonces qué tal si renuncio ahora mismo y se lo explicas a tu hermana.

—No puedes renunciar ahora, Abogado del Lincoln. Ya estás metido.

Se hizo a un lado para dejarme bajar los escalones.

—Recuerda: consecuencias —me dijo a la espalda—. Hazlo bien o lo haré bien yo.

Saludé sin mirar atrás.

13

Bosch se puso al volante del Navigator cuando salimos de Mott Street. Dijo algo sobre estar preparado para pasar a la acción en caso de que algún otro pandillero de White Fence quisiera una audiencia con el Abogado del Lincoln. Le dije que tomara Cesar Chávez Avenue hasta Eastern, donde hicimos una parada no programada en el Parque Memorial Hogar de la Paz. Lo guie hacia la capilla principal y le dije que saliera por el camino de acceso.

—No tardaré.

Bajé del coche, entré en la capilla y recorrí uno de los pasillos flanqueados por los nombres de los fallecidos. Hacía casi un año que no pasaba por ahí y tardé unos minutos en localizar la placa conmemorativa por la que había pagado. Pero allí estaba, entre alguien llamado Neufeld y otro llamado Katz.

DAVID *LEGAL* SIEGEL

ABOGADO

1932-2022

«TODO LO BUENO SE ACABA.»

Era como él había querido, como lo había escrito en sus últimas voluntades. Me quedé allí un momento, en silencio, bajo la luz que entraba por el vitral de la pared que tenía a mi espalda.

Lo echaba mucho de menos. Dentro y fuera del tribunal, había aprendido más de *Legal* Siegel que de cualquier padre, profesor, juez o abogado que hubiera conocido. Fue él quien me tomó bajo su protección y me enseñó a ser abogado y persona. Ojalá hubiera estado conmigo para ver a Jorge Ochoa salir de la cárcel como un hombre libre, sin ataduras legales. Había veredictos de inocencia que apreciar, interrogatorios que saborear y momentos cargados de adrenalina en los que sabes que tienes al jurado comiendo de la palma de tu mano. A lo largo de los años había tenido de todo eso. En abundancia. Pero nada podía superar el camino de la resurrección, cuando te quitan las esposas y las últimas puertas metálicas se abren como las puertas del cielo, y una persona declarada inocente camina hacia los brazos de su familia, resucitada en la vida y en la ley. No hay mejor sensación que estar con esa familia y saber que fuiste tú quien lo hizo posible.

Frank Silver se había equivocado respecto a lo que yo estaba haciendo. Claro que al final del viaje había dinero. Pero no era eso lo que buscaba. Con Jorge Ochoa había sentido la carga de adrenalina del camino de la resurrección y me había vuelto adicto a ella. Tal vez fuera algo que solo ocurre una o dos veces en la carrera profesional de un abogado, pero no me importaba. Quería volver a vivir ese momento y haría cualquier cosa por conseguirlo. Deseaba estar ante las puertas de la prisión y dar la bienvenida a mi cliente a la tierra de los vivos. No sabía si Lucinda Sanz sería esa clienta. Pero el Abogado del Lincoln tenía el depósito lleno y estaba listo para volver a recorrer el camino de la resurrección.

Oí que la puerta de la capilla se abría. Bosch no tardó en llegar a mi lado. Siguió mi mirada hasta la placa de la pared.

—*Legal* Siegel —dijo—. ¿Qué hace aquí en Boyle Heights?

—Nació aquí —respondí.

—Lo tenía como un tipo del lado oeste.

—En los años treinta y cuarenta había más judíos que latinos en Boyle Heights. ¿Lo sabías? En vez de «East Los», lo llamaban

«Lower East Side». ¿Y Cesar Chávez Avenue? Eso era Brooklyn Boulevard.

—Conoces la historia.

—*Legal* Siegel la conocía. Él me la contó. Hace ciento cincuenta años este cementerio estaba en el barranco de Chávez. Luego desenterraron a todos y los trasladaron aquí.

—Y ahora ni siquiera es el barranco de Chávez. Es un campo de béisbol.

—En esta ciudad nada permanece igual durante mucho tiempo.

—En eso tienes razón.

Nos quedamos unos segundos guardando un respetuoso silencio. Luego habló Bosch.

—¿Cómo estaba al final? —preguntó—. Con la demencia, me refiero.

—A tope —dije—. Pasó de saber que tenía demencia y estar cagado de miedo a estar completamente ido.

—¿Te conocía?

—Me confundía con mi padre. Nos llamábamos igual, pero me daba cuenta de que pensaba que yo era él; fue su socio durante treinta años. Me contaba historias que al principio creía ciertas, pero luego recordaba que eran escenas de una película. Como sobornos metidos en cajas de camisas de la lavandería.

—¿No es cierto?

—*Uno de los nuestros,* ¿la has visto?

—Me la perdí.

—Buena película.

Nos quedamos de nuevo en silencio. Deseé que Bosch volviera al coche para tener un momento de intimidad. Pensé en la última vez que había visto a *Legal* Siegel. Le llevé a escondidas un bocadillo de ternera de Canter's a su habitación del hospital para terminales. Pero no se acordaba de la charcutería ni del bocadillo y, de todos modos, no tenía fuerzas para comérselo. Dos semanas después estaba muerto.

—¿Sabes?, Canter's también estaba por aquí —dije—. La charcutería. Hace como cien años. Luego se trasladaron a Fairfax. Shelley contra Kraemer cambió muchas cosas.

—¿Shelley contra Kraemer? —preguntó Bosch.

—Un caso juzgado por el Tribunal Supremo hace setenta y cinco años. Acabó con las cláusulas raciales y étnicas y las restricciones a la venta de propiedades. Judíos, negros, chinos..., después de esa sentencia, podían comprar y vivir donde quisieran. Por supuesto, aún hacía falta mucho valor. Ese mismo año, Nat King Cole compró una casa en Hancock Park... y unos tipos quemaron una cruz en su jardín.

Bosch se limitó a asentir. Yo seguí con mi tema.

—El caso es que por aquel entonces el tribunal nos hacía avanzar. Hacia la gran sociedad y todo eso. Ahora, parece que solo quieren hacernos retroceder.

Tras otro momento de silencio, Bosch señaló la placa.

—Eso de que todo lo bueno se acaba —dijo—. Estaba en la puerta cerrada de Chinese Friends la última vez que intenté comer ahí.

Me acerqué y puse la mano en la pared, cubriendo el nombre de Legal, y la mantuve allí un momento. Incliné la cabeza.

—Tienen razón —dije.

No hablamos de la amenaza de Carlos López hasta que volvimos al Navigator.

—Entonces, ¿qué crees que quiso decir con lo de hacer las cosas bien si tú no las haces bien? —preguntó Bosch.

—Ni idea —respondí—. Es un pandillero atrapado en el machismo de los pandilleros. Probablemente, ni siquiera él sabe lo que quiso decir.

—¿No te lo tomas como una amenaza?

—No como una amenaza seria. No es la primera vez que alguien piensa que puede hacerme trabajar mejor intentando asustarme. No será la última. Vámonos de aquí, Harry. Llévame a mi casa.

—Claro.

Parte 3

Efectos secundarios

14

Bosch notaba el isótopo moviéndose en su interior, una sensación de frío recorriéndole las venas, por el hombro y a través del pecho, como la riada que provoca una presa al reventarse. Intentó concentrarse en el expediente que tenía delante. Edward Coldwell, cincuenta y siete años, condenado por el asesinato de un socio cuatro años antes, acababa de perder en la apelación y pedía al Abogado del Lincoln que obrara un milagro en su nombre.

Bosch solo iba por la mitad del expediente que había compilado con documentos del caso obtenidos de los archivos judiciales. Coldwell había ido a juicio y el jurado había creído las pruebas en su contra por encima de sus negativas. En ese momento, le tocaba a Bosch determinar si el caso merecía el tiempo y los esfuerzos del Abogado del Lincoln.

Bosch había decidido profundizar en el caso de Coldwell basándose únicamente en la carta que el condenado por asesinato había enviado a Haller para solicitar su ayuda. La mayoría de las peticiones de asesoramiento jurídico que Haller recibía venían acompañadas de repetidos alegatos de inocencia, de quejas de abusos por parte de la Fiscalía o por pruebas omitidas o descartadas de forma indebida. La carta de Coldwell contaba con una buena dosis de todo eso, pero también contenía lo que parecía ser una súplica sincera para que se descubriera al verdadero asesino y evitar así que matara a otra persona. Bosch no había visto eso en las otras peticiones que había revisado; aquello le tocó la fibra. En parte, durante su carrera de más de cuarenta años trabajando en casos de homicidio, ese mismo sentimiento lo había motivado más de una vez: si podía atrapar al asesino, salvaría a otra víctima y a otra familia de la destrucción.

El caso lo había llevado el Departamento de Policía de Los Ángeles. El detective principal era un investigador competente llamado Gusto García, a quien Bosch conocía y respetaba. Era uno de los veteranos de la Unidad Especial de Homicidios que ya estaba allí cuando Bosch se incorporó esta y que seguía en el mismo lugar cuando se marchó. Al ver el nombre de García en la línea del autor del primer sumario del caso, Bosch estuvo a punto de dejar de leer allí mismo. No creía que García se hubiera cargado el caso, es decir, que hubiera mandado a la cárcel a un inocente por un asesinato que no había cometido. Pero el expediente era todo lo que había traído para leer y probablemente disponía de media hora o más antes de que el equipo de investigación le diera el alta.

Así pues, siguió leyendo. García había mantenido un ordenado y extenso registro cronológico de la investigación, cosa que convertía el documento en una lectura amena para alguien de la experiencia de Bosch. Página tras página, Harry no vio nada fuera de lugar. Ninguna pista descuidada, ningún paso sin tomar, ningún interrogatorio omitido. En su carta a Mickey Haller, Coldwell aseguraba que le habían tendido una trampa para culparle del asesinato de Spiro Apodaca, el hombre en cuyo restaurante de Silverlake él había invertido. Según los informes y las pruebas que Bosch ya había revisado, los dos se habían peleado por lo que Apodaca había hecho con esa inversión, y eso había conducido al asesinato. Coldwell había sido condenado en gran parte por el testimonio del asesino a sueldo al que supuestamente había contratado para matar a Apodaca. El sicario, James Mullin, había sido identificado y detenido gracias al buen trabajo de García, y había optado por llegar a un acuerdo con los fiscales para testificar contra el hombre que lo había contratado para el crimen a cambio de indulgencia en su condena.

Hasta el momento, por lo que Bosch podía ver, la única forma posible de que Coldwell fuera inocente era que Mullin hubiera mentido sobre quién lo había contratado para matar a Apodaca. El expediente que Bosch había hecho copiar en los archivos contenía una transcripción del testimonio de Mullin en el juicio. Bosch aún no se había metido a fondo, pero la había hojeado y había visto que el abogado defensor de Coldwell fue a por Mullin durante el interrogatorio, pero este no cambió su versión: Coldwell se había puesto en contacto con él a través de un intermediario y lo había contratado para matar a Apodaca a cambio de veinticinco mil dólares en efectivo por adelantado y una cantidad igual al terminar el trabajo. En su testimonio, Mullin dijo que Coldwell le había estafado en el segundo pago, lo cual explicaba su disposición a declarar contra él.

Bosch estaba absorto en una larga anotación en la cronología en la que García y su compañero contaban cómo acumuló Coldwell el dinero en efectivo que supuestamente pagó a Mullin. Se trataba de cobrar cheques y retirar dinero de cajeros automáticos en pequeñas cantidades durante varias semanas hasta que finalmente sumó veinticinco mil dólares. Las cantidades se enumeraban en una columna. Bosch estaba haciendo cuentas y no levantó la vista cuando se abrió la puerta de su habitación. Supuso que era la TMN, que venía a comprobar su bolsa intravenosa.

—Hola, papá.

Bosch levantó la vista y vio a su hija. Llevaba ropa de deporte ajustada y zapatillas Nike.

—Mads, ¿cómo has entrado aquí? —le dijo—. No creo que sea seguro.

—Me han dicho que no había problema —repuso Maddie—. Que pasara sin más.

—¿Estás segura? ¿La TMN te ha dicho eso?

—La enfermera de delante. ¿Qué es TMN?

—Técnico en medicina nuclear. Es la que me clava la jeringuilla, cuelga la bolsa y pone en marcha el proceso. Pero creo que lleva un chaleco de plomo cuando viene aquí —respondió Bosch.

—Probablemente, porque ella está expuesta todo el tiempo —dijo Maddie—. O porque quiere tener hijos.

—Tiene por lo menos sesenta años.

—Oh. Bueno, no voy a quedarme mucho tiempo. Solo quería venir al menos una vez para ver lo que te están haciendo. Y para llevarte a casa.

—Puedo pedir un Uber. Es lo que suelo hacer. Sigo pensando que no deberías estar aquí. Y no deberíamos compartir coche. Puede que quieras tener hijos algún día.

—Papá, déjame que haga esto, ¿vale?

—Vale, vale. Gracias por venir. Le preguntaremos al médico si no hay problema.

—Bueno, como quieras. —Señaló la bolsa intravenosa—. Esta cosa, ¿qué contiene exactamente?

—Es solo solución salina —dijo Bosch—. Va de ahí al isótopo radiactivo que luego me inyectan. Se supone que ponen suficiente para matar el cáncer, pero no lo bastante como para matar al paciente, o sea, a mí. Ese es el truco.

Maddie pareció dudar antes de intervenir, pero finalmente soltó la pregunta clave:

—¿Saben si está funcionando? —preguntó.

—Todavía no —dijo Bosch—. Esta es mi última dosis; dentro de un par de meses me harán unas pruebas para ver qué pasa.

—Lo siento, papá, siento haberte hecho pasar por esto. Sé que... realmente no querías.

—No, fue decisión mía. Y mira, si consigo sobrevivir un poco más, podré ver cómo te conviertes en la policía que serás, y puede que incluso también consiga hacer algún buen trabajo. —Señaló la mesita y el expediente que había estado leyendo.

—¿Es uno de los casos del Proyecto Inocencia? —preguntó Maddie.

—Sí —dijo Bosch—. Pero no puedes llamarlo así o el verdadero Proyecto Inocencia podría ofenderse.

—Entendido. Entonces, ¿cómo lo llamáis?

—Buena pregunta. No sé si Mickey ya tiene un nombre.

—¿Cuál es el caso que tienes ahí?

—Un tipo condenado por contratar a un asesino a sueldo para matar a su socio. Solo que él dice que no lo contrató. Lo hizo otra persona. El problema es que el sicario testificó contra él en el juicio.

—Entonces, ¿por qué lo estás investigando?

—No lo sé, la verdad. Algo en la carta que le escribió a Mickey me pareció que merecía la pena echarle un vistazo. Pero tal vez me engañaron. He sacado todo el expediente de los archivos judiciales, lo leeré y luego decidiré si merece la pena seguir investigando. Quiero decir, ¿qué otra cosa voy a hacer aquí sentado? ¿Jugar a los videojuegos en mi teléfono?

—Eso será digno de ver. ¿Qué hay del otro caso? El de la mujer en…

—¿En Chino? Mickey va a solicitar una vista de *habeas corpus;* nos estamos preparando. Todavía hay muchos interrogantes. El investigador de Mickey, Cisco, acaba de localizar a una testigo clave con la que tendré que ir a hablar.

Maddie volvió a señalar la bolsa intravenosa.

—Pero esto te dejará KO unos días, ¿no?

—Puede que un día. No estoy seguro. Han ido aumentando la dosis cada vez, así que, sí, me va a tumbar. Al menos el resto del día.

—Tienes que dejar de trabajar para Mickey y concentrarte en tu salud. Céntrate en esto.

—Mira, estaré bien en…

—Hablo en serio, papá. Tu salud tiene que ser lo primero.

—Pero creo que hacer este trabajo y estar comprometido es parte del conjunto, ¿sabes? Me siento bien cuando hago estas cosas. Si no, me siento inútil y me deprimo.

—Solo digo que tienes que tomártelo con calma. Si este tratamiento funciona, puedes volver a estos casos. Quiero decir, esta gente no va a…

Maddie se interrumpió cuando se abrió la puerta y entró un hombre vestido con una bata de laboratorio de color azul claro. Era de complexión delgada, llevaba gafas y tenía una calvicie incipiente, pero no aparentaba más de treinta años. No parecía que llevara un chaleco de plomo bajo la bata.

—Oh, no sabía que tenía visita, Harry —dijo.

—Es mi hija, Maddie —aclaró Bosch—. Me va a llevar a casa, si usted cree que es seguro hacerlo.

El hombre le tendió la mano a Maddie.

—Austin Ferras —dijo—. Soy el médico de tu padre.

—Oh —dijo Maddie.

—¿Pasa algo? —dijo Ferras—. Puedo volver más tarde.

—No, no pasa nada —respondió Maddie—. Es que…, bueno, supongo que esperaba a alguien un poco mayor.

—Me pasa todo el tiempo —dijo Ferras—. Pero no te preocupes, tu padre está en buenas manos. Me tiene a mí y a un montón de gente cuidándolo. Y tú puedes llevarlo sin problema. Harry puede ser intratable, pero no es particularmente radiactivo.

Ferras se volvió hacia Bosch.

—¿Cómo se siente hoy, Harry?

—Aburrido —dijo Bosch.

Ferras se acercó al soporte del portasueros e inspeccionó la bolsa de goteo. Levantó la mano y la movió con un dedo.

—Ya casi hemos terminado —dijo—. Voy a pedirle a Gloria que lo desconecte y dentro de un rato podrá irse.

Había una tablilla con portapapeles en un bolsillo del soporte. Ferras la sacó y comprobó las anotaciones que había tomado la TMN. Habló mientras leía.

—Entonces, ¿efectos secundarios? —preguntó.

—Lo de siempre —respondió Bosch—. Náuseas leves. Tengo ganas de vomitar, pero nunca vomito. Todavía no he intentado ponerme de pie desde que he venido, pero estoy seguro de que será una aventura.

—Sí, el vértigo es un efecto secundario bastante común. No debería durar mucho, pero será mejor que se quede hasta que estemos seguros de que está en condiciones de irse. ¿Cómo van los acúfenos?

—Siguen ahí, cuando pienso en ellos, o cuando me los mencionan.

—Lo siento, Harry, pero tengo que preguntar.

—Si no le parece mal, quiero irme en cuanto me desconecten. No voy a conducir y Maddie me llevará a casa.

Ferras la miró en busca de confirmación.

—Yo lo llevaré a casa —dijo ella.

—De acuerdo entonces.

Ferras escribió algo en el portapapeles y lo devolvió a su bolsillo. Se dio la vuelta para marcharse.

—Encantado de conocerte, Maddie —dijo—. Cuida de él.

—Lo haré —respondió Maddie—. Pero antes de que se vaya..., estoy segura de que ha descubierto en las últimas ocho semanas que mi padre no es de sobresaliente en habilidades comunicativas. ¿Puede explicarme en términos sencillos qué le está haciendo y de qué va este ensayo clínico? La verdad es que no me ha contado nada...

—No quería que te preocuparas —intervino Bosch.

—Encantado —dijo Ferras—. Como seguro que ya sabes, el cáncer de tu padre está en la médula ósea. Lo que estamos haciendo aquí, en el ensayo, es tomar un medio que ha demostrado ser beneficioso en el tratamiento de otros cánceres y probarlo en su cáncer específico.

—¿Un medio? —preguntó Maddie—. ¿Qué significa eso?

—Es el isótopo —dijo Ferras—. Técnicamente, se llama lutecio-177. Se ha utilizado con éxito en los últimos años para tratar el cáncer de próstata y otros tipos de cáncer. Así que nuestro estudio y nuestro ensayo clínico pretenden determinar si la terapia con lutecio-177 puede lograr los mismos resultados positivos con el cáncer de Harry. Pronto conoceremos los resultados.

—¿Y cómo se miden esos resultados? —preguntó Maddie.

—Bueno, dentro de cuatro o seis semanas traeremos a Harry para hacerle una biopsia —dijo Ferras—. Desde luego que necesitará que lo lleven a casa después de eso, y los resultados nos dirán dónde estamos.

—¿Qué tipo de biopsia? —preguntó Maddie.

—Entraremos en el hueso y extraeremos médula para obtener la medida más fiel —dijo Ferras—. Pero es un método invasivo, y tengo que decir que provocará molestias. Necesitamos entrar en uno de los huesos más grandes para hacerlo, así que entraremos en la cadera.

—¿Podemos cambiar de tema? —dijo Bosch—. No es en lo que quiero pensar ahora mismo.

—Lo siento, Harry —se disculpó Ferras.

—Una última pregunta —dijo Maddie—: después de que le hagan la biopsia, ¿cuánto tiempo pasará hasta que conozcan el resultado?

—Eh, no demasiado —respondió Ferras—. Dependiendo de lo que veamos, puede que hagamos una segunda biopsia al cabo de tres meses.

Maddie se volvió y miró fijamente a su padre.

—Tienes que explicármelo —dijo—. Quiero saber.

Bosch levantó las manos en señal de rendición.

—Te lo prometo —dijo.

—Eso ya lo he oído antes —dijo Maddie.

De camino a casa, la hija de Bosch volvió a insistir en el tema de la comunicación.

—Papá, tienes que contarme lo que sabes. No estás solo en esto. No quiero que sientas que lo estás.

—Lo entiendo, lo entiendo —dijo Bosch—. Voy…

Sintió que el móvil vibraba en su bolsillo. Lo sacó y vio que era una llamada de Jennifer Aronson. Supuso que sería otra petición para que se involucrara en el caso de su sobrino. No quería coger la llamada, pero sabía que debía hacerlo. También sabía que acababa de dejar de hablar con su hija en mitad de una frase.

—Cuando sepa algo, tú también lo sabrás —le dijo—. ¿Te importa si cojo esta llamada? Será rápido.

—¿Por qué no? —contestó Maddie—. Está claro que no quieres hablar de tu salud conmigo.

En lugar de discutir al respecto, Bosch puso el dedo en la pantalla del teléfono y aceptó la llamada.

—Jennifer —dijo—. Estoy en medio de algo, ¿puedo...?

—No pasa nada —respondió ella—. Solo quería darte las gracias, de corazón. La Fiscalía ha sobreseído el caso de Anthony. Lo estoy esperando ahora en Sylmar.

—Vaya, eso es fantástico —dijo Bosch.

—Y todo gracias a ti, Harry —continuó Aronson—. Yo saqué a relucir todo el escenario que tú tejiste; y no te preocupes, nunca usé tu nombre. Pregunté si se había hecho el test de residuos de disparo al agente y entendieron cómo iba a actuar si esto llegaba a juicio, especialmente si pasaban a Anthony al estatus de adulto y el caso se celebraba en audiencia pública. Se doblaron como una servilleta de papel, Harry, y Anthony tiene que agradecértelo.

—Bueno, me alegro de que funcionara. Pero debería agradecértelo a ti. Fuiste tú quien presentó el caso a la fiscal.

—Siguiendo tu interpretación de las pruebas.

—Bueno...

Bosch no sabía qué decir y no estaba seguro de querer que su hija, policía, escuchara esa conversación.

—Sé que estás ocupado —dijo Aronson—. No te molestaré más. Solo quería que supieras lo que había pasado y darte las gracias de mi parte y de la de Anthony.

—Bueno, me alegro de que haya funcionado —dijo Bosch.

—Hasta pronto, Harry.

—Sí.

Bosch colgó y se volvió a guardar el teléfono en el bolsillo.

—Lo siento —dijo.

—¿Quién era? —preguntó Maddie—. Parecía una mujer.

—Jennifer, la socia de Mickey. Era sobre uno de sus casos.

—Parecía uno de tus casos.

—Revisé un par de informes. No es gran cosa.

A Bosch le preocupaba que Maddie siguiera haciendo preguntas sobre el caso y acabara dándose cuenta de que había trabajado en la defensa de alguien acusado de disparar a un agente del Departamento de Policía de Los Ángeles. Por suerte, Maddie cambió de tema.

—¿Sabes por qué Mickey no va a incorporar a Hayley al bufete una vez que apruebe el examen del colegio de abogados? —preguntó, refiriéndose a su prima, la hija de Haller.

—Supuestamente no quiere hacer trabajo penal —dijo Bosch—. Creo que dijo que desea especializarse en derecho medioambiental. Tú tienes más relación con ella que yo. ¿Lo habéis hablado?

—Hace tiempo que no hablamos. Siempre pensé que, si yo seguía tus pasos, ella podría acabar siguiendo los suyos.

Bosch pensó un momento antes de responder. Maddie se desvió de Cahuenga hacia Woodrow Wilson y empezó la empinada subida hacia su casa.

—No vas a seguir mis pasos, Mads. Serán tus propios pasos en la policía. Harás tu propio camino.

—Lo sé, pero se trata de la placa. Los dos nos ponemos la placa, ¿sabes? Estoy orgullosa de eso, papá.

—Me alegro. Yo también estoy orgulloso. Y, por cierto, Mickey vio tu foto con el ojo morado que me mandaste. Tenía mi teléfono y la abrió por error. Pensé que deberías saberlo por si te comenta algo al respecto.

—Bueno, espero que le dijeras que debería haber visto al otro tipo.

—Debería haberlo hecho. Probablemente sea uno de sus clientes.

Ambos rieron, pero su sarcasmo sobre Haller aparentemente no pasó desapercibido para Maddie.

—Papá, sé que Mickey te metió en el programa de la UCLA, pero eso no significa que tengas que pasarte el resto de tu vida trabajando para él en esos casos.

—Lo sé. No lo haré. Pero hay algo…

—¿Qué?

—No lo sé. Pero como este caso que estamos estudiando…, si esta mujer ha pasado cinco años en prisión por algo que no hizo, entonces sacarla… Es como ese dicho de que es mejor que cien culpables salgan libres a que un inocente sufra en prisión. Supongo que estoy diciendo que esto podría hacer que todo valga la pena.

—Si es inocente.

—El gran condicional.

Maddie se detuvo frente a la casa de Bosch.

—¿Quieres entrar? —preguntó él—. Tengo un álbum triple de Miles Davis de Third Man Vault. *Live at Filmore East,* de 1970. El gran Wayne Shorter, que en paz descanse, toca el saxo. Voy a escucharlo.

En Navidad, Maddie le había regalado a Bosch una suscripción a la rara distribuidora de vinilos de Nashville.

—No, pero gracias —dijo Maddie—. Creo que voy a ir al embalse a correr. ¿Estarás bien?

—Por supuesto. Hablamos mañana. Gracias por traerme y por estar ahí hoy. Significa mucho.

—De nada, papá. Te quiero.

—Te quiero.

Bosch bajó del coche y decidió entrar en su casa por la cochera. Mientras abría la puerta lateral de la cocina, pensó en lo vacía que sería su vida sin la conexión con su hija. Iba más allá de la experiencia compartida del trabajo como policías. Era un vínculo sagrado. Ella era su legado. Maddie era la razón que hacía que todo mereciera la pena.

15

Hasta el lunes, Bosch no se sintió lo bastante seguro cuando se ponía de pie ni lo suficientemente concentrado como para volver al caso de Lucinda Sanz. Había elaborado una larga lista de tareas, pero la prioridad era encontrar a la novia de la víctima, Matilda Landas, Matty, y hablar con ella. Había agotado todos los medios que tenía a su alcance, para localizarla teniendo en cuenta que no tenía placa ni todas las puertas que eso podía abrirle. Tras haber aprendido que pedirle a Renée Ballard podía acarrearle sanciones disciplinarias o incluso el despido, se abstuvo de recurrir a ella o a su hija en busca de ayuda. Cuando informó de su fracaso, Haller dijo que pondría a su otro investigador a buscar a Matilda.

Y Dennis *Cisco* Wojciechowski cumplió, al localizar en menos de un día a la mujer anteriormente conocida como Matilda Landas. No tuvo que sobornar a ningún policía para que buscara en un ordenador ni fue necesario utilizar su envergadura ni sus músculos para intimidar a nadie. Como no la había encontrado en el censo electoral ni en los registros de la propiedad o de los servicios básicos, Cisco tuvo la corazonada de que se había cambiado el nombre, posiblemente tras casarse, pero también es posible que por el miedo que le inspiraba el caso Sanz. Cuando no encontró registros que lo corroboraran en el condado de Los Ángeles, se montó en su Harley y se dirigió al condado de San Bernardino, pues los registros públicos de nacimiento mostraban que Landas había nacido en la localidad de Hesperia. Para cambiar legalmente de nombre en California había que presentar una petición ante un tribunal y publicarla en un periódico local. Si Landas actuaba por miedo, era poco probable que anunciara su plan de cambiar de identidad en la zona de Los Ángeles. Cisco pensó que iría a su localidad natal, donde incluso podría conocer a un abogado que la ayudara con la parte burocrática. El *Hesperian* era un periódico semanal que no ofrecía acceso a archivos en línea. Así que Cisco fue a las oficinas del semanario y, tras menos de una hora hojeando copias impresas de ediciones antiguas, encontró el aviso público que anunciaba la intención de Matilda Landas de cambiar su nombre legal por el de Madison Landon. Después se dirigió al juzgado de Victorville y confirmó que se había emitido una orden judicial tres semanas más tarde. Al parecer, Matty se había convertido en Maddy.

El cambio de nombre se había realizado siete meses después del asesinato de Roberto Sanz.

Una vez que Cisco consiguió el nombre de Madison Landon, regresó a Los Ángeles y lo investigó con los medios habituales para localizar a una persona. Averiguó que Landon estaba registrada como votante demócrata y tenía una hipoteca correspondiente a una casa en South Pasadena cuya dirección coincidía con la de su carné de conducir.

Cisco le pasó la información a Bosch; había llegado el momento de hablar con ella. Harry llamó a Cisco, que había vigilado discretamente a Landon mientras él se recuperaba.

—Voy a salir —le dijo—. ¿Dónde está?

—Está en una librería —respondió Cisco—. Se llama Vroman's. ¿La conoces?

—Sí, en Colorado Boulevard.

—Ha dejado el coche en el aparcamiento de atrás. Solo lleva unos minutos dentro.

—Probablemente tardaré media hora. Llámame si se va.

—Lo haré. Pero puedo hablar yo con ella si no te sientes con ganas.

—Estoy bien. Mickey quiere que lo haga yo. Por si tengo que testificar en la vista.

—Entendido. Bueno, aquí estoy.

—¿En la moto?

—No, no hago vigilancia en la moto. Llama demasiado la atención. Estoy en el Tesla de Lorna.

—¿Dónde nos encontramos?

—Vas en ese viejo Cherokee, ¿verdad?

—Sí, es viejo, pero para mí es nuevo.

—Aparca en Vroman's. Te veré.

—Voy para allá.

Media hora más tarde, Bosch estaba en el aparcamiento trasero de la librería. Aparcó y, cuando paró el motor y salió, Cisco ya estaba esperándolo detrás del Cherokee.

—¿Sabes qué aspecto tiene? —le preguntó.

—Solo por la foto del carné de conducir que encontraste —respondió Bosch.

—Ahora tiene un aspecto diferente. Se ha teñido el pelo, lleva gafas.

—Buf.

Cisco levantó el móvil y le mostró a Bosch una foto de una mujer rubia con gafas de montura negra caminando por el aparcamiento en el que estaban. Obviamente, la había tomado antes.

—¿Es ella? —preguntó Bosch.

—No, he hecho la foto para echarme unas risas —dijo Cisco.

—Claro, lo siento. Mira, si quieres venir conmigo, podemos hacer esto juntos. Sé que Mickey dijo que…

—No, hazlo tú. Yo podría asustarla.

Bosch asintió. Era una preocupación razonable. Sabía que Haller utilizaba a Cisco cuando quería un elemento de intimidación o cuando él mismo necesitaba protección. Convencer a una testigo tan reacia a hablar que podría haber llegado hasta el extremo de cambiar su nombre y apariencia como medida de protección no era su especialidad.

—De acuerdo —dijo Bosch—. Allá vamos. Envíame la foto, ¿quieres?

—Claro —dijo Cisco—. Buena suerte.

Bosch se dirigió a la librería, bajó unos escalones y llegó a una acera donde se habían inmortalizado en cemento las huellas de las manos de varios autores. Luego entró y saludó con la cabeza a una mujer que estaba en la caja a su izquierda. El local era enorme y ocupaba dos plantas. Tenía otra salida por el lado de Colorado Boulevard. Bosch enseguida se dio cuenta de que no resultaría fácil encontrar a Landon. Era posible que ni siquiera estuviera en la librería y que simplemente hubiera utilizado su aparcamiento, hubiera pasado por allí como un cliente más y luego se hubiera dirigido a cualquiera de las tiendas y restaurantes cercanos de Colorado Street. Hacía casi una hora que Cisco la había visto entrar. A Bosch le pareció mucho tiempo para pasarse curioseando en una librería.

Decidió empezar por la planta superior y examinar rápidamente la librería antes de dar la alarma a Cisco. Subió por unas escaleras anchas situadas en el centro y no tardó en darse cuenta de que no podría examinar la planta superior desde una única posición. Las estanterías eran demasiado altas. Recorrió con rapidez el pasillo principal mirando a derecha e izquierda a lo largo de cada fila de estanterías. Tardó cinco minutos en cubrir toda la planta y otros cinco en repetir la búsqueda. No había ni rastro de Madison Landon.

Bajó las escaleras para buscar en la planta baja, pero vio a la mujer de la foto que le había enviado Cisco con una pila de libros en la cola de la caja. Bosch cogió al azar un libro de una mesa de grandes éxitos y se situó en la cola, detrás de Madison Landon.

Leyó los lomos de los libros que la mujer sostenía en ambas manos. Todos eran sobre crianza. Landon no parecía estar embarazada, pero, a juzgar por los títulos, daba la impresión de que se estaba preparando para la maternidad. Uno de los libros se titulaba *Cría a tu hijo sola.*

—Yo crie a una hija solo —soltó Bosch.

Landon se volvió para mirarlo. Sonrió, pero no de una forma que invitara a hacer más comentarios sobre sus lecturas.

—Cuando era adolescente —dijo Bosch—. Es un trabajo duro.

La mujer volvió a mirarlo.

—¿Y cómo le fue? —preguntó.

—Bastante bien —respondió Bosch—. Ingresó en la policía.

—Entonces tendrá que preocuparse por ella.

—A todas horas.

Landon miró el libro que sostenía Bosch.

—Me encantó ese libro —dijo.

Bosch miró hacia abajo, viendo por primera vez lo que había cogido. Se titulaba *Mañana, y mañana, y mañana*. Nunca había oído hablar de él. No había estado en una librería desde antes de la pandemia.

—Me han dicho que es bueno —dijo—. Empezaré a leerlo y luego se lo daré a mi hija.

—A ella le gustará —dijo Landon—. A usted no estoy tan segura.

—¿Y eso por qué?

—Trata sobre tres personas, pero también sobre el desarrollo de videojuegos y la creatividad que implica.

—Hum. Bueno, parece algo que le puede gustar a Maddie, por lo menos.

Notó que Landon sonreía al mencionar el nombre, pero no reveló que ella también se llamaba así.

—¿Por qué no pasa delante? —dijo la mujer—. Yo llevo muchos y usted solo tiene uno.

—¿Seguro? —dijo Bosch—. No me importa...

—No, pase, pase, también les he de pedir que me encarguen un libro.

—Gracias. Es muy amable de su parte.

La mujer dio un paso atrás y Bosch avanzó en la cola justo cuando la clienta de delante terminaba su compra y se dirigía a la puerta. Dejó el libro en el mostrador y la cajera lo escaneó. Pagó en efectivo. Se volvió hacia Landon, le mostró el libro y le dio las gracias.

—Espero que a su hija le guste —dijo Landon.

Bosch salió y se apoyó en una pared junto a las escaleras del aparcamiento. Abrió el libro que acababa de comprar y empezó a leer. Al cabo de poco, Landon salió de la librería con una bolsa que contenía todas sus compras. Bosch levantó la vista de su libro y Landon apartó la mirada, probablemente pensando que él iba a hacer un torpe intento de ligar con ella.

—Es Maddy, ¿verdad? —dijo.

Landon se detuvo en seco al pie de las escaleras.

—¿Qué?

—¿O prefiere Madison? —preguntó Bosch. Se apartó de la pared y cerró el libro.

—¿Quién es usted? —preguntó Landon—. ¿Qué quiere?

—Soy un tipo que intenta sacar de la cárcel a una mujer inocente —dijo Bosch—. Para que pueda criar a su hijo.

—No sé de qué me está hablando. Por favor, déjeme en paz.

Se volvió hacia la escalera.

—Sabe de qué y de quién estoy hablando —dijo Bosch—. Y sabe por qué no puedo dejarla en paz.

La mujer se detuvo. Bosch notó que sus pupilas buscaban una vía de escape.

—Roberto Sanz —insistió Bosch—. Se cambió el nombre. Se ha mudado. Quiero saber por qué.

—No quiero hablar con usted —dijo Landon con frialdad.

—Lo comprendo. Pero si no habla conmigo habrá una citación y un juez la obligará a hacerlo. Entonces podría volverse un asunto público. Si habla conmigo ahora, puedo intentar mantenerla al margen. Su nombre, dónde vive…, nada de eso debería salir a la luz.

Landon levantó la mano que tenía libre y se cubrió los ojos.

—Me está poniendo en peligro —se quejó—. ¿No se da cuenta?

—¿En peligro? ¿Por quién se siente amenazada? —preguntó Bosch.

—Por ellos.

Bosch volaba a oscuras, sin radar. Simplemente estaba siguiendo su instinto con lo que había dicho hasta el momento. Pero las reacciones de Landon le decían que iba por buen camino.

—¿Los Cocos? —preguntó—. ¿Se refiere a ellos? Podemos protegerla de ellos.

La mera mención de la camarilla del sheriff pareció producirle a la mujer un escalofrío que le recorrió todo el cuerpo.

Bosch había sido cuidadoso manteniendo las distancias. Pero en ese momento se acercó a ella.

—Puedo encargarme de que no tenga nada que ver con lo que está a punto de ocurrir —le dijo—. Nadie sabrá nunca su nuevo nombre ni dónde está. Pero tiene que ayudarme.

—Si me ha encontrado usted —dijo Landon—, pueden encontrarme ellos.

—Ellos, quienesquiera que sean, ni siquiera lo sabrán. Es entre usted y yo. Pero tiene que hablarme del día en que dispararon a Roberto: qué estaba pasando, en qué estaba metido.

—¿Ha hablado con el agente MacIsaac?

—Todavía no. Pero lo haré. Cuando me cuente más.

Bosch no reconoció el nombre, pero no quería que Landon lo supiera. Podría minar su confianza respecto a lo que acababa de prometerle. Pero el hecho de que llamara agente a MacIsaac despertó inmediatamente una alarma. Indicaba que MacIsaac era un federal; eso significaba que cualquier agencia federal podría haber estado involucrada con Roberto Sanz. Incluso si Landon se negaba a cooperar, ya tenía una nueva pista que seguir.

—Tengo que pensarlo —dijo Landon.

—¿Por qué? —dijo Bosch—. ¿Cuánto tiempo?

—Solo deme el día de hoy —respondió—. Deme un número y lo llamaré por la mañana.

Bosch sabía que no le convenía dejar que una testigo potencial se lo pensara. Los temores podían multiplicarse, podía consultar con asesores legales antes de tomar la decisión. Nunca había que dejar que un pez se soltara del anzuelo.

—¿Podemos hablar ahora, extraoficialmente? —dijo Bosch—. No lo grabaré. Ni siquiera tomaré notas. Necesito saber qué pasó ese día. Una mujer inocente, una madre, está en la cárcel. Para ella, cada día, cada hora, es una pesadilla. Conoció a Eric, su hijo. Necesita estar con él para criarlo bien.

—Pero seguí el caso y ella se declaró culpable —dijo Landon—. ¿Ahora dice que es inocente?

—No refutó los cargos de una sentencia reducida de homicidio para no arriesgarse a la cadena perpetua en un juicio.

Landon asintió como si comprendiera la difícil situación de Lucinda Sanz.

—Está bien —dijo—. Acabemos con esto. ¿Dónde?

—Podemos sentarnos en mi coche —dijo Bosch—. O en el suyo. O encontrar una cafetería por aquí.

—En mi coche. No quiero hacer esto en público.

—Entonces en su coche.

16

Haller no devolvió la llamada hasta que Bosch estaba subiendo por Woodrow Wilson hacia su casa, donde tenía intención de descansar. El subidón de adrenalina que había sentido en cuanto Madison Landon empezó a hablar del día en que asesinaron a Roberto Sanz había remitido y le había dejado exhausto. Antes de salir del aparcamiento de Vroman's, había enviado un mensaje a Cisco para agradecerle una vez más que hubiera encontrado a Landon; luego había llamado a Haller. Cuarenta minutos más tarde, Bosch estaba llegando a casa, listo para echarse durante aproximadamente una hora, cuando Haller volvió a llamar.

—Lo siento, estaba en el juzgado. ¿Qué pasa?

—Sanz tardó en llevar a su hijo a la casa de Lucinda porque estaba con el FBI.

Se hizo un largo silencio.

—¿Estás ahí, Mick?

—Sí, lo estoy digiriendo. ¿Quién te lo ha dicho, la novia?

—Sí. Extraoficialmente. No quiere saber nada de esto. Está asustada.

—¿De quién?

—De los Cocos.

—¿Quiénes eran los agentes? ¿Conseguiste algún nombre?

—Uno parcial. Agente MacIsaac. No será difícil conseguir el nombre completo y el puesto. Voy a empezar a hacer llamadas en cuanto llegue a casa.

—Esto lo cambia todo, lo sabes.

Bosch nunca había visto que Haller se dejara intimidar por nadie, ni siquiera por los federales.

—¿Por qué? —preguntó.

—MacIsaac no hablará contigo —dijo Haller—. Te lo puedo garantizar. Y los federales se sacan de encima las citaciones de los tribunales estatales como Mookie Betts batea las bolas rápidas en el plato. La novia…, ¿cuál es su nuevo nombre?

—Madison Landon.

—¿Sabía Madison Landon el motivo de la reunión con el agente MacIsaac?

—No, solo sabía que era un asunto serio. Sanz le dijo literalmente que estaba «atascado» con algo y que tenía que hablar con el FBI. La única razón por la que ella conocía el nombre de MacIsaac fue que se lo oyó decir a Sanz en una llamada cuando estaban preparando la reunión de aquel día.

Haller volvió a quedarse en silencio. Bosch sabía que estaba pensando en los posibles escenarios legales que podía conllevar esa nueva información. Metió el Cherokee en la cochera de su casa y apagó el motor, pero se quedó sentado con el teléfono en la oreja.

—¿Qué estás pensando? —preguntó finalmente.

—El FBI cambia las cosas —respondió Haller—. Estoy pensando que quizá tenga que encontrar la manera de llevar esto a un tribunal federal sin mostrar primero nuestras cartas en el tribunal estatal.

—No sé qué significa eso.

—Bueno, como te digo, nunca llevaremos a MacIsaac al Tribunal Superior. Pero contamos con una buena oportunidad de llevarlo a un tribunal federal. La cuestión es que se supone que tienes que agotar todas las apelaciones estatales antes de acudir al Tribunal Federal de Distrito. Pero, si vamos por ese camino, nos verán venir a la legua. Nos esperarán con la artillería preparada. No queremos que MacIsaac sepa lo que le espera cuando le diga: «Agente MacIsaac, háblenos de esa conversación que mantuvo con Roberto Sanz un par de horas antes de su asesinato».

Esta vez fue Bosch quien guardó silencio mientras consideraba la estrategia que estaban siguiendo con Lucinda Sanz.

—Creo que tenemos que esperar antes de contactar con Mac-Isaac —dijo Haller.

—Pero hemos de saber por qué estaba con Sanz el día que lo mataron —replicó Bosch.

—Sí. Pero vamos a dar algún rodeo y a ver qué más podemos encontrar antes de llamar a la puerta del FBI.

—No sé por dónde dar el rodeo.

—Eso es porque estás pensando como un policía y no como un investigador de la defensa.

—¿Cuál es la diferencia?

—La diferencia es que las cartas están marcadas. Cuando eres policía o fiscal tienes el todopoderoso respaldo del estado a cada paso que das. Todos los recursos y el estado a tu favor. En el lado de la defensa solo estás tú. Es David y Goliat, y me temó que tú eres David. Por eso ganar es tan especial. Y tan raro.

—Creo que eso es un poco simplista (especialmente con toda la burocracia y las normas inclinadas a favor del acusado), pero lo entiendo. Así que, si he de pasar desapercibido para el FBI, ¿qué quieres que haga a cambio?

—Estoy seguro de que se te ocurrirá algo. Dame unos días para pensar cómo tratar con los federales. Tengo que hablar con algunas personas para ver si podemos dar el salto al tribunal federal.

Bosch, que seguía en la cochera, se quedó mirando hacia delante, pensando en lo que podría hacer a continuación. Supuso que el FBI tenía algo sobre Sanz y que ese era el motivo de la reunión clandestina un domingo por la tarde. Sanz estaba atascado y Mac-Isaac le estaba presionando para que se convirtiera en confidente. Era bien sabido que el FBI había estado muy centrado en la corrupción en el Departamento del Sheriff, sobre todo en las camarillas de ayudantes. Bosch no necesitaba hablar con MacIsaac para saberlo.

La cuestión era: ¿qué tenía el FBI sobre Sanz que fuera más grave y que pudiera traerle problemas con la ley que su pertenencia a una camarilla, algo que había conducido a su asesinato? Bosch sabía que Haller no necesitaba disponer de todos los datos para cumplir su cometido. La mayoría de los abogados defensores se guiaban por la creencia de que donde hay humo, hay fuego. Tenían que sembrar la duda, pero no necesariamente debían creer en las dudas sembradas. Pero Bosch no podía actuar así, aunque trabajara para un abogado defensor. Tenía que llegar al fuego a través del humo. Si es que había fuego.

Mientras su mente se abría paso entre el humo, se dio cuenta de cuál sería su siguiente movimiento. Si no podía ir directamente a MacIsaac, sabía a quién podía acudir.

Cuando dejó atrás su ensoñación, advirtió que había estado mirando a través del parabrisas la puerta que comunicaba la cochera con la cocina y que no se había dado cuenta de algo.

La puerta estaba entreabierta unos centímetros.

—¿Estás ahí, Harry? —preguntó Haller—. ¿O te he perdido en las colinas?

—Estoy aquí. Espera un momento.

Bosch sacó la llave del contacto y la utilizó para abrir la guantera. Cogió su pistola y bajó del coche, con el arma en una mano y el teléfono en la otra. En voz baja habló con Haller.

—Acabo de llegar a casa y la puerta está abierta. Seguro que no la dejé así.

—Entonces cuelga y llama a la policía.

—Primero voy a echar un vistazo.

—Harry, ya no eres policía. Deja que lo haga la policía.

—Espera.

Bosch dejó el teléfono en el bolsillo sin colgar. Se acercó a la puerta empuñando la pistola con las dos manos y usó el cañón

141

para empujarla hasta abrirla del todo. Se quedó quieto y escuchó un momento antes de entrar, pero no oyó nada. Desde su privilegiada posición, no advirtió nada raro en la cocina. Intentó recordar cómo había salido aquella mañana tras recibir la llamada de Cisco. Había tenido prisa, pero no se le ocurría ninguna circunstancia por la que pudiera haber dejado la puerta abierta. Llevaba más de treinta años viviendo en aquella casa. Cerrar la puerta y esperar a oír el clic de la cerradura era automático, pura memoria muscular.

Retrocedió un paso hasta la cochera para ver si no se le había pasado por alto el coche de su hija aparcado en la calle.

El automóvil de Maddie no estaba allí y no había ningún otro vehículo que despertara sus sospechas. Se volvió hacia la puerta de la cocina y entró en la casa sin hacer ruido, con el arma preparada. Su herramienta más valiosa era su oído, pero su oído izquierdo estaba afectado por un principio de acúfenos. Se esforzó por oír cualquier sonido. Salió de la cocina y accedió al vestíbulo, junto a la puerta de la calle. Desde ahí podía ver el salón y el comedor. A medida que avanzaba, no vio nada inusual hasta que entró en el salón y vio un disco girando en el tocadiscos.

El brazo estaba levantado y no sonaba música. Bosch apagó el tocadiscos y se quedó mirando el disco hasta que dejó de girar. Era el álbum de Miles Davis *Live at the Fillmore East* que había puesto por última vez días antes. Sabía que lo había dejado en el plato, pero estaba seguro de que había apagado el reproductor.

—Harry, ¿qué pasa?

Bosch oyó la voz metálica de Haller saliendo de su bolsillo. Sacó el teléfono y respondió.

—De momento no parece que pase nada. Pero alguien ha estado aquí. Y quería que yo lo supiera.

—¿Estás seguro?

Entonces Bosch se dio cuenta de que alguien había estado fumando en la casa. Hacía veinte años que no fumaba, pero conocía el olor que flotaba en el aire de un espacio cerrado cuando alguien lo había hecho recientemente.

—Estoy seguro —dijo.

—¿Quién? —preguntó Haller.

—No lo sé. Todavía.

—Tienes que llamar a la policía. Que quede constancia.

—No he terminado de revisar la casa. Deja que te vuelva a llamar.

—Bien, pero tienes que llamar a la…

Bosch colgó, se guardó el móvil en el bolsillo y continuó inspeccionando la casa. Examinó las habitaciones y los cuartos de baño, pero no vio más indicios de intrusión. Se sentó en la cama. Se quedó pensativo y volvió a preguntarse si era posible que se hubiera dejado la puerta abierta y el tocadiscos girando. Tal vez el olor a cigarrillo fuera un recuerdo fantasmal de su antigua adicción o un efecto secundario de su tratamiento médico. Sabía que la pérdida de memoria a corto plazo, así como una potenciación o disminución del sentido del olfato o del gusto, eran posibles efectos secundarios de la terapia que estaba recibiendo.

El doctor Ferras le había dado su número de móvil personal; pensó en llamarlo en ese momento. Pero rápidamente descartó la idea. ¿Qué iba a decir Ferras más allá de lo que ya figuraba en la letra pequeña de los materiales que Bosch había firmado? La pérdida de memoria era un posible efecto secundario.

Bosch se sentía cansado y viejo. Y derrotado. Dejó la pistola en la mesita auxiliar. La almohada parecía muy acogedora. Pensó en llamar a su hija para ver si había pasado por allí y había dejado la puerta abierta. Ella no fumaba, que Bosch supiera, pero el hombre con el que salía sí. Lo haría más tarde. Luego decidiría si llamaba a la policía. Antes necesitaba descansar.

Se acostó y pronto sus oscuros pensamientos sobre la mortalidad se desvanecieron y comenzó a soñar consigo mismo como un hombre más joven que se movía por un túnel alumbrado por la luz de una linterna agonizante.

17

El viaje duraba cinco horas. Bosch salió de su casa en la oscuridad del amanecer para adelantarse al tráfico y llegar a la prisión antes de las diez de la mañana, cuando se iniciaba el horario de visitas. Sabía que se arriesgaba a pasar diez horas conduciendo y a perder un día entero si Ángel Acosta se negaba a recibirlo. Pero estaba siguiendo una corazonada basada en décadas de experiencia policial, y apostando a que un condenado a cadena perpetua de veintinueve años agradecería cualquier interrupción o cambio de ritmo en un horario que iba a ofrecerle muy pocos cambios durante los siguientes cuarenta o cincuenta años. El truco sería conseguir que se abriera y hablara una vez que estuvieran cara a cara.

Por el camino se fundió toda su lista de grabaciones de jazz favoritas, desde Cannonball Adderley hasta Joe Zawinul, y terminó con *Birdland,* de Weather Report, la composición de fusión característica de Zawinul, mientras entraba en el aparcamiento de visitantes de la prisión estatal de Corcoran. La música había despejado su mente de las preocupaciones que había arrastrado desde que llegó a casa y encontró la puerta de su cocina abierta, tres días antes. Se había visto en la extraña situación de desear que hubiera sido un intruso y no la otra opción: el primer indicio de una caída en la demencia. Había presentado una denuncia a la policía, pero sabía que era el tipo de delito que recibiría poca atención de la unidad de robos de la División de North Hollywood del Departamento de Policía de Los Ángeles. El agente que tomó la denuncia no estaba convencido de que alguien hubiera entrado, ya que Bosch no había sabido decir si se habían llevado algo. Tampoco se molestó en llamar a un técnico de huellas dactilares. Bosch no podía culparle por ello, dada su propia incertidumbre.

Bosch había estado muchas veces en Corcoran como detective con placa, pero era la primera vez que lo hacía como ciudadano. Encontrar a Ángel Acosta no había sido tan difícil como localizar a Madison Landon. Bosch había vuelto a los archivos digitales del *L. A. Times* y había examinado todas las noticias de seguimiento sobre el tiroteo entre Roberto Sanz y los miembros de una banda en un puesto de hamburguesas de Lancaster. Un pandillero murió, otro resultó herido y dos huyeron. Artículos posteriores identificaban al que resultó herido de bala, al que detuvieron, como Ángel Acosta. Había recibido un único disparo en el abdomen, pero se recuperó en la sala de hospital de la cárcel del condado; un año después del tiroteo, se declaró culpable de agredir a un agente de la ley. A Bosch le pareció un pacto muy ventajoso: de tres a cinco años por disparar a un ayudante del sheriff. Además, Acosta no fue acusado de ser responsable de la muerte de su compañero pandillero. Eso solía ser un añadido en los casos de bandas cuando alguien moría en la comisión de un delito. Los fiscales de California ya no seguían esa práctica debido a fallos de apelación adversos, pero seis años atrás seguía siendo un agravante rutinario que se le aplicaba al acusado. No estaba claro por qué Acosta no se enfrentó a eso en su detención inicial.

A la larga, aquella benigna condena no importó, porque Acosta fue condenado posteriormente por el asesinato de un compañero de prisión. Su nueva pena conllevaba cadena perpetua sin libertad condicional. Lo habían trasladado a Corcoran, donde era probable que pasara el resto de su vida.

Bosch quería hablar con Acosta por varias razones. Sospechaba de la primera sentencia y de cómo la había conseguido Acosta. Los relatos de la prensa eran breves y no mencionaban a su abogado ni al fiscal que llevó el caso. A eso se sumaba la nueva información de que Roberto Sanz había estado hablando con un tal agente MacIsaac. Bosch sabía que la investigación del FBI probablemente tenía que ver con la amplia investigación de camarillas y corrupción que había proliferado en el seno del Departamento del Sheriff. Cualquier investigación de Sanz y su afiliación con los Cocos habría incluido una revisión del tiroteo que convirtió a Sanz en un héroe del departamento. Si Bosch lograba hacer hablar a Acosta, eso sería lo que le preguntaría.

Las personas que hacían visitas no programadas tenían que rellenar un formulario y luego esperar en una sala mientras se preguntaba al preso si aceptaba la visita. No había horario. El funcionario de prisiones al que Bosch le entregó el formulario cumplimentado no lo llevó a las celdas de la prisión para buscar a Acosta. Se limitó a poner el formulario encima de una pila y le dijo que se pusiera cómodo en la sala de espera y aguardara a que anunciaran su nombre.

Bosch esperó casi dos horas hasta que oyó su nombre. Acosta había aceptado la visita. Bosch sabía que esa sería la parte fácil. La siguiente —conseguir que el preso hablara con él— sería la parte difícil.

Lo condujeron a una sala en la que había veinte taburetes y cabinas para entrevistas en un lado y una pasarela en el otro. Un funcionario de prisiones recorría un circuito de ida y vuelta vigilando las cabinas.

A Bosch le indicaron que se sentara en la cabina siete. Se sentó en un taburete de acero frente a una gruesa mampara de plexiglás rayado con un auricular de teléfono en un gancho lateral. Esperó otros diez minutos hasta que un hombre delgado y enjuto vestido de azul apareció para ocupar el taburete del otro lado del cristal. El hombre vaciló, pero luego cogió el teléfono. No se sentó. Bosch cogió su teléfono. Los siguientes treinta segundos determinarían si había perdido el día.

—¿Eres poli? —dijo Acosta—. Pareces poli.

—Lo fui —dijo Bosch—. Ahora trabajo para gente como tú.

Acosta tenía el cuello cubierto de tatuajes de tinta carcelaria que mostraban su lealtad a La Eme, la mafia mexicana que controlaba todas las bandas latinas en las cárceles de California. Tenía una lágrima tatuada en la comisura del ojo izquierdo y llevaba la cabeza y la cara afeitadas. Se quedó mirando a Bosch, sintiendo curiosidad por cuál sería su respuesta. Se sentó lentamente en el taburete.

—¿Quién eres?

—Estaba en el papel que te enseñó el guardia —dijo Bosch—. Me llamo Bosch. Soy investigador privado.

—Vale, investigador privado, sin estupideces, ¿qué quieres?

—Intento sacar de la cárcel a una mujer llamada Lucinda Sanz. ¿Te suena ese nombre?

—No puedo decir que sí y no me importa.

—Estaba casada con el ayudante del sheriff que te disparó hace seis años. ¿Te acuerdas ahora?

—Recuerdo que hizo algo bien, esa señora, liquidando a ese cabrón. Oí hablar de eso. Pero ¿qué tiene que ver conmigo? Tengo una coartada perfecta. Cuando pasó, yo ya estaba en la puta cárcel gracias a él y a sus mentiras.

—¿Estaba mintiendo? Entonces, ¿por qué te declaraste culpable?

—Digamos que no tuve elección, cabrón. No tengo nada más que decir.

Se apartó el teléfono de la oreja y se dispuso a colgarlo. Bosch levantó un dedo como diciendo: una última pregunta. Acosta volvió a acercarse el teléfono a la oreja.

—Yo no hablo con policías ni expolicías, pendejo —dijo.

—No es eso lo que he oído —dijo Bosch.

—Ah, sí, ¿qué has oído?

—Que hablaste con el FBI.

Los ojos de Acosta se abrieron ligeramente por un momento.

—Eso es mentira —replicó—. No les dije una mierda.

La respuesta de Acosta confirmó que el FBI había acudido a él, tanto si había hablado como si no. La corazonada de Bosch pintaba bien.

—El informe del agente MacIsaac cuenta otra cosa —dijo—. El informe dice que le contaste lo que realmente pasó en el puesto de hamburguesas de Flip's aquel día.

Bosch seguía trabajando sin red. Pero continuó con su corazonada de que el tiroteo en Flip's no había ocurrido como el Departamento del Sheriff había dicho. Basándose en lo que sabía hasta ese momento sobre Roberto Sanz, su corazonada era que aquel día en Flip's no hubo héroes.

—No fue una emboscada, ¿verdad? —dijo.

Acosta negó con la cabeza.

—No hablo con policías, no hablo con el FBI, no hablo con detectives privados pendejos.

—Hablaste con MacIsaac y le dijiste que la emboscada no fue una emboscada. En realidad, fue una reunión con un policía corrupto que se torció. Así es como conseguiste tu trato de favor.

Acosta volvió a apartarse el teléfono de la oreja, dudó y volvió a cogerlo.

—¿Trato de favor? Estoy aquí para el resto de mi puta vida.

—Pero no tenía que ser así —dijo Bosch—. Se suponía que cumplirías unos pocos años y saldrías después de cooperar con el FBI. Pero entonces mataron a Sanz y ahí se acabó todo. Y luego, claro, diste un golpe en la cárcel para La Eme, y eso te valió una lágrima tatuada y cadena perpetua sin libertad condicional.

—No sabes de qué coño estás hablando.

—Puede que aún no lo tenga todo claro, pero lo tendré. Sé que hablaste con MacIsaac y sé que conseguiste un trato de los federales.

—Te equivocas. Mi abogado me consiguió ese trato. Silver dijo que no tenía que cooperar y no lo hice. Solo tenía que mantener la boca cerrada como estoy haciendo ahora.

Bosch miró fijamente a Acosta durante un buen rato antes de responder. Su corazonada estaba dando resultado, pero no como él esperaba.

—¿Tu abogado era Frank Silver? —preguntó finalmente.

—Sí, eso es —dijo Acosta—. Así que ve a hablar con él y descubrirás que no soy un puto soplón. No hablé con MacIsaac ni con ninguno de ellos.

—Pero hablaste con Silver, ¿verdad? Tu abogado. Todo lo que le dijiste era confidencial. ¿Le contaste lo de Flip's? Así es como consiguió el trato.

—Esto se acabó, tío. No hablé con ninguno de ellos y no voy a hablar contigo.

Acosta colgó bruscamente el teléfono, golpeándolo en su gancho con tanta fuerza que en el oído de Bosch sonó como un disparo. Luego apartó el taburete y desapareció.

Bosch se quedó quieto un buen rato, repasando lo que acababa de oír. El abogado Frank Silver había representado a Ángel Acosta el mismo año que lo había hecho con Lucinda Sanz. Intentó recordar lo que había dicho Lucinda sobre cómo Silver había empezado a representarla. Se había abierto camino hasta el caso, ofreciéndose voluntario para quitárselo de las manos al defensor público.

Bosch colgó el teléfono y se levantó del taburete. Sabía que en algunos casos se daban ciertas coincidencias. Pero no creía que estuviera ante una de ellas.

Parte 4

Lady X

18

Encontré a Silver donde lo había visto por última vez, detrás de su escritorio, en su diminuto despacho de la comuna jurídica de Ord Street. Me fijé en que había sustituido la tarjeta de visita que me había llevado de su puerta. La puerta estaba abierta, como la otra vez. En esta ocasión entré sin llamar. Silver no levantó la vista de lo que estaba escribiendo en un cuaderno. La habitación olía a comida china para llevar.

—¿En qué puedo ayudarle? —dijo.

No contesté. Dejé el documento grapado delante de él. Silver levantó la vista y se sorprendió al ver quién estaba delante de su mesa.

—El Abogado del Lincoln —dijo—. ¿Qué pasa, socio?

—¿Alguna vez has ido a juicio, Frank? —le pregunté.

—Siempre pensé que un buen abogado trata de evitar los tribunales. Allí pasan cosas chungas, ¿no?

—No siempre.

Cogió el documento y se reclinó en la silla para leerlo.

—¿Qué tenemos aquí? —preguntó.

—Es una copia de mi petición de *habeas* —dije—. La presentaré mañana. He pensado que deberías tenerla por si los medios de comunicación se enteran. Últimamente parece que siguen muy de cerca mis casos y mis movimientos.

—Eso es porque eres un ganador. Y los ganadores se llevan la tinta de los titulares.

—Ahora los titulares son más digitales que con tinta. Pero te entiendo.

Silver comenzó a leer.

—Veamos lo que tenemos aquí —dijo.

Me fijé en un recipiente abierto de comida para llevar lleno de lo que parecía arroz frito y que estaba dando al claustrofóbico despacho un olor penetrante a cerdo frito.

En cuanto Silver leyó el nombre del caso, «Sanz contra el estado de California», se inclinó hacia delante y volvió a mirarme.

—¿Vas a ir a federal con esto? —preguntó—. Creía que habías dicho...

—Sé lo que dije —lo interrumpí—. Eso fue antes de que profundizáramos en el caso y descubriéramos algunas cosas.

—Nunca he trabajado en un tribunal federal.

—Yo también intento evitarlo, pero esta vez hay razones.

—¿Como cuáles?

—Solo sigue leyendo. Ya lo verás.

Silver asintió y volvió al documento. La primera hoja era un texto estándar que enumeraba las razones por los que el Tribunal Federal de Distrito debía atender la moción. La segunda página era más específica del caso y describía cómo mis esfuerzos por conseguir la cooperación del FBI para una moción de *habeas* en un tribunal estatal se habían visto frustrados por una denegación general de las peticiones por parte de la Oficina del Fiscal Federal. Silver asintió mientras leía, como si estuviera de acuerdo con los hechos descritos en la página dos. Cuando vio la anotación sobre la prueba adjunta, hojeó el reverso del documento y leyó la breve y lacónica carta de la Oficina del Fiscal Federal del Distrito Central de California que denegaba mi petición de hablar con el agente del FBI Tom MacIsaac y advertía de que se bloquearía cualquier intento de entregarle una citación del tribunal estatal.

—Perrrrfecto —dijo Silver, alargando la palabra.

Volvió a la segunda página y luego pasó a la tercera. Era el momento que estaba esperando. La página tres era el meollo del documento. Contenía las razones por las que debía concederse la petición y programarse una vista de *habeas corpus*. Observé con atención mientras Silver seguía leyendo y asintiendo, como si estuviera marcando casillas y aprobando sobre la marcha.

Pero unos segundos después dejó de asentir.

—¿Qué coño pasa, Haller? —dijo—. Esto dice asistencia ineficaz de un abogado, y tú dijiste que no ibas por ahí.

—Te lo he dicho, las cosas han cambiado —dije.

—¿Cómo coño han cambiado? ¿Crees que vas a presentar esto y luego filtrarlo a la prensa? Eso es imposible, amigo. Eso no va a pasar.

Yo seguía de pie. No quería sentarme, no quería estar en ese despacho y delante de este tipo más tiempo del necesario. Apoyé las manos en su escritorio después de hacer un poco de sitio. Me incliné, pero todavía estaba por encima del nivel de Silver.

—Las cosas cambiaron cuando supe más de ti —dije.

—¿De mí? —exclamó Silver—. ¿De qué estás hablando? ¿Qué más has sabido?

—Que vendiste a Lucinda Sanz. Que te dejaste noquear.

—Mentira.

—No es mentira. Podrías haber ganado este caso fácilmente. Pero te rendiste y esa mujer lleva cinco años en Chino.

—¿Estás loco? No es verdad. Le conseguí un trato de puta madre. Pero, aunque hubiera sido un mal trato, yo no lo acepté. Lo aceptó ella. Fue decisión suya.

—Tú la convenciste.

—No tuve que hacerlo. Ella sabía que la tenían. Y sabía que era un buen trato. Solo tuve que explicárselo, y ella hizo el resto. Si le preguntas, te dirá lo mismo.

—Se lo pregunté. Dijo que había sido decisión suya, pero entonces ella no sabía que el año anterior habías representado a un cliente llamado Ángel Acosta.

Silver no pudo evitar que la sorpresa se revelara en sus ojos.

—Así es —dije—. Ángel Acosta, el tipo al que disparó el exmarido de tu nueva clienta durante un tiroteo en un puesto de hamburguesas.

—No es un conflicto de intereses —dijo Silver—. Es una coincidencia. Desde luego no es asistencia inefi...

—Acosta te dijo que no fue una emboscada. Fue una especie de reunión entre la banda y un policía corrupto. Aún no conozco los detalles, pero tú sí. Fuera lo que fuese, no tardó en torcerse y empezó el tiroteo. Sanz no era ningún héroe y tú lo sabías. Ese era el as bajo la manga con Acosta. Tu ventaja. Así es como le conseguiste un chollo de sentencia. Amenazaste con sacarlo todo a la luz, con llevar a juicio al Departamento del Sheriff.

—Realmente no sabes de lo que estás hablando, Haller.

—Creo que sí. Luego viste la oportunidad de sacar más tajada con Lucinda. Conseguiste el caso del abogado de oficio, luego usaste la misma información de Acosta para alcanzar un trato. Pero la realidad era que tenías una clienta inocente. Y tenías todo lo que necesitabas para ir a juicio y ganar. Pero, no, eres Silver *el Segundón*. Te dejaste noquear.

Silver empujó el recipiente de comida a un lado de su espacio de trabajo, pero lo hizo con demasiada fuerza y salió despedido del escritorio y salpicó el suelo y la pared de arroz frito.

—¡Maldita sea! —exclamó.

Empezó a agacharse para intentar limpiarlo, pero luego se volvió a sentar y me miró.

—Fue un error de juicio —dijo—. Los cometemos todos los días; ningún juez te concede un *habeas* por un error de juicio. Presenta esto y los del tribunal federal se reirán de ti.

El documento que había preparado esa mañana era simple atrezo. Silver tenía razón en una cosa: presentar un *habeas corpus* en el tribunal federal solo por asistencia ineficaz del abogado no iría a ninguna parte. No serviría de nada y yo no pensaba presentarlo. Era solo una herramienta para ayudarme a llegar a Silver y hacerle hablar.

—Puede que se rían de mí —dije—. O puede que la opinión pública descubra que te dejaste ganar en un caso de una clienta inocente.

—Como he dicho, no sabes de qué coño estás hablando —dijo Silver.

—Entonces, dímelo, Frank. Dime lo que no sé.

—Me amenazaron, imbécil. No tuve elección.

Ahí estaba. Me había abierto paso. Aparté la silla de delante de su escritorio y me senté.

—¿Quién te amenazó? —pregunté.

—No puedo entrar en eso —respondió—. La amenaza sigue vigente y es real. Debes tener cuidado, o tú serás el siguiente que se juegue el cuello.

—Respuesta equivocada. Tienes que «entrar en eso» ahora mismo o lo presentaré por la mañana y enviaré un comunicado de prensa a todas las redacciones de la ciudad.

—No puedes hacerme esto.

Señalé el documento que tenía delante.

—Ya está hecho. Si quieres pararlo, cuéntame qué pasó con Sanz. ¿Quién te amenazó y por qué?

—Por Dios.

Silver negó con la cabeza como un hombre que no ve forma de salir de una trampa.

—Aquí solo hay una opción, Frank —le dije—. O trabajas conmigo, o trabajas contra mí. Y quemaré el suelo que pisas para sacar a mi clienta de esa prisión.

—Está bien, está bien —respondió Silver—. Te diré lo que pasó, ¿de acuerdo? Pero tienes que tratarlo como información confidencial. No puedes revelar de quién lo obtuviste.

—No puedo hacer esa promesa. Al menos hasta que sepa lo que tú sabes.

—Joder…

Se estaba asfixiando. Empujé mi silla hacia atrás.

—Vale, me voy. Buena suerte mañana.

—No, no, no, espera. Está bien, te lo diré, te lo diré. Tenías razón, Ángel me lo contó todo. Sanz era cobrador de esa banda de sheriffs que se hace llamar los Cocos. Acosta y su banda pagaban por protección, y Sanz era el cobrador. Se suponía que aquel día iba a ser un cobro normal, pero Sanz subió la apuesta. Los Cocos querían más. Hubo una discusión que acabó en un tiroteo. Después de que Ángel me lo contara, recibí una llamada de uno de los amigos de Sanz: me dijo que, si me presentaba al juicio con lo que sabía, sería el último caso que llevaría.

—¿Un amigo? ¿De quién estamos hablando?

—No lo sé. Uno de los Cocos.

—Eso no me ayuda. Necesito un nombre.

—No tengo un nombre. No quería un nombre.

—Te protegeré.

—¿Me estás tomando el pelo? No puedes protegerme de ellos. ¡Son polis!

—¿Cómo supiste que eran policías?

—Simplemente, lo supe. Era obvio, ¿no? Con lo que Acosta me había dicho.

—Sigo necesitando un nombre, Frank, o hemos terminado. ¿Quién te llamó?

—No dijo su nombre y no se lo pedí.

—¿Qué te dijo exactamente?

—Me dijo que le dijera a Acosta que, si mantenía la boca cerrada, conseguiría un trato de favor de la Fiscalía. Le dije que de acuerdo. Sabía que conseguirle un trato sería una gran victoria. Y Acosta también. No tuve que vendérselo. Lo aceptó encantado.

—¿Quién fue el fiscal que ofreció el trato?

—La misma que llevaba todos los casos pesados allí, Andrea Fontaine. Pero ahora está en el centro.

Hice una pausa para procesar aquella información y seguí:

—Vale —dije—. Lucinda Sanz. Fuiste al abogado de oficio y cogiste el caso.

—Porque me lo pidieron —dijo Silver.

—¿Quién? ¿El mismo que te llamó por Acosta?

—No, esta vez fue una mujer. Conocía todo el asunto de Acosta y me dijo que en esta ocasión habría una oferta de Fontaine. Me dijo que lograra que Lucinda aceptara el trato. Añadió que, si utilizaba lo que sabía sobre Roberto Sanz y el tiroteo del año anterior, era hombre muerto, simple y llanamente.

Lucinda había dicho que una mujer le había hecho la prueba de residuos de disparo, una mujer que dijo haber trabajado con Roberto Sanz.

—La segunda persona que llamó, ¿sabes quién era? —le pregunté.

—No, tío, ya te lo he dicho —respondió Silver—. No se mencionó ningún nombre. No eran tan estúpidos.

—¿Lucinda sabía algo de esto?

Silver bajó la mirada.

—Nunca se lo conté —reconoció—. Solo le dije que aceptara el trato. Que era la única manera.

Me pareció ver vergüenza y arrepentimiento en los ojos de Silver. Tal vez creyera en aquel momento que Lucinda era culpable de las acusaciones y que quienes lo llamaban estaban poniendo coto a lo que podría convertirse en otro escándalo para el Departamento del Sheriff. De cualquier forma, en el fondo, Silver sabía que nunca sería más que un abogaducho de la comuna de Ord Street.

—Hiciste todo esto basándote en llamadas telefónicas de personas anónimas que decían ser policías —le dije—. ¿Cómo sabías que las amenazas eran reales?

—Porque sabían cosas —contestó Silver—. Cosas que nunca habían salido a la luz. Que tenían que venir de dentro.

—¿Como qué?

—Sabían lo que Acosta podía soltar si lo subía al estrado, que Roberto Sanz no fue ningún héroe el día del tiroteo.

Cambié de estrategia, utilizando la táctica de Bosch de hurgar en un testigo desequilibrándolo aún más con preguntas inesperadas.

—Háblame del agente MacIsaac —le dije.

—¿Quién? —preguntó Silver.

Después de unas cuantas llamadas telefónicas, Bosch había conseguido averiguar el nombre completo de MacIsaac y que estaba destinado en la oficina de campo del FBI en Los Ángeles. Esa parte del documento era incontrovertible, por lo que esperaba encontrar una respuesta de Silver.

—El agente especial del FBI Tom MacIsaac —dije—. Es el tipo con el que el fiscal federal no me permite hablar ni me deja citar. ¿Alguna vez apareció por aquí para hablar contigo?

—No, hasta ahora nunca había oído hablar de él. ¿Cuál es su...?

—Mantuvo una larga reunión con Roberto Sanz el día que lo mataron. Si fueras un abogado de verdad, lo habrías averiguado y no habrías convencido a tu clienta para que aceptara un pacto.

Silver negó con la cabeza.

—Mira, tío, te lo repito, me amenazaron —dijo—. No me quedó elección.

—Así que te diste la vuelta y no le dejaste otra opción a tu clienta —repliqué—. La convenciste de que pactara. La convenciste para que fuera a la cárcel.

—Tú no estabas allí, tío. No tienes ni idea de la presión que había sobre mí ni de las pruebas que tenían contra ella. Iba a caer de todos modos.

—Claro, Frank. Lo que sea que te deje dormir por la noche.

Sentía un deseo casi irrefrenable de alejarme de Frank Silver y de su despacho, que apestaba a fracaso y a arroz frito con cerdo. Pero me quedé para oírle terminar su confesión.

—De acuerdo —le dije—. Vuelve a Ángel Acosta y cuéntame todo lo que sepas. Necesito cada detalle que puedas recordar. Hazlo y esta moción nunca llegará al juzgado.

Señalé el documento de atrezo que tenía sobre la mesa.

—¿Cómo sé que al final no me vas a joder? —preguntó Silver.

—Bueno, colega —le dije—, supongo que no lo sabes.

19

Cuando salí, allí estaba el Lincoln con Bosch al volante. Había abandonado por completo la costumbre de entrar por la parte de atrás y me subí al asiento delantero sin pensármelo dos veces.

—¿Ha funcionado? —preguntó Bosch.

—Sí y no —respondí—. Más o menos confirma lo que ya habíamos comprendido. Pero no sabía nada de MacIsaac ni del FBI.

—¿Le crees?

—Le creo. Por ahora.

—Bueno, ¿qué sabía?

—Dijo que tanto en el caso de Acosta como en el de Sanz fue amenazado por los ayudantes del sheriff. Primero tuvo que conseguir que Acosta aceptara un trato, y un año y medio después hizo lo mismo con Lucinda. No tenía nombres. Todo fue por teléfono. Una llamada de un hombre; la segunda vez, de una mujer. Le dijeron que la Fiscalía vendría con una oferta y que su cliente tenía que aceptarla, o habría consecuencias. Para él.

—¿Solo eso? ¿Llamadas anónimas?

—La persona que llamó tenía información privilegiada. Conocía detalles del tiroteo con Sanz. Se creyó la amenaza.

—Un hombre y una mujer. Lucinda dice que fue una mujer la que hizo el test de residuos de disparo.

—Es lo que he pensado. Por ahora la llamaremos Lady X. Pero necesitamos identificar a todos los que estaban en la unidad de Sanz en ese momento, especialmente a las mujeres. Entre tú y Cisco, los investigáis, biografías completas, y empezaremos a construir una lista de testigos.

—Entendido. ¿Adónde vamos?

—Al Palacio de Justicia. Es hora de zarandear la jaula.

Bosch miró por los retrovisores y arrancó el Lincoln.

—¿La jaula de quién? —preguntó Bosch.

—La ayudante del fiscal del distrito que llevó los casos de Acosta y Sanz es Andrea Fontaine. En aquel entonces estaba destinada en el juzgado de Antelope Valley. Ahora está en Delitos Graves. Estaba pensando en hacerle una visita y ver lo que tiene que decir sobre esos casos y los acuerdos que hizo. A mí me parece que podría haber hecho un trato para sí misma.

—Estás hablando de una gran conspiración. El Departamento del Sheriff y la Fiscalía.

—Mira, las teorías conspirativas son el pan de cada día de los abogados defensores.

—Fantástico. ¿Qué hay de la verdad?

—Es algo que no suele encontrarse en los tribunales en los que he estado.

Bosch se quedó sin respuesta. Tardamos cinco minutos en llegar al Palacio de Justicia y otros diez en encontrar aparcamiento. Antes de salir, por fin habló:

—Lo que has dicho de construir una lista de testigos. ¿Qué esperas conseguir de los compañeros de Sanz?

—Espero que suban al estrado y no paren de mentir. Si lo hacen, eliminamos la mayor prueba contra Lucinda.

—Los residuos de disparo.

—Ahora estás pensando como un abogado defensor.

—Nunca.

—Mira, ¿crees que Lucinda mató a su ex y ahora mismo está donde debería estar?

Bosch pensó un momento antes de contestar.

—Vamos —le dije—. No estás bajo juramento.

—No creo que lo hiciera —respondió finalmente.

—Bueno, yo tampoco. Así que lo que tenemos que hacer es derribar las pruebas que hay contra ella, hacerlas caer como fichas de dominó. Y si no podemos hacerlo, entonces tenemos que asumirlas y explicarlas. Si vienen con fotos de ella disparando en un campo de tiro, entonces lo asumimos y decimos que sí, que es ella, pero que lo hacía porque no tenía ni idea de disparar y desde luego no era tan buena con un arma como para meter dos balas en la espalda de su exmarido a solo quince centímetros una de otra. Así. ¿Lo entiendes?

—Lo entiendo.

—Bien. Ahora, vamos a ver lo que tiene que decir esta fiscal.

—¿Vas a preguntar sobre los residuos de disparo?

—Sí, sin desvelar nada.

Bosch asintió y abrimos las puertas para salir.

El Palacio de Justicia estaba enfrente del edificio de los juzgados de lo penal. En tiempos había albergado al Departamento del Sheriff y sus tres pisos superiores eran la cárcel del condado. Pero luego el Departamento del Sheriff trasladó la mayoría de sus operaciones al Star Center de Whittier y se construyó una cárcel del condado. El edificio se reutilizó y las plantas de la cárcel se convirtieron en oficinas para los fiscales que trabajaban en casos de los tribunales del otro lado de la calle.

Andrea Fontaine no acogió con agrado nuestra visita imprevista. Nos recibió en una sala de espera después de que la recepcionista le notificara que queríamos verla. Nos presentamos y nos acompañó a su despacho; solo tenía unos minutos antes de salir para una vista en un juzgado al otro lado de la calle.

—Está bien —le dije—. Solo necesitamos unos minutos.

Nos acompañó a un despacho más pequeño que el de Frank Silver y que claramente había sido una celda: tres paredes de bloques de hormigón y una cuarta detrás de su escritorio que era un entramado de barrotes de hierro y cristal sin ninguna abertura de más de quince por quince.

El despacho estaba ordenado y no tan repleto como el de Silver. Había sitio para dos sillas delante de su mesa. Nos sentamos.

—No creo que tengamos un caso juntos, ¿verdad? —preguntó Fontaine.

—Todavía no —dije.

—Eso suena misterioso. ¿De qué se trata?

—Dos casos que llevó durante su época en Antelope Valley.

—Me trasladaron aquí hace cuatro años. ¿Qué casos?

—Ángel Acosta y Lucinda Sanz. Seguro que están en su lista de grandes éxitos.

Fontaine trató de mantener una cara de póquer, pero percibí cierto destello de miedo en sus pupilas.

—Recuerdo a Sanz, por supuesto —dijo—. Mató a un ayudante del sheriff que yo conocía. Es raro que te toque un caso en el que conoces a la víctima. Y Acosta..., ayúdeme con ese. Me suena, pero no consigo ubicarlo.

—La emboscada en el puesto de hamburguesas de Flip's el año antes de que mataran a Sanz —dije—. ¿El tiroteo?

—Ah, sí, claro. Gracias. ¿Por qué pregunta por esos casos? Los dos se cerraron con declaraciones. Culpables que se declaran culpables.

—Bueno, no estamos tan seguros de eso. De la parte de la culpabilidad.

—¿En qué caso?

—Lucinda Sanz.

—¿Va a impugnar esa condena? Consiguió un gran trato. ¿Quiere arriesgarse a que se repita el juicio? Si vamos a juicio, podría acabar con cadena perpetua. Con lo que tiene ahora, saldrá en... ¿cuánto, cuatro o cinco años más? Tal vez incluso antes.

—Cuatro y medio, en realidad. Pero ella dice que no lo hizo. Y quiere salir ahora.

—¿Y la cree?

—Sí.

Fontaine volvió los ojos hacia Bosch.

—¿Y usted, Bosch? —preguntó—. Trabajó en Homicidios.

—No importa lo que yo crea —respondió Bosch—. No hay pruebas para condenarla.

—Entonces, ¿por qué se declaró culpable? —preguntó Fontaine.

—Porque no tenía otra opción —dije—. Y, en realidad, se declaró *nolo*. Hay una diferencia.

Fontaine se quedó mirándonos unos instantes.

—Caballeros, hemos terminado —dijo finalmente—. No tengo nada más que decir sobre esos casos. Están cerrados. Se ha hecho justicia. Y voy a llegar tarde al juzgado.

Empezó a apilar expedientes en su escritorio y a prepararse para irse.

—Preferiría hablar ahora que tener que citarla —le dije.

—Bueno, buena suerte con eso —dijo Fontaine.

—La prueba más condenatoria que tenía contra ella era el test de residuos. Se lo digo desde ya, es algo que podemos reventar.

—Es abogado defensor. Puede encontrar un supuesto experto que diga lo que quiera. Pero aquí tratamos con hechos, y el hecho es que ella disparó a su exmarido y está donde se merece.

Se levantó y metió los expedientes que había reunido en una bolsa de cuero que tenía unas iniciales en dorado cerca del asa. Bosch empezó a levantarse. Pero yo no lo hice.

—No me gustaría verla arrastrada por el fango que está a punto de formarse... —dije— cuando esto llegue a los tribunales.

—¿Es una amenaza? —preguntó Fontaine.

—Es más bien una elección. Trabaja con nosotros para encontrar la verdad, o trabaja contra nosotros y la esconde.

—Aún tiene que llegar el día en que encuentre a un abogado defensor realmente interesado en la verdad. Ahora tiene que irse, o llamaré a seguridad para que lo escolten hasta la calle.

Me tomé mi tiempo para levantarme, sosteniendo su mirada furiosa en todo momento.

—Recuerde —le dije—. Le dimos la opción.

—Largo —respondió alzando la voz—. ¡Ahora!

Bosch y yo no hablamos hasta que estuvimos bajando en el ascensor.

—Yo diría que has conseguido zarandear su jaula —dijo Bosch.

—La suya y la de otros más arriba, estoy seguro.

—¿Estamos preparados? ¿Qué pasó con lo de no dejar huellas?

—Cambio de rumbo. Además, alguien ya sabe lo que estamos haciendo.

—¿Cómo lo sabes?

—Es fácil. Alguien entró en tu casa porque quería que lo supiéramos.

Bosch asintió y nos quedamos en silencio mientras el viejo ascensor bajaba.

Cuando salimos al vestíbulo, Bosch sacó a relucir algo sobre lo que yo mismo había estado meditando.

—Entonces —dijo—, Fontaine..., ¿crees que es corrupta o es una víctima?

—Buena pregunta —respondí—. Amenazaron al abogado defensor para que hiciera lo que ellos querían. Quizá también lo hicieron con la fiscal. O tal vez ella es tan corrupta como los Cocos.

—Tal vez sea algo intermedio. La presionaron para que protegiera al Departamento del Sheriff del escándalo. Al fin y al cabo, es la agencia hermana de la Fiscalía.

—Creo que estás siendo demasiado amable, Harry. Has de recordar que, dos años después de esta mierda, la transfirieron del puto Antelope Valley a Delitos Graves en el centro. Eso me parece una recompensa.

—Supongo, sí.

—No podemos suponer. Hemos de tenerlo bien claro antes de ir a juicio.

—¿La citarás como testigo?

—No con lo que sabemos ahora. Hay demasiadas cosas que no están claras. Sería demasiado peligroso citarla. No tenemos ni idea de lo que diría en el estrado.

Atravesamos las pesadas puertas de Temple Street y volvimos al Lincoln.

20

Quería llegar a casa para empezar a escribir el verdadero recurso que presentaría en nombre de Lucinda Sanz. No más atrezo, no más juegos. Había llegado el momento de construir el relato que defendería la inocencia real de mi clienta. Como le había dicho a Lucinda, el mundo estaba del revés. Se la consideraba culpable hasta que se demostrara su inocencia. El documento inicial que redactaría en los próximos días debía dejar claro, sin hipotecarme, lo que presentaría y lo que probaría. Tenía que hacer algo más que zarandear jaulas en el Departamento del Sheriff. Tenía que ser lo bastante convincente como para hacer que un juez del Tribunal Federal del Distrito se sentara en su cómodo despacho y dijera: «Quiero oír más». En ese momento tenía al menos dos bases sólidas a mi favor que no eran rumores ni cosas desestimables por otros motivos. Una era que Roberto Sanz pertenecía a una camarilla de sheriffs, lo que implicaba claramente corrupción organizada. La otra era la reunión entre Sanz y un agente del FBI justo una hora antes de su asesinato. Eran nuevas pruebas que apuntaban a un amplio abanico de posibilidades distintas a la de Lucinda Sanz como asesina. Creía que con eso podría pasar la puerta del *habeas*. Pero sabía que necesitaría más —mucho más— una vez que entrara.

Le pedí a Bosch que me llevara a casa. Él tenía su propia misión: identificar a los demás miembros de la unidad de Roberto Sanz, especialmente si había mujeres ayudantes del sheriff asignadas a ella. Tenía que ponerle un nombre a Lady X.

Bosch se detuvo en Fareholm, junto a las escaleras que conducían a la puerta de mi casa.

—Estoy por aquí si me necesitas —me dijo—. Te avisaré cuando tenga los nombres del equipo.

—Ya sabes dónde encontrarme —le dije—. He despejado mi agenda para escribir...

Me detuve a mitad de la frase cuando miré hacia las escaleras que conducían a la puerta.

—¿Qué pasa? —preguntó Bosch.

—Mi puerta está abierta —respondí—. Esos cabrones...

Salimos y subimos con cautela los escalones hasta la terraza delantera.

—No voy armado —dijo Bosch.

—Bien —respondí yo—. No quiero otro tiroteo aquí.

Más de quince años antes, había intercambiado disparos en mi casa con una mujer que pretendía matarme. Fue el único tiroteo en el que había participado. Lo había ganado y no me interesaba poner en riesgo un registro perfecto.

—Además, dudo que haya alguien dentro —añadí—. Como en tu casa, solo están enviando un mensaje: «Sabemos lo que haces, te estamos vigilando».

—Sean quienes sean —dijo Bosch.

Entré primero y encontré el salón vacío y sin alteraciones. Era una casa pequeña con una gran vista, al otro lado de las colinas de la casa de Bosch. El salón, el comedor y la cocina estaban en la parte delantera, y había dos dormitorios y un despacho en la parte trasera. En la parte de atrás había una pequeña terraza y el jacuzzi que nunca usaba.

Al avanzar por la casa no vi señales de que hubieran entrado a robar. Nada estaba fuera de lugar hasta que avanzamos por el pasillo y llegamos al despacho.

Los intrusos lo habían dejado patas arriba. Cajones arrancados del escritorio y volcados en el suelo, la tapicería del sofá rajada con una cuchilla, libros de derecho tirados de las estanterías. El golpe de gracia lo dio una botella de jarabe de arce que había traído de un viaje a Montreal con mi hija el año anterior. La había dejado en una estantería como recuerdo de lo bien que lo habíamos pasado. Estaba hecho añicos en el suelo; habían vertido su contenido en el teclado del portátil, que yacía abierto junto a los fragmentos de cristal.

—En tu caso, solo te hicieron creer que habían entrado en la casa, ¿verdad? —pregunté.

—Eso, o hacerme pensar que me estaba volviendo loco —dijo Bosch.

—Bueno, lo hubiera preferido a esto.

—Sí. ¿Vas a denunciarlo?

—¿Tú lo denunciaste?

—Presenté la denuncia, sí. Tú me dijiste que lo hiciera. Pero no va a salir nada.

—Tengo la sensación de que eso es lo que quieren que haga.

—¿Por qué?

—No lo sé. Es su plan, no el mío. Pero no tengo tiempo para ocuparme de una investigación policial que no conducirá a nada. Quieren distraerme.

—¿Quiénes?

—No lo sé. ¿Los Cocos? ¿El FBI? En este momento, podría ser cualquiera. Obviamente, hemos alborotado el avispero.

Examiné toda la estancia, observando los daños.

—Tengo que averiguar qué se llevaron —dije—. Y tengo que ir a la tienda de Apple.

Con un pie, empujé el portátil unos metros por el suelo. Dejó un rastro de sirope de arce.

—Este está muerto —dije—. Pero tengo una copia de seguridad de todo en la nube. Volveré al trabajo en cuanto compre uno nuevo.

—¿Qué te hace pensar que se llevaron algo? —preguntó Bosch.

Extendí las manos para abarcar la habitación, completamente arrasada.

—Estaban encubriendo algo al destrozar el lugar —dije—. Algo que encontraron.

Bosch no respondió.

—¿No lo crees? —le pregunté.

—No estoy seguro —dijo—. Podrían haber sido muchas cosas. En primer lugar, no sabemos si esto tiene algo que ver con el caso Sanz. Estoy seguro de que te has ganado muchos enemigos a lo largo de los años. Podría no estar relacionado con Sanz.

—No te engañes, Bosch. Han entrado en nuestras casas con pocos días de diferencia. ¿Cuál es la relación? Sanz. Son ellos. Créeme. Y no nos detendrán. Que se jodan. Esto solo hará que sepa mejor cuando los derribemos y Lucinda recorra el camino de la resurrección.

—¿El camino de la resurrección?

—Cuando resucite de entre los muertos.

—De acuerdo.

Parecía un poco desconcertado por el término.

—Tienes que asegurarte de estar ahí para eso, Harry —le dije—. Será digno de ver.

—Tú sácala, yo estaré allí —respondió.

Parte 5

Octubre. Preparación final

21

Bosch estaba tumbado boca abajo, con la mejilla izquierda sobre la hierba seca que había crecido en el patio después de las lluvias torrenciales del invierno anterior. Ya era octubre y la hierba se había secado durante los meses de verano. Cada brizna era crujiente y Bosch la notaba como el filo de un cuchillo contra su piel. Oyó la voz de la mujer detrás de él.

—Bien, las manos a los costados, las palmas hacia arriba —dijo ella—. No hubo ningún intento de frenar la caída. Estaba muerto antes de tocar el suelo.

Bosch ajustó la posición de sus manos.

—¿Así? —preguntó.

—Eh, separa la derecha del cuerpo unos diez centímetros —respondió ella—. No, la izquierda. Perdón, quería decir la mano izquierda. Sepárala diez centímetros.

Bosch corrigió la posición.

—Perfecto —dijo la mujer.

Era Shami Arslanian, una experta en criminalística que Mickey Haller había traído de Nueva York. Faltaba una semana para la vista sobre la petición de *habeas corpus* de Lucinda Sanz, y Arslanian había venido a preparar su presentación y testimonio. Bosch la había llevado al lugar del crimen, el jardín delantero donde Roberto Sanz había recibido dos disparos mortales por la espalda. Bosch medía casi lo mismo que Sanz y pesaba diez kilos menos que él. Bosch representaría el cuerpo de Sanz en el suelo. Arslanian instaló una cámara con foco láser en un trípode.

—Bien —dijo Arslanian—, ya casi está.

—No te preocupes —respondió Bosch—. Me alegro de que no estemos haciendo esto en verano.

Su respiración levantó una nube de polvo del desierto.

—Vale, lo tengo —dijo Arslanian—. Ya está.

Bosch se puso de costado y empezó a levantarse.

—¿Estás segura? —preguntó.

—Mejor quédate así, de rodillas —respondió ella—. Déjame capturar eso mientras estamos aquí. Solo vuélvete hacia la izquierda unos cuarenta y cinco grados.

De rodillas, Bosch giró el torso. Arslanian ajustó ligeramente su posición y luego le pidió que dejara caer las manos a los costados como un peso muerto. Bosch lo hizo y ella le pidió que se quedara quieto.

—Muy bien —dijo Arslanian—. ¿Necesitas ayuda para levantarte del todo?

—No, no hace falta —contestó él.

Bosch se apoyó en una rodilla y se levantó. Empezó a sacudirse el polvo y briznas de hierba de la ropa. Llevaba vaqueros y una camisa estampada por fuera del pantalón.

—Lo siento por tu ropa —dijo Arslanian.

—No lo sientas —replicó Bosch—. Es parte del trabajo. Tenía la impresión de que me iba a ensuciar.

—Pero estoy segura de que en tu lista de obligaciones laborales no está hacerse el muerto.

—Te sorprendería. Conductor, investigador, servicio de citaciones. Llevo unos seis meses trabajando para Haller y siempre hay un nuevo trabajo dentro del trabajo.

—Lo sé. Este es mi tercer caso con él. Nunca sé qué esperar cuando me llama.

Bosch se acercó a Arslanian, que estaba sacando la cámara y el soporte del puntero láser del trípode. Ella también llevaba unos vaqueros azules y una camisa de trabajo con varios bolígrafos en un bolsillo del pecho. Era bajita y compacta, y la forma de su cuerpo quedaba oculta en gran medida bajo la camisa holgada que llevaba por fuera. Al recogerla en el aeropuerto el día anterior, Bosch se había enterado de que se había teñido de rubio, después de haber estado buscando a una mujer que Haller había descrito como pelirroja.

—Entonces, con todo esto, ¿vas a hacer una recreación de los disparos? —preguntó.

—Exactamente —dijo Arslanian—. Podremos mostrar el asesinato de la forma más parecida posible a como ocurrió.

—Asombroso.

—Yo participé en el desarrollo del programa. Se puede ajustar según la altura, la distancia, todos los parámetros físicos. Yo lo llamo la física forense de un caso.

Bosch no estaba seguro de lo que significaba todo aquello, aunque sí sabía que la inteligencia artificial era un tema controvertido según en qué se aplicara. Le recordaba a cuando se empezó a hablar del ADN en el mundo de la justicia. La tecnología tardó un tiempo en ser aceptada, pero en el presente se consideraba, con razón o sin ella, la solución fácil para los crímenes violentos.

—Me gusta lo que hago —dijo Arslanian de manera espontánea—. Es divertido averiguar exactamente cómo ocurrió algo y por qué.

—Eso lo entiendo —dijo Bosch.

—¿Cuánto tiempo fuiste policía?

—Unos cuarenta años.

—Vaya. ¿Y militar antes? ¿Sabes lo que es la posición de preparado en alto?

—Claro.

—Eso es lo que vamos a mostrar. Cuando Lucinda estaba casada con Roberto, él le enseñó a disparar. La llevó al campo de tiro, y hay fotos de ella en posición de preparado en alto. En eso me basaré.

—De acuerdo.

Bosch había visto las fotos en el material que Haller recibió después de presentar la petición de *habeas corpus* y sabía que a primera vista no eran un elemento positivo para demostrar la inocencia de Lucinda Sanz. No estaba seguro de cómo funcionaría la recreación de Arslanian, pero sabía que Haller confiaba plenamente en ella. Además, recordó que Haller había hablado de coger pruebas adversas y encontrar la forma de apropiárselas, de hacer que pesen a tu favor en lugar de en tu contra. Las fotos de Lucinda en el campo de tiro le habían parecido condenatorias. Pero tal vez ya no tanto.

—Voy a ir a Chino mañana para mostrarle algunas fotos a Lucinda —dijo Bosch—. ¿Necesitas que le pregunte algo?

—No lo creo —respondió Arslanian—. Creo que lo tenemos controlado. Y lo que necesito lo tengo aquí. Podemos volver a la ciudad y me pondré a trabajar en ello.

—Buena idea —dijo Bosch—. Voy a decirles a los propietarios que hemos terminado.

Bosch subió la escalera de entrada y llamó a la puerta de la casa. Una mujer abrió enseguida. Probablemente los había estado observando a través de una ventana.

—Ya hemos terminado, señora Pérez —dijo Bosch—. Gracias por dejarnos usar el patio delantero.

—De nada —dijo Pérez—. ¿Me dijo que trabaja para el abogado?

—Sí, los dos lo hacemos.

—¿Cree que la mujer es inocente?

—Sí. Pero tenemos que demostrarlo.

—Vale, ya veo.

—¿La conoce?

—Eh, no, no la conozco. Solo… solo me preguntaba qué pasaría.

—Ya.

Bosch esperó a ver si ella decía algo más, pero no lo hizo.

—Bueno, gracias —dijo él.

Bajó los dos escalones y se reunió con Arslanian en el patio; había plegado su trípode y lo estaba guardando en una bolsa de transporte.

—¿Sabía lo que ocurrió aquí cuando compró la casa? —preguntó ella.

—Solo está de alquiler —dijo Bosch—. Su casero no se lo dijo.

—¿Se asustó cuando se lo contaste?

—No tanto. Esto es Los Ángeles. Probablemente hay una historia de violencia allá donde vayas.

—Es triste.

—Así es esta ciudad.

22

En el viaje de regreso del desierto, Arslanian no necesitó que le dijeran que se sentara delante. Ocupó el asiento contiguo al de Bosch, pero centró la atención en sus notas y en un ordenador portátil que abrió en cuanto estuvieron sobre la superficie lisa de la autovía de Antelope Valley. Habló sin apartar los ojos de la pantalla ni interrumpir la introducción de datos en su programa informático.

—Es curioso que lo llamen Antelope Valley —dijo.

—¿Por qué? —preguntó Bosch.

—Lo he investigado en el avión. Hace más de un siglo que no hay antílopes aquí. Los indígenas casi exterminaron la especie antes de que le pusieran ese nombre al valle.

—No lo sabía.

—Pensaba que podría ver antílopes en libertad. Pero luego lo busqué.

Bosch asintió con la cabeza y luego trató de desviar la atención de Arslanian de la pantalla del ordenador.

—¿Ves eso? —dijo—. El afloramiento rocoso.

Arslanian levantó la vista hacia la formación escarpada que estaban pasando, al norte de la autovía.

—Es precioso —dijo—. ¡Y enorme!

—Vasquez Rocks —explicó Bosch—. Lo llaman así porque hace unos ciento cincuenta años un bandido llamado Tiburcio Vásquez se escondió allí; la cuadrilla del sheriff jamás pudo dar con él.

Arslanian estudió la formación rocosa durante unos segundos antes de responder.

—No hay muchos lugares que lleven el nombre de bandidos —dijo.

—¿Y la Trump Tower?

—Él mismo le puso el nombre. Y supongo que depende de con quién hables de eso.

—Supongo que sí.

Arslanian se quedó en silencio y Bosch se preguntó si la había ofendido. Solo buscaba una reacción, de un modo u otro. Le intrigaba su forma de trabajar y de ver las cosas. Quería conocerla mejor, pero sabía que su estancia en Los Ángeles sería breve. Después de la vista, regresaría a Nueva York.

Cuando al cabo de unos minutos habían conectado con la Golden State, ella volvió a hablar.

—Mickey me ha dicho que sois hermanos.

—Hermanastros, en realidad.

—Ah. ¿Por parte de padre o de madre?

—De padre.

—Pero ¿no lo supisteis hasta que fuisteis adultos?

—Eso es. Nuestro padre era abogado, como Mickey. La madre de Mickey era su esposa. Mi madre era una clienta.

—Creo que entiendo por qué os mantuvieron separados. ¿Fue algo consensuado entre tu madre y tu padre?

A Bosch le sorprendió la pregunta. Al principio, no contestó, porque se dio cuenta de que nunca se lo había planteado. Ya era demasiado tarde para saberlo con certeza.

—Lo siento, no tienes que hablar de eso —dijo Arslanian—. A veces soy demasiado directa con la gente con la que me siento a gusto.

—No, no es eso —respondió Bosch—. Es que nunca me lo había planteado así. Supuse que fue convenido. Empezó como un acuerdo comercial, un pago por los servicios prestados. Mi madre ya había muerto cuando descubrí quién era él. Y luego solo lo vi una vez, y muy brevemente. Se estaba muriendo; poco después falleció.

—Lo siento.

—En realidad, no hay nada que lamentar. No lo conocí.

—Quiero decir que siento que tuvieras una infancia… así.

Bosch se limitó a asentir con la cabeza. Arslanian pasó a otra cosa.

—¿Cómo os conocisteis Mickey y tú? ¿Por uno de esos servicios de ADN?

—No. Nos conocimos en un caso y más o menos lo descubrimos.

—Harry, ¿puedo preguntarte algo? ¿Algo personal?

—Parece que todas tus preguntas son personales.

—Es verdad. Supongo que soy así.

—Entonces, adelante. Pregunta.

—¿Estás enfermo?

La pregunta lo sorprendió. Su vanidad le había hecho creer que le iba a preguntar si estaba casado y tenía familia. Tardó unos instantes en responder.

—¿Te lo ha dicho Mickey?

—No. Simplemente me di cuenta. Tu aura. Podría decirse que se percibe debilitada.

—Mi aura… Bueno, estaba enfermo, pero estoy mejorando.

—¿De qué?

—De cáncer. Pero, como he dicho, está bajo control.

—No, has dicho que estabas mejorando. Eso podría significar algo diferente a «bajo control». Entiendo que se está tratando. ¿Qué tipo de cáncer es? ¿O era?

—Se llama LMC.

—Leucemia mieloide crónica. No es un cáncer hereditario. Proviene de cambios en los cromosomas. ¿Alguna idea de cómo…? Lo siento, no debería estar preguntándote esto.

El tráfico de la autovía se iba incrementando y la velocidad iba disminuyendo a medida que se adentraban de nuevo en Los Ángeles, en lo alto del valle de San Fernando.

—No me importa —dijo Bosch—. Trabajé en un caso en el que estuve expuesto a material radiactivo. No lo supe hasta que fue demasiado tarde. De todas formas, podría haber sido por eso, sí, pero podría haber muchas otras causas. Yo fumaba. Diagnosticar el origen no es una ciencia exacta. Estoy seguro de que como persona de ciencia lo sabes.

Arslanian asintió.

—Has dicho que el cáncer estaba controlado y que estabas mejorando —dijo—. ¿En qué quedamos?

—Tendrías que preguntárselo a mi médico —dijo Bosch—. Mickey me metió en un ensayo clínico. Por eso he estado trabajando para él: por el seguro médico y por el acceso que eso te da a los niveles superiores de la atención médica. La cuestión es que el médico a cargo del ensayo dijo que el tratamiento que habían probado conmigo funcionó. Hasta cierto punto. No fue una remisión completa, pero casi. Quieren volver a hacerlo; con suerte, acabarán con el resto.

—Eso espero. ¿Adónde vas para este ensayo?

—Al centro médico de la UCLA.

Arslanian asintió con la cabeza.

—Es un buen centro —dijo—. ¿Me permitirías tomarte una muestra de ADN?

—¿Por qué? —preguntó Bosch.

—Podría darnos más información sobre lo que te pasa biológicamente. ¿Te han hecho test genéticos en la UCLA?

—No, que yo sepa. No les pregunto todo lo que hacen. Eso sí que está por encima de mi nivel salarial. Pero está claro que me han sacado mucha sangre.

—Por supuesto. Pero podrías preguntarles. Podría formar parte del ensayo clínico. Si no, me gustaría hacerlo.

—¿Por qué? ¿Es algo que Mickey quiere de mí?

—Eres todo un detective, Harry Bosch. No, Mickey no sabe nada de esto. Pero también acudiría a él para pedirle una muestra de ADN. Como sois hermanastros, tenéis genomas muy parecidos.

Una comparación podría ser beneficiosa para los dos. ¿Has oído hablar de la medicina de precisión?

—Eh…, no, la verdad es que no.

—Tiene mucho que ver con la composición genética y la orientación del tratamiento. ¿Tienes hijos?

—Una hija.

—Lo mismo que Mickey. Esto también podría ser beneficioso para ellas.

Bosch siempre había recelado de la ciencia y la tecnología. No es que no creyera que los avances fueran buenos para la humanidad, pero como detective desconfiaba de los pioneros y no comulgaba con la creencia sectaria de que todos los descubrimientos científicos eran beneficiosos. Sabía que eso lo situaba en la periferia, como un hombre analógico en un mundo digital, pero su instinto siempre le había funcionado. Con cada gran avance tecnológico, había gente buscando hacer un mal uso de él.

—Me lo pensaré —dijo—. Gracias por la oferta.

—De nada —respondió Arslanian.

La mayor parte del trayecto hasta el centro de la ciudad transcurrió en silencio. La situación se volvió incómoda y Bosch intentó encontrar algo que decir.

—Entonces —logró decir por fin—, ¿qué has estado haciendo con el ordenador?

—Introduciendo los datos en el programa de recreación —explicó Arslanian—. El ordenador hará el trabajo; luego, en el tribunal, será mi turno de mostrarlo y contarlo. Igual que es nuevo para ti, es nuevo para los jurados.

—Solo habrá una jueza para decidir sobre el *habeas*. Sin jurado.

—Da lo mismo. Los jueces también necesitan que se los instruya.

—Estoy seguro de que serás una buena profesora.

—Gracias. Estoy en proceso de patentar el programa.

—Seguro que fiscales y abogados defensores de todo el país se lanzarán a por él.

—Por eso necesito protegerlo. No para evitar que lo utilicen, sino para proteger la inversión de tiempo, dinero e investigación que mi socio del MIT y yo hemos hecho en él.

Bosch se detuvo en el túnel de entrada del hotel Conrad y bajó la ventanilla para decirle al aparcacoches que se acercaba corriendo que solo iba a dejar a su pasajera.

—Gracias, Harry —dijo Arslanian—. Me ha gustado nuestra conversación y espero que pienses en la medicina de precisión. Nos vemos en el juzgado.

El diligente aparcacoches abrió la puerta a Arslanian y ella salió.

—Supongo que nos veremos en el juzgado —dijo Bosch.

—Allí estaré —respondió Arslanian.

El aparcacoches descargó el equipo de Arslanian del asiento trasero y Bosch se incorporó al tráfico. Le hubiera gustado decirle algo más, preguntarle si quería que cenaran juntos. Se sentía avergonzado. A pesar de su edad, en asuntos del corazón, todavía dudaba antes de apretar el gatillo.

23

El jefe de turno de la prisión denegó la solicitud de Bosch de disponer de una sala de reuniones abogado-cliente porque Bosch no era abogado. Tuvo que solicitar una visita normal y esperar dos horas hasta que oyó su nombre por un altavoz. Lo condujeron a un taburete situado frente a una gruesa ventana de plexiglás en una larga fila de taburetes y cabinas de visita muy similar a la configuración de Corcoran. Después no tuvo que esperar mucho hasta que llegó Lucinda Sanz. Ambos descolgaron sus teléfonos y hablaron.

—Hola, señor Bosch.

—Hola, Cindi. Llámeme Harry.

—Vale, Harry. ¿Se acabó?

—¿Se acabó qué?

—¿La jueza ha rechazado la petición del señor Haller?

—No, nada ha terminado. Tenemos vista el próximo lunes. La trasladarán a la ciudad para eso.

Bosch vio que un poco de vida volvía a los ojos de Lucinda: se había preparado para lo peor.

—Estoy aquí porque quiero enseñarle unas fotos —dijo—. ¿Recuerda que nos dijo que fue una mujer ayudante del sheriff la que le frotó las manos y los brazos en busca de residuos de disparo?

—Sí, una mujer —dijo Lucinda.

—Tengo algunas fotos. Quiero ver si reconoce en alguna de ellas a la mujer que le hizo el test.

—De acuerdo.

—No han dejado que nos reunamos en una sala de abogados con una mesa donde podría extenderlas como si fuera una rueda de reconocimiento, así que voy a sostener las fotos de una en una. Quiero que las estudie todas antes de responder. Aunque esté segura de una foto, espere a que le muestre las seis. Tómese su tiempo. Y luego, si reconoce alguna, me lo dice por el número del uno al seis. ¿De acuerdo?

—De acuerdo.

—Muy bien, aquí va.

Bosch colgó el teléfono para asegurarse de que no oiría a Lucinda si soltaba un número u otra exclamación antes de que le hubiera enseñado todas las fotos. Abrió una carpeta que había dejado en la estantería frente a la ventana. Las seis imágenes estaban apiladas boca abajo. Cada una tenía un número escrito en el reverso. Empezó a acercarlas al cristal, de una en una, haciendo un recuento silencioso de cinco segundos y luego bajando la foto y pasando a la siguiente. Lucinda se inclinó hacia el cristal para mirarlas de cerca. Bosch observó sus pupilas y vio el reconocimiento cuando él levantó la cuarta foto. Fue inmediato y claro. Pero Lucinda, que había dejado el teléfono colgando de su cable, no soltó ninguna exclamación.

Las fotos no eran retratos. Eran fotos de vigilancia tomadas subrepticiamente por Cisco Wojciechowski con un teleobjetivo. Le había llevado casi una semana de vigilancia en el exterior de la comisaría de Antelope Valley con la cámara y un escáner de radio identificar y fotografiar a los miembros del grupo operativo antibandas que en su día incluyó a Roberto Sanz. Solamente había dos mujeres en el equipo y solo una de ellas había estado en la unidad cuando asignaron a Roberto Sanz a ella. Su foto estaba entre las seis que Bosch le estaba mostrando a Lucinda. Las otras mujeres de las fotos eran de edad similar y aparecían en situaciones igual de espontáneas, pero ninguna de ellas era ayudante del sheriff. Ninguna llevaba uniforme.

Cuando terminó de enseñárselas, Bosch volvió a guardar las fotos en la carpeta. Luego cogió el teléfono.

—¿Quiere que se las enseñe otra vez? —preguntó.

—La número cuatro —respondió Lucinda—. Es ella. La cuatro.

—¿Está segura? —dijo Bosch—. ¿Quiere mirar otra vez? —Mantuvo la voz lo más inexpresiva posible.

—No, es ella —dijo Lucinda—. Es ella. Me acuerdo.

—¿Es la ayudante del sheriff que le frotó las manos y la ropa con los discos del test de residuos? —preguntó Bosch.

—Sí.

—¿Y está segura?

—Sí. La cuatro.

—Porcentualmente, ¿qué seguridad tiene?

—Un cien por cien. Es ella. ¿Quién es?

Bosch se inclinó hacia el cristal para ver todo lo posible del lado de Lucinda de la cabina. Miró más allá de su hombro y hacia arriba. Vio la cámara montada en la pared superior que había detrás de las cabinas donde los presos hablaban con sus visitantes. Un vídeo había grabado cómo Lucinda había identificado a Stephanie Sanger. Era bueno saberlo, por si fuera necesario.

Lucinda se dio la vuelta, siguiendo la mirada de Bosch hacia la cámara. Luego lo miró a él.

—¿Qué?

—Nada, nada —dijo Bosch—. Solo quería ver si había una cámara.

—¿Por qué?

—Por si en el juicio impugnan la identificación.

—¿Quiere decir si no estoy allí? ¿Cree que corro peligro por haberla identificado?

De repente, Lucinda parecía asustada.

—No, no lo creo —se apresuró a decir Bosch para tranquilizarla—. Solo estoy contemplando todas las posibilidades. Normalmente esto se hace en una habitación sin cristal entre nosotros, y usted firmaría con su nombre la foto que eligiera. Aquí no podemos. Eso es todo. No le va a pasar nada, Cindi.

—¿Está seguro? —preguntó ella.

—Estoy seguro. Solo quiero que todo esté a prueba de bombas para cuando lleguemos al juzgado.

—De acuerdo, confío en usted y en el señor Haller.

—Gracias.

—La que elegí, ¿quién es?

—Se llama Stephanie Sanger. Trabajó con su exmarido.

—Sí, eso me dijo.

—¿Recuerda qué más dijo?

—Solo dijo que tenían que hacerme la prueba para poder descartarme.

—Eso fue un truco para que hiciera el test.

Bosch cogió la carpeta con las fotos y la levantó.

—Cuando vayamos al juzgado la semana que viene, es posible que le pregunten por esto, ¿de acuerdo?

—¿Por qué?

—Lo que quiero decir es que es posible que tenga que volver a hacer la identificación. Con una foto o en persona si ella está allí.

—¿Ella estará allí?

—Puede ser, sí. Vamos a citarla como testigo. Pero no sé con seguridad si estará en la sala… si usted testifica.

—¿Cuándo me trasladarán a Los Ángeles?

—Tampoco estoy seguro de eso. Le diré al señor Haller que lo compruebe.

—No quiero que me retengan en los calabozos del condado. Los sheriffs se encargan de eso.

—Eso no pasará. Es un caso federal. La trasladarán de aquí a custodia federal (el Servicio de Alguaciles) para que puedan llevarla al tribunal el lunes.

—¿Está seguro?

Sonó un fuerte zumbido en el auricular del teléfono, seguido de una voz electrónica que decía que quedaba un minuto de entrevista.

—Estoy seguro, Cindi —dijo Bosch—. No se preocupe por eso.

Una expresión de desesperación apareció en el rostro de Sanz cuando se dio cuenta de que quedaban pocos segundos de entrevista.

—Señor Bosch, ¿vamos a ganar? —preguntó.

—Vamos a hacer todo lo posible —dijo Bosch, y supo de inmediato que sus palabras eran inadecuadas—. La verdad saldrá a la luz y vamos a llevarla a casa con su hijo.

—¿Me lo promete?

Bosch dudó, pero antes de que pudiera contestar la conexión se cortó. Se limitó a mirar a Lucinda Sanz y asentir. Sabía que era una promesa que le perseguiría si las cosas no salían como deseaba.

Se levantó del taburete y se despidió de Lucinda con un gesto poco entusiasta con la mano. Ella hizo lo mismo; su rostro mostraba la incertidumbre de lo que la esperaba. Con promesas o sin ellas, en un juicio no se podía contar con nada seguro.

Bosch siguió las flechas del suelo hasta la puerta de salida de la prisión. Se sentía mal por cómo había terminado la entrevista, pero intentó concentrarse en lo que se había conseguido. Lucinda Sanz había identificado a Stephanie Sanger como la persona que inició la reacción en cadena que acabó con ella acusada del asesinato de su exmarido. Aquello era un gran logro; cuando llegó al aparcamiento de la prisión, volvió a encender el teléfono y llamó a Haller.

Le saltó el buzón de voz. Bosch supuso que Haller estaba en el juzgado. Empezó a dejar un mensaje, pero oyó un pitido y vio que Haller le devolvía la llamada. Cortó el mensaje y respondió.

—¿Qué pasa en Chino? —preguntó Haller.

—Cindi ha identificado a Sanger como la ayudante que realizó la prueba de residuos —contestó Bosch.

Haller silbó. Bosch pudo oír ruidos de tráfico y adivinó que estaba en el Lincoln.

—Esto es bueno —dijo Haller—. Es lo que pensábamos, pero está bien que conste.

—Más o menos —dijo Bosch—. No me dieron la sala de abogados. Tuve que enseñarle las fotos a través del cristal. No podía firmar, pero había una cámara detrás de ella. Está en vídeo, por si alguna vez lo necesitamos.

—Bien. ¿Algo más?

—Está nerviosa, especialmente por Sanger. Asustada.

—Bueno, estamos a seis días. Yo diría que es hora de iniciar nuestro plan.

—¿Citar a Sanger?

—Y a su colega, Mitchell.

—Sí, no les va a gustar.

—Eso es quedarse corto. También quiero que recojas el *pendrive* que AT&T nos ha estado guardando.

—¿No se convierte en una prueba que se debe compartir en el momento en que lo hago?

—Técnicamente no lo es hasta que decida si voy a presentarlo ante el tribunal. Pero, si espero y se lo doy el día antes, pondrán el grito en el cielo y conseguirán un aplazamiento de la jueza.

—Entonces, ¿qué hacemos?

—Lo coges, descargas los datos y luego imprimes todo el archivo. Supongo que serán un par de miles de páginas. Luego les damos la copia impresa mientras tú te quedas con el archivo electrónico. Imagino que mirarán ese pajar y pensarán que los estamos engañando para hacerles perder el tiempo. Y no tendrán ninguna queja válida cuando lo presentemos como prueba.

—Si lo hacemos.

—Es un gran condicional. Tenemos nuestras corazonadas sobre lo que encontrarás, pero todo tiene que salir bien o habremos perdido nuestro tiempo y la oportunidad de libertad de nuestra clienta.

—Bueno, me pondré a trabajar en los datos del móvil en cuanto los tenga.

—Cuéntame lo que consigas.

—Espera, ¿qué pasa con el FBI?

—No voy a jugar esa carta hasta que sea necesario.

Bosch no estaba muy seguro de lo que eso significaba, pero sabía que no debía hacer más preguntas al respecto. Haller estaba intentando jugar a esconder la pelota con la Fiscalía: dando lo que tenía que dar, pero solo cuando tenía que hacerlo, y disimulando su estrategia lo mejor que podía. Era un acto de funambulismo sin red que, en última instancia, podría acabar con una jueza federal enfadada exigiendo saber lo que él sabía y desde cuándo lo sabía. Era el tipo de jugada de un abogado defensor que habría hecho hervir la sangre a Bosch cuando llevaba placa. En cambio, en ese momento, casi admiraba a Haller por lo que estaba haciendo. En su opinión, el Abogado del Lincoln era un maestro en mantenerse justo en los límites éticos en cuanto a tratar con los que estaban sentados al otro lado del pasillo. Haller lo llamaba «bailar entre gotas de lluvia».

En los siete meses que habían trabajado juntos en el caso Sanz, Bosch se había dado cuenta de que trabajar en el lado de la defensa convertía a Haller en el desamparado. Era como un hombre en la playa, con una tabla de surf en la mano, mirando una ola de treinta metros. El poder y la fuerza del estado eran ilimitados. Haller era solo un hombre que defendía a su clienta. Estaba dispuesto a remar hacia esa ola enorme. Bosch empezaba a ver algo de nobleza en ello.

—¿Ya sabes algo de Morris? —preguntó Bosch—. ¿Todavía podemos ir el lunes?

Hayden Morris era el ayudante del fiscal general de California que defendería la condena de Lucinda Sanz en la vista federal de *habeas corpus*. Apenas había tenido contacto con Haller, salvo para enviarle una nota cada lunes por la mañana exigiendo la presentación de pruebas.

—Ni una palabra —respondió Haller—. Así que, por lo que a mí respecta, todo está listo para el lunes. O estás allí, o te lo pierdes.

—Entendido —dijo Bosch—. Recogeré el material de AT&T cuando llegue. Me sumergiré esta noche y mañana citaré a Sanger y Mitchell.

—Si encuentras lo que esperamos que esté ahí, me llamas enseguida. Pero, recuerda, nada de mails ni mensajes.

—Bien. Nada que tengas que entregar al fiscal.

—Exacto. De nuevo estás pensando como un abogado defensor.

—Espero que no.

—Acéptalo. Es tu nuevo yo, Harry.

Bosch colgó sin hacer más comentarios. Y sin negarlo.

Parte 6

La trampa de la verdad

24

El águila tenía una mirada furiosa. Daba la impresión de que, si le dabas la oportunidad, soltaría las flechas y la rama de olivo que sostenía en sus afiladas garras y se abatiría en picado desde la pared para desgarrarte la garganta por haber pensado siquiera en acudir allí en busca de justicia. La examiné mientras me acostumbraba a mi nuevo entorno. Había pasado la mayor parte de mis décadas de profesión intentando evitar las salas de tribunales federales. El Tribunal Federal de Distrito para el Distrito Central de California era el lugar al que iban a morir los casos de la defensa. Los federales operaban con una tasa de condenas cercana al cien por cien. Allí los casos de defensa se gestionaban, pocas veces se juzgaban y casi nunca se ganaban.

Pero «Lucinda Sanz contra el estado de California» era diferente. Una petición de *habeas corpus* era una moción civil. Mi oponente no era el Gobierno federal. Estaba en una batalla contra el estado de California, con una jueza federal presidiendo como árbitro, y eso abría la puerta de la esperanza. Después de observar el escudo con el águila enfurecida clavado en la pared, por encima el estrado de la jueza, recorrí con la mirada la augusta sala, con sus maderas nobles, banderas en las esquinas delanteras y retratos al óleo de antiguos juristas en las paredes laterales. Esa sala había resistido la prueba del tiempo mejor que cualquier abogado que hubiera entrado ahí con una súplica de justicia. Eso era lo que *Legal* Siegel me había enseñado hacía tanto tiempo. «Inspira. Este es tu momento. Este es tu escenario. Quiérelo. Hazte con él. Tómalo.» Cerré los ojos y repetí las palabras en mi cabeza, sin hacer caso en ningún momento de los sonidos que me rodeaban: gente arrastrando los pies para acceder a los bancos de la galería detrás de mí, susurros procedentes de la mesa del fiscal general a mi izquierda, el secretario judicial en su recinto murmurando en su teléfono a mi derecha. Y entonces llegó una intrusión que no pude ignorar.

—¡Mickey! ¡Mickey!

Un susurro urgente. Abrí los ojos y miré a Lucinda. Ella hizo un gesto con la cabeza hacia el fondo de la sala. Me volví para mirar y vi a los periodistas en la primera fila y al artista de la sala que trabajaba para una de las cadenas de televisión, puesto que las cámaras no estaban permitidas en los tribunales federales. Y detrás de ellos vi a la ayudante del sheriff Stephanie Sanger, sentada en la última fila. Era la primera vez que la veía en persona. Como el *habeas* era una moción civil, podría haberle tomado declaración jurada, pero eso le habría dado a ella, y al fiscal general, una idea de la estrategia de mi caso. Yo no quería eso. Así que me la jugué, me salté la declaración y la interrogaría por primera vez cuando la llamara como testigo.

Miré a Sanger y nos sostuvimos la mirada un momento. Tenía cabello rubio y ojos pálidos; su mirada era tan fría y furiosa como la del águila del escudo. Llevaba el uniforme completo, con la insignia y los distintivos a la vista. Ese era el truco más viejo del manual cuando se trataba de recordar a un jurado la autoridad de un agente de la ley que testificaba. Pero no estábamos en un juicio con jurado y seguramente el uniforme no impresionaría a la jueza de la misma manera.

—¿Puede hacer eso? —preguntó Lucinda—. ¿Sentarse así detrás de nosotros?

Miré de Sanger a mi clienta. Estaba asustada.

—No se preocupe por ella —le dije—. Cuando empiece el juicio, se irá. Es una testigo y no se les permite estar en el tribunal hasta que testifiquen. Por eso Harry Bosch no está aquí.

Antes de que Lucinda pudiera responder, el alguacil de la sala se puso en pie tras su escritorio junto a la puerta que daba a los calabozos del tribunal y anunció la llegada de la jueza Ellen Coelho. La sincronización fue perfecta. Mientras los presentes se ponían en pie, la puerta de detrás del estrado se abrió y la jueza, con su toga negra, subió los tres peldaños que conducían al sillón de cuero negro desde el que presidiría.

—Siéntense —dijo, con su voz amplificada por el artesonado del techo y la acústica de la sala.

Mientras me sentaba, me incliné hacia Lucinda y le susurré:

—Habrá algunas discusiones con la jueza y luego será su turno. Como hemos hablado, mantenga la calma, sea directa, míreme a mí o a la jueza cuando responda. No mire a los otros abogados.

Lucinda asintió, vacilante. Aún parecía asustada y su tez morena había palidecido.

—Todo va a salir bien —le dije—. Está preparada para esto. Lo hará bien.

—¿Y si no? —dijo.

—No piense así. Esa gente de la otra mesa quiere quitarle el resto de su vida. Quieren quitarle a su hijo. Enfádese con ellos, no tenga miedo. Tiene que volver con su hijo, Lucinda. Están intentando impedírselo. Piénselo.

Noté movimiento detrás de ella y levanté la vista para ver a Frank Silver apartando la silla situada al otro lado de Lucinda y sentarse.

—Lo siento, llego tarde —susurró—. Hola, Lucinda, ¿se acuerda de mí?

Antes de que pudiera responder, puse la mano en el brazo de Lucinda para detenerla y me incliné sobre ella para dirigirme a Silver en voz tan baja como me permitía mi enfado.

—¿Qué haces aquí? —susurré.

—Soy coabogado —dijo—. Ese fue nuestro trato. Estoy aquí para ayudar.

—¿Qué trato? —preguntó Lucinda.

—No hay ningún trato —dije—. Tienes que irte, Frank. Ahora.

—No voy a ninguna parte —dijo Silver.

—Escúchame con atención —le dije—: no puedes estar aquí. Si te quedas...

La jueza cortó lo que estaba diciendo:

—En el caso de Sanz contra el estado de California tenemos una petición de *habeas corpus*. ¿Están listos los letrados para proceder?

Hayden Morris y yo nos pusimos de pie al mismo tiempo, cada uno ante su mesa, y afirmamos que estábamos preparados.

—Señor Haller —dijo la jueza—, no tengo ninguna constancia de que usted tenga un coabogado. ¿Quién está sentado junto a su clienta?

Silver se levantó para responder él mismo a la pregunta, pero me adelanté:

—El señor Silver es el abogado defensor original de la demandante en este caso —dije—. Solo ha venido a mostrarle su apoyo. No es coabogado.

Coelho miró los papeles que tenía delante en el estrado.

—Está en su lista de testigos, ¿no? —preguntó—. Recuerdo ese nombre, creo.

—Sí, señoría —respondí—. Sí está. Y solo quería estar aquí al principio, como he dicho, para mostrar su apoyo. Ahora saldrá. De hecho, señoría, la demandante solicita que todos los testigos abandonen la sala hasta que sean llamados a declarar.

Morris, que ya se había sentado, se levantó como un resorte y le dijo a la jueza que la testigo a la que me refería era la sargento Stephanie Sanger, que estaba en la sala por una moción del estado para anular su citación por notificación indebida.

—Muy bien, nos ocuparemos de eso —dijo Coelho—. Pero antes, señor Silver, puede abandonar la sala.

Yo seguía de pie, preparándome para la discusión sobre Sanger, y ya había apartado a Silver de mis pensamientos. No tenía que desviar la mirada de la presa ni distraerme. Era evidente que Morris quería mantener a Sanger fuera del estrado y lo más alejado posible del caso y de mi interrogatorio. No podía permitirlo.

En mi visión periférica, vi que Silver se levantaba lentamente y apartaba su silla. Me volví y lo saludé con la cabeza para que pareciera que éramos colegas cercanos y que pensábamos lo mismo sobre ese error judicial. Me siguió el juego y le dio a Lucinda una palmada en el hombro antes de pasar junto a mí hacia la puerta. Sonrió y asintió en señal de apoyo mientras susurraba:

—Vete a la mierda. Y no voy a testificar. Buena suerte si me mandas una citación.

Asentí como si acabara de susurrarme palabras que podían ser una gran inspiración.

Acto seguido se fue. Me quedé de pie para la discusión que se avecinaba mientras abría una carpeta que tenía sobre la mesa con una copia de la citación que Bosch le había dejado a Sanger. No tenía ni idea de cómo Morris iba a cuestionarlo.

La jueza Coelho esperó a que Silver estuviera casi en la puerta de la sala antes de continuar.

—Señor Morris, proceda —dijo.

Durante los cinco minutos siguientes, Morris argumentó que la citación de la sargento Sanger debía anularse porque el abogado de la parte contraria —yo— estaba tanteando el terreno sin base probatoria para sentar a Sanger en el estrado.

—La sargento Sanger participa en investigaciones en curso que podrían verse comprometidas si el abogado se desvía sin ton ni son en su interrogatorio. Está tratando de fanfarronear con esta testigo, señoría, y podría ser a costa de la justicia en otros casos. Además, la solicitud del abogado para la citación se basa en una identificación hecha por la demandante que es altamente sospechosa y no se ajusta a los procedimientos estándar para la identificación fotográfica. Solo por eso la citación es inválida.

—Hábleme de la identificación fotográfica —dijo Coelho.

—Sí, señoría. El investigador de la demandante le mostró una serie de fotos en la sala de visitas de la prisión donde se encontraba. Eso le permitió dirigir su identificación a la ayudante del sheriff Sanger. Y luego se convirtió en la base de la citación que usted firmó. Como sabe el tribunal, una exposición fotográfica adecuada a un testigo sería lo que comúnmente se conoce como un paquete de seis, en el que al individuo se le muestran seis fotos a la vez y sin ninguna influencia externa en cuanto a qué imagen elegir, si es que escoge alguna. Pero ahora es demasiado tarde, la identificación está viciada, y el pueblo pide que se anule la citación.

Morris se sentó.

Me sentí aliviado. El argumento del ayudante del fiscal general era absurdo. Morris se estaba agarrando a un clavo ardiendo, lo que al menos me hizo saber lo preocupado que estaba por que Sanger testificara. Solo tenía que asegurarme de hacer que subiera al estrado.

—¿Señor Haller? —me instó la jueza—. ¿Su respuesta?

—Gracias, señoría —dije—. Encantado de responder. En primer lugar, llevo décadas ejerciendo la abogacía en esta ciudad y es la primera vez que oigo la expresión «sin ton ni son» como base de una protesta. Debo de haberme perdido eso en la Facultad de Derecho, pero, para usar el término de mi colega, su argumento no tiene ni ton ni son y, añadiré, es absurdo. Mi investigador, Harry Bosch, pasó más de cuarenta años como agente de policía y detective en el Departamento de Policía de Los Ángeles. Sabe cómo llevar a cabo una rueda de reconocimiento fotográfico adecuada. Primero pidió a los supervisores de la prisión una sala privada de abogados para reunirse con la señora Sanz, pero se la denegaron. Así que se reunió con la señora Sanz en una cabina de la sala de visitas y procedió como se indica en mi solicitud de citación. Mostró a la señora Sanz una foto cada vez, y no cogió el teléfono hasta que ella hubo visto las seis fotos. Fue entonces cuando ella hizo la identificación. No hubo nada inapropiado, nada furtivo, nada sin ton ni son, sea lo que sea lo que eso signifique. Y, señoría, una cámara de la prisión grabó cada momento. Si hubiera algo de cierto en la acusación de una identificación adulterada, el señor Morris nos habría mostrado lo grabado por esa cámara. Si queremos retrasar esta vista y prolongar el encarcelamiento ilegal de Lucinda Sanz, podemos detenerlo todo mientras el tribunal ordena que se presente el vídeo para su revisión.

—¿Señoría? —dijo Morris.

—Todavía no, señor Morris —respondió Coelho—. Señor Haller, ¿una respuesta a la primera parte de la protesta?

—El señor Morris hace referencia a otras investigaciones de carácter confidencial —dije—. Está claramente desesperado. No tengo intención de sacar a relucir ninguna otra investigación que no sea la defectuosa y corrupta investigación del asesinato de Roberto Sanz. La testigo cuya declaración se intenta impedir estaba metida hasta el cuello en esa investigación, y el señor Morris quiere imposibilitar que el tribunal descubra la verdad de este asunto. No se mencionará ninguna otra investigación. Lo acepto como condición ahora mismo. Si me desvío de ella, el tribunal puede detenerme.

Hubo una pausa y luego Morris volvió a intentar un segundo bocado de la manzana.

—Señoría, si pudiera responder brevemente —dijo.

—No será necesario —respondió Coelho—. ¿Tiene una grabación de vídeo del investigador mostrando las fotos a la demandante?

—No, señoría, no la tengo —dijo Morris.

—¿La ha visto? —insistió Coelho—. ¿Fue la base de su moción?

—No, señoría —respondió Morris mansamente—. Nuestra base fue la petición de citación de la demandante.

—Entonces no está preparado para respaldar su argumento —dijo Coelho—. Se deniega la moción de anulación. La sargento Sanger abandonará la sala hasta el momento en que sea llamada a declarar. ¿Algo más, caballeros, antes de que empecemos a escuchar a los testigos en este asunto?

Morris se levantó de nuevo.

—Sí, señoría —dijo.

—Muy bien —dijo Coelho—. ¿Qué tiene?

—Como sabe el tribunal, esta moción fue sellada por el tribunal a petición de la Fiscalía —dijo Morris—. Esto se hizo para evitar que se exhibiera en los medios de comunicación, algo a lo que el abogado de la parte contraria ha mostrado propensión en casos anteriores.

Me levanté.

—Protesto —dije—. Señoría, el ayudante del fiscal general está haciendo todo lo que está en su mano para distraer al tribunal del hecho...

—Señor Haller —intervino Coelho enérgicamente—, no me gusta que los letrados se interrumpan entre sí. Si considero que el argumento del señor Morris tiene mérito, tendrá su oportunidad de responder. Ahora, siéntese, por favor, y déjele terminar.

Hice lo que me dijeron, esperando que mi protesta al menos despistara a Morris.

—Gracias, señoría —dijo Morris—. Como iba diciendo, esta moción fue sellada por el tribunal hasta el momento en que se iniciara una vista sobre el asunto.

—Que es ahora mismo, señor Morris —dijo Coelho—. Sé adónde quiere llegar con esto. Veo a los representantes de los medios de comunicación en la galería y he aprobado una solicitud para un artista de la sala. Este asunto ya no está sellado. Estamos en audiencia pública. ¿Cuál es su objeción?

—El tribunal recibió la solicitud de un artista de sala el viernes —respondió Morris—. Todos recibimos una copia. En ese momento, este asunto aún estaba bajo sello y, sin embargo, los medios de comunicación fueron alertados de alguna manera al respecto. El estado pide sanciones contra el abogado de la demandante por violar la orden del tribunal de sellar la petición.

Volví a ponerme en pie, pero no interrumpí. Solo quería que la jueza supiera que estaba listo para responder. Pero ella extendió una mano y dio una palmada al aire, señal de que volviera a sentarme. Así lo hice.

—Señor Morris, está usted haciendo lo mismo de lo que hace cinco minutos acusaba al señor Haller —dijo Coelho—. Actuar para los medios de comunicación. Estoy segura de que, si le preguntara al señor Haller si avisó a la prensa de esta vista antes de que se levantara el sello, diría que no lo hizo y que no hay pruebas de lo contrario. Francamente, creo que es demasiado inteligente para haber hecho tal cosa él mismo. Por lo tanto, señor Morris, a menos que pueda proporcionar tal prueba, todo lo que estamos haciendo aquí es fanfarronear. Preferiría evitarlo. Preferiría llegar a lo que hemos venido a hacer. No habrá sanciones. Ahora, señor Haller, ¿está listo para proceder?

Me levanté, esta vez abotonándome la chaqueta como si me estuviera preparando para la guerra.

—Estamos listos —respondí.

—Muy bien —dijo la jueza—. Llame a su primer testigo.

25

Había rechazado la oferta de la jueza Coelho de permitir que Lucinda Sanz se vistiera con ropa de calle proporcionada por su madre. No quería aceptar nada que distrajera la atención del hecho de que esa mujer llevaba cinco años en prisión por un crimen que no había cometido. Quería que su apariencia fuera un recordatorio constante para la jueza de cómo una acusación injusta le había arrebatado todo —su hijo, su familia, su libertad y su medio de vida— y la había dejado con un mono azul en el que se podía ver una inscripción del Departamento de Prisiones de California por delante y por detrás.

Sentada en la silla de los testigos, Lucinda parecía pequeña, su rostro apenas sobresalía de la ornamentada barandilla de madera que tenía delante. Llevaba el pelo recogido en una coleta corta; la línea de la mandíbula era afilada. Parecía asustada pero decidida. La interrogaría a ella primero. Esa sería la parte fácil. El peligro estaba en el contrainterrogatorio de Morris. Él tenía las transcripciones del primer interrogatorio que ella concedió a los investigadores hacía casi seis años, así como la de la declaración jurada tomada en Chino hacía dos meses. Mientras que yo había evitado utilizar la opción de tomar declaración que ofrece una acción civil, Morris había optado por tomar declaración a Lucinda, una clara señal de su estrategia. Si podía pillarla en una sola mentira, podría desacreditarla a ella y toda la reivindicación de inocencia.

—¿Está bien si la llamo Cindi? —pregunté.

—Sí —dijo ella.

—Cindi, por favor, dígale al tribunal dónde reside y cuánto tiempo lleva viviendo allí.

Antes de que Lucinda pudiera hablar, Morris intervino.

—Señoría, los aspectos del encarcelamiento de la señora Sanz por un crimen que confesó son bien conocidos por todas las partes y por el tribunal —dijo—. ¿Podemos pasar a los asuntos pertinentes a la petición?

—¿Es una protesta, señor Morris? —preguntó Coelho.

—Sí, señoría, lo es.

—Muy bien. Ha lugar. Señor Haller, continúe y vayamos a la razón por la que estamos aquí hoy.

Asentí. De manera que así iban a ir las cosas.

—Sí, señoría —dije—. Cindi, ¿mató a su exmarido Roberto Sanz?

—No lo hice —respondió Lucinda.

—Pero no rechazó los cargos de homicidio. ¿Por qué renunció a refutar algo que ahora dice que no hizo?

—No lo digo ahora. Lo he dicho siempre. Se lo dije a los sheriffs. Se lo dije a mi familia. Se lo dije a mi abogado. Yo no disparé a Roberto. Pero el señor Silver me dijo que había demasiadas pruebas, que un jurado me declararía culpable si había un juicio. Tengo un hijo. Quería volver a ver a mi hijo. Quería abrazarlo y formar parte de su vida. No pensé que me condenarían a tantos años.

Lo dijo de una forma tan sentida que hice una pausa y miré el bloc de notas que tenía delante en el atril para dejar que las palabras de Lucinda quedaran suspendidas en la sala como un fanta... Pero la jueza, que ostentaba ese cargo de manera vitalicia d... cía más de un cuarto de siglo, había presenciado todos l... manual y no iba a tolerarlo.

—¿No tiene más preguntas, señor Haller? —

—Sí, señoría, tengo más —respondí—

cuenta al tribunal lo que ocurrió esa n...

Esa era la parte peligrosa. Lucinda no podía desviarse de lo que ya constaba repetidamente en acta. Podíamos añadir algo, cosa que yo pretendía hacer, pero no podíamos desviarnos de lo que ya estaba allí. Hacerlo sería darle a Morris todo lo que necesitaba para enviarla de vuelta a Chino a terminar su condena.

—Roberto se quedó con nuestro hijo el fin de semana —empezó Lucinda—. Se suponía que lo traería a las seis para que pudiéramos ir a cenar a casa de mi madre. Pero no lo trajo hasta casi las ocho y ya había cenado en Chuck E. Cheese.

—¿Eso la molestó? —le pregunté.

—Sí, me molestó mucho y discutimos. Robbie y yo. Y él...

—Antes de que lleguemos a eso, ¿Roberto le dijo por qué llegó tarde?

—Solo dijo que tenía una reunión de trabajo, y yo sabía que era mentira porque era domingo y su unidad no trabajaba los domingos.

—De acuerdo, entonces no le creyó y discutieron. ¿Fue eso lo que pasó?

—Sí, y luego se marchó. Di un portazo porque me había arruinado los planes para esa noche.

—¿Y qué ocurrió después?

—Oí los disparos. Dos.

—¿Cómo supo que eran disparos?

—Porque crecí oyendo armas en Boyle Heights; más tarde, Roberto, cuando nos casamos, me llevó a un campo de tiro para enseñarme a disparar. Sé cómo suena un disparo.

—Entonces, ¿oye dos disparos y qué hace?

—Pensé que era él, Roberto, disparando a la casa porque estaba enfadado. Corrí a la habitación de mi hijo y nos tiramos al suelo. Pero eso fue todo, no hubo más disparos.

—¿Llamó al 911?

—Llamé, sí. Les dije que mi exmarido estaba disparando a mi

—¿Qué le dijeron que hiciera?

—Que me quedara con mi hijo y me escondiera hasta que lo comprobaran.

—¿Le dijeron que no colgara el teléfono?

—Sí.

—¿Qué ocurrió entonces?

—No sé cuánto tiempo pasó, pero luego me dijeron que no había peligro y que saliera a la puerta porque había un ayudante del sheriff.

—¿Hizo eso?

—Sí, y fue entonces cuando lo vi. Roberto estaba tirado en el suelo y dijeron que estaba muerto.

Hice una pausa y pedí a la jueza que me permitiera reproducir la grabación de la llamada al 911 que Lucinda acababa de describir. Morris no se opuso y la grabación se reprodujo en el equipo audiovisual de la sala. No se desviaba de lo dicho por Lucinda, pero su voz en la grabación tenía una urgencia y un miedo que no se había percibido en su relato del suceso tanto tiempo después. Me pareció bien que la jueza la escuchara y me sorprendió que Morris no hubiera intentado evitarlo con algún tipo de objeción.

Una vez escuchada la llamada, pasé a una nueva línea de preguntas.

—Cindi, hace unos minutos ha mencionado que cuando Roberto y usted se casaron, él la llevó a un campo de tiro para que aprendiera a disparar. ¿Puede contarle al tribunal algo más sobre eso?

—¿Como qué?

—Como cuántas veces fue al campo de tiro.

—Fueron dos o tres veces. Fue antes de que naciera nuestro hijo. Una vez que nació, no quise tener armas ni disparar.

—Pero en esa época, antes de que naciera su hijo, ¿tenía algún arma?

—No, eran las armas de Robbie. Todas.

—¿Cuántas armas tenía?

—No estoy segura. Unas cinco.

—¿Y las había comprado todas?

—No, me dijo que algunas se las quitó a gente. A gente mala. Si los encontraban con armas, se las quitaban. A veces se las quedaban.

—¿Quiénes, Cindi?

—Su unidad. Era...

Morris objetó rápidamente, pero no lo bastante deprisa. Ya había mencionado a la «unidad». Morris argumentó que la respuesta debía eliminarse del acta y que la historia y cualquier otra cosa que Lucinda estuviera a punto de decir serían rumores basados en la supuesta declaración de un hombre muerto. La jueza aceptó la protesta sin darme la oportunidad de cuestionarlo. Pero no importaba, porque todos los presentes en la sala, incluida la jueza, y sobre todo ella, sabían a quiénes se refería Lucinda, a los otros miembros de la unidad antibandas de Roberto Sanz.

—De acuerdo —dije—. Cindi, háblenos de las prácticas en el campo de tiro que hizo con su entonces marido.

—Bueno —empezó Lucinda—, me enseñó las distintas partes del arma y cómo colocarme y apuntar al disparar. Disparábamos a dianas.

—¿Recuerda qué postura le enseñaron a adoptar?

—Sí.

—¿Y cómo se llamaba?

—Oh, pensé que se refería a si recordaba la postura. No recuerdo si tenía algún nombre.

—¿Está diciendo que podría mostrar esa postura si el tribunal lo permitiera?

—Eh, sí.

Entonces pedí permiso al tribunal para que Lucinda bajara del estrado y reprodujera la posición de tiro que su marido le había enseñado. Morris se opuso, argumentando que tal ejercicio haría perder el tiempo al tribunal porque la demostración no podía relacionarse en modo alguno con el tiroteo de Roberto Sanz.

—Señoría —repliqué—, pienso demostrar que Lucinda Sanz no efectuó los disparos que mataron a su exmarido. Esta demostración es solo uno de los puntos que se conectarán a lo largo del camino.

—Lo permitiré —dijo Coelho—. Pero le haré cumplir su promesa de unir esos puntos. Prosiga.

—Gracias, señoría. Cindi, ¿podría mostrarnos lo que le enseñó su marido?

Lucinda bajó al espacio abierto delante del estrado de la jueza. Separó los pies al menos medio metro para mantener la estabilidad, levantó los brazos rectos y los extendió a la altura de los hombros. Usó la mano izquierda para estabilizar la derecha, con el dedo índice apuntando como el cañón de una pistola.

—Así —dijo.

—De acuerdo, gracias —respondí—. Puede volver al estrado.

Mientras Lucinda regresaba, me dirigí a la mesa de la demandante para coger una carpeta. La abrí y pedí permiso para mostrar dos fotografías a la testigo. Entregué copias a Morris, aunque él ya las había recibido en la presentación de pruebas y, cinco años antes, habían formado parte de las supuestas pruebas contra Lucinda. También le di copias a la jueza. Las imágenes mostraban a Lucinda en el campo de tiro, sosteniendo una pistola en la misma postura que acababa de demostrar en la sala.

—Señor Haller, estoy preocupada —dijo la jueza después de revisar las fotos—. Está pidiendo que se exhiban dos fotos que demostrarían que su clienta tenía acceso a un arma de fuego y sabía cómo usarla. ¿Está seguro de que es prudente?

—Es uno de los puntos, señoría —dije—. Y el tribunal pronto entenderá que las fotos son exculpatorias, no condenatorias para la causa de mi clienta.

—Muy bien —dijo Coelho—. Es cosa suya.

Llevé un tercer juego de fotos al estrado y las puse delante de Lucinda.

—Cindi, ¿puede identificar cuándo y dónde se tomaron esas dos fotos? —pregunté.

—No sé la fecha exacta —respondió Lucinda—. Pero fue cuando Robbie me enseñó a disparar. Era el campo de tiro al que íbamos en Sand Canyon.

—Sand Canyon, ¿eso está en Antelope Valley?

—Creo que es Santa Clarita Valley.

—Pero ¿cerca?

—Sí, no muy lejos.

—Vale, en la segunda foto, ¿quién es el hombre que está a su lado?

—Es Robbie.

—Su marido en ese momento.

—Sí.

—¿Quién tomó esa foto?

—Fue uno de sus amigos de la unidad. Él también estaba enseñando a su esposa a disparar allí.

—¿Recuerda su nombre?

—Keith Mitchell.

—Bien, y el arma que está sosteniendo en las fotos, ¿dónde está ahora?

—No lo sé.

—Cuando usted y su marido se divorciaron, ¿le dejó alguna de las armas que poseía?

—No, ninguna. No las quería en mi casa con mi hijo allí.

Asentí con la cabeza como si su respuesta fuera importante y revisé mi bloc de notas donde había esbozado el interrogatorio. Utilicé un bolígrafo para marcar las diferentes vías que había cubierto.

—De acuerdo —dije—. Volvamos a la noche de la muerte de su exmarido. ¿Qué ocurrió después de que usted abriera la puerta al ayudante del sheriff y viera el cadáver de Roberto en el césped? ¿Estaba boca abajo o boca arriba?

—Boca abajo —respondió Lucinda.

—¿Y qué pasó después con usted?

—Nos llevaron a mí y a mi hijo y nos hicieron sentar en la parte trasera de un coche patrulla.

—¿Y cuánto tiempo estuvieron allí?

—Me pareció mucho tiempo. Pero luego me cogieron y me metieron en un coche diferente al de mi hijo. Un coche sin identificar.

—¿Finalmente la llevaron a la comisaría de Antelope Valley y la interrogaron?

—Sí.

—Antes de eso, ¿le pidieron permiso para analizar sus manos y su ropa en busca de residuos de disparo?

—Sí. Me pidieron que saliera del coche y me hicieron las pruebas.

—¿Le pasaron un disco de espuma?

—Sí.

—¿Y quién realizó esa prueba?

—Una ayudante del sheriff. Una mujer.

—Llegó un momento en que mi investigador, Harry Bosch, la visitó en la prisión de Chino y le preguntó si quería mirar algunas fotografías.

—Sí.

—Quería ver si podía identificar a la mujer que le hizo el test, ¿correcto?

—Sí.

—¿Le mostró seis fotografías diferentes?

—Sí.

—¿Y eligió una de esas fotografías e identificó a la persona que le hizo el test?

—Sí.

Distribuí una copia de la foto de Stephanie Sanger de la rueda de reconocimiento a Morris y a la jueza. Rápidamente se concedió permiso para introducir la foto como prueba documental número dos de la demandante y mostrársela a la testigo.

—¿Es esa la ayudante que identificó como la que le hizo la prueba de residuos de disparo? —le pregunté.

—Sí, es ella —dijo Lucinda.

—¿La conocía?

—No.

—¿No sabía que estaba en la unidad de su marido en el Departamento del Sheriff?

—No, no la conocía, pero me dijo que trabajaba con Robbie.

—¿Parecía afligida por la muerte de Robbie?

—Estaba tranquila. Profesional.

Asentí. Había conseguido todo lo que necesitaba que constara en acta. La mayor parte daría réditos en momentos posteriores de la vista. Estaba satisfecho. Ahora tenía que esperar que Lucinda resistiera el interrogatorio de Morris. Si sobrevivía, sabía que teníamos una buena oportunidad.

—No tengo más preguntas —dije—. Pero me reservo el derecho de volver a llamar a la testigo al estrado.

—Muy bien, señor Haller —intervino la jueza—. Señor Morris, ¿desea hacer una pausa antes de comenzar su contrainterrogatorio?

Morris se levantó.

—El estado agradecería un breve descanso, señoría —dijo—. Pero solo tengo dos preguntas de sí o no para esta testigo. Tal vez el descanso podría venir después de que la testigo abandone el estrado.

—Muy bien, señor Morris —dijo la jueza—. Adelante.

Decir que estaba sorprendido sería quedarme corto. Morris era mucho más inteligente de lo que yo creía, o mucho más tonto. Era difícil de saber porque nunca lo había visto en el tribunal antes de ese día. El fiscal general solía contratar a los mejores y más brillantes; para la mayoría de ellos, las vistas de *habeas* eran un paseo. Pero basándome en sus mociones anteriores y en su costumbre de impugnar lo que él llamaba mi falta de buena fe en la divulgación de pruebas, no parecía que fuera a actuar con desgana. Así pues, que dejara bajar a la demandante del estrado tras solo dos preguntas me hizo reflexionar. Tal vez intuyó que no podía rebatir la historia de Lucinda porque decía la verdad.

Observé atentamente cómo Morris se dirigía al atril para formular sus dos preguntas.

—Señora Sanz, usted reside en la prisión estatal para mujeres de Chino, ¿correcto? —preguntó Morris.

—Sí —dijo Lucinda—. Correcto.

—¿Conoce a otra reclusa allí llamada Isabella Moder?

Lucinda me miró, con un destello momentáneo de pánico en los ojos. Esperaba que la jueza no lo viera. Me limité a asentir. No podía hacer nada más.

Lucinda volvió a mirar a Morris.

—Sí —dijo—. Estuvo en mi celda. Luego la trasladaron a otra prisión.

Esa respuesta me bastó para saber cuál era la estrategia del estado y cómo Morris pensaba ejecutarla.

26

Hablé con Lucinda y luego salí de la sala como un preso fugado. Moviéndome deprisa, mirando arriba y abajo por el pasillo, primero vi a Stephanie Sanger sentada en un banco contra la pared opuesta a la entrada del tribunal. Al verme sonrió con satisfacción, como si supiera lo que Morris acababa de hacer.

No tuve tiempo de devolverle la sonrisa. Seguí recorriendo el pasillo hasta que vi a Bosch junto al ascensor. Parecía estar charlando con el alguacil que controlaba el detector de metales. Las salas de esa planta se utilizaban principalmente para casos penales, de ahí el escáner de seguridad, además del detector de metales del vestíbulo de la planta baja del edificio.

Bosch miró hacia el vestíbulo, me vio y le hizo un gesto al alguacil para indicarle que volvía enseguida. Me detuve y esperé a que se uniera a mí a mitad del pasillo para que ni Sanger ni el ayudante con el que Bosch acababa de hablar pudieran oírnos.

—¿Cómo le ha ido? —susurró Bosch.

—Bien en el directo —le dije—. Pero bastaron dos preguntas del fiscal general para deshacerlo todo.

—¿Qué? ¿Qué ha pasado?

—Nos la va a jugar con una chivata de la cárcel. Necesito que averigües todo lo que puedas antes de mañana por la mañana sobre una reclusa llamada Isabella Moder... Creo que es M-o-d-e-r.

—¿Qué pasa con el manejo de los testigos?

—Tendré que ocuparme yo. Te necesito con Moder. Ahora.

—Vale. ¿Está en Chino? ¿Quién es?

—Era la antigua compañera de celda de Lucinda. Pero la trasladaron hace seis meses, más o menos cuando presenté el *habeas*.

—¿Y su nombre no apareció en la divulgación de pruebas? ¿No es eso una in…?

—Morris no necesitaba ponerla si iba a usarla para refutar. Así que no hay infracción. Una buena encerrona, limpia. Debería haberlo visto venir.

—Entonces, ¿por qué tanta prisa si Morris no va a llamarla hasta después de tu caso?

—Porque la mejor defensa es un buen ataque. Necesito saber si vamos a ser capaces de neutralizarla, cuando sea que la pongan en el estrado.

—Entendido. ¿Te ha dicho Cindi lo que le contó?

—No le dijo nada. Moder es una soplona de la cárcel. Va a mentir. Dirá que Lucinda admitió haber matado a su marido.

—Eso es absurdo.

—No importa. Por eso quiero que salgas de aquí y averigües todo lo que puedas sobre ella. Encuéntrame algo con lo que pueda hacerla arder.

—Estoy en ello.

—Llama a Cisco si necesitas ayuda. No regatees esfuerzos, pero vas contrarreloj. Debería terminar con mis testigos mañana. Ahí es cuando Morris traerá a Moder.

—Si estoy en esto, no podré ocuparme de la doctora Arslanian y llevarla al tribunal mañana por la mañana.

—Yo me ocuparé de ella. Tú vete. Llámame en cuanto tengas algo. El tribunal cierra esta tarde porque Coelho tiene una conferencia de jueces. Voy a poner a Sanger en el estrado ahora. Arslanian y el resto, mañana. Eso te incluye a ti, así que ponte en marcha con Moder.

—Te llamaré. Buena suerte con Sanger.

—La suerte no tendrá nada que ver.

Bosch se fue hacia el ascensor. Miré el reloj. Todavía quedaban unos minutos de descanso. Entré en el aseo, ahuequé las manos bajo el agua fría del lavabo y me las llevé a la cara. Sentí un nudo en el pecho. Era la sensación de no estar preparado. Odiaba esa sensación más que ninguna otra cosa en el mundo.

De regreso a la sala, vi a Sanger todavía sentada en el banco.

—No va muy bien, ¿verdad? —dijo.

Me detuve y la miré. Volvía a sonreír.

—Va de maravilla —le contesté—. Y tú eres la siguiente.

Con eso, abrí la puerta del juzgado y entré.

Los alguaciles estaban devolviendo a Lucinda de la sala a la mesa del demandante, señal de que la jueza estaba a punto de volver. Tomé asiento junto a mi clienta mientras le quitaban los grilletes de las muñecas y los tobillos, y una muñeca quedaba sujeta a la anilla de acero de la parte inferior de la mesa.

—¿Qué va a pasar ahora? —susurró.

—Voy a llamar a Sanger —le dije—. Que conste en acta lo que diga, y mañana demostraremos que es una mentirosa.

—No, me refiero a qué pasará ahora con Isabella.

—Harry está trabajando en ello, tratando de encontrar algo con lo que podamos desacreditarla.

—¿Desacreditarla?

—Demostrar que está mintiendo. ¿Seguro que nunca habló de su caso con ella?

—Nunca. Nunca hablamos de su caso tampoco.

—De acuerdo. Necesito que piense, Lucinda. ¿Hay algo que sepa sobre ella que nos pueda ayudar? Casi puedo garantizar que va a venir aquí y testificar que usted le contó que mató a Roberto. Necesito responderle con algo. ¿Hay algo que sepa por haber sido compañeras de celda que…?

El alguacil nos interrumpió con su orden de levantarnos. Nos pusimos en pie y la jueza entró en la sala y subió los escalones hasta el estrado. Ellen Coelho llevaba casi treinta años en la judicatura federal. Había sido nombrada por Clinton, y eso tendía a situarla en el lado liberal, lo que era bueno para nosotros. Pero, a la hora de la verdad, no tenía ni idea de cuál sería su opinión sobre los soplones de las cárceles.

—Continuando con el asunto de Sanz contra el estado de California —dijo—, señor Haller, llame a su próximo testigo.

Llamé a Stephanie Sanger. Como Bosch ya no estaba en el pasillo para ir a buscar a los testigos, le pedí a la jueza que enviara a uno de los alguaciles a buscarla. La jueza parecía molesta, pero accedió, y mientras esperábamos me volví hacia mi clienta.

—Necesito algo para ir a por Isabella —le susurré—. Intente recordar de qué hablaron. Cuando se apagaban las luces por la noche, ¿hablaban?

—Sí. Es difícil conciliar el sueño.

—Me lo imagino. ¿Alguna vez…?

La puerta trasera de la sala se abrió y entró el alguacil, seguido de Sanger, que caminó por el pasillo central y pasó la portezuela. Se detuvo junto al estrado de los testigos y prestó juramento ante el secretario antes de sentarse. Me acerqué al atril con mis carpetas y notas.

—Gracias —dije—. Señoría, antes de empezar, pido al tribunal que declare a la ayudante Sanger testigo hostil.

—Es su testigo, abogado —respondió Coelho—. ¿Por qué motivos debo declararla hostil a la demandante?

Quería que Sanger fuera declarada hostil porque eso me daba más libertad durante el interrogatorio directo. Podría plantear preguntas para las que solo se requería un sí o un no. Eso me permitiría llenar esas preguntas con hechos que quería que la jueza escuchara, incluso si Sanger los negaba. La información seguiría llegando.

—Como ha visto esta mañana, ya ha intentado evitar declarar, señoría —le dije—. Añada a eso una breve conversación que acabo de tener con ella durante el descanso. Está claro que no le gustamos ni yo ni mi clienta, tampoco estar aquí.

Morris se levantó para responder, pero Coelho levantó la mano como una señal de stop.

—Veamos cómo va, señor Haller —dijo—. Proceda con sus preguntas.

Morris se sentó; Sanger pareció satisfecha porque había fracasado a la hora de persuadir a la jueza.

—Gracias, señoría —dije—. Ayudante Sanger, trabaja en el Departamento del Sheriff del Condado de Los Ángeles, ¿correcto?

—Sí —dijo Sanger—. Y soy sargento.

—¿Cuándo la ascendieron?

—Hace dos años.

—¿Cuál es su destino actual en el departamento?

—Estoy destinada en la comisaría de Antelope Valley, donde me encargo de la Unidad de Intervención con Bandas.

—Lleva varios años en esa unidad, ¿verdad?

—Sí.

—Y ahora está a cargo de ella.

—Eso acabo de decir.

—Sí, gracias. Estaba destinada en esa unidad en el momento de la muerte del ayudante Roberto Sanz, ¿correcto?

—Lo estaba.

—¿Eran compañeros?

—No, en la unidad no tenemos compañeros propiamente dichos. Hay seis ayudantes y un sargento. Trabajamos en equipo; un día cualquiera, dependiendo de las vacaciones y las bajas por enfermedad, puedes ser compañero de cualquiera de los otros cinco ayudantes. Cambia todo el tiempo.

—Gracias, ayudante, por la aclara...

—Sargento.

—Lo siento. Sargento. Gracias por la aclaración. Entonces, basándome en esa especie de turnos de interacciones y colaboraciones, ¿es correcto decir que conocía bien al ayudante Sanz?

—Sí. Trabajamos juntos durante tres años antes de que fuera asesinado por su exmujer.

Miré a la jueza.

—Señoría —dije—, yo diría que eso es bastante hostil. La testigo está revelando una creencia contraria a la causa de mi clienta.

—Proceda, señor Haller —dijo Coelho.

Miré mis notas y me reorganicé rápidamente. Tenía que actuar con cautela y hacer caer a Sanger en una trampa. Si estando bajo juramento y constando en actas decía algo que más tarde pudiera demostrar que era falso, eso contribuiría en gran medida a demostrar que Lucinda había sido condenada de manera corrupta o, al menos, injustamente.

—Hablemos del asesinato del ayudante Sanz —dije—. Ocurrió un domingo. ¿Recuerda cómo se enteró de que lo habían matado?

—Recibí un mensaje de SIOS —respondió Sanger—. Como todo el mundo en el departamento.

—¿Puede decirle a la jueza qué es un mensaje SIOS?

—El Sistema de Información de Operaciones Especiales es un servicio de mensajes de texto que permite al departamento enviar mensajes a todo el personal jurado. Salió un mensaje de texto que decía que se había producido un tiroteo con participación de agentes en la división AV y que habíamos perdido a uno de los nuestros.

—¿AV es Antelope Valley?

—Correcto. Entonces hice una llamada y me enteré de que el agente muerto era Roberto Sanz, de mi unidad.

—¿Y qué hizo?

—Llamé a otro ayudante de la unidad y nos dirigimos al lugar de los hechos para ver si podíamos colaborar.

—¿Qué ayudante era?

—Keith Mitchell.

—¿Por qué solo lo llamó a él, cuando dice que la unidad estaba formada por seis ayudantes y un sargento?

—Porque Keith era el más cercano a Robbie Sanz.

Abrí la carpeta que había traído al atril y saqué tres copias de un documento. Las distribuí entre Morris, la testigo y la jueza, y luego pedí permiso a Coelho para presentar el documento como siguiente prueba de la demandante y para interrogar a la testigo sobre él. Recibí el permiso.

—¿Qué es eso, sargento?

—Es una copia del texto del SIOS que se emitió —dijo Sanger.

—¿Y a qué hora dice que se emitió?

—A las veinte y dieciocho.

—¿Cuánto tardó en llegar al lugar del crimen?

—Probablemente, no más de quince minutos.

—AV, como usted lo llama, es un área grande. ¿Cómo es que estaba tan cerca como para estar allí en quince minutos?

—Estaba cenando en un restaurante cercano.

—¿Qué restaurante era?

—Brandy's Café.

—¿Estaba con alguien?

—Estaba sola en la barra. Recibí el mensaje, dejé dinero en la barra y salí de inmediato. De camino, llamé a Keith Mitchell.

Lo dijo en un tono cansado, como si le estuviera haciendo preguntas irrelevantes sin relación con el caso. La jueza debió de pensar lo mismo y me interrumpió.

—Señor Haller —dijo—, ¿es realmente necesaria esta línea de preguntas?

—Lo es, señoría —contesté—. Quedará claro cuando declaren otros testigos.

—Bueno, por favor, dese prisa para que podamos llegar a esos testigos cuanto antes.

—Llegaríamos antes si no se interrumpiera mi interrogatorio.

—Si ese comentario pretende ser un reproche al tribunal, tenemos un problema, señor.

—Lo siento, señoría, no pretendía hacer un reproche, para nada. ¿Puedo continuar?

—Por favor, pero deprisa.

Asentí y revisé mis notas para asegurarme de que lo retomaba donde lo había dejado.

—Sargento Sanger, ¿había investigadores de Homicidios en el lugar cuando usted llegó? —pregunté.

—No, todavía no —dijo Sanger.

—¿Quién estaba allí del Departamento del Sheriff?

—Habían llegado muchos ayudantes del sheriff para precintar la escena para las unidades de Homicidios que tenían que llegar desde el STARS Center de Whittier.

—Eso los pondría a una hora de distancia, ¿correcto?

—Sí, es lo más probable.

—Entonces, durante ese tiempo en que esperaba al equipo de Homicidios, usted decidió hacer su trabajo por ellos, ¿no es así?

—No, eso no es correcto.

—Bueno, ¿no sacó a Lucinda Sanz del coche en el que la habían metido y realizó un test de residuos de disparo en su cuerpo y en su ropa?

—Sí, eso hice. Hay que realizar un test de ese tipo lo antes posible después de que se haya cometido un crimen con disparos.

—¿Era el procedimiento que un ayudante del sheriff que trabajaba con la víctima recogiera una muestra en los brazos y las manos de un sospechoso para hacer una prueba de residuos de pólvora?

—Ella no era sospechosa en ese momento. No...

—¿No era sospechosa? ¿Por qué la metieron en la parte trasera de un coche patrulla y le hicieron un test de residuos de disparo si no era sospechosa?

Morris se levantó y protestó.

—Señoría —dijo—, el abogado está acosando a la testigo y no le permite terminar sus respuestas.

—Señor Haller —dijo Coelho—, déjela terminar sus respuestas y baje el tono. Aquí no hay un jurado al que impresionar.

Asentí, contrito.

—Sí, señoría —dije—. Sargento Sanger, por favor, continúe y termine su respuesta.

—Como he dicho, es importante hacer el test de residuos al principio de una investigación —prosiguió Sanger—. De lo contrario, las pruebas pueden disiparse o ser eliminadas o transferidas. En ese caso, sabía que podría pasar hasta una hora o más antes de que los investigadores de Homicidios llegaran a la escena, así que tomé muestras de la acusada y guardé los discos en una bolsa de pruebas.

—Ella es la demandante, no la acusada, sargento. Una vez que completó ese test que dice que se requería con tanta urgencia, ¿qué hizo con la bolsa de pruebas que contenía los discos?

—Se la entregué al ayudante Mitchell, que más tarde se la dio al equipo de Homicidios. Debería constar en el informe de la cadena de custodia de pruebas, que seguro que ha visto.

—¿Y si le dijera que no está en el informe de la cadena de custodia?

—Entonces sería un pequeño descuido por parte del ayudante Mitchell.

—Muy amable por su parte poner al ayudante Mitchell a los pies de los caballos, pero ¿por qué no se lo entregó usted misma al equipo de Homicidios? Usted realizó la prueba. ¿Intentaba ocultarlo, sargento?

—No estaba ocultando nada. Iba a abandonar la escena del crimen. Fui a contarle a la que en ese momento era la novia del ayudante Sanz lo que había pasado. Pensé que debía enterarse por uno de los amigos de Robbie antes de que lo viera en las noticias.

—Fue muy noble por su parte, sargento Sanger.

—Gracias.

Lo dijo con un sólido tono de sarcasmo. Estaba cerca del final de mi interrogatorio. Decidí que era el momento de zarandear su barca con una gran ola.

—Sargento Sanger, ¿sabía usted que en el momento de su asesinato Roberto Sanz pertenecía a una banda de sheriffs?

Sanger se balanceó unos centímetros hacia atrás en su asiento. Morris se puso rápidamente en pie y protestó.

—Asume hechos no probados —dijo—. Señoría, el abogado está dando palos de ciego, esperando que el testigo hable mal y le dé algo que pueda exagerar.

Negué con la cabeza. Mientras hablaba, me dirigí a la mesa de la demandante y abrí una carpeta que contenía varias copias de las fotos de la autopsia de Roberto Sanz. Me aseguré de que Lucinda no las viera.

—Señoría, no son palos de ciego, y creo que el letrado lo sabe —dije—. Estoy dispuesto, si el tribunal me lo permite, a mostrar a esta testigo pruebas de que su colega era miembro de una camarilla de sheriffs. Si el tribunal lo necesita, también puedo traer a un experto en la investigación interna del Departamento del Sheriff y la investigación externa del FBI sobre estas camarillas de gánsteres con placa, que acabó con un antiguo sheriff en la cárcel y con infinidad de cambios en el personal y la formación dentro del departamento.

Era un farol. El experto era el agente del FBI MacIsaac y hasta el momento no había podido llegar a él. Si el tribunal me presionaba, recurriría al periodista del *Los Angeles Times* que destapó el escándalo y cubrió sus múltiples investigaciones.

Por suerte, no necesité a ninguno de los dos.

—No creo que haga falta un experto para que nos hable de los problemas bien conocidos que había en el Departamento del Sheriff en el momento de este asesinato —dijo Coelho—. La testigo responderá a la pregunta.

Todos los ojos de la sala volvieron a Sanger. Le pregunté si necesitaba que le repitiera la pregunta.

—No —respondió—. No tenía conocimiento de que Roberto perteneciera a una camarilla o banda, o como quieran llamarlo.

—Si el tribunal lo permite, voy a enseñarle dos fotos —dije—. Se tomaron durante la autopsia de Roberto Sanz.

Me acerqué al estrado y entregué a la jueza un juego de fotos que mostraban el cuerpo de Sanz sobre la mesa de autopsias y el primer plano del tatuaje en la cadera del cadáver. A continuación, me volví y le entregué otras copias a Morris. Inmediatamente se puso en pie y protestó por el carácter incendiario de las fotos.

—Este hombre era un héroe, señoría —dijo—. El abogado quiere alardear de estas fotos que pretenden mostrar la afiliación a una banda cuando no muestran ni prueban nada.

—Señoría —repliqué—, la parte demandante puede traer a un experto en esta materia que identifique el tatuaje en el cuerpo de Roberto Sanz (por cierto, situado en un lugar que no sería visto en público) si es necesario. Pero una simple búsqueda en Google por parte del tribunal o de cualquier otra persona confirmaría que el tatuaje secreto de Sanz lo relaciona directamente con una supuesta camarilla que operaba en Antelope Valley.

La jueza no tardó en pronunciarse.

—Puede mostrar las fotos a la testigo —dijo.

Me acerqué al estrado y le entregué a Sanger un juego de fotos.

—¿Reconoce ese tatuaje, sargento Sanger? —le pregunté.

—No lo reconozco —respondió Sanger.

—¿No sabía de la asociación del miembro de su unidad con los Cocos, una conocida camarilla del sheriff?

—No lo sabía y no creo que un tatuaje sea prueba de ello.

—¿Tiene usted ese tatuaje, sargento?

—No lo tengo.

Hice una pausa, y en mi visión periférica vi que Morris se ponía en pie, anticipando que mi siguiente movimiento sería pedir al tribunal que inspeccionara el cuerpo de Sanger en busca de tatuajes. Pero no lo hice. Quería que esa posibilidad pendiera sobre la eventual decisión de la jueza sobre la petición.

—Tengo una pregunta más por ahora —dije—. Sargento, ¿cuál era su número de teléfono vinculado al Sistema de Informes de Operaciones Especiales?

Morris, que estaba a punto de sentarse, se puso firme de golpe. Extendió los brazos y su rostro adoptó una exagerada expresión de conmoción y horror.

—Protesto, señoría —dijo—. ¿Qué podría querer la demandante con la revelación pública del número privado de esta agente de la ley, aparte de exponerla a los medios de comunicación y a la opinión pública?

—¿Puede responder a eso, señor Haller? —preguntó la jueza.

—Señoría, no estoy tratando de exponer su número privado en público —dije—. Pero ha testificado que recibió la noticia de la muerte de Sanz en su teléfono y la demandante está en su derecho de conocer ese número de teléfono como parte de las pruebas de este caso. Si el tribunal ordenara a la testigo que me revelara el número en privado a través del señor Morris o del secretario judicial, estaría bien.

—Pero ¿para qué necesitaría el número si no es para acosar a la testigo con llamadas telefónicas? —preguntó Morris.

—Señoría, nunca la llamaré ni distribuiré ese número —dije—. Y puede acusarme de desacato si lo hago.

—Entonces, ¿para qué necesita el número, señor Haller? —preguntó la jueza.

Extendí los brazos en señal de sorpresa, tal y como Morris lo había hecho momentos antes.

—Señoría, por favor —dije—, ¿me está pidiendo que le exponga la estrategia de mi caso al señor Morris?

—Vamos a calmar las cosas —intervino la jueza.

Pareció comprender su error. Consideró su decisión durante unos largos segundos antes de responder:

—Muy bien —dijo por fin—. El tribunal ordena a la testigo que facilite al secretario el número de teléfono solicitado; posteriormente, se le entregará al abogado de la demandante.

—Señoría —dijo Morris—, el estado pide que se selle el número.

—¿Es necesario, señor Morris? —preguntó Coelho.

—Sí, señoría —respondió Morris—. Para proteger a la ayudante Sanger de acoso.

—Es la sargento Sanger —dije.

—La sargento Sanger —se corrigió Morris.

—Muy bien —dijo Coelho—. No habrá distribución ni uso del número por parte de la demandante. Está bajo sello judicial. Violar el sello, señor Haller, provocaría la ira de este tribunal.

—Gracias, señoría —dijo Morris, con un tono que sugería que acababa de obtener algún tipo de victoria.

—Gracias, señoría —repetí, porque sabía que la victoria era mía.

27

Era tarde cuando recibí el mensaje de Bosch. Estaba trabajando en la mesa de la cocina porque mi despacho de casa seguía hecho un desastre. Había estado escribiendo preguntas para Shami Arslanian en un bloc de notas cuando mi teléfono zumbó con el mensaje. Era una dirección en Burbank. Un apartamento en el tercer piso. Bosch dijo que fuera rápido y me dio la combinación de la puerta de seguridad del edificio.

Dejé el bloc sobre la mesa, bajé en el Navigator por la colina y tomé Laurel Canyon para alcanzar el valle de San Fernando. Al cabo de cuarenta minutos llegué a mi destino, cerca del aeropuerto de Burbank. La combinación que Bosch había enviado funcionó y dos minutos más tarde estaba llamando a la puerta del apartamento 317. Cisco abrió y me hizo pasar. Bosch estaba en el salón del pequeño apartamento, sentado en un sofá verde chillón junto a un hombre pelirrojo despeinado y de tez pálida. El hombre aparentaba menos de treinta años, pero era solo una suposición porque las costras de su rostro disimulaban su verdadera edad. Su drogadicción era evidente, y eso significaba que tanto podía tener veinte años como cincuenta. Estuve a punto de dar media vuelta y marcharme. Los drogadictos eran malos testigos.

—Mick, él es Max Moder —dijo Cisco—. Es el hermano de Isabella.

Moder me señaló; estaba claro que me había reconocido.

—Eh, tú, tú eres el de los carteles, ¿verdad? —dijo Moder—. Te he visto ahí arriba.

—Sí, soy yo —respondí—. ¿Qué tienes para mí?

Moder se volvió hacia Bosch como si solicitara su aprobación. Bosch asintió, dándole luz verde.

—Bueno, hace unos tres o cuatro meses me llamó mi hermana desde la cárcel donde está —dijo—. Me pidió que fuera a la biblioteca donde guardan los archivos de periódicos antiguos. Me dijo que intentara encontrar artículos sobre un caso de asesinato. Un ayudante del sheriff al que mataron en Palmdale.

—¿Y lo hiciste? —le pregunté.

—Sí, fui —dijo Moder—. Tuve que ir a la biblioteca grande del centro.

—¿Y qué encontraste allí?

—Encontré las noticias que quería.

—Vale. ¿Qué hiciste entonces?

Moder miró a Bosch y luego a Cisco.

—¿Este tipo se va a ocupar de mí? —les preguntó.

Cisco y Bosch permanecieron en silencio. Fui yo quien respondió la pregunta.

—Primero necesito saber lo que tú sabes —dije—. Podemos hablar de lo que puedo hacer por ti después. ¿Qué hiciste cuando encontraste las noticias del periódico?

—Tuve que pagarles para que me las imprimieran —dijo Moder—. Luego, cuando me llamó, se las leí. Todas.

—¿Te llamó a cobro revertido desde la cárcel o tenía un móvil allí?

—Le prestaron un móvil. No sé cómo lo consiguió.

—Pero te llamó a tu móvil, ¿verdad?

—Sí, a mi móvil.

—¿Dónde está ese teléfono?

—Uh, ya no lo tengo. Lo vendí. Necesitaba el dinero.

—¿Cuándo?

—¿Cuándo lo vendí, quieres decir?

—Sí, ¿cuándo lo vendiste?

—Hace un par de meses. Más o menos.

—¿Dónde lo vendiste?

—Uh, en realidad se lo cambié a un tipo.

Por drogas. No necesitaba añadir esa parte. Todos los presentes lo sabíamos.

—¿Tienes alguna factura de la operadora? —pregunté—. ¿De la compañía telefónica?

—La verdad es que no —dijo Moder—. No era muy bueno pagando la factura, a decir verdad. Me cortaron el servicio y luego cambié de compañía.

—¿Y el número? ¿Lo recuerdas?

—La verdad es que no me acuerdo del número.

—¿Y los artículos que imprimiste en la biblioteca? ¿Dónde están?

—Creo que se quedaron en mi última casa. Ya no los tengo.

Asentí. Por supuesto que no los tenía, eso habría sido demasiado fácil. Pensé si seguir adelante. Los drogadictos eran testigos muy poco fiables y podían perjudicarte más que ayudarte en el estrado. No parecía que hubiera nada que pudiera utilizar para respaldar su versión.

—¿Vas a pagarme? —preguntó Moder—. Necesito recuperarme, tío.

—No pago por testificar —le dije—. Todo lo que puedo darte es una tarjeta para salir de la cárcel.

—¿Qué significa eso?

—Es mi tarjeta de visita. Llama a ese número y la próxima vez que te detengan yo te sacaré de la cárcel y llevaré tu caso.

Moder miró a Cisco torciendo el gesto.

—¿Qué coño, tío? —dijo—. Dijiste que me pagarías.

—Nunca he dicho eso —intervino Cisco—. Dije que, si le gustaba lo que decías, se ocuparía de ti. Nada más.

—¡Joder! —soltó Moder.

—Cálmate —dije—. Tienes...

—No, cálmate tú, joder —gritó Moder—. ¡Necesito dinero de verdad, tío! ¡Me duele, tío!

—Los únicos testigos a los que pago son los peritos —dije—. Y no creo que seas experto en nada que no sea colocarte con metanfetamina.

—Entonces lárgate de aquí. Largaos todos de una puta vez. No voy a joder a mi hermana por una puta tarjeta de visita. ¡Largo!

Bosch se levantó del sofá y se dirigió a la puerta. Cisco no se movió. Me estaba esperando para ser el último en salir, solo por si Moder decidía ponerse violento. Saqué la cartera y una tarjeta de visita.

—Ya la has jodido —le dije.

Tiré la tarjeta sobre la mesita y me dirigí a la puerta.

Ninguno de los tres habló hasta que volvimos a la calle y estuvimos junto al Navigator.

—¿Qué te parece? —preguntó Cisco.

—Estaría bien si tuviera algo sólido para respaldar su historia —dije—. Pero creo que podré arreglármelas si al final se complica la hermana.

—¿Vas a mandarle una citación? —preguntó Bosch.

—No. No quiero que el fiscal sepa que lo hemos encontrado. ¿Cómo dimos con él?

Bosch señaló a Cisco con la mandíbula.

—Es cosa de Cisco —dijo.

—Averigüé dónde vivía ella en Glendale y pregunté por el barrio —dijo Cisco—. A la gente no le caían bien ni ella ni su hermano. A partir de ahí, fue fácil.

Asentí con la cabeza.

—¿Y ella por qué está dentro? —pregunté.

—Homicidio involuntario por conducir ebria —dijo Cisco—. Se saltó un semáforo en Sun Valley y atropelló a una enfermera que volvía de su trabajo en el St. Joseph. Cuando la hicieron soplar, dio 1,3. Le cayeron quince años. La enfermera tenía familia.

—¿Qué opinas, Harry? —le pregunté—. ¿Qué podría conseguir a cambio de delatar a Lucinda? Volver al juez que dictó la sentencia es imposible. Ningún juez va a rebajar la sentencia en un caso así. Eso no te hace ganar votos.

—No lo sé —respondió Bosch—. Tal vez solo una promesa del fiscal general de intentarlo. Ya ha cumplido ocho años. Dentro de un año empezaran las vistas de la condicional. Tal vez Morris la ayude allí.

—Sí, tiene que ser eso —dije—. Buen trabajo, colegas. Tengo algo con lo que puedo trabajar si es necesario.

Ninguno de los investigadores respondió al cumplido.

—Bueno, ¿alguien tiene hambre? —dije—. Me comería un buey. Musso's sigue abierto y yo invito.

—Yo podría comer —dijo Cisco.

—Tú siempre puedes comer —dije—. ¿Harry?

—Claro —respondió.

—Pues vamos —dije—. Llamaré a Sonny al bar para ver si puede conseguirnos una buena mesa. Nos vemos allí.

28

Cenar tarde en Musso and Frank había sido un error. No había consumido alcohol, pero no pude negarme a un filete con guarnición. Por la mañana me sentía pesado y lento. Por suerte, Bosch me estaba esperando en la terraza cuando por fin salí. Él se puso al volante mientras yo sacaba el bloc de notas y me familiarizaba otra vez con el caso mientras nos dirigíamos al centro.

—¿A quién vas a llamar primero esta mañana? —preguntó Bosch.

—Bueno, primero veremos qué sale cuando Morris interrogue a Sanger —le dije—. Puede que tenga que volver con ella. Espero que hoy se ponga otra vez el uniforme.

—¿Y eso por qué?

—Oh, solo un poco de trabajo de base que olvidé hacer ayer.

—Vale, ¿luego quién? ¿Keith Mitchell?

—Sí, iremos con Mitchell. Que su testimonio conste en acta, y luego traemos a Shami. Necesito que me dejes en el juzgado y luego vayas a buscarla. Solo en caso de que Sanger y Mitchell vayan deprisa.

—Entendido.

Mi estrategia era doble. Primero y principal, tenía que demostrar que la investigación del caso descarriló desde el principio. O bien hubo una visión de túnel que conducía únicamente a Lucinda Sanz o, peor aún, un encubrimiento en el que se tendió una trampa a Lucinda y se la traicionó. La segunda parte de la estrategia era, de alguna manera, entregar al juez un villano. Necesitaba señalar con el dedo a alguien de una manera lo suficientemente convincente como para mostrar que Lucinda Sanz debía ser absuelta o, como mínimo, para que se le permitiera retirar su declaración e ir a juicio. Todavía había que determinar quién iba a ser ese villano. Pero, gracias a los modelos informáticos de Shami Arslanian, tenía una buena idea.

Bosch llegó pronto. Yo había estado concentrado en los documentos y no me había dado cuenta de los giros que hacíamos, pero llegué al juzgado y pasé los dos controles de seguridad con tiempo suficiente para pedirle a Nate, el alguacil de la sala principal, que me permitiera volver al calabozo para poder visitar a mi clienta.

Lucinda vestía el mismo mono azul de manga corta, pero ese día llevaba debajo una camiseta gruesa blanca de manga larga. No importaba la época del año, en los calabozos federales siempre hacía frío.

—Cindi —le dije—. ¿Está bien?

—Creo que sí —dijo—. ¿Cuándo empieza la sesión?

—Vendrán a buscarnos dentro de unos minutos. Solo quería volver y decirle que, de momento, todo va bien. Creo que vamos bien encaminados con cómo queremos presentar nuestro caso. Además, no creo que tenga que preocuparse por Isabella Moder. Lo tenemos controlado.

—¿Qué quiere decir con que está controlado?

—Si el fiscal la sube al estrado y testifica sobre usted, podremos demostrar que es una soplona mentirosa.

—De acuerdo. Entonces, ¿qué pasa hoy?

—Bueno, presentamos nuestra causa; esperamos que eso baste para obligar a la jueza a que me permita traer al agente MacIsaac a testificar. Él es la clave, pero no hemos podido llevarlo al tribunal. Los federales están jugando a esconder la pelota con él.

—¿Por qué no va a venir?

—Bueno, porque lo que hicieron resulta embarazoso para el FBI. Miraron para otro lado cuando la acusaron, Cindi, y eso no estuvo bien.

—¿Y puede probarlo?

—Creo que sí. Si consigo que suba al estrado.

Se abrió la puerta que tenía a mi espalda y entró el alguacil Nate.

—Hora de empezar —dijo.

Me volví hacia Lucinda y le dije que se mantuviera fuerte.

Al cabo de unos minutos, estábamos sentados a la mesa en la sala del tribunal y la jueza Coelho ocupó su lugar. Volvieron a llamar a la sargento Sanger al estrado para un contrainterrogatorio. Me alegró ver que llevaba uniforme otra vez.

El interrogatorio de Morris fue quisquilloso. Recorrió minuciosamente los diecisiete años de carrera de Sanger en el Departamento del Sheriff, detallando sus diferentes destinos, ascensos y reconocimientos. Llegó hasta el extremo de presentar como prueba la placa que había recibido el año anterior del Club Rotario de Antelope Valley como agente policial del año. De este modo, Morris revelaba su estrategia: el caso se reduciría a la credibilidad y el carácter de los agentes implicados. Por eso estaba dorándole la píldora a la testigo.

Morris terminó enérgicamente con preguntas que iban al meollo de la cuestión, a la denuncia de Lucinda Sanz de irregularidades en su condena.

—Sargento Sanger, ¿tiene conocimiento de algún tipo de corrupción o irregularidad en la investigación de la muerte de Roberto Sanz? —preguntó—. Y le recuerdo que está bajo juramento.

—No, señor —respondió Sanger.

El recordatorio de que la testigo se hallaba bajo juramento fue grandilocuente, pero el mensaje de Morris a la jueza llegó con claridad: se trataba de una agente de la ley profesional y muy condecorada, y era su palabra contra la de la demandante, que previamente había renunciado a refutar los cargos del crimen.

Cuando Morris terminó, me llegó de nuevo el turno. Me acerqué con rapidez al atril.

—Haré un breve segundo interrogatorio, señoría —dije.

—Proceda, señor Haller —respondió la jueza.

—Sargento Sanger, cuando el señor Morris repasó su carrera y sus méritos, parece que omitió uno —dije—. ¿No es cierto?

—No sé de qué me está hablando —respondió Sanger.

—Bueno, me refiero a esa insignia que lleva en el uniforme encima del bolsillo del pecho. ¿Qué es, sargento Sanger?

Había visto la insignia el día anterior, pero solo después de repasar el testimonio de Sanger me di cuenta de lo que podía hacer con ella.

—Es una insignia por una buena actuación en el campo del sheriff —respondió Sanger.

—Quiere decir en el campo de tiro, ¿no?

—Sí, en el campo de tiro.

—Para conseguir una insignia así para el uniforme, hay que hacer algo más que tener una buena actuación, ¿no?

—Se entrega a los mejores tiradores.

—¿A cuántos?

—Al diez por ciento mejor.

—Ya veo. ¿Y cómo se llama una insignia así?

—No lo sé.

—Esa insignia que luce con orgullo en el uniforme significa que se calificó como tiradora experta, ¿no?

—Nunca he usado tales palabras.

En un alarde de frustración, levanté la mano y luego la dejé caer sobre el atril con un ruido sordo. Pregunté a la jueza si podía acercarme a la testigo para mostrarle una prueba previamente aceptada por el tribunal. Una vez concedido el permiso, le mostré las fotos de Lucinda en el campo de tiro.

—¿Puede identificar a las personas que aparecen en esa foto? —pregunté.

—Sí —dijo Sanger—. Son Robbie Sanz y su entonces esposa, la acusada, Lucinda Sanz.

—¿Se refiere a la demandante?

—Sí, la demandante.

Lo dijo en tono sarcástico.

—Gracias. Ahora, en esta segunda foto, se ve al hombre que ha identificado como Robbie Sanz usando sus manos para mejorar la posición de su entonces esposa. ¿Es correcto?

—Sí —respondió Sanger.

—Como agente de la ley y experta en tiro, ¿puede decirme qué postura está aprendiendo la demandante en esa foto?

—Es la postura de preparado en alto.

—Gracias, sargento Sanger. No tengo más preguntas, señoría, pero me reservo el derecho de llamar a la testigo en una etapa posterior de esta vista.

—De acuerdo —dijo Coelho—. Señor Morris, ¿desea repreguntar?

—No, señoría —contestó Morris—. El estado está listo para continuar.

—Sargento Sanger, puede retirarse —dijo Coelho—. Señor Haller, llame a su próximo testigo.

Siguiendo mi plan, llamé al ayudante Keith Mitchell. Lo trajeron del pasillo, lo pusieron bajo juramento y lo sentaron en el estrado. Era un hombre negro, corpulento, con la cabeza rapada. Sus bíceps tensaban hasta el límite las mangas de la camisa de su uniforme. Volví al atril con mi bloc de notas. No me molesté en pedir a la jueza que dictaminara que Mitchell era un testigo hostil.

Tras unas cuantas preguntas preliminares que establecieron que Mitchell era miembro de la misma unidad antibandas de la que formaban parte tanto Roberto Sanz como Sanger, fui al meollo de su testimonio.

—Es usted un hombre grande, señor —empecé—. ¿Cuánto mide?

Mitchell parecía confundido por la pregunta.

—Un metro noventa y tres —dijo.

Morris se levantó.

—Señoría, ¿podemos limitar el interrogatorio a las cosas pertinentes al caso? —preguntó.

—Lo siento, señoría —dije—. Seguiré adelante.

Coelho frunció el ceño.

—No se ande por las ramas, señor Haller —dijo.

—No lo haré, señoría —respondí—. Ayudante Mitchell, usted estuvo en la escena del crimen la noche del asesinato de Roberto Sanz, ¿correcto?

—Es correcto —dijo Mitchell.

—Pero estaba fuera de servicio, ¿no?

—Sí.

—¿Cómo llegó allí?

—El departamento envió una alerta de texto diciendo que se había producido un tiroteo con participación de un policía en AV, y luego, como unos diez minutos más tarde, otro miembro de nuestra unidad me llamó y me dijo que era Robbie quien había recibido un disparo. Éramos amigos, Robbie y yo, así que fui a la casa.

—Y fue Stephanie Sanger quien llamó, ¿correcto?

—Correcto. La sargento Sanger.

—¿Era sargento en ese momento?

—No. Entonces no.

—¿Y dónde estaba usted cuando la ayudante Sanger le llamó?

—Estaba en mi casa, en Lancaster.

—¿Cuál es la dirección de su casa?

Mitchell vaciló. Morris saltó para protestar para evitar que se hiciera pública la dirección particular del testigo.

—Señoría —dijo Morris—, esto podría poner a este testigo y a su familia en peligro.

—Retiro la pregunta —dije antes de que la jueza tuviera que pronunciarse.

—Muy bien —dijo la jueza—. Continúe.

Morris asintió con la cabeza como si una vez más hubiera ganado algún punto sobre mí.

—Ayudante Mitchell, volvamos a aquella noche —dije—. ¿Formó parte de la investigación de la muerte del ayudante Sanz?

—No, no participé —dijo Mitchell.

—Pero en el informe de pruebas dice que usted estaba en posesión de las muestras de residuos de disparo correspondientes al test de Lucinda Sanz. ¿Es eso cierto?

—Sí. Esas pruebas me las entregó otra ayudante del sheriff para que las custodiara hasta que llegaran los investigadores. Cuando llegaron los de Homicidios, les entregué las pruebas.

—¿Cuáles eran exactamente las pruebas?

—Según recuerdo, eran dos discos de residuos de disparo en una bolsa de pruebas.

—¿Y qué ayudante del sheriff le dio esa bolsa para, como usted dice, custodiarla?

—La sargento Sanger. Quiero decir, la ayudante Sanger, en ese momento.

Hice una pausa, bajé la vista a mi bloc y me preparé para recibir más protestas a mi siguiente línea de interrogatorio.

—Ayudante Mitchell —dije finalmente—, ¿sabía usted que el ayudante Roberto Sanz era miembro de una camarilla de sheriffs que se había convertido en el centro de una investigación del FBI…?

—¡Protesto! —chilló Morris antes de que pudiera terminar mi pregunta.

Se puso en pie de un salto.

—Asume hechos no probados —dijo—. El abogado de la demandante está de nuevo tratando de enturbiar este procedimiento con insinuaciones para las que no hay absolutamente ninguna prueba que las respalde.

—Señor Haller, ¿respuesta? —dijo la jueza.

—Gracias, señoría —contesté—. Si se me permite continuar con la petición, estos hechos saldrán a la luz.

La jueza lo consideró durante unos segundos antes de responder.

—Una vez más, voy a permitirlo, señor Haller —dijo—. El testigo puede responder.

—Señoría —dijo Morris—, esto es altamente...

—Señor Morris, ¿no ha escuchado la decisión del tribunal? —lo cortó Coelho.

—Sí, señoría —dijo Morris—. Gracias, señoría.

Morris se sentó y todas las miradas volvieron a Mitchell. Para conseguir un efecto dramático, volví a plantear la pregunta.

—Ayudante Mitchell, ¿sabía usted que el ayudante Roberto Sanz era miembro de una camarilla de sheriffs que se había convertido en el foco de una investigación del FBI?

Mitchell vaciló por si Morris quería intentar una nueva protesta, pero el fiscal permaneció callado.

—No, no tenía conocimiento de ello —dijo Mitchell.

—En el momento de la muerte de Sanz, ¿era usted miembro de una camarilla de sheriffs llamada los Cocos? —le pregunté.

—No, no lo era.

—¿Alguna vez fue interrogado por el FBI en relación con su pertenencia a una camarilla de sheriffs?

—No.

—¿Tiene algún tatuaje en alguna parte de su cuerpo que indique que es miembro de una camarilla de sheriffs llamada los Cocos?

Morris se puso en pie otra vez.

—Señoría, el estado se opone rotundamente —dijo—. El abogado tiene la costumbre de intentar desprestigiar a sus propios testigos. ¿Qué viene ahora? ¿Pedirá al testigo que se quite la ropa para buscar tatuajes?

Coelho levantó una mano para impedirme responder.

—Quiero ver a los letrados en mi despacho antes de seguir por este camino —dijo.

A continuación, levantó la sesión y abandonó el estrado para dirigirse a su despacho. Morris y yo la seguimos.

29

La jueza Coelho no se molestó en quitarse la toga cuando se sentó detrás de un enorme escritorio en un despacho que empequeñecía cualquiera que yo hubiera visto en el edificio de los tribunales penales, donde presidían jueces estatales.

—Bien, caballeros —dijo—. Sin duda se han quitado los guantes. Y antes de que las cosas se pongan demasiado duras ahí fuera, he pensado que podríamos sentarnos para discutir hacia dónde vamos en esta vista. Señor Haller, ya recorrió este camino con la sargento Sanger, y aquí estamos de nuevo con el ayudante Mitchell.

Asentí con la cabeza mientras ordenaba mis pensamientos. Sabía que mi respuesta iba a determinar cómo transcurriría el resto de la vista.

—Señoría, gracias por darme la oportunidad de explicarme —dije—. Si podemos presentar nuestra causa por completo, el tribunal verá que Roberto Sanz fue asesinado porque se había convertido en informante del FBI. De hecho, estuvo hablando con un agente del FBI una hora antes de ser asesinado. A Lucinda Sanz se la acusó del asesinato y se la obligó a aceptar un acuerdo.

—Señoría, esto es descabellado —dijo Morris—. No puede probar nada de lo que dice, así que va a utilizar una vista pública para hacer afirmaciones escandalosas y calumniosas contra agentes de la ley que solo estaban haciendo su trabajo.

—Gracias, señor Morris —dijo la jueza—. Pero no hable hasta que yo se lo pida. Ahora, señor Haller, ¿cómo planea demostrarlo? No hay nada en sus documentos que lo apoye.

—Señoría, la petición sí dice que tenemos pruebas de una conspiración para inculpar a Lucinda Sanz —dije—. Se trata de esa conspiración. No podía esbozarla con detalle, porque eso habría puesto sobre aviso a los conspiradores, que habrían cubierto sus huellas. Ahora necesito la tolerancia del tribunal para poder sacarlo a la luz. Mis dos próximos testigos lo dejarán meridianamente claro, y creo que entonces el tribunal ordenará la comparecencia del contacto de Roberto Sanz en el FBI, el agente MacIsaac, para que se le pueda interrogar bajo juramento sobre lo que realmente ocurrió el día en que Sanz murió asesinado.

—Señoría —dijo Morris—, si se me pudiera escuchar.

—No —dijo Coelho—. No será necesario, porque sé lo que va a decir, señor Morris. Pero me corresponde a mí juzgar los hechos en este proceso. Por tal motivo, estoy obligada a buscar la verdad de los hechos antes de tomar una decisión. Señor Haller, voy a permitirle seguir adelante, pero le advierto que lo haga con cautela. Si se desvía de los hechos demostrables, le cerraré el paso, y es algo que no le gustará. Tampoco a su clienta. ¿Me he explicado bien?

—Sí, señoría —respondí—. Ha quedado claro.

—Muy bien —dijo Coelho—. Pueden volver a la sala. Yo estaré allí enseguida para continuar con la vista.

Morris y yo nos levantamos y nos dirigimos a la puerta. Lo seguí hasta el pasillo que había detrás de la sala. Cuando nos acercábamos a la puerta que conducía al espacio del secretario judicial, Morris se volvió y se encaró conmigo.

—Maldito gilipollas —me dijo—. No te importa a quién arrastras por el fango con tal de montar un numerito ante la prensa. ¿Cómo duermes por las noches, Haller?

—No sé de qué estás hablando, Morris —respondí—. Lucinda Sanz es inocente; si hubieras estudiado bien el caso, lo verías. La gente que arrastro por el fango vive en el fango. Y a ti también te va a salpicar.

Se volvió y agarró el pomo de la puerta, pero me miró de nuevo.

—El Abogado del Lincoln, las pelotas —dijo—. Más bien el abogado mentiroso. No me extraña que tu mujer te dejara y tu hija se largara.

De repente, agarré a Morris por el cuello de la chaqueta, le di la vuelta y lo estampé contra la pared junto a la puerta.

—¿Cómo sabes lo de mi mujer y mi hija? —le pregunté.

Morris levantó las manos contra la pared, quizás esperando que alguien entrara en el pasillo y viera que lo estaban atacando.

—Quítame las manos de encima, Haller, o haré que te detengan por agresión —dijo—. Es de dominio público cómo hiciste saltar por los aires tu matrimonio.

Lo solté y abrí la puerta. Me volví a mirarlo. Seguía con las manos en alto.

—Que te den —dije.

Volví a entrar en la sala. Los alguaciles habían mantenido a Lucinda en su sitio, previendo que la reunión en el despacho sería rápida. Me senté a su lado y la puse al corriente lo mejor que pude. Intenté tranquilizarla.

—En cuanto acabemos con Mitchell, vendrá nuestra experta forense y entonces creo que las cosas empezarán a irnos de cara. Así que vamos a ver dónde estamos al final del día. Deberíamos saber mucho para entonces.

La jueza regresó a la sala y se reanudó la sesión. Inicialmente, Morris ayudó a que la situación avanzara, al renunciar a un contrainterrogatorio de Mitchell. Se le concedió al ayudante del sheriff permiso para abandonar la sala, y eso me dejó con mis dos últimos testigos y la posibilidad de llamar de nuevo a Stephanie Sanger. A menos que convenciera a la jueza de que ordenara declarar al agente MacIsaac. También tenía a Frank Silver en mi lista de testigos, aunque lo había hecho en gran parte para mantenerlo fuera de la sala.

En ese momento tenía que considerar llamarlo al estrado. Sería arriesgado y seguramente sería un testigo hostil. Si podía encontrarlo.

Llamé a Shami Arslanian al estrado. Morris se levantó inmediatamente para protestar.

—¿En qué se basa, señor Morris? —preguntó la jueza.

—Bueno, señoría, como usted sabe, el abogado de la demandante presentó una solicitud ante el tribunal ayer por la tarde —respondió Morris—. La solicitud consistía en utilizar el equipo audiovisual y de proyección de esta sala. A partir de ese momento, señoría, el estado no ha recibido en el proceso de compartir pruebas nada que requiera un equipo audiovisual. Claramente, el abogado está planeando soltarnos algo para lo que no estamos preparados, y el estado se opone.

La jueza se volvió hacia mí.

—Señor Haller, ayer por la tarde recibí y acepté su solicitud —dijo—. ¿Qué piensa hacer con mi equipo audiovisual que tiene tan molesto al señor Morris?

—Gracias, señoría —dije—. Permítame decir para empezar que no ha habido ninguna violación de las reglas de divulgación de pruebas, como sugiere el señor Morris. Hoy planeo llamar a la doctora Shami Arslanian como testigo. Es una experta en criminalística mundialmente reconocida que ha testificado en más de doscientos juicios a lo largo de su carrera, entre ellos varios en Los Ángeles, tanto en tribunales estatales como federales. Ha examinado este caso y las circunstancias del asesinato de Roberto Sanz, y utilizará el equipo audiovisual para proyectar sus conclusiones. Si el señor Morris hubiera prestado atención, habría visto su nombre en la lista de testigos de la demandante desde el principio. Podía haberla citado en cualquier momento durante las últimas seis semanas para averiguar qué iba a hacer en el juicio, pero decidió no hacerlo y ahora se queja de que le he engañado antes incluso de que llame a la doctora Arslanian al estrado.

—¿Proyectar, señor Haller? —preguntó Coelho—. ¿Qué significa eso exactamente?

—Ha producido una recreación del crimen —expliqué—. Se basa en pruebas forenses, declaraciones de testigos y pruebas fotográficas del lugar de los hechos. A todo lo cual, debo añadir, el señor Morris ha tenido acceso durante más tiempo que la demandante.

La atención de la jueza volvió a Morris.

—Señoría, el abogado está omitiendo algunos hechos —dijo—. Mi oficina se puso en contacto con la doctora Arslanian en tres ocasiones para concertar una declaración jurada, pero en todos los casos nos dijo que todavía estaba revisando el caso y que no estaba preparada para declarar. Ahora, la víspera de su declaración, nos enteramos de que va a haber una especie de recreación de humo y espejos para la que no estamos preparados y que puede no ajustarse a la regla 702.

No esperé a que la jueza volviera a centrar su atención en mí. Me lancé.

—¿Humo y espejos, señoría? —dije—. Como experta en criminalística, la doctora Arslanian ha testificado más veces para la acusación que para la defensa. Según la declaración del abogado, todas esas veces que contribuyó a que un acusado fuera condenado también fueron humo y espejos.

—De acuerdo, abogados, dejemos las discusiones semánticas para otro día —dijo Coelho—. Lo que hará el tribunal es celebrar una vista Daubert en la que escucharemos el testimonio de la doctora Arslanian y veremos esta demostración. En ese momento, como responsable de juzgar los hechos en este proceso, tomaré una decisión bajo la 702 en cuanto a si ayuda al tribunal a comprender las pruebas o determinar un hecho en cuestión. Señor Haller, estamos perdiendo la mañana. Por favor, traiga a su testigo para que podamos continuar.

Por un momento me quedé quieto y traté de digerir la decisión de la jueza.

—Señor Haller, ¿está aquí su testigo? —dijo la jueza con severidad.

—Sí, señoría —respondí—. La parte demandante llama a la doctora Shami Arslanian.

Me senté y esperé mientras uno de los alguaciles de la sala salía al pasillo a buscar a Arslanian. Casi de inmediato, Lucinda me agarró del brazo.

—¿Qué está pasando? —susurró—. ¿Qué es Daubert?

—Es una vista dentro de la vista —le dije—. Cuando la doctora Arslanian testifique y muestre su recreación en vídeo, será para que la jueza pueda determinar si es… válida y útil para ella a la hora de tomar una decisión en el caso. Ahí es donde entra la regla 702. Requiere que los testigos expertos demuestren su pericia. No me preocupa, Lucinda. Quiero decir, si estuviera frente a un jurado, no estaría contento, pero la jueza tomará la decisión, así que, de una forma o de otra, va a saber lo que la doctora Arslanian ha descubierto.

—Pero ¿puede rechazarlo todo si quiere?

—Sí, pero recuerde: no puedes desoír una campana. ¿Ha oído ese dicho antes?

—No.

—Significa que, aunque la jueza eche por tierra todo lo que dice la doctora Arslanian, seguirá sabiendo lo que descubrió. Así que vamos a ver qué pasa, ¿de acuerdo?

—De acuerdo. Confío en usted, Mickey.

Tenía que asegurarme de no defraudar su confianza.

30

La doctora Arslanian entró en la sala con un delgado maletín en el que llevaba un ordenador. Lo colocó en la silla de testigos mientras levantaba la mano y juraba decir la verdad. Yo ya estaba en el atril y tenía conmigo un ejemplar de la Normativa de Pruebas Federales, con el volumen abierto en una página que enumeraba los parámetros de la regla 702 que rige la admisibilidad del testimonio de expertos. Quería estar preparado para cualquier protesta de Morris.

Una vez que Arslanian estuvo sentada, comencé mi interrogatorio.

—Doctora Arslanian, empecemos por su formación académica —le dije—. ¿Puede decirle a la jueza qué títulos ha obtenido y dónde?

—Por supuesto —dijo Arslanian—. Tengo unos cuantos. Hice un máster en ingeniería química en el Instituto Tecnológico de Massachusetts. Luego fui de Boston a Nueva York y me doctoré en criminología en el John Jay College, donde en la actualidad soy profesora asociada.

—¿Y su licenciatura?

—También tengo dos. Me licencié en Ingeniería en Harvard y luego me desvié un poco del camino y me licencié en Música en el Berklee College of Music. Me gusta cantar.

Sonreí. En aquel momento deseé que estuviera declarando ante un jurado. Sabía por experiencia que en ese momento estarían comiendo de su mano. Pero la jueza Coelho, con treinta años en el banquillo, parecía menos embelesada. Seguí.

—¿Y qué hay de los títulos honoríficos? —pregunté—. ¿Tiene alguno?

—Eh, sí —dijo Arslanian—. Hasta ahora tengo tres. Veamos, de la Universidad de Florida en ingeniería química (¡vamos, Gators!) y de su rival interestatal Florida State en ciencias forenses, y luego otro título en ciencias forenses de Fordham en Nueva York.

Pasé una página de mi bloc de notas y me dirigí a la jueza para pedirle que aprobara a Arslanian como testigo experta en virtud de la regla 702. Así lo hizo. Sorprendentemente, Morris no se opuso.

—De acuerdo, doctora Arslanian —dije—. Para que conste, se le está pagando como testigo experta en este caso, ¿correcto?

—Sí, cobro una tarifa fija de tres mil dólares por revisar un caso —dijo—. Más si requiere algún viaje. Y más si requiere dar testimonio sobre mis hallazgos ante el tribunal.

—¿Cómo es que revisó las pruebas de este caso?

—Bueno, simple y llanamente, usted me contrató para que revisara las pruebas conocidas del caso.

—¿La he contratado en el pasado?

—Sí, esta era la sexta vez que me contrataba en un lapso de dieciséis años.

—¿Y cuál es la norma ética a la que se atiene cuando revisa un caso?

—Es sencilla. Yo digo lo que veo. Examino un caso y que pase lo que tenga que pasar. Si creo que las pruebas apuntan a la culpabilidad de su cliente, entonces no testificaré nada más que eso.

—Ha declarado que la había contratado seis veces. ¿Testificó para la defensa en los seis casos?

—No. En tres de los casos, mi revisión me llevó a creer que las pruebas apuntaban a la culpabilidad de su cliente. Le informé de ello y mi participación en el caso terminó ahí.

Pasé una página y miré a la jueza para asegurarme de que estaba escuchando a la testigo. Muchas veces, al menos en los tribunales estatales, había observado que los jueces parecían distraídos del testimonio de un testigo. Muchos pensaban que su ascenso a la judicatura, ya fuera por nombramiento o elección, les otorgaba el poder y la capacidad de realizar varias tareas a la vez mientras juzgaban un caso. Estaban escribiendo dictámenes o revisando escritos de otros casos mientras presidían el mío. En una ocasión, un juez empezó a roncar por el micrófono mientras yo interrogaba a un testigo. El secretario tuvo que despertarlo.

Pero nada de eso ocurría con la jueza Coelho. Estaba de lado en su asiento y miraba directamente a Arslanian mientras testificaba. Lo tomé como una buena señal y continué.

—Pero aquí está usted, doctora Arslanian —le dije—. ¿Podemos entender por su testimonio de hoy que cree que, posiblemente, Lucinda Sanz es inocente del asesinato de su exmarido?

—Para mí no se trata de culpabilidad o inocencia —dijo Arslanian—. Se trata de las pruebas forenses. ¿Suman y apuntan en la dirección de la acusada? Esa es la cuestión. Cuando revisé este caso, la respuesta a la que llegué fue que no.

—¿Puede explicarnos qué le hizo llegar a esa respuesta?

—Puedo mostrárselo.

Entonces pedí permiso a la jueza para que la doctora proyectara imágenes de su recreación digital del crimen en la gran pantalla de la pared opuesta a la tribuna del jurado. Morris se opuso en virtud de la regla 702(c), que exige que el testimonio de un experto sea producto de «principios y métodos fiables» de investigación forense. Eso se aplicaría a cualquier tipo de recreación de un crimen.

—Gracias, señor Morris —dijo Coelho—. Voy a permitir que la testigo continúe con la demostración y luego tomaré una decisión bajo la 702.

Morris se sentó y le vi hacer un tachón furioso con un bolígrafo en la página superior de su bloc de notas.

Arslanian conectó su portátil al equipo audiovisual de la sala y pronto apareció un índice de las distintas versiones de su presentación.

—Veamos, a partir del expediente de la investigación, conocemos la versión del estado de lo que ocurrió —dijo—. Lo que he hecho aquí es elaborar una recreación del crimen basada en parámetros conocidos, como la ubicación del cadáver, la trayectoria de los proyectiles y las declaraciones de los testigos. Vamos a verlo.

Arslanian ejecutó el programa en su ordenador portátil. Observé a la jueza y vi que se concentraba en la pantalla. La recreación comenzó con una vista frontal de la casa de Lucinda Sanz a partir de una fotografía que Arslanian había tomado el día del trabajo de campo con Bosch. La puerta se abrió y salió un avatar masculino. Una mano invisible cerró la puerta detrás de él. El hombre bajó los tres escalones de la entrada, se desvió del camino de piedra y empezó a cruzar lentamente el césped en diagonal. La puerta principal volvió a abrirse y salió un avatar femenino con una pistola en la mano izquierda. Mientras el hombre cruzaba el césped alejándose de ella, la mujer levantó el arma hasta una posición de preparado en alto, apuntó y disparó. El hombre recibió el impacto, cayó inmediatamente de rodillas y se precipitó al suelo. La mujer disparó de nuevo y la bala alcanzó al hombre cuando ya estaba en el suelo. Las balas dejaron líneas de trayectoria rojas desde el arma hasta el objetivo.

—Esto es lo que los investigadores y los fiscales dijeron originalmente que ocurrió —dijo Arslanian.

—¿Y es posible lo que dijeron que ocurrió? —pregunté.

—No en el mundo de la física que yo conozco —respondió Arslanian.

—Por favor, cuéntele al tribunal por qué.

—Porque, señoría, hay variables como la velocidad de la víctima al cruzar el césped. Como se ha visto en la recreación, después de que se cerró la puerta, tuvo que caminar muy despacio por el césped para estar en el lugar donde le dispararon y cayó al suelo.

Morris se levantó y objetó.

—Señoría, esto son puras conjeturas y especulaciones, no hechos —se quejó.

Antes de que pudiera siquiera empezar a replicar, Coelho respondió al fiscal.

—La testigo lo ha llamado variable, señor Morris —dijo la jueza—. Me gustaría escuchar las variables, y espero que estén respaldadas por hechos antes de tomar una decisión sobre esta demostración. Continúe, doctora Arslanian.

Tomé como una buena señal que la jueza se dirigiera a Arslanian como «doctora».

Arslanian continuó:

—En todas las declaraciones de Lucinda Sanz, desde la noche del asesinato hasta las más recientes con su abogado y el investigador, ha mantenido que dio un portazo después de que su exmarido abandonara la casa. Entonces habría tenido que volver a abrir la puerta para salir a disparar. Esto es una variable de tiempo, que incluye la cuestión de dónde y cómo consiguió el arma, y que hace muy improbable que Roberto Sanz estuviera a solo cuatro metros de la entrada cuando le dispararon. Veámoslo de nuevo con la recreación número dos, en la que Roberto Sanz camina a una velocidad media de cuatro kilómetros y medio por hora.

Arslanian volvió al teclado y eligió la segunda recreación del índice. Esta vez, el avatar masculino bajó más rápido la escalera y ya había pasado la marca de los cuatro metros cuando le dispararon.

—Así que, como puede ver, eso no funciona —dijo Arslanian—. Y señor Morris, tiene usted razón, esto es especulación, pero se basa en hechos conocidos. Ahora vamos a añadir más hechos, ¿de acuerdo?

—Por favor, más hechos —dijo Morris con sarcasmo y negó con la cabeza en una muestra de incredulidad.

—Señor Morris, puedo prescindir del tono y del teatro —dijo la jueza.

—Sí, señoría —respondió Morris.

—Doctora Arslanian —dije—, ¿qué nos va a mostrar a continuación?

—Bueno, el personal del forense hizo un buen trabajo con el cadáver. Probablemente tuvieron especial cuidado porque la víctima era un agente de la ley. Comprobaron las marcas de las heridas y las trayectorias de las balas y pudieron determinar que los proyectiles que alcanzaron al ayudante Sanz le impactaron en ángulos muy distintos. La primera, que lo alcanzó mientras caminaba, le dio en un ángulo casi llano. Le seccionó la columna vertebral, y sabemos por las abrasiones en las piernas que inmediatamente cayó de rodillas y hacia delante. A continuación, recibió el segundo disparo, que le alcanzó en un ángulo muy agudo. Lo que les mostraré a continuación es una recreación que ilustra que la física de esta serie de disparos no coincide con la historia oficial. Esta recreación no muestra al tirador. Muestra el ángulo de las balas y dónde tendría que haberse situado el arma para efectuar tales disparos.

Arslanian reprodujo una tercera recreación en la gran pantalla. Una vez más, el avatar masculino salió de la casa y la puerta se cerró de golpe y se volvió a abrir. En esta ocasión no salió ninguna mujer, pero las trayectorias de las balas se trazaron en rojo por la pantalla. Mostraban claramente que ambos disparos se habían efectuado desde un ángulo bajo, si es que procedían de la entrada.

—Estos disparos incorporan las trayectorias que se deducen en el informe del forense —dijo Arslanian.

—¿Y qué concluyó de esta recreación? —pregunté.

—Que es altamente improbable que los disparos vinieran de la entrada —respondió Arslanian—. La persona que disparó, quienquiera que fuese, habría tenido que estar agachado como un *catcher* de béisbol en la escalinata para efectuar los disparos.

—¿Midió la altura de la entrada cuando realizaba su investigación, doctora?

—Sí, la medí. Cada uno de los tres escalones mide veinticinco centímetros de alto, por lo que la altura total es de setenta y cinco centímetros.

—Así que lo que está diciendo, doctora Arslanian, es que los disparos que mataron a Roberto Sanz no procedían de los escalones, ¿correcto?

—Así es, sí.

Miré a la jueza antes de continuar. Estaba observando la pantalla. Otra buena señal.

—Doctora, ¿se ha formado una opinión respecto a la procedencia de los disparos? —le pregunté.

—Sí, así es.

—¿Puede compartirlo con el tribunal?

—Sí, tengo una recreación final que creo que, basándome en los hechos conocidos sobre la trayectoria y la ubicación de la víctima, mostrará de dónde procedieron los disparos.

Esta vez, mientras Arslanian iniciaba la recreación final en la gran pantalla, observé a Morris. Tenía una expresión de terror en el rostro.

En la pantalla, el avatar masculino salió de la casa y la puerta se cerró tras él. Esta vez, cuando la figura cruzó el césped, unas líneas de trayectoria rojas partieron de la fachada de la casa, a la izquierda de los escalones. La figura masculina recibió el primer disparo, cayó y recibió un segundo disparo. Arslanian detuvo la reproducción.

—¿Qué otros hechos pudo determinar a partir de esta recreación, doctora? —le pregunté.

—Bueno —dijo Arslanian—, si se coloca a la persona que efectúa los disparos contra la fachada de la casa, se puede crear un triángulo (siendo los lados el suelo, la pared y la trayectoria de la bala) que nos da una altura aproximada desde la que se disparó.

—¿Y a qué altura fue eso?

—Entre 1,57 y 1,67 aproximadamente.

—Y si tuviera una mujer que midiera 1,57, como la señora Sanz, ¿podría efectuar esos disparos desde una posición de preparado en alto?

—No, no sería lo suficientemente alta. Para que una mujer de ese tamaño efectuara ese disparo con ese ángulo debería haber estado sosteniendo el arma por encima del nivel de los ojos. Por encima de la cabeza, de hecho. Si se tiene en cuenta la proximidad de los impactos en el centro de masa de la víctima, en mi opinión le resultaría imposible efectuar uno de esos disparos, por no hablar de dos en un corto espacio de tiempo.

Morris se puso en pie y protestó débilmente, citando de nuevo especulaciones infundadas de la testigo.

Y de nuevo, no tuve necesidad de responder.

—Señor Morris, no protestó cuando acepté a la doctora Arslanian como testigo experta —dijo la jueza—. Ahora que su experiencia va en contra de su caso, protesta. Me parece suficiente la base fáctica de sus opiniones y testimonio, y la protesta queda desestimada.

Esperé a ver si Morris presentaba una objeción diferente, pero permaneció callado.

—Continúe, señor Haller —dijo la jueza.

—Gracias, señoría —dije—. En este momento no tengo más preguntas para la doctora Arslanian, pero me reservo el derecho de volver a llamarla si es necesario.

—Señor Morris, ¿quiere interrogar a la testigo? —dijo Coelho.

—Señoría, nos acercamos al mediodía —dijo Morris—. El estado pide que hagamos un receso ahora para que tengamos la hora del almuerzo para digerir la presentación y las opiniones de la testigo y decidir si vamos a realizar un contrainterrogatorio.

—Muy bien, haremos un receso —concedió Coelho—. Todas las partes volverán a la una para continuar con la testigo. Y, señor Morris, por favor, deje su sarcasmo en la puerta. Se levanta la sesión.

La jueza abandonó el estrado. Morris se quedó cabizbajo en su mesa. No sabía si era por la reprimenda final de la jueza o si por el peso del testimonio de Arslanian, pero parecía un hombre en un barco que se hunde y que no lleva bote salvavidas.

Me volví hacia Lucinda y vi que había estado llorando. Tenía los ojos enrojecidos y las mejillas manchadas de lágrimas enjugadas. Me di cuenta de que me había olvidado de advertirle sobre las recreaciones, que mostraban al hombre al que una vez había amado y con el que había formado una familia siendo abatido a tiros en el jardín de su casa.

—Siento que haya tenido que ver eso, Lucinda —le dije—. Debería haberla preparado para ello.

—No, está bien —dijo—. Solo me he emocionado.

—Pero tiene que saber que la doctora Arslanian nos ha ayudado mucho con eso. No sé si estaba observando a la jueza, pero estaba cautivada. Creo que está convencida.

—Entonces está bien.

El alguacil se acercó para llevarla de vuelta al calabozo. Hizo una pausa para dejarnos terminar nuestra conversación, una amabilidad que no había mostrado antes. Lo tomé como un indicador de que a él también le había convencido lo que había visto en la gran pantalla.

—Nos veremos dentro de un rato —le dije—. Y vamos a pasar de esto a otro testigo fuerte con Harry Bosch.

—Gracias —dijo ella.

El alguacil Nate la soltó de la argolla de debajo de la mesa y luego le esposó las muñecas para hacer el corto trayecto hasta el calabozo del tribunal, donde pasaría la hora del almuerzo. Lucinda caminó hacia la puerta, sin necesidad de que Nate la guiara. La observé. Tenía la cabeza gacha y pensé que tal vez derramaría más lágrimas.

Nate abrió la puerta de acero y ella se perdió de vista.

Parte 7

El asesino del caso

31

Haller se sentía optimista cuando él y Arslanian subieron al Navigator junto a la salida del juzgado federal en Spring Street.

—Harry, tendrías que haberlo visto —dijo—. Shami lo ha bordado. La jueza no ha podido apartar los ojos de la pantalla ni un segundo.

A Bosch no le gustaba oír eso. Sabía que en un tribunal podía pasar cualquier cosa y no quería que Haller gafara lo que parecía una buena mañana para el equipo.

—¿Adónde vamos? —preguntó.

—A un buen sitio —respondió Haller—. Nos lo hemos ganado. Esta mujer es una matagigantes.

—No estoy segura de que debamos celebrarlo hasta que la jueza se pronuncie sobre la petición —dijo Arslanian.

—Estoy de acuerdo, pero creo que la vamos a sacar —dijo Haller—. Lo has bordado y después de comer, Harry dará el golpe de gracia.

—No olvides que Morris todavía tiene su oportunidad conmigo después del almuerzo —apuntó Arslanian.

—Ni hablar —dijo Haller—. Solo ha pedido el descanso para comer porque sabe que está jodido. Y solo va a empeorar para él cuando Harry suba al estrado con los datos de los móviles.

—No te adelantes —dijo Bosch.

—Venga ya —insistió Haller—. El viejo gruñón de Harry. Vamos al Water Grill. Comeremos bien y reservaremos la celebración para cuando esto termine.

—Yo te llevo —dijo Bosch—. Pero luego voy a esperar en el coche. Tengo que repasar todo otra vez antes de declarar. Tal vez deberías pensar en repasarlo conmigo, dejarlo todo claro.

—No me preocupa —respondió Haller—. Tu testimonio será la guinda del pastel que Shami ha cocinado para nosotros. Te lo digo, Harry, ha demostrado claramente que Lucinda no pudo haber sido quien disparó.

—Me das demasiado mérito —dijo Arslanian—. Y todavía tienes que terminar de presentar tu caso. Hay que estar preparado para cualquier cosa. Ya me lo dijiste hace tiempo.

Al cabo de unos minutos, Bosch los dejó delante del restaurante en Grand Avenue. Luego siguió conduciendo hasta que encontró una plaza de aparcamiento y se detuvo. Se estiró y de detrás de su asiento cogió la carpeta que contenía los documentos de AT&T que Haller presentaría como pruebas ante el tribunal.

Empezó a revisar los papeles y a cotejar los números con el mapa que había desplegado en el asiento del pasajero. Estaba ensayando porque estaba nervioso. Había tomado la nueva tecnología digital y la había reducido a una presentación claramente analógica. Esperaba que fuera una prueba decisiva que demostrara la inocencia de Lucinda Sanz.

32

Bosch estaba sentado en la última fila de la tribuna, esperando a averiguar si Hayden Morris interrogaría a Shami Arslanian o si le tocaría a él subir al estrado. Cuando el ayudante del fiscal general llamó a Arslanian, nadie pareció darse cuenta de que Bosch estaba en la sala, así que se quedó quieto. Haller se había mostrado tan obnubilado con el interrogatorio directo de Arslanian que Bosch quería ver qué tal lo hacía ella en el contrainterrogatorio. Y resultó que fue testigo de cómo la inocencia de Lucinda Sanz empezaba a desmoronarse como un castillo de arena.

Morris no tardó más de cinco minutos en hacerlo.

Todo empezó cuando Morris le pidió a Arslanian que volviera a poner en la gran pantalla el índice de su programa de recreación. Ella se apresuró a obedecer con unas cuantas pulsaciones del teclado.

—Ahora quiero llamar su atención sobre la esquina inferior derecha de la pantalla —dijo Morris—. Es un aviso de protección de derechos de autor, ¿correcto?

—Sí —dijo Arslanian—. Técnicamente, se ha solicitado, pero confiamos en conseguirlo.

—¿Proyecto AImy es el nombre del software de recreación?

—Sí.

—¿Lo estoy pronunciando bien? ¿Suena como el nombre de mujer Amy?

—Sí.

—Entonces es A mayúscula, I mayúscula; no A mayúscula, i minúscula.

—Eso es.

—¿Por qué se escribe así?

—El programa está construido sobre una plataforma de aprendizaje automático desarrollada con mi socio, el profesor Edward Taaffe, en el MIT.

—Por aprendizaje automático se refiere a inteligencia artificial, ¿no?

—Sí.

—Gracias. No hay más preguntas.

Coelho le dio permiso a Arslanian para que se retirara. Bosch miró a Haller y vio que su hermanastro bajaba la cabeza. Algo iba mal. Antes de que Arslanian cruzara la puerta, Morris se dirigió a la jueza.

—Señoría —dijo—, el estado solicita que el testimonio y la presentación de la testigo sean suprimidos del acta en virtud de la sección 702 C de la Normativa de Pruebas Federales.

Haller se levantó para hacerse oír. Arslanian se sentó rápidamente en el banco donde estaban sentados la mayoría de los medios de comunicación.

—¿Señoría? —dijo Haller.

—Todavía no, señor Haller —dijo la jueza—. Ya le llegará su turno. Señor Morris, ¿desea dar más detalles?

—Gracias, señoría —dijo Morris—. Con respecto al testimonio de expertos, la sección 702 C establece que el testimonio y la presentación de un testigo experto deben ser producto de principios y métodos fiables. El uso de la inteligencia artificial no ha sido aprobado en el Tribunal Federal de Distrito para el Distrito del Sur de California. Por lo tanto, la presentación de la testigo debe ser rechazada, así como cualquier testimonio derivado de su presentación.

La jueza guardó silencio durante unos segundos y luego dirigió su atención a Haller.

—Señor Haller, me temo que tiene razón —dijo—. Este distrito está buscando un caso de prueba para el uso de la inteligencia artificial..., pero aún no se ha producido.

—¿Puedo decir algo? —preguntó Haller.

—Sí —respondió Coelho.

—Esto es un gran error —dijo Haller, señalando la pantalla—. Ese programa demuestra que Lucinda Sanz no disparó a su exmarido, ¿y ahora lo va a rechazar por un tecnicismo? Ha estado encarce...

—No es un tecnicismo —cortó Morris—. Es la ley.

—Señor Morris, no interrumpa —dijo la jueza—. Continúe, señor Haller.

—Lleva cinco años en prisión por algo que no hizo —dijo Haller—. Ese programa prueba su inocencia, y todos en esta sala lo saben. Si no está aprobado, entonces que este sea el caso de prueba. Señoría, desestime la protesta y sigamos adelante, y el ayudante del fiscal puede apelar.

—O podría aceptar la protesta y usted presentar el recurso —dijo Coelho—. Diferentes medios para el mismo fin. Un tribunal superior lo decidiría y usted tendría su caso de prueba.

—¿Y cuánto tiempo va a llevar eso? —preguntó Haller—. ¿Otros tres años de prisión para mi clienta mientras esperamos a que se nos escuche sobre este asunto? El tribunal está atrasado, señoría. La inteligencia artificial ya está aquí: se utiliza en cirugía, para conducir coches, comprar acciones, elegir la música que escuchamos. Señoría, las aplicaciones son infinitas. No devuelva a esta mujer a la cárcel porque los tribunales son arcaicos y van por detrás de la tecnología del momento.

—Señor Haller, comprendo su preocupación —dijo Coelho—. De verdad que lo entiendo. Pero he jurado defender las leyes que tenemos actualmente y no puedo anticiparme a las del futuro.

—Señoría, se supone que esta vista es para encontrar la verdad —dijo Haller—. ¿Qué dice de nosotros si conocemos la verdad y la desechamos?

—Lo siento, señor Haller, esto no funciona así —respondió Coelho—. Me duele, pero la protesta se admite. La presentación y el testimonio de la testigo quedan anulados y no tendrán ninguna incidencia en la eventual resolución del tribunal sobre este asunto.

—Debería darnos vergüenza —dijo Haller—. Que no seamos capaces de hacer lo correcto cuando lo tenemos delante.

—Señor Haller, ahora está pisando un suelo quebradizo con este tribunal —le advirtió Coelho.

Haller apoyó las manos en la mesa e inclinó la cabeza. Bosch sintió que se le abría un profundo hueco en el pecho. Haller se volvió y miró a Morris, que lo miraba fijamente.

—Y tú, Morris —dijo Haller—, ¿cómo duermes por las noches? Se supone que eres un servidor público, que debes buscar la verdad, pero te escondes detrás...

—¡Señor Haller! —bramó la jueza—. Eso está fuera de lugar. Siéntese. Ahora mismo.

Haller levantó las manos en señal de rendición y se sentó. Se volvió hacia Lucinda y empezó a susurrarle. En todas sus comparecencias ante los tribunales, Bosch no recordaba haber visto a un abogado tan molesto por la decisión de un juez. Se preguntaba cuánto había de actuación y cuánto de auténtica rabia.

Coelho se sirvió agua de una jarra que había en el estrado. Se tomó su tiempo con el vaso, quizá creyendo que moviéndose despacio devolvería la calma a la sala.

—Bien —dijo por fin—, ¿desea llamar a otro testigo, señor Haller?

Haller no respondió a la pregunta. Siguió susurrando a Lucinda, aparentemente tratando de explicarle lo que acababa de ocurrir con sus esperanzas de libertad.

—¿Señor Haller? —preguntó la jueza—. ¿Tiene otro testigo?

Haller se separó de Lucinda y se puso en pie. Cuando habló, su voz sonó estrangulada.

—Sí, lo tengo —dijo—. La parte demandante llama a Harry Bosch.

Con la tensión en la sala todavía tan densa como la niebla matinal en la ensenada de Santa Mónica, Bosch se levantó y cruzó la portezuela. El secretario le tomó juramento para que subiera al estrado. Observó que Haller se acercaba lentamente al atril, aún conmocionado por la pérdida del testimonio de Arslanian. Empezó con preguntas básicas sobre el currículum de Bosch.

—Señor Bosch, ¿cuál es su situación laboral actual?

—Trabajo a tiempo parcial como investigador para usted —respondió Bosch.

—¿Y cuál es su experiencia en la investigación de asuntos criminales?

—Fui detective del Departamento de Policía de Los Ángeles durante cuarenta años, la mayoría de ellos trabajando en Homicidios. Después de jubilarme trabajé unos años como investigador voluntario de casos abiertos en la ciudad de San Fernando y más tarde volví a trabajar con la policía de Los Ángeles.

—Supongo que se podría decir que sabe cómo manejarse con un asesinato.

—Podría decirse que sí. He trabajado en más de trescientos homicidios, como investigador principal o de apoyo.

—¿Se puede decir que ha metido en la cárcel a muchos asesinos?

—Sí.

—Sin embargo, aquí está trabajando para poner en libertad a una persona que el estado dice que es una asesina. ¿Por qué?

Esa era la única pregunta que Haller y Bosch habían ensayado. Después se dejarían llevar.

—Porque no creo que ella lo hiciera —respondió Bosch—. Al revisar el caso, encontré incoherencias en la investigación, contradicciones. Por eso se lo llevé.

—Lo recuerdo —dijo Haller—. Veamos, como parte de su investigación, ¿llegó un momento en que entregó una citación a una empresa llamada AT&T?

—Sí, lo hice la semana pasada.

—¿Y qué...?

Antes de que Haller pudiera formular la pregunta, Morris interrumpió con una protesta.

—Señoría —dijo—. Si el señor Haller va a preguntar sobre la recopilación de datos móviles, entonces, de nuevo, vamos a tener un problema con la divulgación de pruebas.

—¿Cómo es eso, señor Morris? —preguntó la jueza—. Creo recordar que esto se informó en el inventario de pruebas más reciente que el señor Haller presentó ante el tribunal.

—Sí, señoría —contestó Morris—. Entregó más de mil novecientas páginas de datos de seis torres de telefonía móvil diferentes, y ahora, solo cuatro días después, planea presentar sus hallazgos específicos ante el tribunal.

—¿Está pidiendo un aplazamiento de la vista para tener tiempo adicional para estudiar el material? —preguntó Coelho.

—No, señoría —respondió Morris—. El estado pide que se invalide el uso de este material por parte de la demandante por la mala fe en el cumplimiento de las normas más básicas de divulgación de pruebas.

—Bueno, eso es ciertamente una solución extrema —dijo Coelho—. Estoy seguro de que la demandante tiene algo que decir al respecto. ¿Señor Haller?

—Señoría, aquí no hay ninguna mala fe —apuntó Haller—. Y estoy cansado de tener que defenderme con respecto a estos asuntos que Morris saca a colación como un disco rayado. Las reglas de divulgación de pruebas son claras. No tenía ninguna obligación de entregarle ese material a él y a su equipo hasta que decidí que iba a utilizarlo en el juicio. Tomé esa decisión cuando mi investigador, el señor Bosch, me informó el viernes por la mañana, después de revisar el material. Por favor, tenga en cuenta, señoría, que soy un abogado que trabaja solo con un abogado asociado y un investigador a tiempo completo y otro a tiempo parcial. El señor Bosch recibió los datos de AT&T el pasado martes por la tarde y me informó de su revisión del material el viernes por la mañana. Es un solo hombre. Morris, en cambio, tiene a su disposición el poder y la fuerza, así como el personal de la Oficina del Fiscal General. También está representando a la Oficina del Fiscal del Condado de Los Ángeles en este asunto, y la última vez que lo comprobé había ochocientos fiscales y doscientos investigadores en esa oficina del otro lado de la calle. ¿Y no pudo conseguir a alguien que lo ayudara a revisar este material durante el fin de semana?

»Señoría, ahí es donde está la mala fe. Lo que pasó aquí fue que Morris supuso que yo le estaba tirando encima este material porque no tenía valor y él estaría perdiendo el tiempo revisándolo. Así que lo pasó por alto todo el fin de semana y ahora se entera de que tal vez no es tan inútil, que en realidad hay material exculpatorio aquí, y quiere protestar. Lo diré de nuevo, señoría, se supone que esto es una búsqueda de la verdad. Pero el señor Morris no está interesado en la verdad. Solo está interesado en ponerle obstáculos, y eso para mí es mala fe en su forma más abyecta.

Morris extendió los brazos como si fueran alas.

—Señoría, ¿en serio? —dijo—. El señor Haller está subido en su pedestal olvidando convenientemente los hechos. El tribunal aprobó la orden para obtener los registros de AT&T hace más de tres semanas. Él esperó hasta la víspera del juicio para ejecutarla y reunir los datos. Eso fue un retraso planeado, señoría, y no me engaña ni a mí ni a usted. El pueblo mantiene la protesta y el remedio sugerido.

—Señoría, ¿puedo responder? —preguntó Haller.

—No, no creo que sea necesario, señor Haller —dijo Coelho—. Tengo una buena idea de lo que diría. No voy a invalidar este material para su introducción en la vista. Vamos a continuar con el testimonio del señor Bosch. Y cuando termine el interrogatorio directo, le daré tiempo al señor Morris para preparar su contrainterrogatorio, si es que es necesario. Ahora, nos tomaremos un descanso de diez minutos; volvamos a nuestros rincones y tranquilicémonos. Después continuaremos con la vista.

33

Bosch pasó la mayor parte de la pausa de diez minutos manteniendo a Haller separado de Morris en el pasillo exterior de la sala. Sin duda, Haller estaba alicaído por el revés de Arslanian, al igual que ella. Estaba previsto que la experta saliera en un vuelo nocturno, pero insistió en retrasar su regreso a casa para poder presenciar el testimonio de Bosch y participar después en una sesión de intercambio de ideas.

No hubo insultos ni forcejeos en el pasillo, y Bosch pronto volvió al estrado a esperar la llegada de la jueza y de la reclusa. Lucinda llegó primero. Cuando la dejaron junto a Haller, este se inclinó inmediatamente hacia ella y empezó a susurrarle. Bosch podía deducir por sus gestos que intentaba consolarla y decirle que perder el testimonio y la presentación de Arslanian no equivalía al fin del mundo. El problema era que Bosch no estaba seguro de que Haller se lo creyera.

La jueza entró por la puerta, se sentó en el estrado y volvió a abrir la sesión, pidiéndole a Haller que prosiguiera. Haller llevó su bloc de notas al atril.

—Cuando nos interrumpieron —empezó—, estaba a punto de hablarnos de una recopilación de datos de torres de telefonía móvil obtenidos con una orden judicial. ¿Por qué no nos explica los pasos que siguió para obtener esos datos?

—Bueno, nos interesaba conocer los movimientos de Roberto Sanz el día que fue asesinado —explicó Bosch—. Sabíamos que llevaba un teléfono móvil y obtuvimos el número de los registros telefónicos de

Lucinda Sanz. Ella lo había llamado varias veces la noche en que fue asesinado. A partir de ahí, entré en una página web en la que introduces un número de móvil y te dice a qué compañía corresponde.

—Para que conste, ¿qué página web era esa? —preguntó Haller.

—Se llama freecarrierlookup.com. Puse el número de Roberto Sanz y determiné que su operador era AT&T. A partir de ahí usted preparó una solicitud de los datos de todas las torres de telefonía móvil de AT&T en Antelope Valley para el día del asesinato.

Haller silbó.

—Debían de ser muchos datos —dijo.

—Lo eran —confirmó Bosch—. En papel eran casi dos mil páginas, a un espacio.

—En términos sencillos, ¿puede decirnos qué tipo de datos eran?

—Bueno, cada empresa posee sus propias torres de telefonía móvil. Algunas zonas geográficas tienen más que otras, y por eso se ve en los anuncios de televisión de estas compañías cómo hablan de la mejor cobertura y demás. Si tienes un teléfono móvil, está constantemente en contacto con las torres de tu zona y, a medida que te mueves, las conexiones se mueven.

—¿Algo así como Tarzán columpiándose en lianas de árbol en árbol? La conexión se mueve de torre en torre.

—Nunca lo había pensado así, pero sí, supongo que es así.

—De manera que logró encontrar el número de Roberto Sanz en estas dos mil páginas.

—Así fue. Y luego conseguí un mapa de las ubicaciones de las torres de AT&T en todo el AV y…

—¿AV?

—Perdón, Antelope Valley.

—¿Y cómo le ayudó eso?

—Como he dicho, un teléfono móvil está conectado a muchas de las torres de su operador a la vez, pero la conexión más fuerte es con la torre más cercana al teléfono. Y los datos transmitidos desde el teléfono a la torre incluyen la intensidad en decibelios basada en la proximidad y las coordenadas GPS. Por eso, cuando utilizamos una aplicación de mapas en el teléfono, como Waze o Google Maps, vemos nuestra ubicación exacta en la pantalla.

—¿Está diciendo que estos datos que recopiló con la orden judicial mostraban exactamente dónde estuvo Roberto Sanz el día de su muerte?

—Correcto. Y pude reflejarlo en el mapa.

—¿Tiene ese mapa con usted?

—Sí.

Haller dirigió su atención a la jueza y le preguntó si Bosch podía bajar del estrado y exponer el mapa en un caballete de la sala para poder explicar mejor sus conclusiones. Sin que hubiera objeción por parte de Morris, Coelho lo permitió y el secretario judicial sacó el caballete de un armario de material. Cinco minutos más tarde, el mapa desplegado de Bosch estaba fijado al caballete. Había tres líneas —de colores rojo, azul y verde— trazadas en el mapa. Bosch las había trazado cuidadosamente con el mapa extendido sobre la mesa de su comedor. Esperaba que sus conclusiones fueran claras y comprensibles para la jueza.

—¿Qué tenemos aquí, detective Bosch? —preguntó Haller.

Antes de que Bosch pudiera responder, Morris protestó.

—Ya no es policía ni detective —dijo—. No se le debe llamar «detective».

—Ha lugar —apuntó Coelho.

Haller lanzó a Morris una mirada que decía claramente que era una protesta absurda, pero volvió enseguida al interrogatorio de Bosch.

—Veo tres líneas trazadas en su mapa —dijo—. ¿Cuál corresponde a Roberto Sanz?

—Esta —respondió Bosch—. La verde.

—Estoy seguro de que pronto llegaremos a las otras, pero sigamos con la verde. ¿Qué encontró de significativo en los movimientos de Roberto Sanz en las horas previas a su muerte?

Bosch señaló un punto en la pista verde.

—Este lugar aquí en Lancaster —dijo—. Los datos mostraron que estuvo aquí casi dos horas.

—¿Y qué tiene eso de significativo? —preguntó Haller.

—Bueno, dos cosas. Una es que este local es una hamburguesería llamada Flip's, y fue ahí donde Roberto Sanz se enzarzó en un tiroteo con cuatro pandilleros el año anterior. La segunda es que en la investigación original se estableció que Roberto llegó dos horas tarde a casa de Lucinda, junto con su hijo, y le dijo que había tenido una reunión de trabajo. Pero se determinó que no había habido ninguna reunión que implicara a su unidad. Así pues, se trata de nueva información que lo sitúa en este local durante esas dos horas, justo el lugar donde se había producido el tiroteo el año anterior.

—Observando su mapa, veo que la línea roja se cruza con la línea verde de Roberto Sanz en ese lugar. ¿Lo estoy interpretando bien?

—Sí. Esos dos teléfonos estuvieron allí casi el mismo tiempo. De hecho, el teléfono rojo llegó primero, seis minutos antes que el verde. Luego ambos se fueron al mismo tiempo una hora y cuarenta y un minutos después.

—¿Y qué conclusión saca de eso?

Morris protestó, afirmando que la respuesta de Bosch sería una especulación y no un hecho. La jueza admitió la protesta, por lo que Haller tomó otro camino para llegar a la respuesta que quería.

—¿Cómo llegó a la línea roja? —preguntó.

—El tiempo que Sanz estuvo en Flip's me pareció excesivo —dijo Bosch—. Es un local de comida rápida y estuvo allí una hora y cuarenta y un minutos. Además, era un lugar donde se había visto envuelto en un tiroteo, así que ¿por qué iba a ir allí a menos que el lugar fuera importante para lo que estaba sucediendo ese día? Por eso llegué a la conclusión de que probablemente había quedado con alguien allí. Eso me llevó a buscar en los datos otro móvil que mostrara las mismas coordenadas GPS a la misma hora.

Bosch miró a la jueza mientras respondía, con la esperanza de captar si se estaba explicando con claridad. Los ojos de la jueza estaban fijos en el mapa y no dio ninguna señal de estar confundida. La siguiente pregunta atrajo de nuevo la atención de Bosch hacia Haller.

—Pero ¿no podría haber sido un teléfono de otra operadora que no apareciera en los datos? —preguntó Haller.

—Ese era el riesgo —dijo Bosch—. Pero también sabía que AT&T hacía descuentos al personal militar y de las fuerzas policiales. Así que pensé que si había quedado con alguien era probable que fuera con un colega.

—¿Un colega?

—Otro agente de la ley.

—Entendido. Entonces, ¿qué encontró cuando buscó en los datos otro teléfono que estuvo en Flip's?

—Encontré el teléfono rojo y concluí que Sanz se había reunido con el titular de ese teléfono. Supuse que era una reunión de coche a coche en el aparcamiento.

Morris repitió la misma protesta, calificando las conclusiones de Bosch de especulación y no de hechos. Antes de que Haller pudiera replicar, la jueza desestimó la protesta, afirmando que las décadas de experiencia de Bosch como investigador hacían que sus suposiciones fueran más válidas que una especulación a ciegas. Pidió a Haller que continuara con su interrogatorio.

—¿Pudo identificar al propietario del teléfono rojo? —preguntó Haller.

—Sí —respondió Bosch.

—¿Cómo?

—Llamé y contestó un hombre con su nombre: MacIsaac. Me colgó en cuanto le hice una pregunta, pero ya conocía ese nombre de lo que había investigado sobre el caso de Roberto Sanz y su muerte. Había descubierto que Sanz mantuvo una reunión con un tal agente MacIsaac una hora antes de morir asesinado. A partir de ahí no fue difícil confirmar que había un agente Tom MacIsaac en la oficina de campo de Los Ángeles.

—¿Está hablando del FBI?

—Sí.

—¿Ha dicho que le colgó cuando le hizo una pregunta?

—¿Le preguntó si se había reunido con Roberto Sanz el día de su muerte?

—Sí, me identifiqué, le dije lo que estaba haciendo y le pregunté si había tenido una reunión con Roberto Sanz el día que este murió. En ese momento colgó. Volví a llamar, pero no respondió. Luego le envié un mensaje de texto, pero no respondió. Todavía no lo ha hecho.

Haller bajó la vista hacia sus notas, dejando que esa última respuesta flotara en la aire el máximo tiempo posible.

—De acuerdo —dijo—. Hablemos de la línea azul. Su gráfico muestra que el poseedor del teléfono azul estaba con el del teléfono verde, ¿correcto?

—Sí y no —dijo Bosch—. Los datos incluyen marcas de tiempo. Muestra que, aunque el teléfono azul siguió la misma ruta que el otro teléfono, se retrasó entre veinte y cuarenta segundos con respecto a cada marcador geográfico, hasta que el teléfono verde se detuvo en Flip's.

—¿Eso indica que el teléfono azul estaba siguiendo al teléfono verde?

—Sí.

Bosch respondió mientras Morris se ponía en pie para protestar, argumentando de nuevo que se trataba de una especulación. Una vez más, la jueza desestimó la protesta, afirmando que la conclusión de Bosch era aceptable basándose en su experiencia y sus conocimientos con los datos de la torre.

—¿Qué ocurrió cuando Roberto Sanz (el teléfono verde) se paró en Flip's para reunirse con el agente MacIsaac? —preguntó Haller.

Esta vez Morris se apresuró a protestar.

—Asume hechos que no están en las pruebas —alegó Morris.

—De nuevo, permito la respuesta —dijo la jueza—. Señor Morris, creo que sabe adónde va esto y considero que interrumpir constantemente el flujo del testimonio es perjudicial para la comprensión del caso por parte del tribunal. Espere hasta que tenga un verdadero motivo para protestar, por favor. No ha lugar. Continúe, señor Haller.

Haller esperó la respuesta de Bosch. Pero él no contestó.

—¿Necesita que le repita la pregunta? —dijo Haller.

—Si no le importa… —respondió Bosch.

—No hay ningún problema. Según los datos y sus gráficos, ¿cuáles fueron los movimientos del teléfono azul cuando Roberto Sanz se detuvo en Flip's para reunirse con el agente MacIsaac?

Bosch trazó con el dedo la trayectoria del teléfono azul mientras respondía.

—El teléfono azul pasó de largo y se detuvo en la siguiente esquina, en la gasolinera ARCO. Permaneció allí al menos una hora.

—¿Qué quiere decir con al menos una hora? ¿No están completos los datos?

—Sí que lo están. Pero el teléfono azul dejó de transmitir las coordenadas GPS a la torre de telefonía móvil en ese momento.

—¿Simplemente desapareció?

—Correcto.

—¿Eso significa que el teléfono estaba apagado?

—Sí, o puesto en modo avión para que dejara de enviar señales a las torres de la zona.

—Bien, volvamos atrás. ¿Cómo encontró este teléfono azul?

—Ayer, al final de la sesión, el secretario le dio el número de móvil de la sargento Sanger, que usted pidió cuando ella estaba testificando. Cogí ese número y lo busqué en los datos de la torre recibidos de AT&T. Lo encontré y lo rastreé.

Haller señaló el mapa del caballete y habló con exagerado asombro.

—¿Ese era el teléfono de Sanger? —preguntó—. ¿Estaba siguiendo a Sanz?

—Eso parece —dijo Bosch.

—Pero en ARCO, el teléfono se apagó de repente.

—Correcto.

—¿Y cuándo se volvió a conectar, según los datos?

—Ese número, que corresponde a AT&T, no aparece en ninguna torre de telefonía de Antelope Valley desde ese momento en la gasolinera de ARCO hasta veintidós minutos después de la llamada de Lucinda Sanz en la que se informaba de disparos. Eso indica que durante ese tiempo el teléfono estuvo apagado, en modo avión o fuera del alcance de las torres de la zona.

—¿Y dónde se encuentra el teléfono cuando vuelve a aparecer después del tiroteo?

—Reaparece en Palmdale, en un restaurante llamado Brandy's Café.

—¿Lo rastreó desde allí?

Bosch volvió a señalar el mapa.

—Sí, es la segunda línea azul del mapa. Va desde el café hasta el lugar del tiroteo en casa de Lucinda Sanz.

—En total, ¿cuántos minutos estuvo desconectado el teléfono azul?

—Ochenta y cuatro minutos.

—Y Roberto Sanz fue asesinado durante esos ochenta y cuatro minutos, ¿correcto?

Morris se puso en pie de un salto gritando:

—¡Protesto! Señoría, esto es pura fantasía. Ruego al tribunal que ponga fin a esta especulación y a estas insinuaciones cuando no hay ni la menor prueba que apoye otra conclusión que no sea que Lucinda Sanz fue quien disparó a su exmarido.

—Señoría —dijo Haller, sin que nadie le diera la palabra—, el testigo ha trabajado en trescientos casos de asesinato. Sabe lo que hace y lo que dice. El señor Morris, con su aluvión de protestas, solo intenta…

—¡Basta! —gritó Coelho—. La protesta no ha lugar por las razones previamente expuestas. Continúe, señor Haller.

—Gracias, señoría —dijo Haller—. Señor Bosch, aparte de que la sargento Sanger apagara su teléfono, lo pusiera en modo avión o estuviera fuera del alcance de las torres, ¿hay alguna otra explicación de por qué su teléfono cortó la conexión con las torres de telefonía del Antelope Valley?

—No, nada que se me ocurra.

Haller miró a la jueza desde el atril.

—No tengo más preguntas, señoría.

Parte 8

Citación *duces tecum*

———————

34

El salón de la azotea del Conrad nos ofrecía una gran panorámica del centro de Los Ángeles. Era el tipo de vista que te hacía amar esta ciudad, porque te recordaba que todo era posible ahí abajo, en la calle.

Pero nosotros no disfrutábamos de nada semejante. Bosch, Arslanian, Cisco y yo estábamos sentados en silencio lamentando las pérdidas del día. El testimonio de Bosch había sido el único momento brillante para la causa de Lucinda Sanz, pero hasta eso resultó demasiado bueno para ser verdad. La jueza Coelho accedió a la petición del fiscal general y le concedió más tiempo para estudiar los datos de las torres de telefonía móvil que habíamos presentado. Suspendió la vista hasta el lunes por la mañana, dando a Morris y sus ayudantes tres días —cinco si hacían horas extras y trabajaban durante el fin de semana— para encontrar formas de socavar el impacto del testimonio y las pruebas de Bosch.

Aun así, esa decisión fue menor en comparación con el daño que nos había hecho perder el testimonio de Arslanian y su recreación del crimen. Ese fallo mataba el caso; no solo me sentí enfadado con Morris, sino también profundamente decepcionado por la decisión de la jueza de no sentar jurisprudencia y aprobar la recreación basada en la inteligencia artificial. De manera que estábamos allí sentados, con una panorámica impresionante de la ciudad en todas direcciones, pero ninguno de nosotros podía percibir belleza alguna. El cielo se estaba oscureciendo, del mismo modo que las posibilidades de libertad de Lucinda Sanz.

—Lo siento mucho, Mickey —dijo Arslanian—. Si al menos...

—No, Shami —interrumpí—. Esto es culpa mía. Debería haberlo visto venir. Tenía que haberte preguntado por la plataforma.

—Vas a apelar el fallo de la jueza, ¿verdad? —preguntó Bosch.

—Claro — respondí—, pero, como he dicho en el juzgado, mientras tanto Lucinda vuelve a Chino a esperar. Estamos hablando de años y años. Incluso si ganamos en la Novena, irá hasta el Tribunal Supremo. Eso es un viaje de cinco o seis años. Podemos tener suerte y sentar jurisprudencia, pero para entonces Lucinda ya habrá cumplido su condena y estará fuera.

—¿Y qué hay de lo que siempre dices de que no se puede desoír la campana? —preguntó Cisco—. La jueza lo ha visto todo, ¿no? Puede que lo haya rechazado, pero sabe que era buen material.

Negué con la cabeza.

—Eso es así, pero la jueza sabe que el fiscal general está pendiente de ella —dije—. Hará todo lo posible para que no forme parte de su fallo.

—Todo esto es culpa mía —dijo Arslanian.

—Basta ya, vamos —respondí—. Soy el capitán de este barco que se hunde. Es culpa mía, y me hundiré con el barco.

—No si vuelves a subir a Sanger al estrado y demuestras que miente —dijo Bosch—. La jueza te debe una y lo sabe. Demuestra que Sanger es una mentirosa y puede que te dé a MacIsaac. Si lo subimos al estrado, obtendremos la verdadera historia y apuntará a Sanger, no a Lucinda.

Di un largo trago a mi zumo de arándanos con tónica y volví a negar con la cabeza.

—No creo que Coelho piense que me debe algo —dije—. Los jueces federales son nombrados de por vida. No miran atrás a menos que el Noveno Circuito se lo ordene.

Eso provocó otro largo silencio. Vacié mi vaso y miré a mi alrededor en busca de la camarera.

—¿Otra ronda? —pregunté.

—No, gracias —dijo Bosch.

—Otra cerveza —soltó Cisco.

—Yo no —dijo Arslanian.

No había ninguna camarera a la vista. Me levanté con mi vaso y cogí el de Cisco, que estaba vacío. Me volví para ir a la barra.

—Ojalá tuviéramos esos discos de residuos —dijo Arslanian.

Me volví.

—No importaría —respondí—. Esta gente no era estúpida. Habrían sustituido los discos que usaron con Lucinda por otros cargados de residuos.

—Lo sé —dijo Arslanian—. Y sé que las pruebas se destruyeron después de que el caso fuera juzgado. Pero no estoy hablando de analizarlas en busca de residuos de disparo. Si esos discos se pasaron por las manos de Lucinda, recogerían células cutáneas junto con cualquier residuo de combustión. La mayoría de la gente, ni siquiera los abogados defensores, no pensaba en el ADN táctil entonces. Pero, hoy en día, las pruebas son tan sofisticadas que seríamos capaces de probar si realmente esos discos se usaron con ella.

Casi se me caen los dos vasos de las manos. Rápidamente volví a dejarlos en la mesa.

—Un momento —dije—. Puede que acabes de...

Dejé de hablar. Mi mente repasaba a toda velocidad los documentos que había visto del caso original contra Lucinda.

—¿Qué? —preguntó Arslanian.

—El archivo de la Fiscalía de la acusación original —dije—. Conseguimos una copia. Había una orden de transferencia de pruebas. Frank Silver estaba haciendo los movimientos habituales. Pidió una división de las pruebas para que un laboratorio privado analizara los residuos de disparo. Había dos discos y el juez transfirió uno al laboratorio de Silver. Pero luego declaró a Lucinda culpable y no importó.

—¿Estás diciendo que el disco podría estar todavía en el laboratorio? —preguntó Cisco.

—Cosas más extrañas he visto —respondí—. El expediente está en el maletero del Lincoln.

—Vuelvo dentro de cinco minutos —dijo Bosch.

Se levantó y se encaminó al ascensor. Miré a Cisco.

—Cisco, dame tu teléfono —dije—. Es probable que Silver no acepte una llamada mía.

Cisco sacó su teléfono y me lo entregó después de marcar el código de seguridad. Saqué mi cartera y rebusqué en ella hasta que encontré la tarjeta de visita que había sacado seis meses antes de la puerta del despacho de Silver. La había guardado por si necesitaba ponerme en contacto con él.

Llamé al número de móvil que aparecía y Silver respondió alegremente.

—Frank Silver, ¿en qué puedo ayudarle?

—No cuelgues.

—¿Quién habla?

—Soy Haller. Necesito tu ayuda.

—¿Necesitas mi ayuda? Y un cuerno. Necesitas mi ayuda para colgarme un 504 al cuello. Buenas noches.

—Silver, no cuelgues. Lo digo en serio, necesito tu ayuda. Y sabes que nunca presenté el 504. Era atrezo.

Se hizo un silencio.

—Más vale que no sea un truco —dijo finalmente Silver.

—No lo es —respondí—. Necesito que pienses en cuando trabajaste en el caso. Conseguiste una orden de división de pruebas para que un laboratorio privado analizara uno de los discos de residuos supuestamente tomados de Lucinda. ¿Te acuerdas?

—Si está en el expediente, entonces lo hice.

—¿No lo recuerdas?

—He tenido algunos casos desde entonces, lo creas o no. No puedo recordar cada detalle de cada caso.

—Vale, vale. Lo entiendo. Yo tampoco. Pero ¿recuerdas qué laboratorio usaste entonces y si tú o el tribunal recibisteis alguna vez las pruebas después de que las analizaran? No recuerdo haber visto ningún informe de laboratorio en el expediente.

De nuevo se hizo el silencio; fue casi como si pudiera escuchar la mente de Silver calculando cómo jugar sus bazas.

—Quieres el nombre de mi laboratorio.

—Vamos, Silver, no eches a perder tu oportunidad —le dije—. ¿El laboratorio todavía tiene las pruebas de residuos?

—De hecho, creo que sí. Pero no se las darán a nadie más que a mí.

—Está bien. Tenemos que confirmar que todavía existen. Si es así, podrías salir de esto como un héroe.

—Te llamaré por la mañana.

—Eso...

Había colgado. Le devolví el teléfono a Cisco.

—¿Quién era? —preguntó.

—He llamado a Silver para ver si había recuperado las pruebas del laboratorio —respondí—. Ha dicho que no se acordaba, pero que lo comprobaría mañana por la mañana.

—¿Qué laboratorio usó? —preguntó Arslanian.

—Se hace el remilgado —dije—. No lo dirá ni sacará las pruebas (si es que aún existen) a menos que esté seguro de que puede hacerse el héroe.

—Ese tipo es un perdedor —dijo Cisco.

—Sí —coincidí—. Pero tenemos que seguirle el juego o puede que no consigamos nuestras pruebas.

Bosch regresó con el expediente del Lincoln. Lo puse al corriente enseguida.

—¿Esperamos hasta mañana? —preguntó.

—Primero vamos a ver qué hay en el expediente —le dije.

Abrí el expediente que Bosch había recuperado y hojeé rápidamente las primeras mociones del caso hasta que encontré la solicitud de Silver de un análisis independiente de las pruebas. La petición se aprobó con una orden del juez del Tribunal Superior Adam Castle de trasladar uno de los discos de residuos de disparo recogidos a un laboratorio independiente de Van Nuys llamado Applied Forensics.

—Puede que hayamos tenido suerte —dije—. Uno de los discos de residuos se trasladó a Applied Forensics. Silver obtuvo una orden judicial para ello, así que es probable que a Applied Forensics no se le permitiera destruir o trasladar las pruebas sin otra orden judicial. Y si esa orden existió, debería estar en este archivo. Eso significa que las pruebas deberían seguir ahí, incluso después de cinco años.

—Entonces, ¿cómo las recuperamos? —preguntó Cisco.

—No lo hacemos —respondí—. Nunca he usado Applied Forensics, pero me han hecho ofertas para mi bufete. Tienen un laboratorio de ADN completo. Lo único que tenemos que hacer es conseguir que Silver les diga que analicen las pruebas en busca de ADN táctil.

—No solo eso —dijo Arslanian—. Es probable que haya ADN táctil de la persona a la que le hicieron el test y de quien lo hizo. Tenemos que llevar el ADN de Lucinda al laboratorio para compararlo.

—¿Tenemos su ADN? —preguntó Cisco.

—Todavía no —respondí—. Pero tengo un plan para conseguirlo. La cuestión es si podremos tener una comparación hecha para el lunes, cuando volvamos al tribunal.

—Si me ocupo de Applied Forensics, podremos —dijo Arslanian—. Acamparé allí y los guiaré paso a paso.

—No, Shami, tienes que volver a casa —dije.

—Por favor, déjame hacer esto —insistió—. Necesito hacerlo.

Asentí con la cabeza.

—De acuerdo —dije—. Así que vosotros tres vais a Applied Forensics por la mañana. Probablemente, Silver también irá, así que tenéis que estar allí cuando abran. Yo iré a ver a la jueza. Esperaré a tener noticias vuestras antes de llamar a su puerta.

—¿Cómo sabemos que Silver no intentará jugarnos una mala pasada? —preguntó Bosch.

—Lo llamaré por la mañana —respondí—. Si se convierte en un problema, Cisco le hará ver la luz.

Todos miraron a Cisco, que hizo un gesto de asentimiento.

35

El miércoles a las diez de la mañana estaba apostado en el banco del pasillo, a las puertas de la sala de la jueza Coelho. Sabía que la estancia estaría a oscuras, ya que la vista del *habeas* se había aplazado. Mientras comprobaba si había mensajes en mi teléfono, se abrió la puerta y salió una de las periodistas que habían asistido a la vista el lunes y el martes. Era joven, morena, atractiva y tenía un aire serio. No la había reconocido entre el resto de los periodistas que conocía de juicios y casos anteriores.

—Señor Haller, me sorprende verlo aquí —me dijo—. Quiero decir con el caso aplazado hasta el lunes.

—Necesito ver al secretario por algo —le dije—. Es periodista, ¿verdad? Estuvo aquí los dos días de la vista.

—Sí, Britta Shoot —respondió ella mientras me tendía la mano.

Se la estreché.

—¿Shoot? —le pregunté—. ¿En serio?

—Sí —dijo ella—, yo no lo elegí.

—¿Para quién trabaja?

—Para mí misma, sobre todo. Soy autónoma. Pero me han publicado artículos en el *New York Times, The Guardian, The New Yorker,* en muchos medios. Suelo escribir sobre tecnología y estoy trabajando en un libro sobre geocercas y cómo esa tecnología está siendo cada vez más utilizada por las fuerzas policiales (y por algunos abogados defensores como usted) y las cuestiones de privacidad de la Cuarta Enmienda y todo eso.

—Interesante. ¿Cómo se enteró de este caso?

—Una fuente me dijo que las geocercas iban a salir a relucir. Y vaya que si salieron ayer con su testigo Bosch. Me gustaría hablar con él (y con usted) si tiene tiempo.

—Tendrá que esperar a que esto termine. A los jueces federales no les gusta demasiado que los abogados y los testigos de sus casos en curso hablen con los medios.

—Es un proyecto a largo plazo. La jueza no vería nada hasta que saliera el libro, pero puedo esperar. Sé que está muy ocupado, y más después de la sentencia sobre la recreación. La inteligencia artificial en los tribunales es otro tema sobre el que me gustaría escribir.

Dejó la bolsa de su ordenador en el banco junto a mí, abrió la cremallera y me dio una tarjeta de visita. Solo tenía su nombre y su número de teléfono.

—Es mi móvil —me dijo.

—Cuatro-uno-cinco, ¿viene de San Francisco? —le pregunté.

—Sí. Me voy hoy mismo, pero me aseguraré de volver el lunes.

—Sí, no falte el lunes.

—¿Por qué? ¿Tiene una sorpresa?

—Tal vez. Ya veremos. ¿Para qué estaba ahí?

—Quería conseguir una copia de su orden para obtener los datos de la torre y una copia de lo que presentó como prueba. Conseguí la orden, pero el coste de la impresión de los datos se sale un poco de mi presupuesto.

—Sí, cobran algo así como un dólar por página. Tenga.

Saqué mi cartera, extraje una tarjeta y se la di.

—Si vuelve el lunes, le daré una copia —le dije.

—Muchas gracias —contestó ella—. ¿Seguro?

—Claro, no hay problema.

—Eso está muy bien. Me ahorra dinero y tiempo. Ahora puedo volver en un vuelo que salga antes.

Levanté su tarjeta.

—Genial —le dije—. Quizás algún día pueda hacerme un favor. Entrevistarme para su libro o quizá para un perfil en *The New Yorker.*

Sonrió.

—Tal vez —dijo—. Nos vemos el lunes.

—El lunes —dije—. Aquí estaré.

La vi dirigirse al ascensor. Me pregunté por su fuente; probablemente sería alguien de la Oficina del Fiscal General que conocía la orden que había conseguido para obtener los datos de las torres de telefonía móvil.

Saqué mi teléfono y busqué en Google el término *geocerca* porque nunca lo había oído. Iba por la mitad de un artículo de la *Harvard Law Review* sobre las cuestiones de la Cuarta Enmienda relacionados con el uso de datos móviles para rastrear a las personas cuando sonó mi teléfono. Era Bosch.

—Dame buenas noticias —le dije.

—Buenas y malas. Las pruebas siguen aquí y hace seis años utilizaron solo la mitad del material que consiguieron. Así que hay una mitad impoluta almacenada en frío.

—Vale, entonces, ¿cuál es la mala noticia?

—Silver *el Segundón* los estafó. Después de que Lucinda fuera a prisión, no necesitó un informe sobre los residuos y decidió no pagarlo. Así que no les cae demasiado bien por eso. No van a entregar las pruebas hasta que alguien pague.

—¿A cuánto asciende la cuenta?

—Mil quinientos.

—¿Tienes una tarjeta de crédito, Harry? Págalo. Te lo devolveremos.

—Eso es lo que pensaba. Hay otra cosa. Silver está insistiendo para que le paguen también a él.

—Maldita comadreja. Nadie va a cobrar por esto. ¿Dónde está Silver? Déjame hablar con él.

—Espera. Está con Cisco y Shami. Creo que Cisco quiere apretarle las tuercas.

—Mejor que no de momento. Pásame a Silver y luego ve a ver si aceptan una tarjeta de crédito para la factura pasada.

—Espera.

Oí que una puerta se abría y se cerraba, y supe que Harry me había llamado desde su coche. Se oyó el ruido de otra puerta cuando entró en Applied Forensics. Oí unas voces apagadas; luego Frank Silver estaba al teléfono.

—Mick, ¿has oído la buena noticia?

—Sí. También he oído que quieres dinero.

—Esto solo está saliendo adelante gracias a mí, y mi tiempo es dinero. Quiero un par de los grandes, nada más.

—En primer lugar, todavía no sabemos lo que tenemos ahí. Segundo, voy a tener que pagar la factura que te saltaste hace cinco años. Y, por último y más importante, eres testigo en este caso. Si te pago un centavo antes de que testifiques y el fiscal se entera, ya no eres un testigo.

—Te lo dije, no voy a testificar. No voy a dejar que me arrojes a los pies de los caballos por defensa ineficaz.

—Ese barco ya zarpó, Frank. No tienes que preocuparte. No es por eso por lo que eres testigo. Si esto sale bien con Applied Forensics, voy a necesitar que subas al estrado y lo establezcas. Que cuentes cómo llegaron allí las pruebas y por qué siguen allí cinco años después. Será tu momento de ser el héroe.

—Eso me gusta. Pero luego me pagas.

—Escucha, puede que haya algo de dinero de la LJP cuando todo esto termine, pero no cobrarás hasta que todos cobremos.

—¿LJP? ¿Qué es eso?

—Es dinero federal para abogados defensores, la Ley de Justicia Penal. No será mucho, pero será algo, y te quedas todo lo que consigamos. Estoy a punto de hablar con la jueza Coelho y se lo plantearé. Ahora vuelve a poner a Harry al teléfono.

—De acuerdo, Mick. Por cierto, me cae bien Harry. Pero no me gusta ese grandullón que tienes.

—No tiene que gustarte. Pásame a Harry.

Me levanté y me paseé por el pasillo mientras esperaba. Intentaba contener mi excitación por lo que eso podía significar. La voz de Bosch volvió a la línea.

—¿Mick?

—Sí. ¿Han aceptado tu tarjeta de crédito?

—Sí, se la he dado.

—Bien, ¿qué está haciendo Shami?

—Ahora está dando una vuelta por el laboratorio. La adoran. Supongo que es famosa en su campo.

—Lo es. Cuando termine la visita, dile que los prepare para una orden judicial que reclame analizar el ADN de las pruebas y compararlo con una muestra que debería llegar al final del día.

—Lo haré. Y queremos que sea rápido, ¿verdad?

—Pagaremos para que le den prioridad. Lo necesitamos para el lunes.

—De acuerdo. ¿Y tú?

—Estoy a punto de ir a ver a la jueza para tratar de poner esto en marcha.

—Buena suerte.

—Gracias, la necesitaré.

Colgué y me dirigí a la puerta del juzgado.

36

Las luces del techo de la sala estaban apagadas, con la excepción de una bombilla situada sobre el espacio del secretario, que llamaban el corral, a la derecha del estrado de la jueza. El secretario de Coelho era un joven recién licenciado en Derecho por la USC que respondía al nombre de Gian Brown. En los últimos seis meses, se había más que acostumbrado a que yo acudiera a dejarle mociones y solicitudes de citación para la jueza. Brown me decía cada vez que esa tarea me resultaría mucho más fácil si me limitara a enviar los documentos y las solicitudes por correo electrónico, pero yo nunca lo hacía. Quería que me conociera, que se acostumbrara a mí. Quería caerle bien. Incluso me enteré de que le gustaba tomarse un *caramel macchiato* de vez en cuando y se los llevaba de la cafetería del edificio, aunque siempre protestaba porque ese gesto no me granjearía ningún favor ni con él ni con la jueza. Yo siempre decía que no intentaba conseguir favores porque no los necesitaba.

Pero esta vez lo necesitaba.

—Señor Haller, sabe que hoy estamos a oscuras, ¿verdad? —preguntó Brown.

—Debo de haberlo olvidado —dije.

Él sonrió y yo también.

—Entonces, déjeme adivinar, tiene una moción para nosotros —dijo Brown.

—Tengo una petición —le informé—. Una gran petición. Tengo que ver a la jueza por una CDT que es muy sensible al tiempo. ¿Está aquí?

—Eh, está aquí —dijo Brown—. Pero ha puesto el cartel de no molestar.

Señaló una lucecita roja en un panel de la pared baja del corral. Junto a la lucecita estaba el botón que pulsaría cuando todas las partes estuvieran presentes y listas para que la jueza entrara en la sala.

—Bueno, Gian, necesito que la llames o la avises porque querrá oír lo que tengo que decirle —le solté.

—Um…

—Por favor, Gian. Es importante para el caso. Es importante que lo sepa cuanto antes. De hecho, creo que se enfadará contigo si se entera de que hubo un retraso por culpa de una lucecita roja.

—Bueno, déjeme ir a ver si tiene la puerta abierta.

—Hazlo. Gracias. Si está cerrada, llama.

—Ya veremos. Quédese aquí y volveré.

Se levantó y salió por la puerta de la parte trasera de su espacio al pasillo que conducía al despacho de la jueza.

Esperé tres minutos y por fin se abrió la puerta. Brown entró sin la jueza. Meneaba la cabeza.

—La puerta está cerrada —dijo.

—Bueno, ¿has llamado? —le pregunté.

—No. Está claro que no quiere que la molesten.

Sin pensármelo dos veces, me puse de puntillas y me incliné sobre la media pared del corral. Alargué la mano hacia el botón de llamada de la jueza. Tenía los pies en el aire y estaba en equilibrio sobre el murete de quince centímetros de ancho.

—¡Eh! —exclamó Brown.

Pulsé el botón y mantuve el dedo sobre él hasta que mi peso me hizo retroceder y mis pies volvieron a bajar al suelo.

—¿Qué demonios cree que está haciendo? —gritó Brown.

—Necesito verla, Gian. Es una emergencia.

—No importa. No tenía derecho a hacer eso. Tiene que salir de aquí ahora mismo.

Levanté las manos y empecé a retroceder alejándome.

—Voy a estar en el pasillo —dije—. Estaré allí todo el día hasta que ella...

Se oyó un zumbido procedente del corral. Brown se dirigió a su escritorio y cogió el teléfono.

—Sí, señoría —dijo.

Mientras él escuchaba, volví a acercarme.

—Es el señor Haller —dijo Brown—. Ha pulsado el botón porque yo no quería molestarla.

Llegué al corral y me incliné sobre la media pared.

—Señoría, necesito verla —dije en voz alta.

Brown puso la mano sobre el teléfono y me dio la espalda.

—Dice que es una CDT y que hay un problema de tiempo —añadió Brown—. Sí, era él. Sigue aquí.

Brown escuchó durante unos segundos y luego colgó el teléfono. Habló todavía de espaldas a mí.

—Dice que lo recibirá. Puede pasar.

—Gracias, Gian —dije—. Te debo un *macchiato*.

—No se moleste.

—Extra de caramelo.

Atravesé el corral hasta el pasillo trasero. La jueza Coelho estaba de pie en el umbral de su despacho. En lugar de toga negra, llevaba vaqueros azules y una camisa de pana abotonada.

—Más vale que sea importante, señor Haller —dijo.

Se volvió y entró en su despacho.

—Por favor, disculpe mi vestimenta informal —dijo mientras se situaba detrás de su escritorio—. Debido al aplazamiento, estaremos a oscuras todo el día y mi plan era ponerme al día con mis escritos.

Sabía que eso significaba que estaba escribiendo decisiones y órdenes judiciales. Se sentó detrás de su escritorio y señaló una de las sillas de enfrente.

—Citación *duces tecum* —dijo—. Está tramando algo que no quiere que el señor Morris sepa todavía.

—Sí, señoría —dije.

—Siéntese, por favor. Cuénteme.

—Gracias. El tiempo es esencial, señoría. Esta mañana nos enteramos de que las pruebas del caso original no se eliminaron después del juicio, hace cinco años. El abogado original de Lucinda Sanz había recibido parte del material para hacer pruebas independientes: uno de los discos de residuos de disparo que supuestamente se utilizaron en las manos y la ropa de Sanz.

—¿Y dice que aún está disponible?

—Está en el laboratorio independiente al que la llevó su entonces abogado Frank Silver. Applied Forensics, en Van Nuys. También descubrimos que no utilizaron todo el material cuando realizaron una prueba de residuos de disparo en aquel entonces. Todavía tienen un disco de residuos que no se utilizó.

—¿Y qué quiere hacer con él?

—Señoría, necesito una orden suya para obtener una muestra de ADN de mi clienta en el centro de detención federal. Luego necesito que emita una orden confidencial para pedir a Applied Forensics que compare su ADN con el de las pruebas no analizadas que hay en el laboratorio de allí.

Me miró fijamente durante un momento, intentando atar cabos.

—Muy bien, explíquemelo —dijo por fin.

—Siempre hemos sostenido que las pruebas de residuos de disparo en el caso original contra Sanz se manipularon —apunté—. Tuvieron que manipularse porque ella no disparó ningún arma. La ayudante del sheriff Sanger le hizo el test, pero en algún momento cambiaron los discos por otros contaminados que dieron positivo. La prueba de ADN que pedimos debería encontrar el ADN táctil de Sanz (células de la piel) en el disco de Applied Forensics si realmente lo pasaron por su piel.

—Entonces la prueba que está pidiendo será doble. Si se encuentra su ADN en ese disco, se demostrará que su argumento es erróneo. ¿Está seguro de querer correr ese riesgo, señor Haller?

—Absolutamente, señoría. Vamos a por todas.

—¿En plural? ¿Ha hablado de los riesgos con su clienta? Si su ADN está en ese disco, ya sabe adónde irá esto.

—Ella sabe lo que pasa y está de acuerdo. Es inocente. Sabe que su ADN no estará en ese disco.

No era mentira. Lucinda había llamado a cobro revertido desde el centro de detención la noche anterior y yo le había contado que podría quedar un disco de residuos de la investigación original. Le expliqué lo que una prueba de ADN podría probar. Me dijo lo que yo acababa de decirle a la jueza: que era inocente y que, si se le daba la oportunidad, se haría la prueba.

—Señoría —añadí—, los datos de la torre de telefonía móvil y la recreación del crimen, aunque desautorizada por el tribunal, demuestran la inocencia de mi clienta. Esta prueba también lo hará.

—Admiro su confianza en su clienta y en lo que cree que demostrarán las pruebas —dijo Coelho—. Pero, entonces, ¿por qué necesita que la citación y la orden judicial sean confidenciales?

—Porque hasta que tengamos un resultado, mi temor es que pueda producirse una obstrucción a la justicia.

—Oh, vamos, señor Haller. ¿De verdad lo cree? ¿Alguien va a irrumpir en Applied Forensics y robar las pruebas?

—Es una posibilidad, señoría. Desde que asumimos este caso, tanto mi investigador como yo hemos sufrido allanamientos en nuestros domicilios, aunque aparentemente no se llevaron nada. Pusieron mi despacho patas arriba y destruyeron mi ordenador; tiraron sirope de arce en el teclado. Fueron actos de intimidación y quiero pedir al tribunal que selle esto hasta que tengamos un resultado de la prueba. Una vez que dispongamos de él, el tribunal podrá compartirlo con el mundo, si así lo desea.

—¿Hay denuncias a la policía de esos allanamientos?

—Sí, los dos lo denunciamos; puedo solicitar copias a la policía de Los Ángeles, si el tribunal las necesita. Pero, como he dicho, aquí el tiempo es esencial. También presenté una reclamación al seguro para que me pagara por el ordenador y la limpieza. De hecho, no aceptarían una reclamación sin una denuncia policial. Antiguamente, cuando alguien quería intimidarte, orinaba o defecaba en tus cosas. Pero con las pruebas de ADN se volvieron más listos. Usaron una botella de mi propio sirope de arce, un regalo de mi hija.

—Encantador.

La jueza se quedó un momento en silencio, como si estuviera pensando si debía creer lo que acababa de contarle sin ver la documentación oficial.

—¿Con qué rapidez se pueden hacer estas pruebas? —preguntó finalmente.

—Si les hacemos llegar el ADN de Lucinda Sanz al final del día, tendremos los resultados el lunes —dije.

—Será complicado conseguir que los alguaciles actúen con tanta rapidez.

—Podría darme una orden suya que me permita acceder de inmediato a mi clienta.

Coelho negó con la cabeza. Empezó a escribir en un bloc de notas mientras hablaba.

—No, no vamos a hacer eso —respondió—. Quiero que el Servicio de Alguaciles se encargue de la recogida del ADN y de su entrega al laboratorio. De ese modo, no habrá problemas posteriores con la cadena de custodia, en caso de que esto salga como usted cree y espera.

—Sí, señoría —dije—. Muy inteligente.

—No sea pelota, señor Haller. No le va.

—Sí, señoría.

—Prepararé esto ahora y tendré sus copias dentro de una hora. Probablemente me llevará el tiempo que tardará usted en ir a la cafetería y traerle a mi secretario un *macchiato* de disculpa.

Me quedé en silencio. Ella levantó la vista de lo que estaba escribiendo y me miró.

—Sí, me lo ha contado —dijo—. Cada vez. No quería que hubiera ninguna duda de favoritismo.

—Entendido —dije.

—Ya puede irse. Espere en la sala. Gian le llevará copias cuando estén listas.

—Sí, señoría. Gracias.

Me levanté y me dirigí a la puerta. Me sentía eufórico, pero intentaba no mostrarlo. Puse la mano en el pomo, pero luego me volví para mirar a la jueza. Ella ya estaba mirando el ordenador que tenía en una mesa auxiliar, pero de algún modo supo que yo no había abandonado el despacho.

—¿Algo más, señor Haller? —preguntó.

—Dijo que iba a aprovechar el día para escribir. Por el aplazamiento.

—Sí, así es.

—¿Podría reconsiderar el fallo sobre la recreación del crimen de la doctora Arslanian? Señoría, creo que tiene la oportunidad de hacer un signi...

—No se exceda, señor Haller. En su lugar, me iría mientras pudiera.

—Sí, señoría.

Abrí la puerta y salí.

37

El domingo, el equipo de Lucinda Sanz, que en ese momento incluía a mi pesar a Frank Silver, se reunió sin nuestra clienta en la sala de la réplica de tribunal de la Facultad de Derecho de Southwestern. Como donante menor, pero antiguo alumno con un perfil público bastante positivo —especialmente tras el caso Ochoa—, se me permitía el acceso a las instalaciones de la facultad cuando no estaban en uso. De modo que nos instalamos en la pequeña sala que reproducía la de un tribunal: contaba con un estrado para el juez, uno para los testigos y una pequeña galería. El lunes sería el día en que ganaríamos o perderíamos nuestra moción de *habeas corpus* y quería que los que pudieran ensayar lo hicieran.

Los resultados de ADN de Applied Forensics, que esperábamos tener el viernes, se retrasaban, y me había pasado los dos últimos días trabajando en mi lista de testigos de la misma manera que un entrenador de béisbol trabaja en el orden de bateo antes del primer partido de las Series Mundiales. Tenía que averiguar quién podía batear, quién podía robar una base y quién podía limpiar las bases. Tenía que averiguar qué bolas nos lanzaría el equipo contrario y cuál sería la mejor manera de preparar a mis bateadores.

Los alguaciles no habían entregado la muestra de ADN de Lucinda Sanz hasta el jueves por la tarde, y eso solo después de que yo hubiera vuelto a la sala del tribunal, hubiera hablado con un Gian

Brown todavía enfadado y le hubiera pedido a la jueza que presionara a los alguaciles.

Con el retraso, Applied Forensics no podía prometer resultados antes del mediodía del lunes. Tenía que programar los testigos y ensayar contando con que tendría esos resultados y serían exculpatorios para mi clienta.

El primero en batear sería Harry Bosch. Ahí no tenía alternativa, a menos que Hayden Morris se hubiera tomado sus cinco días para analizar los resultados de la torre de telefonía y hubiera decidido no contrainterrogarlo. Pensé que eso era improbable. Como mínimo, creía que Morris atacaría la credibilidad de Bosch. Era viejo y estaba bastante en fuera de juego. Contaba con décadas de experiencia en investigaciones de homicidios, pero nunca antes había utilizado la geocerca (término que aprendí de Britta Shoot) en una investigación. Eso hacía que Bosch estuviera maduro para un ataque y tuve que admitir que eso era lo que yo haría si fuera un fiscal del caso. Por lo tanto, tenía que asegurarme de que Bosch estuviera bien armado y listo para el lunes por la mañana.

Mi esperanza era que el contrainterrogatorio de Bosch durara toda la mañana y que yo tuviera a mano los resultados de Applied Forensics cuando llegara el momento de llamar a nuevos testigos al estrado. Si Morris terminaba su turno antes de tiempo, tendría que volver a interrogar a Bosch, lo que nos llevaría hasta la hora de comer y posiblemente hasta más tarde.

Una vez que se le permitiera a Bosch abandonar el estrado, sería el turno de Frank Silver. Él le contaría a la jueza cómo se había encontrado un disco de residuos de disparo, supuestamente utilizado en las manos de Lucinda Sanz, en perfectas condiciones en un laboratorio de Van Nuys cinco años después de que lo llevaran allí. A Frank le seguiría un segundo turno con Shami Arslanian y, a continuación, iría el técnico de laboratorio responsable de la comparación del ADN. Aunque, por supuesto, no era miembro de mi equipo, el acontecimiento principal sería la vuelta al estrado de Stephanie Sanger. Ningún ensayo podía prepararme para eso. Dependería de mí, y lo único que sabía era que mis preguntas a Sanger deberían contener la información que necesitaba hacer llegar a la jueza. Mi impresión era que Sanger no se quebraría en el estrado y que se limitaría a decir el menor número posible de palabras al responder a las preguntas bajo juramento.

Esa era la alineación tal y como la conocía hasta el momento. Pero siempre había contingencias. El plan consistía en utilizar las pruebas de ADN y las negativas de Sanger para forzar a la jueza a tomar medidas y obligar al agente del FBI MacIsaac a comparecer para que lo interrogaran. Ese era el objetivo final: que un agente del FBI confirmara bajo juramento que Roberto Sanz estaba cooperando en una investigación de su propia unidad. Si lo conseguía, no me cabía duda de que Lucinda Sanz saldría en libertad.

En líneas generales, el ensayo fue bien. Había colocado a Cisco Wojciechowski en el estrado del juez para que hubiera una presencia intimidatoria mirando por encima del hombro de cada testigo mientras declaraba. Bosch era bueno en el estrado: había pasado cientos de horas testificando a lo largo de su carrera. Shami Arslanian estuvo encantadora y profesional, como siempre. Jennifer Aronson, que hizo el papel de Stephanie Sanger, dio respuestas sarcásticas y de una sola palabra, pero yo logré afinar mis preguntas y conseguir lo que buscaba. La única mosca en la sopa fue Silver, que se empeñó en inflar su propia valía y perspicacia jurídica en respuesta a mis preguntas iniciales. Me obligó a replantearme cómo lo interrogaría cuando el testimonio fuera real.

Sentí que había sido un día provechoso. Terminamos a las cinco de la tarde y llevé a todo el mundo, incluso a Silver, a cenar temprano en la bodega privada de Musso and Frank's. Hubo una buena camaradería en el equipo y todos levantamos las copas, tanto si contenía alcohol como si no, para brindar por Lucinda, y prometimos hacer todo lo posible por ella al día siguiente.

Eran más de las ocho cuando aparqué en el garaje de debajo de mi casa. Mi intención era irme directamente a dormir para estar descansado y preparado por la mañana. Cerré el garaje y subí lentamente la escalera. A falta de tres peldaños vi a un hombre sentado en una de las sillas de bar, al fondo de la terraza. Estaba de espaldas a mí y tenía los pies apoyados en la barandilla. Parecía que se estaba relajando y contemplando las luces de la ciudad. Lo único que le faltaba era una botella de cerveza.

Habló sin volverse para mirarme.

—Llevo un par de horas esperándote —dijo—. Pensaba que estarías en casa un domingo por la noche.

Yo llevaba la llave de casa en la mano. La puerta estaba al final de la escalera. Sabía que podía abrirla antes de que él llegara a mí. Pero algo me decía que, si eso había sido un plan para intimidarme o hacerme daño, no habría un hombre sentado tranquilamente en el otro extremo de la terraza. Me cambié de mano las llaves para que una sobresaliera entre mis dedos y pudiera hacer algo de daño si tenía que dar un puñetazo. Me acerqué con cautela. Al hacerlo, sentí un escalofrío al ver que el hombre llevaba una máscara balística negra que le cubría toda la cara.

—Calma —me dijo—. Si hubiera querido matarte, ya estarías muerto.

Me puse firme, apreté los puños y me acerqué. Pero no lo suficiente como para que él viniera hacia mí.

—Entonces, ¿a qué viene la máscara? —le pregunté—. ¿Y quién coño eres?

Bajó los pies al reposapiés de la silla de bar y apartó la mirada de la vista de la ciudad.

—Creía que eras más listo que eso, Haller —dijo—. Obviamente, no quiero que me veas la cara.

De repente, comprendí quién era.

—El escurridizo agente MacIsaac.

—Bravo —dijo.

—Algo me dice que no estás aquí para decirme que testificarás.

—Estoy aquí para decirte que no lo haré... y que tienes que renunciar a eso.

—Tengo una clienta inocente y creo que puedes ayudarme a probarlo. No voy a renunciar.

—Ayudarte a probarlo no significa necesariamente que testifique.

Pensé en sus palabras unos segundos mientras miraba fijamente los ojos, que se distinguían tras las ranuras ovaladas de la máscara. Antes de que se me ocurriera mi siguiente pregunta, él me hizo una a mí.

—¿Por qué crees que no puedo testificar? ¿Por qué el fiscal federal está dispuesto a desafiar a una jueza federal si se da el caso?

—Porque el FBI se sentirá avergonzado por lo que se revele en el juicio. Que el FBI estaba dispuesto a dejar que Lucinda Sanz fuera a la cárcel con tal de que no saliera a la luz que las acciones de su agente provocaron que mataran a su exmarido.

MacIsaac se rio. La risa quedó amortiguada tras la máscara, pero la oí y me enfureció.

—¿Vas a negarlo incluso aquí? —dije—. Sanger os vio reuniros a Sanz y a ti. Una hora más tarde él está muerto y Lucinda cae como chivo expiatorio. Mientras tanto, tú y el FBI miráis para otro lado.

—Quiero ayudarte, pero no tienes ni idea de lo que pasó entonces —dijo MacIsaac.

—Entonces, enséñame, agente MacIsaac. ¿Por qué no testificas? ¿Y qué pasa con la puta máscara?

—¿Podemos entrar? No me gusta hablar aquí, al aire libre.

—No, no vamos a entrar. No hasta que me digas por qué estás aquí realmente.

—Si es porque quieres grabarme, eso no va a pasar.

Me volví y miré hacia la cámara de vigilancia que había instalado bajo el alero del tejado después de que entraran en casa seis meses atrás. Había una gorra de béisbol de los Dodgers colgada sobre el objetivo.

—¿Qué cojones?

—Se supone que ni siquiera debería estar aquí, ¿vale? —dijo MacIsaac—. He venido porque entiendo lo que estás haciendo. Pero tu caso es de hace más de cinco años. Hemos seguido adelante y estoy trabajando en otra cosa, algo que afecta a la seguridad nacional. No puedo comparecer ante el tribunal, porque no puedo correr riesgos con ese caso. Podría morir gente. ¿Lo entiendes?

—Me estás diciendo que no puedes dar la cara porque trabajas encubierto.

—En parte, sí.

—No hay cámaras en la sala del tribunal. Incluso podríamos hacer que testificaras en el despacho de la jueza. Por mí puedes llevar la máscara.

Negó con la cabeza.

—No puedo acercarme a ese juzgado. Está vigilado.

—¿Por quién?

—No voy a entrar en eso. No tiene nada que ver con tu caso. La cuestión es que necesito que te retires. No podemos dejar que esto estalle en los medios. Podría haber fotos por ahí que podrían usar. Si eso pasa, estoy muerto y el caso en el que trabajo está muerto.

—Entonces, se supone que debo dejar que mi clienta se pudra en la cárcel mientras tú sigues con tus asuntos de seguridad nacional.

—Mira, creía que lo había matado ella, ¿vale? Todos estos años estuve enfadado con esa mujer porque matarlo acabó con la investigación. Pero entonces llegas tú y sigo el caso y empiezo a ver lo mismo que tú. Creo que podrías tener algo, pero no puedo ayudarte en el juicio.

—Entonces, ¿qué puedes hacer por mí? ¿Por ella?

—Puedo decirte que Roberto Sanz no era un héroe, pero, en cierto modo, intentaba serlo.

—El tiroteo en Flip's no fue una emboscada. Estaba estafando a esos tipos. Dime algo que no sepa.

—Aceptó llevar un micrófono. Ese día que nos reunimos, dijo que lo haría. Íbamos a acabar con toda la unidad. Y una hora después se terminó.

—Porque Sanger os vio.

—No lo sabía.

—Es evidente. Deja que te pregunte algo: ¿él acudió a ti, o tú a él?

—Él a mí. Quería limpiar su conciencia, tratar de hacer las cosas bien. Su camarilla estaba llevando las cosas demasiado lejos.

—Solo dime una cosa, lo mataron justo después de que te reunieras con él, ¿cómo pudiste pensar que fue su exmujer?

MacIsaac pareció considerar la pregunta por primera vez.

—Por arrogancia —respondió finalmente—. Somos el FBI. No cometemos errores como ese. Pensé que la reunión había sido limpia. Tenía refuerzos y no vieron a nadie siguiéndolo. Y luego, cuando leí sobre las pruebas contra tu clienta, el test de residuos y todo eso, supongo que creí lo que quería creer. Cerramos la investigación y pasamos a la siguiente.

—Y una mujer inocente lleva cinco años metida en una celda. Gran historia. Nuestros impuestos trabajando. Pero tienes que darme algo, MacIsaac, o todo esto saldrá a la luz. Con o sin ti en el estrado, lo sacaré a la luz. Ya he empezado. Y si consigo que la jueza te obligue a testificar y eso arruina tu tapadera, no me importa. Lucinda Sanz no va a volver a esa celda. ¿Lo entiendes?

—Lo entiendo. Y tengo algo para ti. Por eso he venido. Quiero negociar. Sanz me dijo cosas en esa reunión. La camarilla era solo el personal de tierra. Estaban trabajando para algo más grande.

—¿Para quién?

—Más bien para qué. Pero entremos para hablarlo.

—¿A qué viene esa obsesión por entrar en mi casa?

—Aquí fuera estamos expuestos.

Sabía que no debía confiar en ese hombre ni dentro ni fuera de mi casa. Pero tenía que averiguar lo que él sabía.

Me di cuenta de que aún tenía el puño izquierdo cerrado, con los dientes de la llave sobresaliendo entre mis dedos. Separé un poco los dedos y la llave cayó en la palma de mi mano.

—De acuerdo —dije—. Entremos.

Parte 9

Una verdadera creyente

38

Bosch estaba preocupado. El ensayo del día anterior había ido bien. Mickey Haller, en el papel del ayudante del fiscal general Hayden Morris, lo había contrainterrogado con dureza, sobre todo por su falta de experiencia en el uso de datos móviles en investigaciones de homicidios. Bosch había aguantado bien, según su propia opinión y la de Haller, y se creía preparado para lo que Morris le echara encima el lunes por la mañana. Pero en ese momento, sentado en el estrado de los testigos y esperando a que la jueza abriera la sesión, Bosch estaba preocupado porque Morris no estaba solo en la mesa del fiscal. A su lado se sentaba una mujer que Bosch reconoció como antigua fiscal del condado. Era buena y dura, y en aquellos tiempos se la conocía como Maggie McFierce. También era la exmujer de Mickey Haller y la madre de su única hija.

Maggie McPherson se había tomado una excedencia de la Oficina del Fiscal del Distrito del Condado de Ventura para ayudar a su exmarido cuando este fue acusado injustamente de asesinato. Finalmente, Haller salió absuelto y McPherson regresó a Ventura, donde se hizo cargo de la Unidad de Delitos Graves de la oficina del fiscal. Pero, evidentemente, esa información se había quedado obsoleta, porque en ese momento estaba claro para Bosch que trabajaba para el fiscal general. Estaba inclinada junto a Morris en la mesa de la parte contraria en una conversación susurrada. En la mesa, delante de ella, había una gruesa pila de papeles con los datos de las torres de telefonía móvil que Haller había entregado. Morris había buscado una ayudante. Bosch sabía que McPherson iba a encargarse de su contrainterrogatorio.

Bosch miró hacia la mesa de la demandante para ver si Haller mostraba algún signo de preocupación o indicación de cómo iba a jugar sus cartas. Pero Haller estaba preocupado por la llegada de Lucinda Sanz desde el calabozo del juzgado. Cuando por fin la sentaron y los alguaciles volvieron a encadenarla a la argolla de la mesa, Haller echó un vistazo a la sala. Se fijó en la periodista de la que le había hablado a Bosch, la saludó con la cabeza y siguió examinando la sala. Bosch captó su atención. Haller asintió con la cabeza e hizo un gesto —con la palma de la mano hacia abajo— para indicarle a Bosch que mantuviera la calma.

Bosch supuso que Haller estaba tan sorprendido como él por la aparición de Maggie McPherson, pero su hermanastro parecía tranquilo y sereno. Bosch siguió su ejemplo.

Para Bosch, testificar en casos penales no era nada nuevo. Había estado en el estrado de los testigos en centenares de ocasiones. Cuando había pensado en ello durante el fin de semana, recordó que la primera vez que tuvo que testificar fue en un caso de drogas en el año 1973. Entonces patrullaba las calles y llevaba un solo galón en la manga de su uniforme. Al cachear a un hombre que merodeaba cerca del instituto Dorsey le encontraron unos gramos de marihuana. Tantos años después, Bosch recordaba claramente al sospechoso. Su nombre legal era Junior Teodoro. Tenía veinte años y había abandonado los estudios en Dorsey. En la reunión de turno de esa mañana se había dado la alerta de que un traficante se había instalado cerca del instituto. Bosch y su compañero de entonces habían localizado a Teodoro y habían actuado tan tan rápido que no pudo huir, y luego le habían pillado con la droga durante el cacheo.

El testimonio de Bosch se produjo en la vista preliminar del caso. Después de que enviaran a Teodoro a juicio, él y su abogado negociaron un acuerdo de conformidad. Bosch lo recordaba muy bien porque Junior Teodoro se declaró culpable y le cayó una pena de cinco a siete años de cárcel por algo que cincuenta años después ya no era delito. Bosch había pensado muchas veces cómo el tiempo había cambiado las cosas: algo que en su día fue justo ahora distaba mucho de serlo. Pensó en cómo aquella detención y la dura condena que siguió habían cambiado el curso de la vida de Teodoro. Cuando Bosch aún estaba en la policía de Los Ángeles, le había seguido la pista a través del ordenador de seguimiento de las fuerzas del orden de California, buscando su nombre de vez en cuando. La puerta de la cárcel se convirtió en una puerta giratoria para Teodoro. Cada vez que Bosch lo buscaba, estaba de nuevo en la cárcel o recién salido y en libertad condicional. Cincuenta años más tarde, a Bosch le seguía atormentando su papel en poner a Junior Teodoro en esa senda. Y eso era lo que le preocupaba en ese momento, que su testimonio en el contrainterrogatorio pudiera contribuir de alguna manera a que Lucinda Sanz perdiera su apuesta por la libertad y que eso lo persiguiera también el resto de sus días.

McPherson y Morris terminaron su conversación en susurros y McPherson cogió un maletín delgado que había en el suelo y sacó un cuaderno. Escribió algunas notas en él y lo colocó encima de los papeles, lista para llevárselo todo al atril. Miró a Bosch y lo sorprendió mirándola. Sonrió, posiblemente al percibir su alarma. De todos los casos que había llevado a lo largo de los años, ninguno había llegado a la mesa de McPherson para someterse a juicio, pero él sabía que era una *killer*. Así que comprendió que su sonrisa no era afectuosa. Era el tipo de sonrisa que un gato ofrecería a un ratón acorralado.

Finalmente, el alguacil de la sala pidió a los presentes que se levantaran y la jueza Coelho ocupó su lugar y vio que Bosch ya estaba en el estrado de los testigos.

—Por favor, siéntense —dijo—. Veo que el detective Bosch ya está en su sitio, pero, antes de empezar el contrainterrogatorio, tenemos algunos asuntos que atender.

En lugar de sentarse, Bosch se volvió para salir del estrado.

—No es necesario, detective Bosch —dijo la jueza—. Esto no debería llevar mucho tiempo. Puede esperar sentado ahí.

Bosch se sentó, observando que la jueza lo había llamado detective Bosch.

—Señor Morris, veo que hoy ha ampliado su equipo —continuó Coelho.

Morris se levantó para dirigirse al tribunal.

—Sí, señoría —dijo—. La ayudante del fiscal general Margaret McPherson se encargará hoy del contrainterrogatorio del señor Bosch. Es experta en los asuntos sobre los que él testificó la semana pasada.

—Bueno, eso responde a la pregunta de si habrá un contrainterrogatorio —dijo la jueza—. Señor Haller, ¿tiene algo que quiera poner en conocimiento del tribunal?

Haller se levantó.

—Buenos días, señoría —dijo—. Lo cierto es que sí. La parte demandante se opone a la incorporación de la señora McPherson al equipo del estado por haber un conflicto de intereses.

Morris volvió a ponerse de pie.

—Alto ahí, señor Morris —dijo Coelho—. ¿Qué conflicto es ese, señor Haller?

—La señora McPherson y yo estuvimos casados —respondió Haller.

Bosch se volvió para comprobar la reacción de la jueza. Estaba claro que no conocía el historial matrimonial de los dos letrados que tenía delante.

—Interesante —dijo Coelho—. No lo sabía. ¿Cuándo se casaron?

—Fue hace bastante tiempo, señoría —contestó Haller—. Pero hay una hija adulta y conexiones en curso, así como un continuo malestar por la disolución del matrimonio y sus consecuencias.

—¿Cómo es eso, señor Haller? —preguntó la jueza.

—Señoría, creo que la señora McPherson alberga resentimiento porque su carrera como fiscal del condado de Los Ángeles se vio...

frustrada por su relación conmigo. No quisiera que eso interfiriera en la capacidad de mi clienta para obtener un juicio justo e imparcial sobre los hechos de esta petición.

La jueza dirigió su atención a Morris.

—Señor Morris, ¿está intentando interponer un conflicto ajeno a este procedimiento? —quiso saber.

—En absoluto, señoría —respondió Morris—. Como ya he declarado y consta en acta, la señora McPherson es la experta en datos de telefonía móvil de la Oficina del Fiscal General de California. De hecho, el año pasado estaba en la Oficina del Fiscal del Condado de Ventura y fue contratada debido a su experiencia en este campo. Se trata de un área de la ley que es bastante nueva y que aparece con frecuencia como supuesta «nueva prueba» en procesos de apelación y *habeas corpus*. Este material nos llegó la semana pasada y, con el aplazamiento concedido por el tribunal, se lo llevé a nuestra experta, la señora McPherson, que ha estado analizándolo para preparar el interrogatorio de este testigo. No hay ningún conflicto, señoría. Entiendo que el matrimonio terminó hace más años que los que existió. No hay disputas de custodia, porque su única hija es adulta y vive independientemente de sus padres. No hay disputas en absoluto, señoría. De hecho, hace dos años la señora McPherson pidió una excedencia en la Fiscalía de Ventura para proporcionar ayuda legal al señor Haller cuando lo acusaron de un crimen.

—¿Es cierto todo eso, señor Haller? —preguntó Coelho.

—Es cierto que no hay ninguna disputa legal de custodia o de otro tipo, señoría —dijo Haller—. Pero en más de una ocasión se me culpó de contratiempos, descensos de categoría y cambios en la trayectoria profesional de la señora McPherson, y, como he dicho antes, no quiero que ningún posible rencor obstaculice el derecho de mi clienta Lucinda Sanz a un juicio justo e imparcial.

La jueza torció el gesto, e incluso Bosch sabía por qué. Era la jueza quien tenía que ser justa e imparcial. El argumento de Haller estaba mal dirigido. Pero antes de que la jueza pudiera hablar, lo hizo Maggie McFierce.

—Señoría, ¿puedo decir algo? —dijo—. Todo el mundo está hablando de mí. Creo que debería permitírseme responder.

—Adelante, señora McPherson —respondió Coelho—. Pero sea breve. Esto no es un tribunal de familia y no quiero convertirlo en un examen de un matrimonio roto y de los agravios que se hayan podido derivar.

—Encantada de ser breve —dijo McPherson—. El hecho es que no guardo ningún rencor a mi exmarido. En efecto, fue una unión complicada entre una fiscal y un abogado defensor, pero terminó hace mucho tiempo. Yo he seguido adelante, él también, y nuestra hija es una mujer adulta que se abre camino en el mundo. El señor Morris ni siquiera conocía mi historia matrimonial cuando vino a verme la semana pasada para pedirme que echara un vistazo al material entregado en la divulgación de pruebas. Hasta que empecé a trabajar con el material no me di cuenta de que se trataba del caso de mi exmarido y de que el testigo era el señor Bosch, con quien he coincidido en alguna ocasión. Inmediatamente informé al señor Morris, pero le dije, como le estoy diciendo al tribunal, que el señor Haller y yo no tenemos ningún conflicto de intereses. Nuestra relación como padres de una joven no tiene ningún tipo de conflicto y no le guardo ningún rencor ni a él, ni a su clienta, ni a su testigo.

—No estoy seguro de que haya sido breve, pero el tribunal agradece la honestidad de la letrada —dijo Coelho—. ¿Algo más, señor Haller?

—Presentado —respondió Haller.

Haller lo dijo en un tono que destilaba derrota. Sabía cómo iba a acabar todo.

—Muy bien —dijo la jueza—. Es responsabilidad de este tribunal mantenerse justo e imparcial al escuchar las pruebas y determinar la verdad de las cosas. Tengo la intención de hacerlo. Se desestima la protesta. Ahora, señor Haller, ¿hay algo más que quiera plantear al tribunal antes de que procedamos con el testigo?

—En este momento no, señoría —dijo Haller.

Coelho hizo una pausa y miró a Haller. Bosch sabía que la jueza esperaba que le anunciara que tenía nuevo material para entregar al fiscal general. Pero todavía no había resultados del análisis de ADN iniciado la semana anterior. Eso significaba que Haller no sabría hasta que tuviera noticias de Shami Arslanian, que estaba en Applied Forensics y supervisaba el trabajo, si tenía nuevas pruebas susceptibles de ayudar en la demanda de Lucinda Sanz.

—Muy bien —volvió a decir la jueza—. En ese caso, procedamos. Señora McPherson, su testigo.

39

A Bosch aquello le sirvió de recordatorio de lo mucho que se había alejado de su misión. Maggie McFierce era una verdadera creyente, una fiscal de carrera que nunca se había alejado de la búsqueda de la justicia para unirse al sector privado, donde pagaban mejor. Se había mantenido fiel a la misión y, aunque había cambiado de trabajo y de agencia, nunca se había apartado de la causa. Y ahí estaba Bosch, hasta entonces un verdadero creyente, a punto de ser machacado en el estrado del mismo modo que él había visto machacar a tantos testigos de acusados a lo largo de los años.

McPherson trataría de demostrar que Bosch era un pistolero a sueldo, que también mentiría por encargo, que sería chapucero y solo buscaría lo que podía ocultar la verdad o esconderla por completo. Sin duda, ella había hecho los deberes con Bosch y conocía sus vulnerabilidades. Intentó aprovecharse de ellas desde el principio.

—Señor Bosch, ¿cuánto tiempo lleva trabajando como investigador de la defensa?

—En realidad, nunca lo he sido —dijo Bosch.

—Usted trabaja para el señor Haller, ¿verdad?

—Estoy trabajando en un proyecto específico para él que no implica trabajo de defensa.

—¿No trabajó usted para la defensa del propio señor Haller cuando una vez se le acusó de un crimen?

—Fui más bien un asesor. Como usted. ¿Cree que nunca ha trabajado para la defensa?

—Aquí no soy yo quien responde a las preguntas.

—Lo siento.

—¿De manera que lo que le está diciendo al tribunal es que no considera que trabajar para Lucinda Sanz, una asesina confesa y convicta, sea trabajo de defensa?

—El señor Haller me contrató para estudiar casos de condenados que afirmaban ser inocentes. Quería que los revisara para ver si alguno parecía plausible o merecía otra mirada. El caso de Lucinda Sanz era uno de ellos y...

—Gracias, señor Bosch, no le he pedido toda la historia del caso. Pero usted diría que trabajar en el caso de Lucinda Sanz no es trabajo de defensa.

—Correcto. No es trabajo de defensa. Es trabajo de la verdad.

—Muy astuto, señor Bosch. ¿Qué ocurre en su llamado trabajo de la verdad si encuentra pruebas de que alguien es culpable del crimen por el que fue condenado?

—Le digo al señor Haller que no va a ninguna parte y lo dejamos estar. Me ocupo del siguiente caso.

—¿Y ha ocurrido alguna vez lo que acaba de describir?

—Sí. Ocurrió hace un par de meses.

—Cuénteselo al tribunal.

—Bueno, un tipo llamado Coldwell que fue condenado por contratar a un sicario para asesinar a su socio en una inversión empresarial. En gran parte, se le condenó por el testimonio del asesino a sueldo, que también fue acusado, pero estaba cooperando con la acusación. Testificó que le pagaron veinticinco mil dólares en efectivo por el crimen. Las otras pruebas incluían los registros bancarios de Coldwell. La Fiscalía pudo demostrar que se habían acumulado exactamente veinticinco mil dólares a través de retirada de fondos en cajeros automáticos y cheques nominativos que Coldwell extendió a algunos amigos que los cobraron y luego le dieron el dinero.

—¿Qué le hizo pensar que era inocente?

—No lo creía. Pensé que merecía la pena volver a examinar su caso. Hablé con él y me dijo que podía dar cuenta de los veinticinco mil y dar información que había recogido en la cárcel y que podría desacreditar al asesino a sueldo. Le ahorraré toda la historia, pero determiné que Coldwell era culpable y lo abandonamos.

—No, por favor, no nos ahorre los detalles. ¿Qué lo hizo culpable a sus ojos?

—Me dijo que le había dado el dinero a una amante y que no podía sacar el tema en el juicio porque aún estaba casado y con el dinero de su esposa pagaba al abogado. Si hubieran sacado el tema de la amante, la mujer de Coldwell le habría cortado la financiación. Resultó que su mujer se divorció de él un par de años después de que lo condenaran, así que ya estaba listo para utilizar a la amante. También me dijo que un preso que había sido trasladado de la cárcel de Soledad, donde acabó el sicario, dijo que este se jactaba allí de haberle tendido una trampa a Coldwell en el asesinato.

—Vale, paremos ahí. Creo que tenemos que pasar al caso que nos ocupa.

Haller se levantó y protestó.

—Señoría, ella ha abierto esa puerta —dijo—. Y ahora, de repente, quiere cerrarla de golpe porque sabe que terminar la historia podría demostrar que el testigo es íntegro, y eso no encaja con el plan del estado de atacar su credibilidad.

La jueza no dudó en aceptar la protesta.

—El abogado tiene razón —dijo Coelho—. El estado ha abierto esta puerta de par en par. Me gustaría oír el final de la historia. El testigo continuará su respuesta si tiene algo más que decir.

Haller asintió hacia Bosch mientras daba las gracias a la jueza y se sentaba.

—Llamé al Departamento de Prisiones —dijo Bosch—. Con la ayuda de un funcionario de la cárcel de Soledad, determiné que el sicario y el recluso trasladado que Coldwell mencionó nunca habían estado en el mismo bloque de celdas y no se habrían cruzado mientras ambos estuvieron allí. Así que esa parte de su historia quedó descartada. Luego hablé con la amante, y no era una buena mentirosa. Tardé unos veinte minutos en desmontar su historia. Admitió que Coldwell no le había dado veinticinco mil dólares, que había mentido al respecto porque él le había prometido dinero cuando saliera y demandara al estado por condena y encarcelamiento injustos. Así que eso fue todo. Dejamos el caso, Mickey y yo.

—Entonces, señor Bosch —dijo McPherson—, lo que usted quiere que sepa el tribunal es que dice lo que ve.

—No sé si era una pregunta, pero sí, digo lo que veo.

—Vale, pues entonces hablemos del caso Sanz y de cómo lo vio usted. ¿De acuerdo, señor Bosch?

—Para eso estoy aquí.

—¿Sabe lo que es una geocerca, señor Bosch?

—Sí, es una especie de palabra elegante que se emplea para referirse al rastreo de la ubicación de los teléfonos móviles a través de los datos de las torres.

—Se ha convertido en una herramienta útil para la policía, ¿no?

—Sí.

—En su testimonio dijo que ha trabajado en cientos de casos de homicidio, ¿correcto?

—Sí, correcto.

—¿En cuántos de esos casos usó las geocercas?

—En ninguno. Fue una tecnología que realmente no apareció hasta después de mi retiro.

—Vale, ¿entonces cuántas veces lo ha utilizado como investigador privado?

—Ninguna.

—¿Y como investigador no de defensa pero trabajando para el señor Haller?

—Este caso ha sido la primera vez.

—Un caso. ¿Diría que eso le convierte en un experto en geocercas?

—¿Experto? No sé qué haría experto a alguien. Sé leer y cartografiar los datos, si a eso se refiere.

—¿Cómo aprendió a leer y cartografiar los datos?

—Donde más aprendí fue estudiando la guía interna de recursos de campo del FBI para agentes en esta área de investigación. La elaboró el Equipo de Investigación de Análisis de Telefonía Móvil del FBI y es básicamente una guía práctica para los agentes. Es muy detallada (más de cien páginas) y la leí dos veces antes de empezar a trabajar con los datos que recibimos en este caso.

McPherson no esperaba una respuesta tan completa y rápidamente recurrió al sarcasmo para disimular el error que había cometido al formular la pregunta.

—Así de sencillo —dijo—. Haz un curso en línea y serás un experto.

—No me corresponde a mí decir si soy un experto —repuso Bosch—. Pero era el curso en línea del FBI, si quiere llamarlo así. Se diseñó para que cualquier agente pueda rastrear y cartografiar el movimiento de dispositivos móviles. Si está insinuando que lo hice mal o que me equivoqué, no estoy de acuerdo. Creo que lo hice bien, y eso plantea muchas preguntas sobre la culpabilidad de Lucinda Sanz...

—Solicito que se elimine la respuesta del testigo por no responder.

McPherson miró al estrado, pero, antes de que la jueza pudiera responder, Haller se puso en pie.

—¿Que no responde? —dijo—. No le ha dado oportunidad de terminar su respuesta.

A la jueza no le interesaba polemizar con los letrados.

—Pasemos a la siguiente pregunta —dijo Coelho—. Continúe, señora McPherson.

Haller se sentó. Bosch lo miró por primera vez desde que se había iniciado el contrainterrogatorio. Haller asintió y cerró una mano cerca del pecho. Bosch lo tomó como un gesto no tan secreto para decirle que se mantuviera firme.

—Señor Bosch —dijo McPherson, llamando de nuevo su atención—, ¿está usted enfermo?

Haller se levantó de su asiento.

—Señoría, ¿qué es esto? —dijo indignado—. La fiscal no tiene nada que hacer preguntando por la salud del testigo. ¿Qué tiene que ver con ninguna cuestión planteada ante este tribunal?

La jueza dirigió una mirada severa a McPherson.

—Señora McPherson, ¿qué está haciendo aquí? —preguntó.

—Señoría —respondió McPherson—, si el tribunal me lo permite, quedará bastante claro lo que estoy haciendo y lo que el señor Haller sabe perfectamente que estoy haciendo. La salud del testigo es un problema si afecta a su trabajo.

—Puede proseguir —dijo la jueza—. Con cautela.

—Gracias, señoría —continuó McPherson. Centrándose de nuevo en el estrado de los testigos, preguntó—: Señor Bosch, ¿está siendo tratado actualmente por alguna enfermedad?

—No —respondió Bosch.

McPherson puso cara de sorpresa, pero lo disimuló rápidamente.

—Entonces, ¿ha sido tratado recientemente por una patología? —preguntó ella.

Bosch vaciló mientras pensaba en cómo formular su respuesta.

—A principios de este año me estaban tratando —dijo finalmente.

—¿De qué? —inquirió McPherson.

Haller, que parecía intuir adónde podía llevar todo eso, volvió a levantarse para protestar.

—Señoría, la semana pasada, cuando le pedí a una testigo su número de móvil, el señor Morris puso el grito en el cielo —dijo—. ¿Y ahora está bien arrastrar al caso la historia clínica personal de un testigo? ¿No hay límites a la invasión de la intimidad en este tribunal?

—El señor Haller tiene razón, señora McPherson —dijo Coelho.

—Señoría, el estado de salud del testigo es importante para este caso y puedo demostrar por qué si se me permite continuar —dijo McPherson—. El señor Haller lo sabe y por eso es él quien pone el grito en el cielo.

—Hágalo rápido, señora McPherson —dijo la jueza—. Mi paciencia se está agotando.

Haller se sentó y la jueza le dijo a Bosch que debía responder a la pregunta.

—Estaba en tratamiento contra el cáncer —dijo Bosch—. Formaba parte de un ensayo clínico que terminó hace casi seis meses.

—¿Y el tratamiento tuvo éxito? —preguntó McPherson.

—Los médicos parecían pensar que sí. Dijeron que estoy en remisión parcial.

—Y ese ensayo clínico, ¿era para probar una terapia farmacológica?

—Sí.

—¿Usando qué medicamento?

—Era un isótopo, en realidad. Creo que se llama lutecio-177.

—¿Estaba siendo tratado con ese isótopo mientras trabajaba en este caso?

—Sí. Era solo una mañana a la semana durante doce semanas.

—¿Y cuáles son los posibles efectos secundarios asociados al lutecio-177?

—Eh, bueno…, náuseas, pérdida de apetito, acúfenos, agotamiento. Hay toda una lista, pero, aparte de los que acabo de mencionar, no sufrí ningún efecto secundario.

—¿Qué me dice de la confusión y la pérdida de memoria?

—Creo que estaban en la lista, pero no los he experimentado.

—¿Y la aparición de deterioro cognitivo?

—No recuerdo que estuviera en la lista.

—¿Ha experimentado algún deterioro cognitivo mientras trabajaba en este caso?

Haller se puso en pie, con los brazos extendidos en un gesto implorante.

—Señoría..., ¿en serio?

La jueza señaló su silla vacía.

—Su protesta se ha desestimado —dijo—. Siéntese, señor Haller.

Haller se sentó lentamente.

—¿Necesita que repita la pregunta? —preguntó McPherson.

—No —dijo Bosch—. Puedo recordarla, gracias. La respuesta es no, no he experimentado ningún deterioro cognitivo.

—¿Ha consultado a un médico al respecto o se ha hecho un test cognitivo en Internet en los últimos seis meses?

—No, no lo he hecho.

McPherson bajó la vista hacia un documento que había llevado consigo al atril.

—A principios de este año, ¿denunció un allanamiento en su casa? —preguntó.

—Eh, sí —respondió Bosch.

—¿Y fue mientras estaba siendo tratado con el isótopo lutecio-177?

—Sí.

McPherson pidió a la jueza que le permitiera acercarse al testigo con un documento que llamó prueba número uno del estado. Antes, McPherson entregó copias a Haller y a la jueza. Bosch observó cómo Haller lo leía y notó que la alarma aparecía en sus ojos. Se puso de pie y protestó para decir que no le habían presentado el documento en el proceso de divulgación de pruebas.

—Ofrecido como refutación, señoría —dijo McPherson—. El testigo acaba de declarar que no tiene problemas cognitivos.

—Sí, lo permitiré —dijo Coelho.

Bosch se preparó mientras McPherson se acercaba a él con una copia del documento, y luego volvió al atril.

—Señor Bosch, ¿es ese el informe policial del supuesto allanamiento de su domicilio en Woodrow Wilson Drive? —preguntó.

—Eh, eso parece —dijo Bosch—. Esa es mi dirección. Pero no lo había visto antes.

—Bueno, usted era policía. ¿Le parece oficial?

—Sí.

—Entonces, ¿podría leer el párrafo resaltado en amarillo, que escribió el agente que respondió a su llamada?

—Sí. Dice: «Al preguntarle, la víctima parecía confusa..., y no estaba segura de si se había producido un allanamiento. La víctima está enferma y recibiendo tratamiento. Posible... demencia. Recorrido por la residencia realizado. No hay pruebas de robo. No se requiere seguimiento».

Bosch sintió una quemazón en el cuello y la espalda. Lo que había escrito ese agente lo había dejado estupefacto.

—No estaba confundido —dijo—. Como no se habían llevado nada, no estaba seguro de que se hubiera producido un robo. Eso es todo. La palabra demencia es suya, no...

—Señoría, solicito que se elimine el último comentario del testigo por no ser una respuesta a la pregunta —dijo McPherson.

—Eliminado —aceptó Coelho—. ¿Tiene alguna otra pregunta, señora McPherson?

—No, señoría.

McPherson se apartó del atril y se sentó junto a Morris.

Se hizo el silencio en la sala. Bosch se dio cuenta de que nadie lo miraba, ni siquiera Haller. Era como si todos se avergonzaran de él. Quería gritar: «¡No me he vuelto loco!», pero sabía que si lo hacía reforzaría la insinuación que acababa de hacer Maggie McFierce.

—Señor Haller —dijo finalmente la jueza—, ¿contrarréplica?

Haller se levantó y se acercó lentamente al atril.

—Gracias, señoría —dijo—. Señor Bosch, en el transcurso de esta investigación, ¿cuántas veces ha ido a la prisión estatal de Chino a visitar a nuestra clienta, Lucinda Sanz?

Bosch levantó la vista del informe policial que aún tenía delante.

—Cuatro veces. Una vez con usted, tres veces yo solo.

—Está más o menos a una hora de viaje, ¿correcto?

—Sí.

—¿Utiliza alguna de las aplicaciones de GPS para encontrar el camino hasta allí?

—Eh, no. Sé dónde está.

—Entonces, ¿nunca se ha perdido o se ha pasado la salida de la autovía?

—No.

—Me suele llevar en coche mientras trabajamos, ¿correcto?

—Sí.

—Creo que nunca le he visto usar una aplicación GPS, ¿por qué?

—No, no las uso. Sé adónde voy.

—Gracias. No hay más preguntas.

Parte 10

El gran maestro del humo

40

Pedí el receso de la mañana en cuanto Bosch obtuvo permiso para abandonar el estrado. La jueza nos concedió quince minutos. Maggie McFierce cogió su fino maletín de cuero y salió de la sala antes de que yo pudiera darle alcance. No importaba, porque me preocupaba más Bosch. Me reuní con él en la barandilla.

—No digas nada aquí —le dije—. Salgamos y busquemos una sala de conferencias.

Salimos al pasillo. Estaba vacío. Ni rastro de Maggie. Caminamos hasta una sala de abogados del siguiente tribunal. Era un espacio pequeño con una mesa, sillas y cuatro paredes sin ventanas. Sentí claustrofobia incluso antes de sentarnos.

—Siéntate —dije—. Harry, no sé qué estás pensando, pero déjalo estar. El poli que escribió la denuncia no tenía ni idea y Maggie y Morris tampoco. Que se jodan.

—¿Cómo sabía lo de la UCLA? —dijo Bosch—. Eso no puede ser material de pruebas. Maggie...

—Lo siento, tío. Eso es culpa mía. La última vez que cenamos juntos con Hayley, mencioné que estabas trabajando para mí y que te metí en ese ensayo clínico. Fue antes de que ella aceptara el trabajo con el fiscal general. No puedo creer que lo haya usado. Lo siento, Harry.

Bosch negó con la cabeza.

—Bueno —dijo—, ¿hasta qué punto nos perjudica?

—No lo sé —respondí—. Creo que la jueza ha podido ver que no tienes ningún tipo de problema. Todo esto es absurdo. Y lo que demuestra es que su supuesta experta en geocercas ha tenido que recurrir a la difamación porque no ha podido encontrar nada malo en tu testimonio directo sobre la geocerca. Es algo que a la jueza no se le pasara por alto.

Saqué mi teléfono, lo encendí y esperé a que arrancara.

—Siempre han sido los abogados defensores los que han hecho esa mierda de «matar al mensajero» —dijo Bosch—. No el fiscal del distrito ni el fiscal general.

—Ha sido rastrero —dije—. Y me aseguraré de que lo sepa.

—No te molestes. Se acabó. ¿Sabemos algo de Applied Forensics?

—Shami está allí. La última noticia es que siguen trabajando en ello.

Abrí un mensaje a Maggie y empecé a teclear:

Ahora sé por qué no has invitado a Hayley a que nos vea en la sala. Ha sido rastrero, Mags. ¿Cómo has podido hacerlo?

Releí lo que había escrito y lo envié. Miré el reloj. Teníamos que volver a la sala al cabo de cinco minutos.

—Vale, ¿estás bien? —pregunté.

—Estoy bien —respondió Bosch—. Pero no creo que el que yo diga que no me pierdo mientras conduzco vaya a ser suficiente para reparar los daños.

—Es lo mejor que se me ha ocurrido en ese momento. Pero no se trata solo de eso. Testificaste a conciencia y profesionalmente la semana pasada. Dominabas por completo los datos de la torre de telefonía y la jueza lo vio y lo oyó. Ella no tomará ninguna decisión basada en lo que acaba de pasar. Creo que estamos bien. Lo que necesito ahora es que busques a Frank Silver y lo traigas. Vamos a necesitarlo para que testifique cuando tengamos los resultados de Shami.

—¿Y Sanger?

—Ella es la última, después de que tengamos el ADN.

—¿Y MacIsaac?

—MacIsaac no. No voy a ir por ese camino.

—¿Qué? Pensaba que todo el asunto era hacer que la jueza...

—Todo eso ha cambiado. Nunca tendremos a MacIsaac en el estrado, así que iremos sin él.

—¿Cómo sabes que no le ordenará testificar?

—Porque me hizo una visita anoche.

—¿Qué?

—Después de cenar, cuando llegué a casa, estaba sentado en mi porche. Está trabajando encubierto en un asunto de seguridad nacional y no le van a dejar acercarse al juzgado.

—Mentira. Usan esa mierda de la seguridad nacional cada vez que no quieren...

—Yo le creí.

—¿Por qué?

—Porque me dio algo. Algo que puedo usar contra Sanger.

—¿Qué?

—No puedo decirlo en este momento. Tengo que averiguar algunas cosas y luego te lo contaré.

Bosch me miró como si acabara de decir que no confiaba en él.

—Mira, te pondré al corriente en cuanto pueda. Ahora tengo que volver a la sala y tú tienes que encontrar a Silver *el Segundón*.

Bosch asintió.

—De acuerdo —dijo.

Se levantó y se volvió hacia la puerta.

—Y lo siento, Harry —dije—. Por lo que te ha hecho Maggie.

—No es culpa tuya, Mick —respondió—. Te avisaré cuando tenga a Silver preparado.

En el pasillo, él fue hacia un lado y yo hacia el otro, de regreso a la sala. Antes de que llegara a la puerta, Maggie me contestó el mensaje:

Un abogado dijo una vez que todo vale en el terreno probatorio de la sala del tribunal. Ah, sí, creo que ese abogado eras tú.

Decidí no responder. Preferí llamar a Shami Arslanian.

—¿Dónde estamos? —le pregunté.

—Acabamos de recibir los resultados —respondió—. Los estoy mirando ahora.

Me preparé. Ahí estaba el caso.

—¿Y? —pregunté.

—Había ADN en la muestra —dijo—. No es de Lucinda.

De repente, casi involuntariamente, me di la vuelta y me acerqué a uno de los bancos de mármol del pasillo. Me senté con el teléfono pegado a la oreja. En ese momento, sentí que ganaríamos, que Lucinda Sanz saldría en libertad.

—Mickey, ¿estás ahí? —dijo Arslanian.

—Sí —dije—. Yo solo... Esto es increíble.

—Hay una complicación.

—¿Cuál es?

—El ADN que está ahí proviene de otras dos personas. Una es desconocida. Pero ya hemos cotejado el otro porque pertenece a un antiguo técnico de laboratorio de Applied Forensics. Siempre hacen cotejos con su propio personal para evitar contaminaciones.

—¿Qué significa esto, Shami?

—El técnico de laboratorio con el que coincide no trabaja allí desde hace cuatro años. Significa que, en algún momento, cuando trajeron la prueba, fue mal manejada y contaminada con su ADN. De nuevo, estamos hablando de ADN táctil, algo que se desconocía por aquel entonces.

Cerré los ojos.

—Cielo santo. Cada vez que pienso que creo que tenemos el Santo Grial, algo sale mal y no tenemos nada.

—Lo siento, Mickey. Pero lo importante es que el ADN de Lucinda no está en el disco de residuos. Esto prueba tu teoría del crimen. ¿Estás diciendo que no podrás usar esto en el tribunal?

—No lo sé. Realmente no lo sé. Pero necesito que vuelvas al juzgado en cuanto puedas con los informes que tengas ahí. Consigue el nombre del técnico y cualquier documentación que haya sobre la contaminación. Probablemente tendrás que explicarlo todo en una vista probatoria ante la jueza. Voy a pedirlo ahora.

—Vale, Mickey, cogeré un Uber.

Colgué e intenté serenarme, canalizando el fantasma de *Legal* Siegel. «Inspira. Este es tu momento. Este es tu escenario. Quiérelo. Hazte con él. Tómalo.»

Me levanté del banco y volví a entrar en la sala.

41

A pesar de mi protesta, la jueza Coelho celebró la vista probatoria a puerta cerrada. El término latino para ello era *in camera*. Me había opuesto porque, si la jueza fallaba en contra de la presentación de los resultados de ADN, quería que el mundo lo supiera y compartiera mi indignación. Pero el tribunal hizo oídos sordos a mis argumentos a favor de una vista pública, y me encontré en el despacho de la jueza, sentado junto a Hayden Morris frente a Coelho y su enorme escritorio. Mi clienta no había asistido a la vista y me esperaba en el calabozo del tribunal para que le contara cómo habían ido las cosas.

—Antes de empezar, tenemos que informar al señor Morris de lo que ha ocurrido en los últimos cinco días —dijo Coelho—. El miércoles pasado, el señor Haller vino a verme y me informó de que se habían localizado pruebas del caso juzgado anteriormente. Pidió órdenes selladas que le permitieran llevar a cabo nuevos test sobre esas pruebas.

—¿Cuáles eran las pruebas? —preguntó Morris—. ¿Y de qué test estamos hablando?

—La cosa se complica, señor Morris —respondió la jueza—. Dejaré que el señor Haller explique los detalles.

Me hizo un gesto con la cabeza y retomé el relato.

—Sí, señoría —dije—. Durante la instrucción inicial del caso, hace cinco años, el abogado defensor, Frank Silver, solicitó una división de las pruebas para poder realizar test independientes. Había dos discos de residuos de disparo que presumiblemente se utilizaron en las manos, los brazos y la ropa de Lucinda Sanz. Como sabe, los residuos de disparo fueron una pieza clave de la acusación. El tribunal le dio al señor Silver uno de los dos discos para que hiciera un análisis independiente de residuos.

—¿Esto fue antes del acuerdo de conformidad? —preguntó Morris.

—Exactamente —respondí—. El disco se transfirió a Applied Forensics, un laboratorio independiente de Van Nuys que sigue funcionando hoy en día. Mientras eso ocurría, comenzaron las negociaciones y, como todos sabemos, Lucinda Sanz aceptó el acuerdo. Fue a prisión después de declararse *nolo contendere* y Silver nunca se molestó en volver a Applied Forensics para recuperar las pruebas. Nos enteramos el miércoles, lo comprobamos y las pruebas seguían almacenadas en el laboratorio, en gran parte porque Silver nunca pagó la factura del laboratorio.

—Tiene que ser una broma —dijo Morris, negando con la cabeza—. Esto suena a montaje más que nunca. Señoría, ¿por qué estamos considerando esto?

—Deje que el señor Haller continúe —intervino Coelho.

—Piense lo que quiera —dije—. Pero acudí a la jueza el miércoles y pedí órdenes para que se analizara el ADN del disco restante, porque si realmente se pasó por las manos y la ropa de mi clienta encontraríamos su ADN (su ADN táctil). Tengo una experta en criminalística que me respalda en esto. La jueza ordenó entonces a los alguaciles que tomaran una muestra de Sanz y la llevaran a Applied Forensics.

—No me importa quién le respalda —dijo Morris—. Esto es increíblemente inusual y un protocolo equivocado. Debería haberlo manejado el laboratorio del sheriff o el laboratorio criminalístico del Departamento de Justicia y no un laboratorio de poca monta en el valle.

Lo dijo en un tono que sugería que todo el valle de San Fernando era un paraíso para negocios y gente de poca monta.

—El señor Haller me pidió que sellara las órdenes —intervino la jueza—. Quería que las pruebas se analizaran en privado, pues le preocupaba que desde dentro de los organismos gubernamentales pudiera producirse cierta obstaculización. Acepté. Se decidió sellar las órdenes hasta que hubiera resultados. Si esto va más lejos, tendrá la oportunidad de analizar las pruebas en el laboratorio de su elección, señor Morris. Ahora, señor Haller, supongo que ha convocado esta sesión porque tiene resultados.

—Sí, señoría —dije—. Han llegado los resultados del laboratorio. El disco contenía residuos de disparo. También se identificaron dos perfiles de ADN únicos y se compararon con el perfil de mi clienta. No hubo coincidencia. Ese disco nunca se pasó por el cuerpo de mi clienta, y eso es una prueba de que se la incriminó en el asesinato de su exmarido.

—No es prueba de nada —dijo Morris—. Esto es increíble. El tribunal ha sido manipulado por este..., este gran maestro de vender humo. Señoría, esta prueba, si quiere llamarla así, es claramente inadmisible.

—Creo que es una decisión que debe tomar el tribunal, señor Morris —dijo la jueza—. Y quizá desee usted explicar cómo se ha manipulado al tribunal. Estoy seguro de que el señor Haller tiene testigos y documentación de cada paso de este proceso durante los últimos cinco días. Estoy seguro de que su experta, de la que ya hemos oído el testimonio, está preparada para dar su opinión de que un disco frotado sobre el cuerpo y la ropa de una persona tendría que recoger el ADN de esa persona. ¿Dónde está la manipulación del tribunal?

—Señoría, lamento si he cuestionado la integridad del tribunal —respondió Morris con rapidez—. No era mi intención. Pero esta historia es demasiado inverosímil. Es pirotecnia de última hora del abogado concebida para distraer al tribunal de las pruebas de culpabilidad directa que siempre han estado ahí.

—Si es pirotecnia de última hora, estoy segura de que el laboratorio del estado lo sacará a la luz —dijo Coelho, en tono de reproche.

—También hay una pequeña complicación —dije.

Coelho dirigió su enfado hacia mí.

—¿Qué complicación?

—Como ya he dicho, se han hallado dos perfiles de ADN únicos en el disco —dije—. Uno sigue sin identificar. El otro ha sido identificado como el de un técnico de laboratorio que trabajó anteriormente en Applied Forensics.

Morris levantó las manos, exasperado.

—Entonces todo está contaminado —dijo—. Es inadmisible. No hay duda.

—Le repito que sí hay duda, y es el tribunal quien debe decidir —insistió Coelho.

—Yo argumentaría que no está contaminada —dije—. La prueba se presentó para análisis de residuos de disparo y el técnico del laboratorio la manipuló de acuerdo con ese protocolo, no con el protocolo de ADN. No con el protocolo de ADN táctil. Hace cinco años había muy pocos laboratorios que tuvieran siquiera protocolos para el ADN táctil. Pero ese no era el propósito del envío original de Frank Silver.

—No importa —dijo Morris—. Está contaminado. No entra. Es inadmisible, señoría.

Miré a la jueza. Mi argumento se había dirigido a ella, no a Morris. Pero no quería que tomara una decisión todavía.

—Señoría —dije—, me gustaría presentar una moción al tribunal.

Morris puso los ojos en blanco.

—Ya estamos —soltó.

—Señor Morris, me he cansado de su sarcasmo —dijo Coelho—. ¿Cuál es su moción, señor Haller?

Me incliné hacia delante sobre el borde del escritorio de Coelho, acortando la distancia entre nosotros y sacando a Morris de mi visión periférica. Eso era entre la jueza y yo.

—Señoría, si queremos la verdad, si esto es realmente una búsqueda de la verdad, el tribunal debería emitir una orden para que el ADN no identificado que se ha encontrado en el disco de residuos se compare con ADN tomado a la sargento Sanger.

—¡De ninguna manera! —bramó Morris—. Eso no va a ocurrir. Y de todas formas no probaría nada. ¿Y qué si está el ADN de Sanger? Está registrado que ella recogió las pruebas.

—Prueba el montaje —dije—. Que ella entregó unos discos sucios de residuos de disparo que jamás se frotaron en las manos de Sanz. Es prueba de la inocencia de Sanz y de que Sanger es culpable de todo.

—Señoría —dijo Morris—, no puede…

—Voy a detenerlo ahí, señor Morris —lo interrumpió la jueza—. Esto es lo que haremos. Tomaré en consideración la moción del señor Haller, así como la cuestión de la admisibilidad, y emitiré mis decisiones después de investigar y deliberar un poco.

Torcí el gesto. Quería que se pronunciara sobre todo en ese mismo momento. Los jueces y los jurados eran iguales. Cuanto más tardaban en decidir, más probable era que el resultado fuera adverso para la defensa.

—Ahora vamos a tomarnos nuestro descanso para comer; volveremos a convocar al tribunal a la una en punto —continuó la jueza—. Señor Haller, tenga listo a su próximo testigo para entonces.

—Señoría, no puedo tener listo a mi siguiente testigo —dije.

—¿Y eso por qué? —preguntó Coelho.

—Porque no sabré a quién llamar hasta que conozca sus resoluciones sobre estos asuntos —dije—. Eso dictará mi próximo movimiento.

Coelho asintió con la cabeza.

—Muy bien —dijo—. Vamos a aplazar la sesión de la tarde hasta las dos y entonces tendrá mis resoluciones sobre estos asuntos.

—Gracias, señoría —dije.

—Gracias, señoría —dijo Morris.

—Ya pueden retirarse, caballeros —dijo la jueza—. Tengo trabajo que hacer. ¿Podría decirle a Gian que vuelva aquí para que me pida algo para comer? No tendré tiempo de salir del despacho.

—Sí, señoría —dije.

Morris y yo nos levantamos al mismo tiempo y lo seguí a la salida. Una vez en el pasillo, le hablé a la espalda.

—No sé cómo va a acabar esto —le dije—. Pero para que esté preparado para cualquier cosa, que la sargento Sanger vuelva al juzgado a las dos.

—No es mi trabajo —dijo—. Ella es tu testigo.

—Y trabaja para ti y atiende tus llamadas. Que esté allí o le diré a la jueza que te dije que iba a llamarla y que te negaste a cooperar. Puedes explicárselo a ella entonces.

—Bien.

Cuando llegamos a la puerta del juzgado, me miró con cierta cautela por encima del hombro. Sin embargo, en esta ocasión, no hice ningún movimiento para inmovilizarlo contra la pared. Y él no hizo comentario alguno que me incitara a hacerlo. Pero ese momento provocó que me diera cuenta de algo. Me acerqué y puse la mano en la puerta, impidiendo que la abriera.

—¿Qué haces? —dijo—. ¿Vas a atacarme otra vez?

—Lo sabías, ¿verdad?

—¿Saber qué?

—Lo de mi exmujer. La trajiste aquí para agitar las cosas, dejarme en fuera de juego; sabías lo nuestro.

—No sé de qué me estás hablando. No tenía ni idea de que habíais estado casados.

—Sí, lo sabías. Lo sabías. ¿Quién es el gran maestro de vender humo ahora, Morris?

Aparté la mano de la puerta y él la abrió y pasó sin dirigirme la palabra.

42

El equipo Sanz tuvo un largo almuerzo de trabajo en el Drago Centro, durante el cual informé sobre la vista *in camera* y planificamos el desenlace del caso en función de cómo fallara la jueza. Si se admitían los resultados del laboratorio, la estrategia era obvia: utilizaría a Silver y Arslanian para introducir la cronología y las pruebas, y luego pondría el lazo llamando otra vez a Sanger al estrado y confrontándola con pruebas contundentes de que los discos de residuos que había entregado no se habían aplicado en las manos de Lucinda Sanz. Pero si Coelho declaraba inadmisibles los resultados de laboratorio, me quedaba solo Sanger y no mucho para respaldar cualquier tipo de examen de confrontación. El agente MacIsaac me había dado un dato, pero no era más que una insinuación. Sanger podría alejarla como si fuera una mosca zumbando alrededor de su cara.

—Si tuvieras que apostar, ¿hacia dónde crees que irá? —preguntó Bosch.

—En primer lugar, no apostaría —respondí—. Es impredecible. Va a depender de si toma la decisión legal o la moral. ¿Qué le dice la ley que haga? ¿Qué le dice su instinto que es lo correcto?

—Mierda —dijo Cisco—. Entonces no tendrás con qué perseguir a Sanger. Se acabó el juego.

—Tal vez no. Anoche tuve una visita en casa: el agente MacIsaac. Vino para hacerme saber que nunca testificaría en este caso y que el fiscal estaba dispuesto a respaldarle en eso e incluso a desafiar la citación de una jueza federal. Pero no vino con las manos vacías. Me contó por qué Roberto Sanz había acudido al FBI y se había ofrecido voluntario para llevar un micrófono. Se trataba de Sanger...

Le conté la información que me había dado MacIsaac y pasamos el resto de la comida pensando en la forma de llevarla a los tribunales. Estaba claro que todo se reduciría a mi interrogatorio de Sanger y a que encontrara la oportunidad de confrontarla, lo cual era más fácil de decir que de hacer.

Después de disfrutar de la pasta, nos metimos en el Navigator y Bosch nos llevó de vuelta al tribunal. Al salir del ascensor y acercarnos a la sala de Coelho, vi a la sargento Sanger esperando en un banco del pasillo. Me miró fijamente mientras pasábamos, como retándome a desafiarla. Entonces supe que, de un modo u otro, haría todo lo posible por acabar con ella después de que la jueza dictara sentencia.

Me senté en la mesa de la demandante y esperé a que Lucinda entrara en la sala y a que la jueza la siguiera. No deshice mi maletín. Primero quería saber por dónde iba. Miré al águila furiosa, me serené y esperé.

Lucinda me lanzó preguntas rápidas y frenéticas una vez que la sacaron del calabozo y la llevaron a la mesa.

—Mickey, ¿qué sucede? —preguntó—. No sabía lo que estaba pasando y he estado esperando mucho tiempo ahí dentro.

—Lo siento, Cindi —le dije—. Vamos a obtener respuestas muy pronto. Hemos ido al despacho de la jueza y hemos presentado pruebas que demuestran que el test de residuos de disparo no estaba bien. Fue un montaje.

—¿De quién?

—Alguien de la unidad de su exmarido. Probablemente Sanger, ya que es la que te hizo la prueba.

—¿Eso significa que ella mató a Robbie?

—No lo sé, Cindi, pero mírelo de esta manera: si necesito convencer a la jueza de que no fue usted, la señalaré a ella. Está justo en medio de todo esto, y si no fue ella, al menos sabe quién fue.

El rostro de Lucinda se ensombreció de ira. Había cumplido cinco años por el crimen de otra persona, y de repente podía contar con un nombre y una cara en los que centrar esa ira y esa culpa. La comprendí.

—Pero, escuche —le dije—, hay complicaciones con las pruebas que hemos descubierto, y tenemos que ver si la jueza va a dejar que formen parte de su veredicto. Por eso se ha retrasado todo. La jueza ha estado en su despacho trabajando en eso.

—De acuerdo —dijo Lucinda—, espero que haga lo correcto.

—Yo también.

Me quedé callado y pensé en cómo reaccionaría en función de la decisión que tomara la jueza. Eso me condujo a un plan que pensé que podría ayudarme a salvar el caso si el fallo no era a mi favor. Rápidamente envié una serie de mensajes con instrucciones a Harry Bosch y a Shami Arslanian. Bosch estaba en el pasillo, vigilando a Frank Silver, por si decidía largarse antes de testificar. Arslanian también estaba allí, esperando a ver si la volvía a llamar a declarar.

Antes de que Bosch respondiera para confirmar que entendía mi plan, la jueza salió del despacho y tuve que apagar el teléfono. Coelho se puso manos a la obra.

—Muy bien, de nuevo en sesión Sanz contra el estado de California —dijo—. Continuamos con la vista de *habeas*. Caballeros, ¿hay algún asunto nuevo que tratar antes de que me pronuncie sobre las mociones presentadas ante el tribunal?

Yo medio esperaba que Morris intentara continuar con los argumentos que ya había presentado en el despacho de la jueza, aunque estaba bastante claro que Coelho ya había superado todo eso y estaba lista para emitir su fallo. Morris no añadió nada, yo tampoco. Miré a Lucinda y le dediqué una sonrisa alentadora, pero ella no sabía lo importantes que iban a ser los siguientes minutos.

—Muy bien —dijo la jueza—. En cuanto a las mociones presentadas ante el tribunal esta mañana, empecemos por la alegación del estado de que las pruebas son inadmisibles debido a la contaminación y a la mala manipulación por parte del laboratorio que realizó el análisis del disco de residuos de disparo presentada por la defensa. Los hechos demuestran que la contaminación por parte de un técnico de laboratorio ocurrió hace varios años, cuando las pruebas se presentaron inicialmente bajo circunstancias y protocolos diferentes. La contaminación no se produjo durante el análisis más reciente. También hay que señalar que la muestra de ADN del técnico estaba disponible para su comparación, como es práctica habitual en los laboratorios de ADN certificados para comprobar los resultados de la contaminación por el personal de laboratorio.

Comprendí que el argumento de la contaminación de Morris no iba a triunfar. La jueza iba a rechazarlo. Empecé a sentir un poco de esperanza y emoción.

—Creo que lo más importante aquí no es de quién era el ADN que se encontró en las pruebas, sino de quién no era —dijo Coelho—. El ADN de la demandante no se encontró en las pruebas, y eso es tan preocupante para el tribunal como exculpatorio para la demandante.

Miré a Lucinda. Estaba claro que no entendía la jerga legal que salpicaba las palabras de la jueza, pero le dediqué una media sonrisa tranquilizadora. Hasta el momento, todo iba como queríamos.

—Desde el principio, algo fue mal en este caso y en la investigación —continuó la jueza—. Y este tribunal tiene la esperanza de que una revisión apropiada de la investigación inicial será el siguiente paso que se dará en estos procedimientos. No obstante, el tribunal también está preocupado por la defensa de la demandante con respecto a los cargos originales presentados contra ella.

Y entonces lo sentí. El contrapeso iba a caer. La jueza no iba a admitir la prueba en su decisión final sobre la demanda.

—El fundamento de una moción de *habeas corpus* es aportar nuevas pruebas que demuestren la detención ilegal del demandante —dijo Coelho—. Lamento decir que estas pruebas no son nuevas. Han estado guardadas en un laboratorio durante cinco años y es evidente que se podría haber accedido a ellas y haber analizado el ADN de la demandante desde el principio de la instrucción del caso. La afirmación de la parte demandante de que el ADN táctil es algo nuevo y no estaba disponible en ese momento no es correcta. Hay notables casos penales anteriores en los que se hizo uso del ADN táctil, entre ellos el de Casey Anthony en Florida y la investigación de JonBenét Ramsey en Colorado. Así pues, el tribunal debe decidir si esta prueba es nueva o si estaba disponible para ser buscada y analizada hace cinco años, antes de que la demandante se declarara *nolo contendere* del delito.

No me lo podía creer. Bajé la cabeza, ni siquiera podía volverme para mirar a mi clienta.

—El tribunal considera esto último —dijo Coelho—. Hace cinco años, la defensa podría haber buscado esta prueba, incluso debería haberlo hecho; por lo tanto, queda excluida de este procedimiento. La demandante puede muy bien quedarse con una reclamación válida de asistencia ineficaz del abogado en relación con el acuerdo de conformidad inicial de este caso, pero eso no forma parte de esta moción y de esta vista.

Me levanté de mi asiento.

—Señoría, esos casos que ha mencionado son aislados —dije—. Fueron investigaciones a gran escala a las que se dedicó mucho tiempo y dinero. Esa aplicación científica no se utilizó en casos más ordinarios. El abogado original del caso fue ineficaz, sí, pero no en este sentido. En aquel entonces, nadie utilizaba esa tecnología.

—Pero alguien podría haberlo hecho, señor Haller —dijo Coelho—. Y esa es la cuestión.

—¡No! No puede hacer esto.

La jueza me miró un momento, aparentemente aturdida por mi arrebato.

—¿Disculpe, señor Haller? —dijo finalmente.

—No puede hacer esto —repetí.

—Acabo de hacerlo, señor Haller —dijo—. Y tiene que...

—Está mal. Protesto. Es una prueba de inocencia. No puede desecharla porque no encaja con la jurisprudencia.

La jueza se quedó un momento en silencio, luego continuó en tono pausado.

—¡Señor Haller, tenga cuidado! —me advirtió—. El fallo está dictado. Si cree que es erróneo, hay recursos que puede interponer. Pero no se atreva a cuestionarme aquí. Si tiene otro testigo, llámelo al estrado y procederemos.

—No, no lo haré —dije—. Esto es una farsa. Rechazó la recreación y ahora rechaza esto. Mi clienta es inocente y usted ha desautorizado en todo momento todas las pruebas que lo demuestran.

La jueza se tomó un momento de pausa, pero su ira hacia mí no disminuyó. Parecía hervir en sus ojos. Me miraban como puñales.

—¿Ha terminado, señor Haller? —dijo finalmente.

—No —respondí—. Protesto. Las pruebas son nuevas. No tienen cinco años. Se han determinado en un laboratorio esta mañana. ¿Cómo puede afirmar que no son nuevas y enviar a esta mujer, madre de un adolescente, de vuelta a prisión por un crimen que no cometió?

—Señor Haller, le daré una oportunidad para que se siente y cierre la boca —dijo Coelho—. Está peligrosamente cerca de incurrir en desacato a este tribunal.

—Lo siento, señoría, pero no voy a ser amordazado —dije—. Debo decir la verdad porque este tribunal no lo hará. Rechazó la recreación del crimen, y está bien, puedo superarlo. Pero el ADN... El ADN prueba que a mi clienta le tendieron una trampa para que cargara con este asesinato. ¿Cómo puede sentarse ahí y decir que es inadmisible? En cualquier otro tribunal de este país sería prueba de...

—¡Señor Haller! —rugió la jueza—. Se lo he advertido. Lo hallo en desacato a este tribunal. Alguacil, llévese al señor Halle bajo custodia. Esto es un tribunal federal, señor Haller. Replicar al tribunal e insultar sus decisiones puede que le sirva en un tribunal estatal, pero no aquí.

—¡No puede callarme! —grité—. Esto está mal, y todos los que están aquí lo saben.

De repente, Nate, el alguacil, me empujó desde atrás y me inclinó sobre la mesa. Me tiraron de los brazos y me esposaron las muñecas a la espalda, sin contemplaciones. Una mano me agarró por la nuca y me puso de pie. El alguacil me dio la vuelta y me empujó hacia la puerta que conducía a los calabozos.

—Quizás una noche en el calabozo le enseñe a respetar al tribunal —me dijo Coelho.

—¡Lucinda Sanz es inocente! —grité mientras me empujaban a través de la puerta—. ¡Usted lo sabe, yo lo sé, todos en la sala lo saben!

Lo último que oí antes de que se cerrara la puerta fue a Coelho levantando la sesión.

Era exactamente lo que esperaba que ocurriera.

Parte 11

Un coro de bocinas

43

Bosch conducía el Navigator, Arslanian iba a su lado. Avanzaban con tráfico lento por la autovía 101 en dirección norte.

—¿Crees que lo retendrá toda la noche? —preguntó Arslanian.

—Eso parece —respondió Bosch—. Parece que la ha puesto furiosa. Ojalá hubiera estado en la sala.

—¿Crees que correrá peligro ahí dentro?

—Probablemente lo aislarán. Lo último que quiere la jueza es que un abogado que ella metió allí resulte herido.

—Bueno, ¿lo tendrán en la celda del juzgado toda la noche?

—No, lo llevarán al CMD.

—¿Qué es el CMD?

—El Centro Metropolitano de Detención, es la cárcel federal. Nadie pasa la noche en el calabozo del juzgado. A todos los llevan en autobús al CMD al final del día. Probablemente esté en un autobús ahora, o los alguaciles podrían trasladarlo solo debido a su estatus VIP.

—Eso espero.

—No le pasará nada. Seguro que lo tuvo todo en cuenta antes de ponerse como loco con la jueza. Cuando le acusaron de asesinato hace unos años, pasó tres meses en el condado y consiguió mantenerse a salvo. Te enteraste de eso, ¿verdad?

—Oh, sí. Estaba dispuesta a ayudar si hacía falta, pero entonces tú y los demás del equipo lo conseguisteis.

—Sí, incluida Maggie McFierce, que hoy me ha destrozado bastante en el estrado.

—¿Sabes?, pensé en hacerme abogada, en la posibilidad de añadir una licenciatura en Derecho a las otras. Pero luego pensé, nah, demasiadas zonas grises y lealtades cambiantes. Me quedaré con el lado científico de las cosas.

—Buena idea.

—De todos modos, no puedo creer la decisión de la jueza.

Bosch no contestó. Había ocurrido lo que Haller había dicho en la comida. La jueza optó por seguir el manual, no por lo que era correcto. Ahí no había zonas grises.

—Está saliendo —dijo.

Arslanian miró a través del parabrisas. Bosch cambió de carril para no perder al coche que estaban siguiendo.

—¿Adónde crees que va? —preguntó Arslanian.

—No tengo ni idea —respondió Bosch—. No creo que viva tan lejos del AV.

Sanger conducía una camioneta Rivian. Había tan pocas como esa en la carretera que era fácil seguirla; Bosch podía quedarse muy atrás y que no se fijara en él. Sin embargo, al tomar la rampa de salida de Ventura Boulevard, se dio cuenta de que iba a terminar solo dos coches por detrás de ella en el semáforo. Si Sanger miraba por los retrovisores, podría reconocer el Navigator y a las dos personas que iban en su interior.

Había dos carriles. El Rivian estaba en el carril interior con otra camioneta detrás. Bosch paró detrás de la segunda camioneta y bajó el parasol. En la caja de la camioneta de delante había un portatubos y otro material de mantenimiento de aire acondicionado que servían para ocultarlos.

Vieron a un vagabundo en el arcén, con un cartel en el que pedía ayuda de cualquier tipo. Cuando no recibió nada del Rivian, empezó a caminar por el arcén, levantando su cartel de cartón escrito a mano.

El semáforo seguía en rojo.

Desde su posición privilegiada, Bosch podía ver el lateral de la camioneta que tenía delante y el de la de Sanger. Vio que la ventanilla del conductor del Rivian bajaba; vio salir humo de cigarrillo cuando Sanger extendió el brazo fuera y tiró algo al arcén, junto a la mochila y la caja de leche de plástico del vagabundo.

—Acaba de tirar algo por la ventana —dijo Bosch—. Creo que era una colilla. Eso servirá, ¿no?

—¡Sí! —exclamó Arslanian—. Desde luego. ¿La ves?

—Creo que sí.

—Vamos a recogerla.

—Probablemente la perderemos si nos detenemos.

—No importa. El cigarrillo es todo lo que necesitamos. Vamos directamente al laboratorio con él.

El semáforo se puso en verde y el Rivian arrancó y se fue a la izquierda para cruzar el paso elevado y bajar a Ventura. Bosch miró por el retrovisor y vio que tenía dos coches detrás. Puso los intermitentes de emergencia y apartó el Navigator en el arcén todo lo que pudo, pero no había espacio suficiente para liberar completamente el carril y al mismo tiempo tener espacio para abrir la puerta y salir.

Un coro de bocinas. Sin inmutarse, Bosch detuvo el coche, bajó y encontró al vagabundo parado en el estrecho espacio que quedaba entre el Navigator y el muro de hormigón que bordeaba la rampa de salida.

—Eh, ¿qué coño pasa? —soltó el hombre—. Casi me atropellas, tío.

—Lo siento —dijo Bosch.

Cerró la puerta del coche y se dirigió hacia la caja de leche, sacando el teléfono mientras se acercaba. Se agachó no sin que sus rodillas enviaran señales de tensión a su cerebro. Inspeccionó la zona cercana a la caja de leche y vio la colilla sobre la grava suelta. Abrió la aplicación de la cámara e hizo una foto de la colilla *in situ*, tal y como la había encontrado, por si acaso se cuestionaba la recogida de pruebas. A continuación, guardó el teléfono y sacó una bolsa con cierre zip del bolsillo de su abrigo. Utilizando la bolsa como guante, cogió la colilla desechada y cerró la bolsa.

Se levantó, dio media vuelta y se dirigió de nuevo al Navigator. El vagabundo seguía allí de pie, con cara de perplejidad.

—Oye, tío, ese cigarrillo es mío —le dijo—. Este es mi sitio. Es mío.

—Es solo una colilla —respondió Bosch—. Se lo ha fumado hasta el filtro.

—No importa. Es mía. ¿Quieres comprarla?

—¿Cuánto cuesta?

—Diez dólares.

—¿Por una colilla?

—Diez dólares, tío. Ese es el precio.

Bosch se metió la mano en el bolsillo y sacó dinero. Tenía un billete de veinte y otro de diez. Le tendió el billete de diez al hombre.

—¿Te importa apartarte para que pueda volver a entrar en el coche? —preguntó Bosch.

—Claro que no, jefe.

Cogió el billete de diez y retrocedió.

Bosch entró en el Navigator y cerró la puerta. Le dio la bolsa a Arslanian mientras miraba por el retrovisor para ver si podía volver a incorporarse al carril de circulación. Arslanian examinó el contenido de la bolsa sin abrirla.

—Esto va a ser perfecto —dijo—. Hemos tenido suerte.

—Ya era hora —dijo Bosch.

—Pensaba que íbamos a seguirla al menos hasta Antelope Valley. Y que tendríamos que buscar en su basura.

—Yo también. Bueno, ¿a Applied Forensics?

—Por supuesto. Llamaré antes para que nos estén esperando. Si llevamos esto ahora, mañana tendremos lo que necesitamos.

El semáforo se puso en verde y Bosch metió el Navigator en el carril delante de un coche, lo que provocó otro bocinazo airado del conductor. Bosch levantó la mano, le dio las gracias y siguió conduciendo.

Mientras se dirigían hacia Van Nuys, Bosch fue atando cabos.

—Ella entró en mi casa —dijo.

—¿Quién? —preguntó Arslanian.

—Sanger.

—¿Cuándo?

—Hace unos siete meses. No había estado seguro hasta ahora. Olí humo de cigarrillo cuando llegué a casa y la encontré abierta.

—¿Se llevó algo?

—No. Solo quería que lo supiera. Era una táctica intimidatoria. —Bosch sonrió y negó con la cabeza—. Pero no funcionó porque no estaba seguro de si había dejado la puerta abierta y estaba perdiendo la cabeza. No sé, como demencia o algo así. Pensé que el olor a cigarrillo podría haber sido un efecto secundario del isótopo que me estaban poniendo.

—Bueno, entonces supongo que será agradable saber que realmente entraron en tu casa, aunque suene raro.

—Sí, supongo que tienes razón.

Bosch pensó en la denuncia policial que Maggie McFierce había utilizado para avergonzarle en el juicio y sugerir que estaba perdiendo la cabeza. Se sintió reivindicado.

Parte 12

El terreno probatorio

44

Por la mañana, los alguaciles me trasladaron de nuevo al juzgado federal en el autobús que salía de la cárcel a las siete en punto. Pasé las dos horas siguientes en el calabozo del juzgado con otros detenidos que esperaban que los llevaran a salas específicas y a sus celdas de detención. Yo vestía de azul federal y no sabía qué había ocurrido con mi ropa, mi cartera y mi teléfono. Finalmente, me trasladaron a la celda de la sala de la jueza Coelho. Lucinda Sanz ya estaba en la celda contigua a la mía. No podíamos vernos, pero sí oírnos.

—Mickey, ¿está bien? —susurró.

—Estoy bien —le dije—. ¿Cómo se siente, Cindi?

—Estoy bien. No puedo creer que le hicieran quedarse toda la noche.

—La jueza quería dejarlo claro.

El alguacil Nate entró en la zona de calabozos, abrió mi celda y me entregó una bolsa de la compra de papel marrón.

—Su ropa —dijo—. Vístase. La jueza quiere verle.

Abrí la bolsa y rebusqué en ella. Mi traje estaba hecho una bola encima de mis zapatos.

—¿Dónde está mi teléfono? —pregunté—. ¿Y mi cartera y mis llaves?

—En mi escritorio —dijo Nate—. Se lo devolveré todo cuando la jueza me lo diga. Tiene cinco minutos. Vístase.

—No, no me voy a vestir con esto. El traje está arrugado. Si va a llevarme a ver a la jueza, iré así.

—Como quiera, ¿tengo que volver a ponerle la cadena de la cintura y las esposas o va a portarse bien?

—No hace falta.

Me sacó de la celda y pasamos por delante de la de Lucinda de camino a la puerta del juzgado.

—Aguante, Lucinda —le dije.

Me acompañaron a través de la sala, que estaba a oscuras excepto por la única luz sobre el corral de Gian Brown.

—¿Puedo hacerle pasar? —preguntó Nate.

—La jueza lo está esperando —respondió Brown.

Me miró de arriba abajo.

—¿Seguro que no quiere cambiarse de ropa? —preguntó Brown.

—Estoy seguro —dije.

El alguacil abrió la portezuela del corral del secretario y accedimos al pasillo que conducía al despacho de la jueza. Nate llamó a la puerta y oímos que daba su permiso para que entráramos.

Nate me hizo pasar y me senté en una de las sillas frente al escritorio. La jueza Coelho estaba sentada al otro lado.

—He dado instrucciones para que vuelva a ponerse el traje, señor Haller —dijo.

—El traje está hecho polvo —dije—. Es un Canali. Seda italiana enrollada en una bolsa de papel durante la noche. Necesito mi teléfono para que me traigan un traje nuevo.

—Le daremos su teléfono. Nate, por favor, téngalo listo para el señor Haller cuando terminemos aquí. Ya puede volver a la sala.

El alguacil parecía indeciso.

—¿Está segura de que no debo quedarme, señoría? —preguntó.

—Estoy segura —dijo Coelho—. Llamaré cuando sea el momento de venir a buscar al señor Haller. Ya puede irse.

El alguacil salió de la sala y cerró la puerta tras de sí. La jueza me miró un momento, evaluándome y decidiendo qué decir.

—Siento que haya llegado a esto, señor Haller —dijo finalmente—. Pero la falta de respeto que mostró ayer al tribunal no podía permitirse. Espero que haya aprovechado la noche para reflexionar sobre cómo se comportó en mi sala y pueda asegurarme que no volverá a ocurrir.

Asentí con la cabeza.

—Reflexioné sobre muchas cosas —dije—. Pido disculpas por mis palabras y acciones. Estoy arrepentido. No volverá a ocurrir, se lo prometo.

Lo único que había resuelto durante mi noche en una fría celda en solitario era no volver a dirigirme a Coelho como «señoría».

—Muy bien —dijo Coelho—. Disculpa aceptada. Queda usted libre de desacato, y tal vez podamos apresurarnos con su demanda para no perder toda la mañana. Diré a todas las partes que estén en el juzgado a las once para proceder.

—Gracias —dije—. Me gustaría quitarme este traje lo antes posible.

—Acabo de llamar a Gian, y Nate tendrá sus pertenencias ahí fuera.

—Cuando avise de la reanudación de la vista, ¿puede asegurarse de que la sargento Sanger está avisada para que vuelva al juzgado? Lo más probable es que sea mi próxima testigo.

—Ordenaré su regreso.

Cinco minutos más tarde estaba sentado en la sala del tribunal sacando mi teléfono de una bolsa de plástico. La primera llamada que hice fue a Bosch.

—Mick, ¿te han soltado?

—Sí, hace un momento. ¿Qué pasa? ¿Dónde estás?

—Estamos en Applied Forensics. Llevamos una colilla de cigarrillos de Sanger, y hace quince minutos Shami dijo que necesitan dos horas más.

—Vale. Puedo adaptarme a eso. En cuanto sepas algo, mándame un mensaje.

—Entendido.

Colgué y llamé a Lorna Taylor.

—Dios mío, Mickey, ¿estás bien?

—Ahora sí.

—¿Dónde estás?

—En la sala del tribunal. Necesito que me consigas un traje, camisa y corbata, y que me lo traigas todo aquí.

—No hay problema. ¿Cuál?

—Creo que el Hugo Boss. El gris con rayas claras. Camisa oxford azul claro y elige cualquier corbata. Sabes dónde está la llave, ¿verdad?

—¿En el mismo sitio?

—En el mismo sitio.

Las siguientes palabras las dije en un susurro para que Gian y Nate no pudieran escuchar.

—Lorna, escucha, no tengas prisa. No llegues con el traje hasta por lo menos las doce y media. Harry y Shami necesitan tiempo.

—Entendido.

Levanté la voz a su tono normal.

—Vale, probablemente volveré al calabozo, así que llévaselo al alguacil de la sala. Se llama Nate.

—Entendido. Ahora me voy a tu casa.

—Gracias.

Colgué y me levanté. Me presenté al alguacil Nate y le dije que me gustaría esperar en el calabozo para poder visitar a mi clienta y luego cambiarme cuando llegara mi traje limpio.

Mientras me llevaban de vuelta al calabozo, me di cuenta de que no había comido nada y que debería haberle dicho a Lorna que me trajera una barrita energética. El vacío en mi estómago crecía por la ansiedad que sentía por lo que estaba sucediendo en Applied Forensics. Sabía que era mi última oportunidad con el gambito que había jugado los dos últimos días. Muy pronto iba a llegar la hora de la verdad.

45

La vista sobre la moción de *habeas corpus* no se reanudó hasta casi las dos, gracias al retraso de Lorna en traerme el traje. A la jueza no le hizo mucha gracia empezar tan tarde, pero yo me alegré porque ya tenía todo lo que necesitaba para enfrentarme una vez más a Stephanie Sanger en el estrado de los testigos. Bosch y Arslanian habían llegado. Arslanian estaba en el pasillo preparada para testificar y Bosch sentado en la primera fila de la galería junto al dibujante de la sala de Channel 5.

Después de que la jueza Coelho abriera la sesión y me dijera que procediese, llamé a la sargento Stephanie Sanger al estrado de los testigos. La jueza le recordó que continuaba bajo juramento.

—Me alegro de volver a verla, sargento Sanger —empecé—. Quiero empezar hoy preguntándole por algunos testimonios y pruebas que llegaron la semana pasada, concretamente sobre los datos de telefonía que examinó mi investigador.

—¿Hay alguna pregunta ahí? —preguntó Sanger.

—Todavía no, sargento Sanger. Pero empecemos por esta. El día que asesinaron al ayudante Roberto Sanz en el jardín delantero de la casa de su exmujer, ¿le seguía usted?

Sanger volvió a clavarme esa mirada con los ojos como dagas.

—Sí, lo seguía —dijo.

Asentí y anoté algo en mi bloc de notas. No importaba lo que Maggie McFierce hubiera hecho con la credibilidad de Bosch en el estrado, los datos contenían hechos irrefutables y Sanger no estaba en posición de negarlos. Aun así, me sorprendió su respuesta directa a mi primera pregunta. Me desconcertó, porque esperaba tener que plantearle varias preguntas antes de conseguir que admitiera que había seguido a Roberto Sanz. Mi bloc de notas estaba lleno de preguntas complementarias que ya no necesitaba. Eso me hizo saltar a una serie improvisada de preguntas que nunca debería haber formulado.

—¿Admite que seguía a Roberto Sanz el día de su muerte?

—Sí, acabo de hacerlo.

—¿Por qué lo seguía?

—Porque él me lo pidió.

Ahí estaba. Con una pregunta desacertada e improvisada nos adentrábamos en terreno desconocido, y no me cabía duda de que lo que saldría sería una historia inventada para explicar los incontrovertibles datos del móvil. Sabía que, si no lo sacaba todo a la luz e intentaba controlarlo, Hayden Morris lo haría en su nuevo contrainterrogatorio. Tenía que ocuparme de eso de inmediato y luego volver al camino que había previsto.

—¿Por qué le pidió Roberto Sanz que lo siguiera? —pregunté.

—Porque iba a reunirse con un agente del FBI y le preocupaba que le estuvieran tendiendo una trampa —dijo Sanger—. Quería que vigilara, por si algo salía mal y necesitaba que acudiera al rescate.

Sanger y el fiscal general estaban haciendo exactamente lo que yo había estado haciendo durante toda la vista, asumir los elementos negativos y hacerlos suyos. Si tiene mala pinta que estuvieras siguiendo a la víctima de asesinato, entonces di que la víctima de asesinato te lo pidió: no había nadie vivo para refutarlo.

—¿Necesitaría que lo rescatara de un agente del FBI? —pregunté.

—No necesariamente en ese momento —respondió Sanger—. Más bien más tarde, si necesitaba a alguien que avalara su historia de que se había reunido con el FBI y había rechazado lo que fuera que el FBI quería.

—¿Nunca le contó lo que quería el FBI?

—Nunca tuvo la oportunidad.

—Entonces, ¿cómo sabe que utilizó la reunión para rechazar al FBI?

—Me dijo de antemano que eso era lo que planeaba hacer.

Era una historia que no tenía mucho sentido si se examinaba con atención. Pero sabía que, si seguía sumergiéndome en la ciénaga, podría tropezar con todo tipo de trampas ocultas. Ya había hecho bastante daño al darle a Sanger la oportunidad de explicar los datos de la torre de telefonía. Improvisé lo mejor que pude.

—¿Y nunca presentó una denuncia sobre eso ni se lo contó a los investigadores del asesinato de Sanz? —pregunté.

—No, no lo hice —dijo Sanger.

—¿Asesinan a Sanz después de una reunión clandestina con un agente del FBI y no pensó que los investigadores del homicidio querrían saberlo?

—No lo pensé.

—¿Y por qué?

—Pensé que mancharía la reputación de Robbie Sanz. Estaba muerto, su exmujer lo había matado, y no creía que hubiera que sacar el tema.

Una vez más le había abierto una puerta. Tenía que encontrar la manera de salir de esa ciénaga.

—Muy bien, sigamos adelante, sargento Sanger —dije—. Por favor, describa para el tribunal el protocolo que siguió cuando realizó la prueba de residuos de disparo a Lucinda Sanz la noche del asesinato de su exmarido.

—Es bastante sencillo, la verdad —dijo—. Los tampones vienen en un paquete de dos y…

—Permítame que le interrumpa. ¿Puede explicarme a qué se refiere con los tampones?

—Son unos discos redondos de espuma con un adhesivo de carbono que recoge los residuos cuando se pasan por las manos y los brazos de una persona.

—¿Así que abrió un paquete que contenía dos tampones cuando le hizo la prueba a Lucinda Sanz?

—Correcto.

—¿Usó guantes?

—Sí.

—¿Por qué, sargento Sanger?

—Para no contaminar los tampones. Llevo y manejo un arma, así que mis manos podrían tener residuos de disparo. Es protocolo estándar en el departamento y en todas las demás agencias llevar guantes mientras se realiza una prueba de residuos de disparo a un sospechoso.

—¿Está diciendo que en ese momento Lucinda Sanz ya era sospechosa?

—No, me refería al protocolo general. En el caso al que se refiere concretamente, a la señora Sanz no se la consideraba sospechosa, no en ese momento. La teníamos por una testigo, principalmente, hasta que reuniéramos todos los datos.

—¿Por qué se dio tanta prisa en hacerle la prueba de residuos de disparo si solo era una testigo?

—Porque, en primer lugar, los residuos se desprenden de la piel. Es mejor hacer un test en las dos horas siguientes a un incidente con un arma. Después de cuatro horas es inútil debido al desprendimiento. Y, en segundo lugar, no sabíamos lo que teníamos ahí, así que era mejor tomar todas las precauciones. Hice la prueba y resultó ser positiva. Creo que testifiqué sobre todo esto.

—No pasa nada, sargento Sanger. Queremos asegurarnos de hacerlo bien. ¿Cómo se enteró de que la prueba había dado positivo?

—El investigador responsable me llamó para decírmelo y darme las gracias por hacer la prueba tan pronto. Me dijo que fue una respuesta positiva muy sólida.

Pedí a la jueza que eliminara la segunda parte de la respuesta de Sanger por no responder a mi pregunta, pero Coelho lo desestimó y me dijo que siguiera adelante.

—Así que lo hizo todo según las normas, ¿no es así, sargento Sanger?

—Correcto.

—Se puso guantes, hizo la prueba y luego guardó los tampones en una bolsa de laboratorio para su análisis.

—Correcto.

—Sin contaminación.

—Correcto.

—Y le dio esa bolsa de laboratorio al ayudante Keith Mitchell para que la entregara a los investigadores de Homicidios, ¿sí?

—Sí.

Morris se levantó y protestó.

—Señoría, el abogado ya abordó todo esto en su primer interrogatorio —dijo—. ¿Por qué estamos perdiendo el tiempo del tribunal?

—Yo me preguntaba lo mismo, señor Haller —dijo Coelho.

—Mis próximas preguntas deberían llevarnos a un nuevo territorio —apunté.

—Muy bien —dijo ella—, pero voy a atarle en corto. Prosiga.

Miré mi bloc de notas y me recompuse para la siguiente pregunta.

—Sargento Sanger, ¿está familiarizada con el ADN táctil?

Morris se levantó con rapidez.

—Señoría, ¿podemos acercarnos? —preguntó.

Coelho nos hizo una señal con la mano.

—Suban —dijo.

Morris y yo nos acercamos al estrado de la jueza. Coelho se inclinó hacia delante para escuchar la protesta del fiscal.

—Señoría, el abogado está entrando en un área de interrogatorio que el tribunal declaró inadmisible ayer —dijo Morris—. No sé si está intentando preparar otro arrebato seguido de una reprimenda del tribunal, pero es evidente que se dirige hacia la zona prohibida.

—No es cierto —intervine con rapidez—. No tengo intención de preguntarle nada a esta testigo sobre la ausencia del ADN de Lucinda Sanz en el disco del test de residuos. La resolución judicial me quedó ayer meridianamente clara.

—Pensaba que una noche en el calabozo lo mantendría alejado de lo que se vetó ayer, señor Haller —dijo Coelho.

—Así ha sido —contesté—. Y puede volver a meterme en la celda si saco a relucir el ADN de mi clienta o su ausencia de este.

—Muy bien, proceda —dijo Coelho—. Con cuidado. Objeción denegada.

Volvimos a nuestros lugares y revisé mis notas.

—De nuevo, sargento Sanger, ¿está familiarizada con el ADN táctil? —le pregunté.

—Sé lo que es —dijo Sanger—. Pero no soy una experta en ello. Tenemos un laboratorio para eso.

—Bueno, no hace falta que sea una experta para responder a esto. ¿Cómo es posible que, con el protocolo que dice haber seguido para hacer el test de residuos de disparo a Lucinda Sanz, su propio ADN acabara en al menos uno de los tampones que supuestamente pasó por las manos y los brazos de Sanz?

Morris se levantó de la silla como si hubiera recibido una descarga eléctrica. Abrió los brazos.

—Señoría, el abogado ha hecho exactamente lo que acaba de decir que no haría —dijo.

—No, no lo he hecho —repuse con rapidez—. Le he preguntado a la testigo si...

—Permítame que lo detenga ahí —dijo Coelho—. Los veré a los dos en mi despacho ahora mismo. Los demás pueden tomarse un descanso de quince minutos.

Abandonó el estrado tan deprisa que solo vi un remolino de toga negra.

Morris y yo la seguimos.

46

Todavía con la toga puesta, nos miró desde detrás de su escritorio.

—Siéntense —ordenó—. Señor Haller, una vez más estoy perdiendo la paciencia con usted. No puedo creer que se deba a que el alojamiento que le proporciona el Centro Metropolitano de Detención sea de su agrado.

—No —respondí—. En absoluto.

—Entonces no entiendo lo que está haciendo —dijo—. Como el señor Morris ya ha señalado, está caminando peligrosamente cerca del fuego. Dictaminé que los resultados de laboratorio que mostró ayer eran inadmisibles, y aquí está usted, preguntando a la testigo sobre resultados de laboratorio.

Asentí con la cabeza mientras ella lo decía.

—Usted dictaminó que los discos de residuos podrían haber sido probados por la defensa en busca del ADN de Lucinda Sanz en el momento de la instrucción inicial de este caso —dije—. Dictaminó que no era una prueba nueva sacada a la luz bajo los requisitos de un proceso de *habeas corpus*, sino más bien un error del abogado defensor de entonces y, por lo tanto, inadmisible. Como he dicho durante el aparte, no voy en esa dirección.

—Entonces, ¿adónde va? —preguntó Coelho.

—La testigo acaba de declarar sobre los protocolos que supuestamente siguió cuando le hizo la prueba de residuos de disparo a Lucinda Sanz. Se puso guantes, abrió la bolsa de pruebas, aplicó los tampones sobre la piel de Sanz y luego volvió a guardarlos en la bolsa. Estoy preparado para proporcionar al tribunal pruebas de que el ADN de la sargento Sanger está en el tampón entregado a la defensa hace cinco años y que se guardó en Applied Forensics desde entonces.

—¿Ha hecho una comparación con su ADN?

—Sí.

—¿Y de dónde sacó su ADN, ya que no fue un análisis ordenado por este tribunal?

—Sanger es fumadora. Su ADN se tomó de una colilla que tiró ayer después del juicio. Mi investigador y mi experta en criminalística la recogieron y la llevaron a Applied Forensics para hacer una comparación con el ADN no identificado encontrado en el tampón del caso Sanz. Para que lo sepa, este análisis no requirió el examen del disco de residuos de disparo, que es una prueba y habría requerido una orden suya. Se trataba de una comparación del ADN de la colilla recogida con el perfil de ADN desconocido hallado durante el análisis anterior de la prueba. Recibimos los resultados justo antes de que se abriera la sesión de hoy. Es ADN de Sanger, y tengo derecho a preguntarle cómo llegó allí.

Morris emitió un gemido que terminó por convertir en una protesta.

—Es tan inadmisible como ayer —dijo—. Además, es imposible hacer un análisis de ADN en menos de veinticuatro horas.

—No si estás dispuesto a pagar —repliqué—. Y si tu experta es reconocida en todo el país y supervisa el trabajo.

—Señor Haller, ¿adónde cree que va con esto? —preguntó la jueza.

—Adonde siempre hemos ido con este caso —dije—. A Lucinda Sanz le tendieron una trampa para acusarla del asesinato de su exmarido. La prueba clave de este montaje fue el test de residuos de disparo. No solo indicaba que mi clienta había disparado un arma, sino que aparentemente la pilló en una mentira, y a partir de ahí los investigadores nunca buscaron a nadie más. La teoría y la creencia de la demandante es que entre el momento en que Sanger tomó las muestras de Sanz y el momento en que Mitchell entregó las pruebas a los investigadores de Homicidios, los discos (o tampones) fueron sustituidos por discos que contenían residuos de disparo. ¿Quiere saber adónde voy? Voy directo a Sanger. Quiero saber cómo acabó su ADN en ese disco.

Coelho guardó silencio mientras seguía mi argumento. Aproveché el espacio para reforzar mi tesis antes de que Morris pudiera intervenir.

—Esta es una nueva prueba —dije—. No es algo que la defensa original pudiera haber presentado, porque el nombre de Sanger ni siquiera aparece en los informes policiales. Usted echó por tierra la recreación del crimen y el ADN de ayer, pero si juntas estas cosas queda claro lo que ocurrió. Ahora, Stephanie Sanger incluso admite que vio a Roberto Sanz reunirse con un agente del FBI, pero nunca lo denunció a la investigación. ¿Por qué? Porque ella fue quien mató a Sanz y le tendió una trampa a su exmujer para que cargase con la culpa.

La jueza siguió mirándome sin verme realmente. Estaba siguiendo los pasos, comprobando la lógica de mi teoría. Morris, al parecer, ya la había descartado, probablemente porque procedía de un abogado defensor y él estaba entrenado para no darles nunca la razón.

—Esto es una fantasía —dijo—. Señoría, es imposible que lo considere válido. Es humo y espejos, exactamente por lo que es famoso el señor Haller.

Coelho dejó sus cavilaciones y me miró.

—¿Por eso se lo conoce, señor Haller? —preguntó—. Humo y espejos.

—Espero que sea por algo más que eso —respondí.

Asintió con la cabeza; su expresión resultaba imposible de interpretar. Pero entonces dijo las palabras mágicas que había estado esperando:

—Voy a permitirlo. Señor Haller, puede hacer sus preguntas..., y veremos hasta dónde llega.

—Señoría, tengo que protestar —dijo Morris—. Esto es puro...

—Señor Morris, usted ya ha protestado y acabo de desestimar su protesta —lo interrumpió Coelho—. ¿No le ha quedado claro?

—Sí, señoría —respondió débilmente.

—Gracias, señoría —dije.

Con su dictamen, la jueza estaba redimida a mis ojos.

La jueza se quedó atrás mientras salíamos de su despacho. Seguí a Morris de vuelta a la sala. Se mantuvo en silencio, caminando deprisa como si quisiera alejarse de mí.

—¿Se te ha comido la lengua el gato, Morris? —le dije—. ¿O es el peso de saber que estás en el lado equivocado?

No respondió más que levantando el puño, con el dedo corazón extendido. Luego cruzó la puerta de la sala y no se molestó en mantenerla abierta para mí.

—Buen tipo —dije.

En la sala vi que el sitio donde se había sentado Bosch estaba vacío. Salí al pasillo con la esperanza de encontrarlos a él y a Arslanian antes de que la jueza ocupara su lugar y reabriera la sesión.

Encontré a Shami en un banco junto a la puerta de la sala, pero no había ni rastro de Bosch.

—La jueza va a admitir el ADN de Sanger —le dije—. Tendrás que declarar sobre la colilla, su recogida y todo lo demás.

—Mickey, eso es genial —dijo Arslanian—. Estoy preparada.

—¿Dónde está Harry? Puede que también lo necesitemos a él si la jueza quiere ver sus fotos del cigarrillo.

—Cuando Sanger salió de la sala, él la siguió fuera. Me dijo que quería vigilarla por si salía corriendo.

—¿En serio?

—Instinto de policía, supongo.

Nunca había dudado de los instintos policiales de Bosch. El informe de Arslanian me hizo reflexionar sobre cómo continuaría el caso si Sanger se daba a la fuga.

Parte 13

El hombre de negro

47

Bosch quería acercarse para poder oír su conversación, pero no podía arriesgarse. Obviamente, Sanger lo conocía, y al hombre lo había visto en la última fila de la sala. Si alguno de los dos lo veía, lo más probable era que interrumpieran lo que parecía una conversación acalorada. Así pues, Bosch observó desde lejos, utilizando como parapeto la marquesina de una parada de autobús de Spring Street, delante del juzgado.

Sanger y el hombre con el que hablaba se encontraban en la zona designada para fumadores en la parte norte del juzgado. Ella estaba de pie junto a una urna de hormigón que servía de cenicero del tamaño de un cubo de basura. Sanger fumaba, pero su interlocutor no. A Bosch le pareció que era latino. Era bajito, de piel morena, pelo negro azabache y un bigote que le sobrepasaba la comisura de los labios. La conversación parecía un enfrentamiento. El hombre vestía completamente de negro como un sacerdote y se inclinaba ligeramente hacia Sanger mientras hablaba. Y Sanger se inclinaba hacia él, moviendo enfáticamente la cabeza con fuerza cuando no estaba de acuerdo con lo que el hombre decía.

Bosch miró el reloj. El descanso de la sala estaba a punto de terminar y necesitaba al menos cinco minutos para volver a pasar por seguridad y coger un ascensor. Cuando volvió a mirar hacia la zona de fumadores, vio que el hombre se acercaba aún más a Sanger y le agarraba la parte delantera del uniforme con una mano. Ocurrió tan deprisa que Sanger casi no forcejeó. Con la mano que le quedaba libre, el hombre sacó el arma de Sanger de su cartuchera, le puso el cañón en el costado y disparó tres tiros rápidos, utilizando el cuerpo de Sanger para amortiguar los disparos. A continuación, la empujó contra la urna y la sargento se desplomó sobre ella hasta caer al suelo. Una mujer que pasaba por la acera gritó y empezó a huir del juzgado.

El hombre de la pistola ni siquiera levantó la vista. Rodeó la urna, extendió el brazo y disparó una vez más, acabando con Sanger de un tiro en la cabeza. Luego se volvió y salió tranquilamente de la zona de fumadores. Pasó junto a la escalinata del tribunal, salió rápidamente a la acera y se dirigió hacia el sur por Spring Street. Llevaba la pistola al costado.

Bosch salió de la marquesina del autobús y subió corriendo los escalones hasta la zona de fumadores. Sanger estaba muerta, con los ojos abiertos y la mirada perdida hacia el cielo. La última bala le había impactado justo en el centro de la frente. La sangre empapó su uniforme y el hormigón que la rodeaba.

Bosch se volvió. El asesino estaba a una manzana de distancia, en Spring. Un alguacil uniformado había cruzado las pesadas puertas de cristal del juzgado después de oír los disparos y el grito de la transeúnte. Bosch se acercó a él.

—Han disparado a un ayudante del sheriff. Ha sido ese tipo que camina por Spring.

Bosch señaló al hombre de negro.

—¿Dónde está la ayudante?

—En la zona de fumadores —dijo Bosch—. Está muerta.

El alguacil salió corriendo hacia la zona de fumadores mientras sacaba una radio de una funda que llevaba en el cinturón y gritó:

—¡Disparos, agente caída! ¡Zona de fumadores del lado norte! Repito, disparos, agente caída.

Bosch miró a lo largo de Spring Street. El asesino había pasado el ayuntamiento y estaba casi en la Uno. Se estaba escapando.

Bosch lo persiguió por Spring. Sacó su teléfono y llamó al 911. Una operadora contestó inmediatamente.

—Nueve uno uno, ¿cuál es su emergencia?

—Ha habido un tiroteo a las puertas del Tribunal Federal. Un hombre ha matado a una ayudante del sheriff con su propia arma. Lo estoy siguiendo hacia el sur por Spring Street. Voy desarmado.

—Bien, señor, más despacio. ¿A quién han disparado? ¿Ha dicho una ayudante del sheriff?

—Sí, una ayudante del sheriff. La sargento Stephanie Sanger. Los alguaciles federales están allí y estoy siguiendo al culpable. Necesito refuerzos en Spring y la Uno. Está literalmente pasando por el EAP ahora mismo.

El edificio de Administración de la Policía estaba en el lado este de Spring. Mientras Bosch seguía al asesino, lo vio cruzar al lado oeste de la calle y seguir caminando a lo largo del antiguo edificio del *Los Angeles Times* hacia la calle Dos. Al cruzar, había vuelto la vista hacia Spring como si buscara coches, pero Bosch sabía que estaba comprobando si lo seguían. Bosch estaba a más de una manzana de distancia y no atrajo la atención del asesino.

—Creo que va a girar hacia el oeste por la Dos —dijo.

—Señor, ¿es usted de las fuerzas del orden? —preguntó el operador.

—Policía de Los Ángeles retirado.

—Entonces tiene que detenerse y esperar a que lleguen los agentes de policía. Ya están yendo para allá.

—No puedo. Se está escapando.

—Señor, necesita…

—Me he equivocado. No ha girado en la Dos. Todavía está en Spring, dirigiéndose al sur hacia la Tres.

—Señor, escúcheme, tiene que dejar de hacer lo que está haciendo y…

Bosch colgó y se guardó el teléfono en el bolsillo. Sabía que tenía que acelerar para no perder de vista al pistolero. Llegó a la esquina de Spring con la Dos justo cuando el pistolero llegaba a la Tres y doblaba la esquina perdiéndose de vista. Bosch echó a correr y cruzó al lado oeste cuando se abrió un hueco en el tráfico.

En la Tres, Bosch giró a la derecha y vio al pistolero a media manzana de Broadway. Había cruzado al lado sur de la calle. Bosch se quedó en la acera del lado norte, aminoró el paso y trató de regular la respiración. La calle Tres era un poco cuesta arriba y Bosch empezó a resoplar. El torrente de adrenalina que había llenado su flujo sanguíneo cuando vio asesinar a Sanger a plena luz del día empezaba a remitir.

El pistolero cruzó Broadway en rojo y giró a la izquierda en el otro lado. Cuando Bosch llegó a la esquina, el semáforo había cambiado y la señal de pasar estaba parpadeando. Bosch cruzó y vio que el pistolero se metía en el Grand Central Market.

Bosch oyó sirenas, pero no estaban cerca. Suponía que los agentes que había pedido habían acudido al lugar del tiroteo y no a la última ubicación que había dado a la operadora del 911.

El mercado estaba abarrotado de gente comprando o haciendo cola para pedir en los numerosos puestos de comida. Bosch entró y al principio no vio al hombre de negro. Entonces apareció en las escaleras centrales del mercado. En lo alto de la escalera miró hacia atrás, pero no se fijó en Bosch en medio del mar de compradores. Bosch supuso que buscaba uniformes y no a un viejo con traje.

Notó que el hombre ya no tenía la pistola en la mano, pero llevaba la camisa por fuera del pantalón. Eso le dijo a Bosch que no se había deshecho de la pistola. La llevaba metida en el pantalón, debajo de la camisa.

El pistolero cruzó el mercado, que ocupaba una manzana entera, salió en Hill Street y, sin dudarlo, se metió entre el tráfico y cruzó la calle. Bosch salió del mercado a tiempo para ver al hombre pasar por el torniquete de Angels Flight y subir al vagón que esperaba.

Bosch sabía que tenía que contenerse. No podía entrar en el vagón sin exponerse al asesino. Se quedó al otro lado de la calle y vio como la puerta se cerraba y el vagón empezaba a subir lentamente por las vías hacia la terminal en la cima de Bunker Hill.

Angels Flight era un funicular que se anunciaba como el trayecto en tren más corto del mundo. Contaba con dos vagones antiguos que subían y bajaban a lo largo de cuarenta y cinco metros de vías elevadas. Estaban contrapesados: uno subía y el otro bajaba, cruzándose en el punto medio de las vías. Bosch cruzó Hill Street cuando el segundo vagón llegó al torniquete inferior. Subió junto con un pequeño grupo de pasajeros y se sentó en uno de los bancos de madera. Esperó ansiosamente a que el vagón subiera por las vías.

En la parte superior de las vías había una plaza rodeada por los imponentes rascacielos de cristal del distrito financiero. Bosch se había colocado en la puerta superior del vagón para ser el primero en bajar cuando el vagón llegara a término. Allí estaba la taquilla y tuvo que pagar un dólar para poder pasar por el torniquete superior. Sacó el dinero y vio que el billete más pequeño que tenía era de veinte. Lo empujó a través de la abertura del cristal de la cabina.

—Quédese con el cambio —dijo—, pero déjeme pasar.

Después de pasar por el torniquete y salir a la plaza abierta, hizo un barrido de trescientos sesenta grados con la mirada, pero no localizó al hombre de negro.

Bosch vio una abertura entre una de las torres y el museo de arte contemporáneo a su derecha. Se dirigió hacia allí y empezó a trotar. Cuando llegó a Grand Avenue, hizo otro barrido de trescientos sesenta grados, pero no había ni rastro del hombre de negro. Había desaparecido.

—Mierda.

Estaba jadeando. Se agachó y apoyó las manos en las rodillas para recuperar el aliento. Estaba sudando.

—¿Se encuentra bien, señor?

Bosch levantó la vista. Era una mujer que llevaba una bolsa de la tienda del museo.

—Sí, estoy bien —dijo—. Solo un poco sin aliento. Pero gracias.

La mujer siguió su camino y Bosch se enderezó y miró la calle una última vez en ambas direcciones, buscando al hombre de negro. Nada captó su atención. Ningún peatón, ningún coche. El pistolero podría haber tomado una docena de caminos diferentes después de bajarse de Angels Flight.

El teléfono de Bosch zumbó y vio que era Haller.

—Mick.

—Harry, ¿dónde coño estás? Te necesito aquí. Está pasando algo. El secretario ha recibido una llamada y...

—Sanger está muerta.

—¿Qué?

—Está muerta. Alguien le disparó con su propia arma cuando estaba en el patio de fumadores.

—Oh, mierda.

—Lo seguí, pero lo perdí en Bunker Hill.

—¿Lo has visto pasar?

—Desde lejos. Tendré que hablar con la policía y contarles lo que sé.

—Claro.

—¿Qué pasa ahora? Con el caso.

—No tengo ni idea. Supongo que la jueza levantará la sesión por hoy. Esto es increíble.

—¿Ha vuelto a rechazar el ADN?

—No, lo ha admitido. Ha dictaminado a nuestro favor. Pero, sin Sanger, no sé qué pasará.

Bosch se dio cuenta de que a Haller no le habrían dejado usar su teléfono en la sala.

—¿Dónde estás? —preguntó.

—En el pasillo —contestó Haller—. La jueza me ha enviado a buscaros a ti y a Sanger. ¿Quién ha disparado?

—No lo sé, pero hoy estaba en la sala. En la última fila. Lo he visto.

—¿Un latino?

—Sí.

—Yo también lo he visto. No lo recuerdo de días anteriores.

—Yo tampoco. Voy a volver, pero probablemente estaré liado con la policía un rato.

—Entendido. Voy a ver qué quiere hacer la jueza.

Bosch colgó y caminó hacia el norte por Grand. Giró a la derecha en la Uno y se dirigió al Centro Cívico. Agradeció que la mayor parte del camino fuera cuesta abajo. Cuando llegó al tribunal federal, todo el lado de Spring Street estaba acordonado con cinta de escena del crimen y la zona estaba repleta de agentes de la policía de Los Ángeles, de la oficina del sheriff y de los alguaciles federales.

Bosch se acercó a un agente de la policía de Los Ángeles que estaba junto a la cinta amarilla. Su placa de identificación decía FRENCH.

—El tribunal está cerrado, señor —dijo French.

—Soy un testigo —dijo Bosch—. ¿Con quién tengo que hablar?

—¿Testigo de qué?

—De los disparos a la ayudante del sheriff. Seguí al asesino, pero lo perdí.

De repente, el agente se puso alerta.

—Muy bien, tiene que quedarse aquí.

—De acuerdo.

El agente French dio un paso atrás y empezó a hablar por la radio.

Mientras Bosch esperaba, vio que una furgoneta de Channel 5 se acercaba a la acera. Una mujer con el pelo perfectamente peinado saltó del lado del pasajero con un micrófono en la mano.

Parte 14

El capitán

48

A última hora de la mañana del viernes me citaron en la sala de la jueza Coelho. Hacía tres días que había suspendido la vista debido al asesinato de Stephanie Sanger. Yo había pasado la mayor parte de ese tiempo viendo y leyendo noticias al respecto, esperando a que los medios de comunicación ataran cabos. Finalmente, esa mañana apareció en el *Times* un artículo de su veterano periodista James Queally que profundizaba en los antecedentes y las actividades de Sanger, y que, muy probablemente, había motivado la citación de la jueza.

Queally informaba de que Sanger era miembro de una camarilla de sheriffs llamada los Cocos y que los investigadores de su asesinato habían descubierto conexiones entre ella y un cártel mexicano que la había comprometido y obligado a cumplir sus órdenes, lo que podría haber llevado a una serie de asesinatos por encargo de rivales del cártel en California. El artículo también detallaba el caso de Roberto Sanz, desde su asesinato hasta el presente intento de su exesposa por ser exonerada. El artículo del *Times* fue el primero en revelar que Sanger había estado testificando en ese caso de *habeas corpus* solo minutos antes de ser asesinada a las puertas del juzgado.

Fuentes anónimas contaron al periódico que la teoría de trabajo de la investigación era que Sanger había sido asesinada para evitar que siguiera testificando y que se viera obligada a cooperar con las autoridades.

Yo había hablado con Queally *off the record,* contándole tanto lo que sabía como lo que creía. Sin nombrar al agente MacIsaac, le conté lo que MacIsaac me había explicado en mi casa a principios de semana: que el día de su asesinato Roberto Sanz había informado al FBI de que Sanger y otros ayudantes del sheriff miembros de los Cocos estaban controlados por miembros del cártel de Sinaloa que operaban en Los Ángeles. También le conté a Queally mi propia teoría de que Sanger había matado a Roberto Sanz porque lo había seguido y lo había visto con el FBI. A partir de ahí, el periodista confirmó los hechos y descubrió otros nuevos, y el artículo apareció en la portada de la edición impresa y en la de la edición digital del periódico.

Cuando llegué a la sala de Coelho, Morris ya estaba allí esperando. No me saludó. Estaba sentado en un silencio sepulcral a la mesa del estado y ni siquiera respondió cuando los saludé a él, al secretario del tribunal y a la taquígrafa, Milly.

Gian Brown llamó a la jueza a su despacho para decirle que todas las partes estaban presentes, y ella le dijo que nos hiciera pasar, junto con la taquígrafa. Fuimos en silencio. Morris tenía aspecto de haber pasado un par de noches en vela.

La toga de la jueza estaba en una percha junto a la puerta trasera del despacho. Iba vestida con pantalones negros y una blusa blanca.

—Caballeros, gracias por venir —dijo—. Dejemos que Milly se prepare; luego me gustaría reabrir la sesión sobre el asunto Sanz.

—¿Debería estar aquí Lucinda? —le pregunté.

—No creo que sea necesario para esta reunión —respondió Coelho—. Pero he pedido a los alguaciles que la traigan del CMD para la sesión de la tarde.

Eso me dijo que el caso aún no había terminado.

Nos sentamos en silencio mientras la taquígrafa se trasladaba al rincón detrás de la mesa de la jueza, se sentaba en un taburete acolchado que ya estaba ahí y ponía los dedos sobre su máquina de taquigrafía.

—Bien, se reabre Sanz contra el estado de California —dijo Coelho—. Señor Haller, ¿cómo va la presentación de su caso?

Sabía que me haría esa pregunta y estaba preparado para ello.

—Señoría, a la luz de lo que ha ocurrido y del hecho de que no puedo continuar con la sargento Sanger como testigo, estoy preparado para concluir y proceder con los argumentos finales. Si es que los argumentos son necesarios.

Coelho asintió, como si hubiera esperado esa respuesta.

—¿Señor Morris? —dijo.

El fiscal general pareció intuir que el caso estaba en juego. Su tono fue defensivo desde el principio:

—El estado está listo para proceder, señoría —dijo Morris—. Tenemos testigos, incluido uno que declarará que Lucinda Sanz le confesó que había matado a su marido.

Empecé a sonreír y negué con la cabeza.

—No puede hablar en serio —dije—. Su testigo es un poco endeble, Hayden. Es una asesina convicta que inventó esta confesión a partir de artículos de periódico que pidió a su hermano que le sacara de la biblioteca del centro y le leyera por teléfono.

Me di cuenta de que el hermano era información nueva para Morris y que se estaba dando cuenta de que su equipo no había investigado adecuadamente a la testigo.

—Un día —dije—. Eso es todo lo que hizo falta para encontrar al hermano. Iba a destruir a su testigo en el estrado. Pero eso no importa ahora. ¿Ha leído el periódico de hoy? Sanger era una asesina y mató a Roberto Sanz. De eso no hay duda. Y mi investigador presenció su asesinato. Estaba discutiendo con un tipo al que obviamente conocía y dejó que se acercara lo suficiente para que le quitara su pistola. Bosch pasó una noche entera con la policía, la DEA y todos los demás mirando fotos policiales. El tipo que identificó como el asesino es un sicario del cártel de Sinaloa. Un asesino a sueldo.

Morris sacudió la cabeza como si quisiera ahuyentar la verdad.

—Se declaró *nolo* —dijo.

Había vuelto a su mantra: Lucinda no refutó los cargos de matar a su exmarido. La gente inocente no hacía eso.

—No tuvo elección —respondí—. De eso se trata. Le tendieron una trampa. Tuvo un mal abogado y Sanger fabricó la prueba clave en su contra. Estábamos a punto de demostrarlo cuando mataron a Sanger.

Morris miró a la jueza, sin hacerme caso.

—Señoría, tenemos derecho a presentar nuestro caso —dijo—. Él pudo presentar el suyo. Ahora nosotros presentamos el nuestro.

—No tiene derecho a nada, señor Morris —dijo Coelho—. No en mi sala. No hasta que le diga a qué tiene derecho.

—Mis disculpas, señoría —se excusó Morris—. Me he expresado mal. Lo que quería decir es...

—No necesito oírlo —dijo la jueza, cortando a Morris—. Estoy preparada para decidir sobre la demanda. Solo quería avisarles, caballeros. A las dos nos reuniremos en la sala y anunciaré mi decisión. Eso es todo por ahora. Pueden irse.

—No puede hacer esto —dijo Morris—. El estado se opone enérgicamente a que el tribunal tome una decisión antes de que el estado haya presentado su caso.

—Señor Morris, si el estado no está de acuerdo con mi decisión, puede llevar el asunto a apelación —replicó Coelho—. Pero creo que su rama de apelación examinará el caso con detenimiento y decidirá no ponerse en evidencia. Se levanta la sesión. Los veré a las dos en la sala. Mientras tanto, vayan a almorzar.

—Gracias, señoría —dije.

Me levanté y me volví hacia la puerta. Morris parecía paralizado, incapaz de levantarse de la silla.

—Señor Morris, ¿se marcha? —preguntó Coelho.

—Eh, sí, me voy —respondió Morris.

Se balanceó hacia atrás y luego hacia delante, aprovechando el impulso para levantarse de la silla.

Esta vez yo fui delante en el camino de regreso a la sala; cuando llegué a la puerta, la abrí de par en par para que Morris pasara primero.

—Después de ti —dije.

—Vete a la mierda.

Asentí con la cabeza. Lo había visto venir.

En la sala del tribunal, miré la hora y vi que me quedaban dos horas antes de que la sesión se reanudara y Coelho dictara el fallo que creía que pondría fin al caso. Aun así, no creía que hubiera tiempo suficiente para ir al CMD a preparar a Lucinda antes de que empezaran los trámites para trasladarla al juzgado. Le mandé un mensaje a Bosch y le pedí que me recogiera en la puerta.

Bajé en ascensor y vi a Bosch en el Navigator en cuanto atravesé las pesadas puertas del vestíbulo. Miré a lo largo de la fachada del edificio hacia la zona designada para fumadores en la parte norte. Todavía estaba precintada y me pregunté si se habían olvidado de la cinta o si aún se estaba investigando el lugar donde habían matado a Sanger.

Abrí la puerta delantera del Navigator y subí.

—Harry, acabamos de escalar El Capitán —dije—. Vamos a comer.

—¿Adónde? —dijo Bosch—. ¿Y eso qué significa?

—Te hablé de lo de subir El Capitán. La jueza va a fallar sobre el *habeas* esta tarde y va a hacerlo a nuestro favor. Vamos a Nick + Stef's a comer filete. Siempre como filete cuando gano.

—¿Cómo estás seguro de que es una victoria? ¿La jueza te lo dijo?

—No con esas palabras. Pero lo presiento. Mi barómetro del juzgado me dice que esto se ha acabado.

—¿Y Lucinda va a salir en libertad?

—Depende. La jueza podría invalidar la condena y dejarla libre. Pero también podría devolver el caso al fiscal del distrito para que decida si la lleva a juicio. Si eso ocurre, podría mantener a Lucinda encarcelada mientras se toma la decisión o hasta que la Oficina del Fiscal Federal decida si van a apelar. Lo sabremos a las dos.

Bosch silbó mientras arrancaba el Navigator.

—Y todo porque encontraste una aguja de un pajar —dije—. Es asombroso. Hacemos un buen equipo, Harry.

—Sí, bueno…

—Venga, tío. No seas aguafiestas.

—No lo seré, pero esperaré a que se haga oficial. No tengo un barómetro del tribunal.

—Tengo que llamar a Shami. Ella querrá estar presente.

—¿Y Silver?

—Silver *el Segundón* puede leerlo en las noticias. No voy a hacerle ningún favor. Le costó a Lucinda cinco años de su vida.

Bosch asintió con la cabeza.

—Que se joda —dijo.

—Que se joda —repetí.

—¿Y su hijo? —preguntó Bosch—. ¿Deberíamos llevarlo al juzgado?

—Sí, buena idea —dije—. Llamaré a Muriel a la hora de comer, a ver si pueden venir. Necesitaré que traiga ropa para Lucinda. Por si acaso.

Mientras Bosch conducía hacia el restaurante, empecé a trabajar con mi teléfono, enviando mensajes de texto sobre la vista de las dos a James Queally, a Britta Shoot y a todos los demás periodistas que conocía. Quería que todo el mundo estuviera allí.

49

A las dos en punto, la sala estaba abarrotada. En las dos primeras filas de la galería los periodistas estaban sentados hombro con hombro. El asesinato de Sanger y los misterios que lo rodeaban eran la noticia más importante del momento; gracias al artículo del *Times*, estaba claro que el nexo del caso era la sala 3 del Tribunal Federal de Distrito.

En las dos filas de detrás de la prensa había varios miembros de la familia de Lucinda Sanz, entre ellos su madre, su hijo y su hermano, así como diversos ciudadanos observadores, abogados defensores y fiscales que sabían que era el lugar donde había que estar. En la última fila, en el rincón del fondo, vi sentada a Maggie McPherson con nuestra hija Hayley. Me alegré de ver a mi hija, pero me extrañó la decisión de mi exmujer de estar allí, sobre todo después de los esfuerzos que había hecho por desbaratar la causa de mi clienta.

En el aire flotaba una sensación palpable de que iba a suceder algo trascendente. La idea de que algo inusual, quizá incluso extraordinario, iba a ocurrir creció cuando trajeron a Lucinda desde la celda, por primera vez sin el uniforme azul del CMD. Su madre le había traído ropa y yo se la llevé a tiempo para que se cambiara antes de la vista. Lucía un vestido sencillo azul claro con mangas cortas y flores bordadas en el dobladillo. No llevaba el pelo recogido en una coleta, sino suelto y enmarcándole la cara. Se hizo el silencio en la galería cuando el alguacil Nate la acompañó a nuestra mesa y la esposó a la argolla, con suerte por última vez.

—Está estupenda —susurré—. Creo que va a ser un buen día. Su hijo, su madre y otros familiares están aquí para verlo.

—¿Está bien que mire? —preguntó.

—Claro que sí. Están aquí por usted.

—De acuerdo.

Se volvió y miró hacia la galería e inmediatamente se le llenaron los ojos de lágrimas. Cerró la mano libre en un puño y se la llevó al pecho. No sé si alguna vez me había sentido más conmovido por algo que había visto en un tribunal. Cuando Lucinda se volvió para ocultarle las lágrimas a su familia, le pasé el brazo por los hombros y me incliné para susurrarle.

—Tiene mucho amor detrás.

—Ya lo sé. Nunca se rindieron conmigo.

—Sabían la verdad. Y van a oírla decir hoy.

—Eso espero.

—Lo sé.

El silencio de la galería pareció aumentar la tensión en la sala y se duplicó cuando dieron las dos en punto sin que la jueza saliera del despacho. Los minutos pasaban como horas. Por fin, a las dos y veinticinco, el alguacil Nate dio la orden de levantarse mientras la jueza ocupaba el estrado. Coelho llevaba una carpeta delgada y desde el principio se mostró muy seria.

—Por favor, tomen asiento —dijo—. Reabrimos la sesión de Sanz contra el estado de California. Parece que hoy tenemos la sala llena. Quiero que se sepa que el tribunal no tolerará arrebato o manifestación de ningún tipo por parte de los presentes en la tribuna. Este es un tribunal de justicia y espero decoro y respeto de todos los que entren por esas puertas.

Hizo una pausa y examinó la tribuna como si buscara disidentes. Vi que sus ojos se detuvieron por un momento en donde estaba sentada Maggie McPherson. A continuación, desvió la mirada; al no haber ninguna objeción a su autoridad, Coelho bajó los ojos hacia mí y luego hacia Morris mientras preguntaba si había algún asunto nuevo antes de proceder a emitir su fallo sobre la petición de *habeas corpus*.

Morris se levantó.

—Sí, señoría —dijo—. El estado de California, en representación del pueblo de California, renueva su protesta en torno a la decisión del tribunal de brincar sobre el caso del estado en este asunto.

Me puse de pie y estaba listo para argumentar el punto si era necesario.

—Brincar —dijo la jueza—. Una interesante elección semántica, señor Morris. Pero, como le dije antes en el despacho, la opción del estado es apelar los fallos de este tribunal.

—Entonces el estado pide que se suspenda la vista hasta que haya un fallo de apelación —dijo Morris.

—Eso no va a ocurrir, señor Morris —respondió Coelho—. Presente su apelación, pero yo estoy lista y voy a fallar hoy. ¿Algo más?

—No, señoría —dijo Morris.

—No, señoría —dije.

—Muy bien —concluyó Coelho.

Abrió la carpeta que había traído consigo al estrado, se puso unas gafas y empezó a leer su fallo en voz alta. Miré a Lucinda, que estaba sentada a mi lado, y asentí con la cabeza.

—El recurso de *habeas corpus* es un pilar fundamental de nuestro sistema judicial —dijo Coelho—. El presidente del Tribunal Supremo John Marshall escribió hace casi doscientos años que el *habeas corpus* es el medio sagrado para permitir la puesta en libertad de quienes pueden estar encarcelados sin causa suficiente. Salvaguarda nuestra libertad, nos protege de las acciones arbitrarias y anárquicas del estado.

»Hoy me corresponde decidir si el estado actuó de forma ilegal al encarcelar a Lucinda Sanz por el asesinato de Roberto Sanz. La cuestión se complica por el hecho de que la demandante, la señora

Sanz, no refutó los cargos de homicidio. Tras una cuidadosa revisión de las pruebas y testimonios ofrecidos durante esta vista, y teniendo en cuenta lo ocurrido fuera de la sala esta semana, el tribunal sostiene que la demandante vio el acuerdo de conformidad que se le ofreció como la única luz al final de un oscuro túnel. A este tribunal no le importa si fue coaccionada por su abogado en ese momento (no usted, señor Haller) o si llegó a su propia conclusión de que no tenía otra opción que aceptar un acuerdo de conformidad. Lo que sí importa es el claro mandato de la Constitución y de la Declaración de Derechos de que se conceda el recurso de *habeas corpus* cuando la resolución de un caso por parte del tribunal estatal sea claramente una aplicación no razonable de la ley. Este tribunal considera que la demandante lo ha establecido mediante la presentación de pruebas claras y nuevas que señalan que en su momento se fabricaron pruebas contra ella.

Cerré el puño, me volví hacia Lucinda y le susurré.

—Se va a casa.

—¿Y un juicio?

—No cuando hay pruebas fabricadas. Esto se acabó.

Como estaba vuelto hacia Lucinda, no vi a Morris ponerse en pie para protestar.

—¿Señoría? —dijo.

Coelho levantó la vista del documento que estaba leyendo.

—Señor Morris, sabe que no debe interrumpirme —dijo—. Siéntese. Sé cuál es su protesta y no ha lugar. Siéntese. ¡Ahora!

Morris se dejó caer en su asiento como un saco de patatas.

—Continuamos —dijo Coelho—, y espero que no haya más interrupciones.

Miró hacia abajo y tardó un momento en encontrar el punto donde lo había dejado.

—Las acciones del Departamento del Sheriff, en particular las llevadas a cabo por la difunta sargento Sanger, dañaron de tal manera la integridad de la investigación y el posterior juicio como para teñirlo permanentemente con una duda razonable. Por lo tanto, la decisión de este tribunal es conceder el *habeas* a la demandante. Se invalida la condena de Lucinda Sanz.

La jueza cerró la carpeta y se quitó las gafas. La sala permaneció en silencio. Miró directamente a Lucinda.

—Señora Sanz, ya no está condenada por este delito. Ha recuperado su libertad y sus derechos civiles. Solo puedo ofrecerle las disculpas de este tribunal por los cinco años que ha perdido. Que Dios la acompañe. Es usted libre. Se levanta la sesión.

Dio la impresión de que nadie soltó el aire hasta que la jueza hubo franqueado la puerta y abandonado la sala. Pero entonces el sonido de voces excitadas estalló en la sala. Lucinda se volvió y me abrazó, echándome el brazo libre al cuello.

—Mickey, se lo agradezco mucho —dijo, con sus lágrimas manchando mi traje Canali recién salido de la tintorería—. No me lo puedo creer. De verdad que no puedo.

Mientras me abrazaba, el alguacil Nate se acercó a la mesa y le soltó la muñeca. Luego empezó a quitarle las esposas.

—¿Puede salir desde aquí? —le pregunté—. ¿O tiene que pasar por el CMD?

—No, la jueza la ha dejado en libertad —dijo el alguacil—. Es libre de irse. A menos que se haya dejado algo en la cárcel y quiera recuperarlo.

Lucinda se apartó de mi pecho para mirar al hombre.

—No, nada —dijo—. Y gracias por ser amable conmigo.

—No hay problema —respondió el alguacil—. Buena suerte.

Nos dio la espalda y volvió a su mesa, junto a la puerta que llevaba a la celda.

—Lucinda, ya lo ha oído —le dije—. Es libre. ¿Por qué no va a ver a su familia?

Miró por encima de mi hombro a su familia, de pie y esperando en la galería: su hijo, su madre, su hermano y varios primos. Todos sin excepción tenían lágrimas corriendo por sus mejillas, incluso aquellos cuya ropa no podía ocultar los tatuajes que confirmaban su lealtad a White Fence.

—¿Puedo irme? —preguntó.

—Puede irse —le dije—. Si quiere hablar con los medios de comunicación después de ver a su hijo y a todo el mundo, les diré que pueden esperarla fuera del juzgado, donde podrán colocar cámaras.

—¿Cree que debería?

—Sí, creo que debería. Cuénteles por lo que ha pasado en estos últimos cinco años y medio.

—De acuerdo, Mickey. Pero, primero, mi familia.

Asentí. Se levantó, cruzó la portezuela de la galería y pronto estaba siendo abrazada por su hijo y todos sus familiares a la vez.

Lo asimilé todo durante un largo momento y entonces oí que decían mi nombre desde la primera fila. Era Queally. Me acerqué a la barandilla y los periodistas se apretujaron para oírme.

—Para los que necesiten imágenes, mi clienta y yo daremos una rueda de prensa fuera del juzgado, en el lado de Spring Street. Traigan sus cámaras y sus preguntas; los veré allí.

Me volví hacia la mesa del fiscal y vi que Morris ya se había ido. Probablemente se había escabullido mientras Lucinda y yo nos abrazábamos y celebrábamos nuestra victoria, su derrota. Cuando miré al fondo de la sala, vi que mi hija y mi exmujer seguían sentadas en la última fila. Crucé la portezuela, bajé por el pasillo central y me deslicé por la fila ya vacía delante de ellas.

—Enhorabuena, papá —dijo Hayley—. Ha sido increíble.

—Yo lo llamo el camino de la resurrección —dije—. No se ve muchas veces. Gracias por venir, Hay.

—Me lo habría perdido si mamá no me hubiera llamado —dijo.

Miré a Maggie, inseguro sobre cómo actuar. Por suerte, ella tomó la iniciativa.

—Felicidades —dijo—. Evidentemente, me equivoqué de bando. Por favor, discúlpate con Harry de mi parte.

—Bueno, está por aquí —respondí—. Tal vez podrías decírselo a la cara.

—¿Disculparte por qué? —preguntó Hayley.

—Te lo diré en el coche —dijo Maggie.

Asentí para mostrar que me parecía bien.

—¿Y ahora qué? —preguntó Maggie—. ¿Vas a demandar al condado por millones?

—Si mi clienta quiere. Tendré que hablar con ella.

—Vamos, sabes que vas a demandar y que vas a ganar.

Había tensión en su voz. Todavía tenía que burlarse de mí, a pesar de que yo había ganado. Lo dejé pasar. Maggie ya no ejercía el mismo poder sobre mí que antes. Había llegado a un punto en el que el hecho de que se sintiera decepcionada conmigo no me importaba.

—Ya veremos —dije—. Ayuda cuando la otra parte ha fabricado pruebas.

Hayley señaló detrás de mí y me volví para ver a Gian Brown de pie junto a la barandilla.

—La jueza quiere verlo en su despacho —dijo.

—¿Ahora mismo? —pregunté.

Asintió y me di cuenta de que había sido una pregunta tonta.

—Enseguida voy.

Me volví hacia mi hija.

—¿Puedes venir esta noche a celebrarlo conmigo? —le pregunté.

—Claro —respondió—. ¿Adónde vas a ir?

—No lo sé. ¿Dan Tana's, Musso's, Mozza? Tú eliges.

—No, tú eliges. Mándame un mensaje de dónde y cuándo.

Miré a Maggie.

—Tú también puedes venir —le dije.

—Creo que deberías celebrarlo con tu hija —respondió—. Pasadlo bien. Os lo habéis ganado.

Asentí con la cabeza.

—Bueno, supongo que debería ir a ver qué quiere la jueza —dije.

—No la hagas esperar —dijo Maggie.

Caminé hasta el pasillo central y llegué justo cuando Bosch entraba por la puerta desde el pasillo.

—¿Estabas aquí? —le pregunté—. Hemos ganado. Lucinda es libre.

—Lo he visto —dijo—. Estaba de pie en la parte de atrás.

—¿Dónde está Shami? ¿Lo ha visto?

—Estaba aquí, pero ha vuelto al hotel. Va a intentar coger un vuelo nocturno a Nueva York hoy mismo. La llevaré al aeropuerto.

Una repentina e involuntaria necesidad se apoderó de mí y me acerqué para abrazarlo. Se tensó, pero dejó que lo hiciera.

—Lo logramos, Harry —dije—. Lo hemos conseguido.

—Lo has hecho tú —dijo.

—No, hace falta un equipo —le corregí—. Y una clienta inocente.

Nos separamos torpemente y miramos a Lucinda, todavía rodeada de su familia, con su mano poco antes esposada agarrando la de su hijo.

—Es algo hermoso —dijo Bosch.

—Lo es —coincidí.

Observamos en silencio durante un momento. Vi a Gian de pie y mirándome fijamente desde su corral. Le hice un gesto con la cabeza. Ya iba.

—Tengo que ir a ver a la jueza…, pero dos cosas, Harry —le dije—. En cuanto termine con ella, vamos a dar una rueda de prensa fuera, en el lado de Spring Street. Sé que no es lo tuyo, pero me gustaría que estuvieras allí si quieres.

—¿Y la segunda? —preguntó.

—Cena esta noche. Para celebrarlo. Va a venir Hayley. Trae a Maddie si quieres.

—A eso me apunto. Lo consultaré con Maddie. ¿Dónde? ¿Cuándo?

—Te mandaré un mensaje.

Empecé a caminar hacia la barandilla.

—Espero verte abajo —dije—. Te mereces estar allí. Llama a Shami a ver si vuelve para la conferencia de prensa. Y para la cena. La llevaremos al aeropuerto después.

—La llamaré.

Dejé allí a Bosch, crucé otra vez la portezuela y lo que llamaba el terreno probatorio para ir a ver a la jueza.

La puerta de su despacho estaba abierta, pero llamé de todos modos. Estaba detrás del escritorio, ya sin la toga negra.

—Pase, señor Haller —me dijo—. Siéntese.

Hice lo que me dijo. Estaba escribiendo en un bloc de notas y no dije nada por no interrumpirla. Por fin dejó la pluma en el soporte de un juego de escritorio ornamentado con su nombre grabado en una placa de latón y me miró.

—Enhorabuena —dijo—. Creo que la demandante de este caso ha tenido a su lado a un abogado formidable.

Sonreí.

—Gracias, señoría —dije—. Y gracias por atravesar todas las distracciones y cortinas de humo para llegar a una sentencia incisiva y justa. ¿Sabe?, rara vez me aventuro en un tribunal federal porque, bueno, es una especie de David contra un montón de Goliats en la mayoría de las ocasiones, pero después de este ejer...

—Sé lo que hizo, señor Haller —me interrumpió.

Hice una pausa. Su tono se había vuelto demasiado serio para una reunión posterior a una vista entre un juez y un abogado.

—¿Lo que hice, señoría? —intenté.

—Durante la comida revisé todo lo que se presentó antes de tomar mi decisión —dijo—. Eso incluyó mis fallos y acciones anteriores. Y me di cuenta de lo que hizo en mi sala.

Negué con la cabeza.

—Bueno, señoría —dije—. Creo que va a tener que compartirlo conmigo porque realmente no...

—Me provocó intencionadamente para que lo acusara de desacato —dijo Coelho.

—Señoría, no sé qué…

—Necesitaba tiempo para realizar su prueba de ADN antes de continuar con el caso. No se atreva a negarlo.

Bajé la mirada a mis manos y hablé sin mirarla.

—Eh, señoría, creo que me voy a acoger a la quinta enmienda en esta ocasión.

Ella no dijo nada. Volví a mirarla.

—Debería presentar una queja ante el Colegio de Abogados de California por conducta impropia de un abogado —dijo—. Pero eso podría dañar significativamente su expediente y su reputación. Como he dicho, es un abogado formidable y necesitamos más como usted en el sistema judicial.

Empecé a respirar mejor. Quería asustarme, no destruirme.

—Pero sus actos no pueden quedar sin consecuencias —continuó—. Le acuso de desacato, señor Haller. Otra vez. Espero que tenga un cepillo de dientes en su maletín. Va a pasar otra noche en el CMD.

Cogió el teléfono del escritorio y pulsó un número. Sabía que Gian estaba al otro lado de la llamada.

—Por favor, que vuelva el alguacil Nate —dijo.

Colgó el teléfono.

—Señoría, ¿no hay una multa que pueda pagar? —le dije—. Una donación a la organización benéfica favorita del tribunal o…

—No, no la hay —dijo.

El alguacil Nate entró en la sala.

—Nate, por favor, llévese al señor Haller al calabozo —dijo Coelho—. Pasará la noche en el CMD.

Nate parecía desconcertado y no se movió.

—Está acusado de desacato —explicó la jueza.

Nate avanzó y me agarró del brazo.

—Vamos —dijo.

50

Fue una larga noche marcada por los incesantes aullidos que un recluso no dejaba de soltar en un celda cercana. No había ninguna razón para ello. Solo un repetido anuncio de enfermedad mental. Como dormir no era una opción, pasé el tiempo en la oscuridad de mi celda individual, sentado en su delgado colchón, con la espalda pegada a la pared de hormigón y papel higiénico en los oídos, y pensando en los movimientos anteriores y siguientes en mi vida y mi trabajo.

Sentía que el caso de Lucinda Sanz era un punto de inflexión, como si hubiera llegado el momento de tomar una nueva dirección. Buscar casos para alimentar la máquina, acaparar titulares y pagar vallas publicitarias y anuncios en marquesinas de paradas de autobús no era algo que viera como mi destino final. Ya ni siquiera lo consideraba válido.

Pero ¿un punto de inflexión hacia qué?

Mi larga noche de malestar terminó una hora antes del amanecer, cuando me trajeron el desayuno: una manzana y un sándwich de pan blanco con mortadela. No había comido nada desde el almuerzo del día anterior con Bosch y el desayuno de la cárcel me supo tan bien como cualquier cosa que hubiera comido en Du-par's o en el Four Seasons.

La celda tenía una ventana a prueba de fugas de ocho centímetros de ancho. Poco después de que la luz de la mañana empezara a filtrarse por el cristal, un funcionario abrió la puerta de mi celda, dejó caer al suelo una bolsa con mi traje y me dijo que me vistiera. Me iban a soltar.

Había hombres y mujeres que llevaban semanas o meses en ese lugar, pero mis dieciséis horas de privación de sueño y aislamiento fueron suficientes para mí. Me habían cambiado. Algo había empezado con Jorge Ochoa y alcanzó un *crescendo* con Lucinda Sanz. Era una necesidad de cambiar.

En el punto de excarcelación me entregaron una bolsa con mi cartera, mi reloj y mi teléfono. Miré esas cosas y me pregunté si volvería a necesitarlas.

Unos instantes después salí por una puerta de acero, al sol, y enfilé mi propio camino de resurrección.

Agradecimientos

Normalmente utilizo este espacio para dar las gracias a quienes me ayudaron en la investigación, redacción y corrección del libro. Como dice Mickey Haller al final del caso Sanz, hace falta un equipo. Quienes me ayudaron lo saben, y les doy las gracias por formar parte del equipo. Pero esta vez quiero agradecer a los lectores de mi obra y a los libreros de todo el mundo que han estado a mi lado durante treinta y tantos años. Gracias. He vivido una vida increíble como escritor. La valoro, respeto lo que significa y sé que nada de ello habría sido posible sin vosotros.

Michael Connelly es autor de cuarenta y una novelas, entre la que se encuentran *bestsellers* de la lista del *New York Times* como *El camino de la resurrección, Estrella del desierto o La ley de la inocencia*. Sus libros, entre los que se incluyen la serie de Harry Bosch, la del abogado del Lincoln y la de Renée Ballard, han vendido más de ochenta y nueve millones de ejemplares en todo el mundo. Connelly, antiguo periodista, ha ganado numerosos premios por sus reportajes y sus novelas. Es productor ejecutivo de tres series de televisión: *Bosch, Bosch: Legado y El abogado del Lincoln*. Pasa su tiempo entre California y Florida.

También en TuBolsillo *La espera*: giros tremendos y una acción adictiva que hacen de este título otro éxito de Michael Connelly.

Otras obras de **MICHAEL CONNELLY,** el rey indiscutible de la novela negra

La ley de la inocencia, uno de los thrillers de temática judicial más sobresalientes de la última década.

El quinto testigo, un enrevesado nuevo caso del abogado Mickey Haller.

La revocación, en la que el abogado defensor Mickey Haller es reclutado por la fiscalía para el juicio de revisión de condena del asesino de un niño.

La caja negra, un caso que se remonta veinte años atrás, en el que Harry Bosch busca la única pieza que puede resolver el puzle.

Cuesta abajo: antes de jubilarse, Harry Bosch investiga un crimen imposible y una conspiración política en su propio departamento.

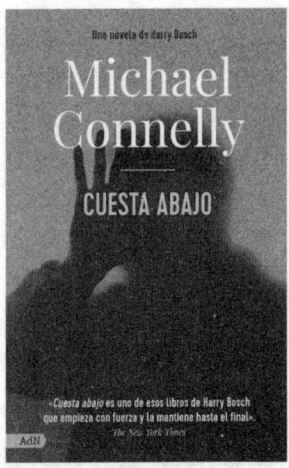

Advertencia razonable, una trama detectivesca de primera en la que Connelly aplica convenciones del género a los peligros reales de la comercialización de la investigación genética.

El último coyote, mezcla maestra de las incursiones detectivescas de Harry Bosch con sus sesiones de terapia para reflejar que, a veces, el mayor misterio es uno mismo.

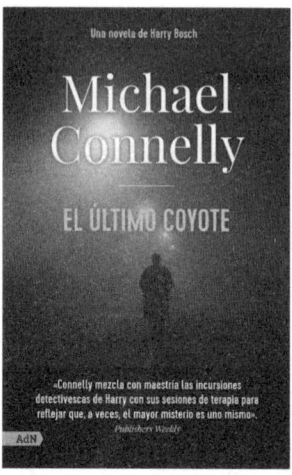

La rubia de hormigón, una trama claustrofóbica y angustiante en la que Connelly mantiene la emoción hasta el final.

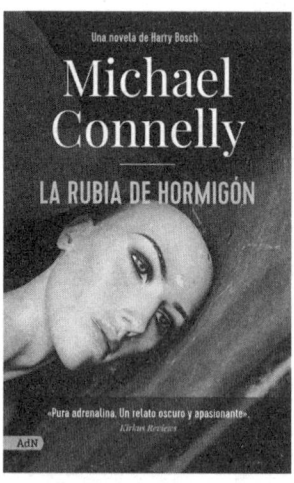

Nueve dragones: un asesinato aparentemente cotidiano en el sur de Los Ángeles lleva a Harry Bosch más lejos que nunca y lo obliga a sumergirse en profundidades desconocidas.

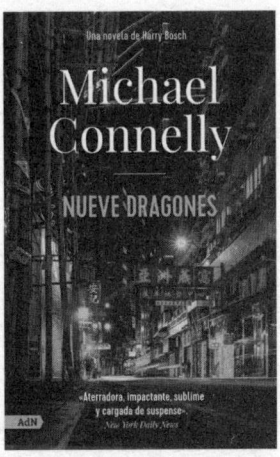

El observatorio, una trama que da un nuevo y brillante giro en la que Harry Bosch investiga las amenazas a la seguridad nacional.

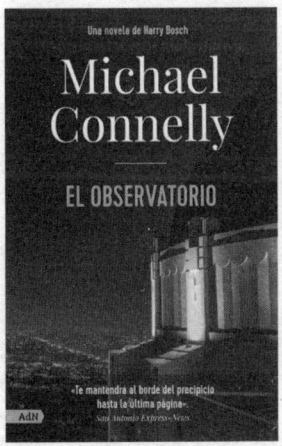